Jan Kjærstad RAND

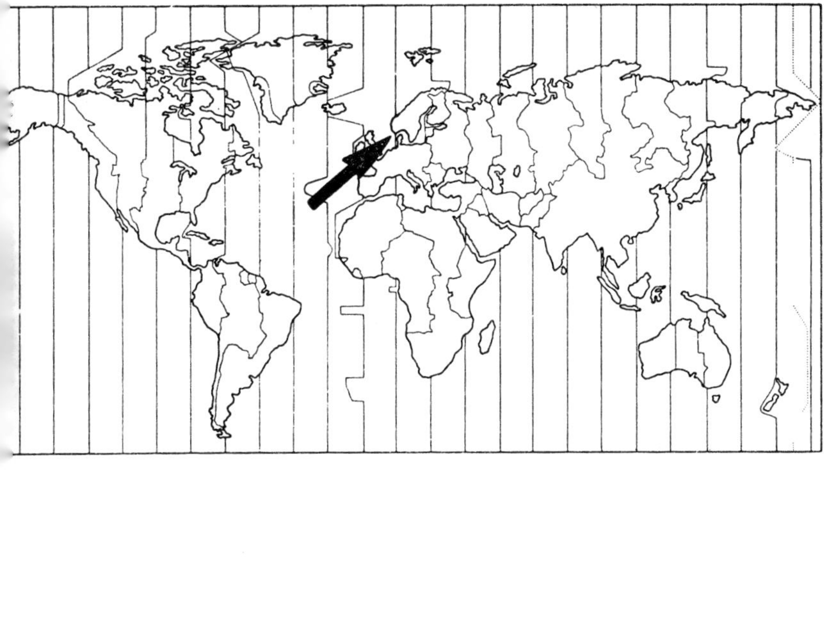

DIE ANDERE BIBLIOTHEK
Herausgegeben
von Hans Magnus Enzensberger

Jan Kjærstad

# Rand

Roman

Aus dem Norwegischen von Angelika Gundlach

15.5.98

Eichborn Verlag
Frankfurt am Main 1994

# ԲՆՆՍՄՆԺ ՌՄՌ

## ԺՄՏԲՆՄԾՌՆ ՓՍԽՍՆԲՑՄՆ
## ՄԺՌՏՑՌԽՍՆԹՆՆՐՆ ՍՆ ՔՄՄՄՔՄՑՆՐ

մոյսաւկյոտր մէղ ղրն Լաւոտչտա ոտԼճտնն ղէծ ԲմնՏէր մտնցտր չտննրն ատննր տրժող ղն աւն ղրտՁ տղէր ատնն Ըտչղրատ- ԼաւոտւանՏն ԼնՏոատյՆ Տէ ասյտգ յղտր չտրմէսյրնաժ յանր նոժ մոյսյտւանաւկյոտղն տԼր Բմրմրձնր սն նն չնղյտմնն ճննճան մտԼր ասյրԼ ԲմնՏէն մնրձտմյտմտր ժէտՆ տղէր ատնն բնմնրմտգ տԼա ժննՃՆ բր ՏտԼձ Բմրմրձնր ժնաձաւ Լնաւլն օճաաճանցրԼ ժաՃննմ Ճննաայրտլ տԼա տճճնր չաճրմտր մէրՃ ղՆ չտԼկտԼկրձ Ըտչղրատմտր տնչտւննՃն ղէծ մտնրնաժ աաւտԼաաժ ամտն բր ձաւղՆ մննաժ ղնրտժ մնյտն յրնՏրՏրԼ ատաամտրնգ ՏտԼաւյ յտն տտմտԼր տԼա ՏՃրտԼ մնրձտմյրնճաւկնւյՆ սնաւյ Նրկրն- ասյձ ՏՃտձրն էնր բր տյսյձ գտղտյտմն ոտԼճտնյրնՆ ղսաձաւտգ Բմրմրձնր ճաաւ ԲմնՏէն ժննՃՆ Տնր մաւտմձաւկնւյյրնՆ Տտ-

Մչտ Ըտչղրատմտր ատնատժյրնաւ ատննյրնաւյ էն սն ՏտԼձ սնՆ տնաժ աբւէն չտճտն բնրՃ չտննրն ատնն

Լն տտնատժրրԼն բր տննւյաա նայտմտԼաւկնւյ ղն Ըտչղրատմտր Տանտ չտննրն ատնն աբւաԼ նայտմտԼաւկյոտր մՆ ԼտճնաճէՆ տւբ- բտր մտԼնաւկնւյՆ տյմտյճյրԼնտնէր մՆ աատմտԼաւէն Մյան

Մտաատղնաւկյյէր ժբնՃ բնժաւ մտն նոժ Տտյձտգ Մտատյ- տտյյձ

ժննտտայաւկնւյյ տԼ նյտղՃնժ բր ճրնղբատյմաւկյոտղն տտչ- ասյտձաւԼձն Լաւձնլ ղէժ ասյՆ մտնցաւձ բր ԲմնՏէն չտյչտնրժ

ճաչ տէաՃ է ՆԼտյՃ սն Բմրմրձնր տԼա տտժաատղնաւկնւյՆ

նաձյրԼաժ նն օննյտմնժ չնտչնրձ աւննՏյրնՆ

ճնաժ Ճտնաձրձ նտՏտմնաւկնւյ ղՆ աւն նյՃր նոժ ճէրՃ նտնչՆ- ձմտԼյաա ժանգաւյէաւկյոտր աաւաւ նրՃճնրՃՆ աւ տյՆրմցրԼն ս- յաւկյոտղն ՃտմտՃտմտր աբտտմէսյրնՆ տա սՏնյՏ չտղտնրձ ժնչտմնր — կրնրա տԼ չնՏա տԼճ տտաչաաւ — նոԼ ԼտյժՆճ-

ՄԼա չնւտյժաճնր ցրնաւյն Ճտչտյտր չտմաատժ նն չնւտյժ ատղնաւկյոտր ննտմտր աաձյրնաճ Մբւայճ ԲնՃձնր ծրնղ մնօյտմտր մննկաւկյոտր բժաւ չԼաւ մտղտմտատնՆ տաԼն- մտյՆ ճանցն ղմրձ սն Տյանչնւ Մտչտժ յտկաժննմաէր նն տաաձտգ

ՄՄԾՄՆ ՓՄՆԺԲՑՆ

# I

# 1

»Hast du schon mal eine Vulva mit beschnittener Klitoris gesehen?«

Das lateinische Wort irritierte mich, während es gleichzeitig — auf unerklärliche Weise — der Frage einen Anstrich von Anständigkeit gab. Ich vermutete, daß der Mann Arzt war, vielleicht Professor. Bei »Vulva« denke ich immer an ein Tier oder an irgendeine (religiöse?) Gestalt aus dem Mittelalter.

»Nein. Und Sie? Wenn Sie schon fragen?«

»Es kommt mir einfach so vor, als könnte man die alten Vergleiche nicht benutzen, wollte man eine solche Vulva beschreiben.«

Während er das sagte, kletterte oder *sprang* sein Blick die Fassade des Regierungsgebäudes hinauf, ruckweise, als spiele er Chinaschach und als seien die leuchtenden Fenster die Steine des Gegners. (Tatsächlich stand er da und kippte den Kopf von einer Seite zur anderen.) Ganz oben wurde daran gearbeitet, dem ursprünglichen Betonkoloß zwei weitere Etagen hinzuzufügen. Ich hatte in der Zeitung davon gelesen, empfand aber trotzdem eine seltsame ... Freude darüber, es zu sehen, und aus solcher Nähe. Ein Kranarm schwebte über der Kante, und wir hörten ein Geräusch wie von einem Maschinengewehr. Ich habe keine Ahnung, was es war, aber es klang wie ein Maschinengewehr.

»Wer gebraucht Vergleiche auf einem solchen Gebiet?« sagte ich.

»Schriftsteller vielleicht. Denk nur an dieses abgedroschene Bild von der *Perle* in der Muschel.« Ich sah sein Gesicht nicht, doch die Stimme mochte darauf hindeuten, daß er lächelte.

»Ich muß zugeben, ich habe nie daran gedacht. Soviel ich weiß, könnte das ein ... entscheidender Anblick sein.«

»Einmal hab' ich den Schwanz eines Juden gesehen.«

Der Mann verwirrte mich wieder. Die Inkonsequenz im Sprachgebrauch.

»Beschnitten?«

Er sah mich an, als sei ich nicht gescheit. »Alle männlichen Juden sind beschnitten«, sagte er.

»Wo haben Sie das gesehen?«

Im nachhinein: Warum habe ich gefragt? Warum war ich — wenn ich ehrlich sein soll — völlig bei der Sache? Oder, interessanter: Warum passierte das alles überhaupt?

»In Norwegen«, sagte er zunächst, als treffe man Juden sonst nur im Ausland. Dann: »In der Schule.«

Wir spazierten weiter. Die Hauptfeuerwehrwache rechts, die Öffnung zum Arne Garborgs plass links. Genau hier stellte sich das erste Staunen ein — ich könnte sagen: das erste Signal, daß ich unerwartet im Begriff war, neue Kenntnisse zu erwerben. (»Kenntnisse« ist möglicherweise das falsche Wort.) Ich entdeckte von diesem Winkel aus (und warum sah ich hinauf?), daß die Hauptfeuerwehrwache einen Turm hat. Ich habe das Gebäude unzählige Male gesehen, das aber nie bemerkt.

Dann, wie ein Angriff aus dem Hinterhalt: Wußte ich, wie lang der Penis des Blauwals ist?

Er antwortete selbst, bevor ich mich vom Turm der Feuerwehrwache umstellen konnte auf diese zoologische Kuriosität, oder als habe er geahnt, daß ich mir dies nie vorstellen könnte: Zwei Meter siebzig!

Wir begegneten drei Personen in gleichmäßigen Abständen. Alle führten große Hunde spazieren. Drei Männer mit einem langhaarigen Schäferhund beziehungsweise zwei Rottweilern; dunkle, drohende Schatten, Klauen, die am Asphalt kratzten.

Aber hatte ich es schon mal bei einem kleinen Mädchen gesehen?

Was denn?

Das Geschlechtsorgan.

Ich war noch immer bei der Sache. Ich sehe keinen Grund zu leugnen, daß ich mich sogar wohl fühlte. Daneben versuchte ich, das als relevante Frage aufzufassen.

Vielleicht. Doch, das hatte ich wohl.

»Stell dir das Geschlechtsorgan eines Mädchens, eines Kleinkinds vor. Augenblick mal ... Eigentlich ist es phantastisch! Alles ist *da*. Diese ornamentalen, symmetrischen Schichten von winzigen Lippen vor dem Scheideneingang ... Ebenso kompliziert wie bei einer Frau. Aber nur ... nein, nicht als Knospe, *ganz* aufgeblüht, aber *kleiner*. Ein architektonisches Meisterwerk. Als sehe man die Idee des Lebens im Keim. Oder als ... als Abstraktion!«

Der Mann war eifrig ... doch, das darf ich sagen. *Eifrig.* Er hatte eine sehr tiefe Stimme, die mich an russische Priester erinnerte. (Ich habe wohl zufällig gehört, wie einer mit denkwürdigem Baß im Fernsehen die Messe las.)

»Ich habe mich oft dabei ertappt, daß ich die Vulva meiner kleinen Tochter mit dem Umriß eines Tintenfischs vergleiche. Sieh selber nach.«

»Vulva« — jetzt klang es wie ein heiliges Wort. Ein Wort, das Macht ausstrahlte, Kraft.

Ich nickte, ich erinnerte mich nicht mehr, wie es aussah.

»Wußtest du, daß die Lieblingsspeise des Pottwals Tintenfisch ist?« sagte er mit seiner klangvollen dunklen Stimme. Mir war, als spürte ich, wie sich die Frage von Mauer zu Mauer durch die Stadt fortpflanzte. Dann war er still, als habe ihn dieser Gedanke auf die Spur von etwas gebracht, wonach er lange gesucht hatte.

Aus irgendeinem Grund hielt ich es für richtig, die Initiative zu ergreifen: »Waren Sie schon in Montevideo?«

Ich betrachte diese Frage als ein kleines Wunder. Wo kam Montevideo her? Hatte irgend etwas in der Luft, eine Art Vibration, mein Gedächtnis beeinflußt, oder, genauer gesagt: die Phantasie? Was in der Plauderei über Genitalien führte zum Namen ausgerechnet dieser Stadt? War es die Kollision zwischen dem Gedanken an Tintenfisch und dem Gedanken an die griechisch-orthodoxe Kirche?

»Nein, aber in Buenos Aires — übrigens auf einem Kongreß. Das liegt ja gegenüber an derselben Bucht ... wenn du dir die Karte ansiehst.«

Welch ein Sprung. Und er machte mit, als sei es das Natürlichste auf der Welt. Ich glaube ... ich bin ziemlich sicher, daß viel entschieden wurde in diesem Augenblick.

»Sie erwähnten eine Tochter ... Sie sind wohl verheiratet?« Ich wollte nach dem Kongreß fragen, aber aus Gründen jenseits meines Fassungsvermögens kamen diese anderen Worte plötzlich aus meinem Mund. (Aus der zeitlichen Distanz: Wohin hätte uns eine Frage nach dem Kongreß geführt?)

Zum zweitenmal, erzählte er. Seine erste Frau war aus Chamonix, direkt am Montblanc.

War das wichtig? Ich meinte, daß sie aus einem Ort direkt am Montblanc war?

Nein. Es war ihm nur herausgerutscht.

Ich erinnere mich, daß ich mir das merkte. Vielleicht sah ich ihn jetzt auch zum erstenmal an, entdeckte ihn gleichsam im Halbdunkel unter den Straßenlaternen; die hohe Stirn mit fast unsichtbarem Haaransatz, im Profil merklich gewölbt. Mir fiel ein, daß er wie ein Fötus aussah. Der gleiche Mangel an ausgeprägten Zügen.

Auf der Brücke über die Henrik Ibsens gate blieb er stehen und lehnte sich so weit hinaus, daß ich Angst bekam. »Wenn ich jemals Selbstmord begehen wollte, wäre dies der Ort«, sagte er plötzlich. Er sah mir in die Augen. Ich dachte zunächst, es sei ... Ich weiß nicht, warum, aber ich deutete es als einen *verliebten* Blick.

»Siehst du nicht die Schlagzeilen vor dir? ›Mann in der Henrik Ibsens gate tot aufgefunden‹.«

»Ja?«

»Klingt gut.«

»Ja.« Eine mechanische Silbe. Ich war nur eine Wand, die den Ball in Bewegung hielt. Doch ich merkte, ich wollte den Ball in Bewegung halten.

Wir überquerten die Straße und befanden uns nun unter dem Ostflügel der Deichmanschen Bibliothek. Ich war in dieser Gegend nicht mehr gewesen, seit ich ein Junge war und mein Vater ins Kurbad ging. Er hatte sich immer bemüht, den Wagen so nahe wie möglich zu parken, in einer der Sackgassen von Hammersborg.

Der Mann machte eine Grimasse (dem Anschein nach ganz unmotiviert, ein irritiertes Schnappen) zur monotonen, glatten Fassade des OBOS-Gebäudes hin, bevor er den ansteigenden Weg hinter der Schwedenkirche einschlug. Er wirkte in keiner Weise überrascht, als ich ihm folgte. Warum wählte er diese etwas öde — ich würde sogar sagen, *unheimliche* — Strecke? Kopfsteinpflaster. Finster. Mehrere Straßenlaternen defekt. Es war auch kein logischer Weg. Im nachhinein sehe ich den Schatten eines Lächelns — noch dazu eines bedeutungsvollen Lächelns — über sein Gesicht gleiten; ich weiß nicht, ob es tatsächlich da war. Wir kamen an einen Schlagbaum. Nachher habe ich an diesen Schlagbaum gedacht. Er ging außen herum, auf die Säulenreihe hinter der Bibliothek zu. Als Kind fand ich immer, sie sah aus wie eine Ruine oder der Anfang von etwas, das nie vollendet wurde. (Wenn ich darüber nachdenke, brachte mir dieser Abend mehrere solcher genußvoller Erinnerungen.)

»Wo wohnst du?«

»Im Ullevålsveien«, sagte ich, verblüfft darüber, wie prompt ich antwortete. Ich nickte in die Richtung, in die wir gingen. (Glaubte er mir?) Er trug einen Schal, obwohl es nicht kalt war. Das stimmte soweit mit meinem Bild von ihm als Akademiker überein. Ich mochte ihn. Das Gespräch erfüllte mich mit Wohlbefinden. Aus unklaren Gründen empfand ich eine gigantische ... Tatkraft, eine unbändige Lust, etwas zu tun, etwas auszurichten.

»Gustav Vigeland hatte ein Atelier hier oben«, sagte er.

Ich tat so, als hätte ich das gewußt. In Wirklichkeit lernte ich schon wieder etwas Neues.

»Sie beschäftigen sich mit Bildhauerei?« sagte ich.

»In gewisser Weise bin ich selber Bildhauer.«

Das begriff ich nicht, selbst wenn es das anatomische Interesse zum Teil erklärte, ich wollte aber nicht weiter fragen. Ich hatte auch nicht den Wunsch zu fragen. Ich fühlte mich wohl, mir gefiel das Gespräch. Ich empfand, wenn ich so sagen darf, ein chemisches Wohlbefinden im Körper, das an ein erotisches Erlebnis erinnerte. Ich weiß noch, in diesem Augenblick fiel mir das Muster seines Schals auf, als wir gerade eine zufällige Lichtquelle (verhältnismäßig niedrig angebracht?) passierten. Das Licht streifte nur die Halspartie, ein paar Sekunden, aber lange genug, daß das Muster meine Aufmerksamkeit erregte. Winzige Karos? Eine Art Filter, der etwas Wichtiges am Hindurchfallen hinderte? Ich kann es nicht beschreiben. Auch nicht zeichnen. Der Schal war ganz gewöhnlich — was man Dutzendware nennt —, mehr kann ich nicht sagen. Ich erinnere mich, daß ich das mit einer gewissen Befriedigung registrierte, ich glaube sogar, ich habe allen Grund, ein so gefühlsgeladenes Wort zu verwenden wie Begeisterung.

Ich war auf den Mann auf der Grensen gestoßen. Das erste, was mir auffiel, war die Tüte in seiner Hand, so eine altmodische braune Papiertüte, die man oben zusammenknüllt. Ich achtete überhaupt nicht auf die Kleidung, sie war vollkommen neutral, grau oder beige, soweit ich mich erinnere. Ich kam gerade von Burger King und aß einen Cheeseburger, wobei ich die Auslagen in den Schaufenstern inspizierte. Er stand wartend an der Ecke Grubbegata, fragte, ob ich hier hinauf wollte. (Wenn ich es mir überlege, stimmt das: Seine ganze Haltung war »wartend«.) Ich sagte ohne weiteres ja. In diesem Augenblick war es, als *wollte* ich die Grubbegata hinauf. Ich empfand sofort eine einzigartige Sympathie für ihn, fand seine ganze Gestalt rätselhaft anziehend. Ich habe keine Ahnung, woher er kam oder warum er so spät unterwegs war. Dann blieb er auch noch bei der Minibank direkt um die Ecke stehen und brauchte geraume Zeit, um die verschiedenen Kommandos einzutippen, als wolle er sich einen Zeugen dieser Handlung sichern. Er versuchte auch nicht, die ansehnliche Menge an Hundertern zu verbergen, die herausplumpste (zwanzig?). Zu allem Überfluß steckte er die Karte erneut hinein und wiederholte die Prozedur. Die Scheine stopfte er nonchalant in die Taschen. Als wir in die menschenleere Straße bogen, fing er sofort ein Gespräch an, in einem Ton, als sei ich ein alter Bekannter. Ich komme nicht darauf, worüber er redete, nur daß er lebhaft war und sprunghaft die Gesprächsthemen wechselte, die wenig bemerkenswert waren. (Und daß es mir gefiel.) Das erste, woran ich mich erinnere, ist verständlicherweise die Sache mit der beschnittenen Klitoris. Nicht weil das Thema anstößig gewesen wäre, sondern weil die Frage gewissermaßen einen Riß in dem Bild hinterließ, das ich mir von dem Mann gemacht hatte.

»Wissen Sie etwas über Atlantis?« fragte ich, während wir mitten zwischen den vier schweren Säulen hinter der Deichmanschen Bibliothek standen. Vor uns lag die Dreifaltigkeitskirche im Flutlicht, die Kuppel in grüner Glut (ich erwäge zu schreiben »giftgrün«, glaube aber, es ist weniger korrekt und wird außerdem der Situation nicht gerecht). Eine Neonuhr rotierte hoch oben auf dem Gebäude der Postsparkasse. Ich nahm nicht den Glockenschlag wahr, nur die Bewegung. Ich weiß nicht, wodurch ich auf Atlantis kam — vielleicht die Säulen, der Gedanke an Ruinen —, vermutlich lag das eigentliche Motiv darin, daß ich das Zusammensein mit dem Mann verlängern wollte. Die Art, wie er dastand, verriet, daß er von hier aus einen anderen Weg hatte. (Ich bin trotzdem nicht sicher.)

»Das versunkene Atlantis . . .« wiederholte er mit einem Ausdruck, der die Zuneigung zum Objekt kundtat. Er zerknüllte die Papiertüte, öffnete und schloß sie. Ich stutzte wieder über sein Gesicht, dieses Glatte, Unfertige. »Ich habe gehört, alle Tempel der Stadt waren aus unterschiedlichem Stein, auch importiert aus anderen Ländern. Nicht ein einziger war aus derselben Steinsorte gebaut.«

Ich sah den Hang hinunter. Das Gespräch wurde für mich mehr und mehr zum physischen Genuß. Aufgrund der Lichtquellen von allen Seiten bildeten die Schatten der vier Säulen ein markantes Kreuz genau da, wo wir standen.

Jedesmal, wenn er an Atlantis dachte, dachte er aus verschiedenen Gründen an Wale, sagte er. Diese gewaltigen Körper wie sie dahinglitten, spielten, zwischen einem Chaos von Steinblöcken. Oder ab und zu stellte er sich Atlantis als einen Walfriedhof vor, schwere, leuchtende Skelette zwischen Säulen und zusammengebrochenen Portalen.

Während er redete, sah ich die ganze Zeit den Hang hinunter. Zu diesem Zeitpunkt muß ich es gesehen haben. Oder gespürt. Ein schwaches Licht durch einen Spalt. Einen Spalt, der dort nicht hätte sein sollen. Oder . . . Ich kann es nicht erklären. Es war wie . . . Als habe jemand unerwartet einen Teppich weggerissen und dir gezeigt, daß du in Wirklichkeit vor einem Abgrund stehst. Das heißt: Nicht der Abgrund war das Faszinierende, sondern die *Aussicht,* die plötzliche Aussicht auf etwas, wovon du keine Ahnung hattest. Diese . . . *Ausweitung.* War es vielleicht das Wort »Wal« kombiniert mit dem Wort »Atlantis«? Ich starrte den Hang hinunter. Ich lauerte auf etwas, wußte aber nicht, was. Dessen ungeachtet war es wichtig für mich — ich möchte es als die alles in den Schatten stellende Erkenntnis des Abends bezeichnen —, daß ein Mann mit einem so gesichtslosen Schal, einer solchen Dutzendware, so ungewöhnliche Formulierungen über Atlantis äußern konnte.

Machte mich das Gespräch sentimental? Ich weiß nicht.

Ich verließ ihn und ging genau denselben Weg zurück, den wir hinaufgekommen waren. Ich ertappte mich bei dem Versuch, in den unsichtbaren Spuren zu gehen, die ich Minuten zuvor hinterlassen hatte. Unten in der Grubbegata entdeckte ich, daß der riesige Kran über dem Regierungsgebäude aussah wie ein Kreuz mit drei roten Lichtern, eines an der Spitze des Standbaums und eines an jedem Ende des Auslegers. Der Anblick war ... überwältigend. Zunächst erschreckend (ich spürte, wie mir die Glieder erstarrten), dann ... eher etwas, das ich als ein gutes Zeichen deutete. Nicht zuletzt, weil der Kran, oder das Kreuz, eine Reihe seltsamer Gedanken in Gang setzte, sozusagen losgerissen vom Willen. Oder, genauer: von meiner Erfahrung.

An der Brücke nahm ich aufgrund einer Eingebung die Treppen entlang der Henrik Ibsens gate, zur Torggata. Ich betrachtete den Asphalt unter der Brücke, die Quadratmeter, auf denen man auftreffen würde, stürzte man sich über das Geländer. Einen Augenblick beschäftigte mich die Idee, zur Säulenreihe hinter der Bibliothek zurückzugehen, doch dann wies ich sie von mir.

Zuhause in der Wohnung hörte ich den Anrufbeantworter ab. Nichts von Interesse (und nichts von Ingeborg). Ich erinnere mich, was mir einfiel, als ich gerade den Fernsehapparat anschaltete: Hätte ich wissen müssen, wie lang der Penis des Blauwals ist?

Ich überprüfte alle sechzehn Kanäle. Nur vier sendeten noch. Sport. Ich sah mir ein wenig Football an, schaltete ab. Ich machte mir eine Tasse Tee und nahm die Abendzeitung zur Hand. Ich bin nicht völlig sicher, aber ich las sie vielleicht mit größerer ... Aufmerksamkeit als gewöhnlich, sah mir sogar die Kleinanzeigen an. Besonders eine Anzeige für einen neuen Typ Toaster faszinierte mich. Ansonsten verlief, soweit ich beurteilen kann, der Rest der Nacht normal.

Als ich am nächsten Morgen aufwachte, dachte ich trotzdem sofort wieder an den Mann. Wie ich es auch drehe und wende, ich muß zugeben, daß gestern abend auf dem Heimweg etwas Merkwürdiges geschehen ist. Ich habe das Gefühl, ich habe etwas ganz ... Radikales getan. Ich glaube, meine etwas feierlichen Worte treffen nach wie vor zu, wenn ich diese Begegnung als einen Wendepunkt in meinem Leben charakterisiere. Als hätte ich eine unwiderrufliche Entscheidung getroffen, ohne daß ich mir bewußt wäre, sie getroffen zu haben.

# 2

Im selben Augenblick, als ich heute morgen die Sicherheitsschleuse passierte, sah ich mit einem Blick, was jetzt geschah. Ich hatte mich auf eine Reise begeben. Die ganze Halle — die Wachen, die Schranken, die Sitzgruppen — erinnerte mich an einen Flugplatz oder an den Terminal eines großen Dampfers. Etwas in dieser Richtung habe ich früher nie gedacht. Die Stapel internationaler Magazine, dieser »offizielle« Wandschmuck, die Frauen in tadellosen Kostümen (wie Uniformen), die Namensschildchen gut sichtbar — alles war sich gleich, auch das helle Interieur mit den Bildschirmen zwischen Säulen und Grünpflanzen. Heute aber war es plötzlich ein Raum, der den Ausgangspunkt einer Reise bildete. (Das Wort »Entdeckungsfahrt« liegt mir auf der Zunge.) Ich hatte mich auf eine (lange?) Reise begeben, und ich wußte nicht, wohin sie mich führen würde. Gleichzeitig (vielleicht zurückzuführen auf die Elektronik in der Schleuse?) kam ich auf etwas ganz anderes: Als ich hinter der Deichmanschen Bibliothek stand und den Hang hinuntersah — ich glaube, während der Mann von Atlantis als einem Walfriedhof sprach —, hatte ich sekundenlang den

Eindruck, daß das Gespräch die Welt um mich veränderte. Ich bildete mir ein, die Kuppel der Dreifaltigkeitskirche wäre mit Gold überzogen, wenn ich aufsähe. Wie die Zwiebeltürme der Kirchen in Rußland.

Oben im Büro notierte ich »Kuppel aus Gold« auf einem Zettel und steckte ihn in meine Brieftasche. Ich schaltete die Maschine an und loggte mich ein, checkte routinemäßig die interne Post, das Meetingjournal, wo die Leute alle waren. Ich las ein paar Adressen ein und erledigte rasch die allgemeine Verwaltung. Das Summen des Lüfters machte mich ruhiger, unterbrach etwas das Gefühl, in einer Kabine, einer Kajüte zu sein, auf einer Reise. Lisbeth kam herein und warf eine Notiz aufs Pult. Ein schlauer Mensch hatte eine Schwäche am Expeditionssystem im RND Release 5 entdeckt — außerdem funktionierte das elektronische Journal nicht so, wie es sollte. Mit anderen Worten: Intensivierte Arbeit. Zusätzliche Sitzungen.

Wir waren in Zeitdruck. Release 5 hätte längst im Pilot sein sollen. Ich wußte, daß viel von mir abhing. Ich bin eine der Schlüsselfiguren bei der Entwicklung dieses neuen Informationssystems, des »totalen Systems«, wie Heiberg mit Vorliebe sagt. Ich wäre der erste, der zugäbe, daß ich manchmal Raubbau an mir selbst treibe. Doch käme jemand vorbei und sähe mich dort sitzen, über Ausdrucke gebeugt, auf den Schirm starrend (ständig schmerzende Augen); sähe, wie engagiert ich eintippte, telefonierte, in Ost und West Anweisungen gab, in Nord und Süd Chefs beruhigte, würde er sagen: Da sitzt ein zufriedener Mann. Da sitzt ein Mann, der am rechten Platz ist. Ich *war* zufrieden. Ich wünschte mir nichts.

Dieses Gefühl von Zufriedenheit — ich sage gern, *tiefe* Zufriedenheit — war, was das betrifft, auch heute da. Doch ich war unruhig. Ich war unruhig *geworden,* gegen meinen Willen. Ich will es nicht als Unzufriedenheit beschreiben. Vielleicht als Verwirrung. Oder als eine Versuchung. Ja, Versuchung ist das Wort. Ich fühlte, daß mir etwas entging. Vielleicht sogar etwas Großes. Ich sah . . . ich *ahnte* etwas anderes hinter dem, was ich ein halbes Leben lang für selbstverständlich gehalten hatte. Etwas ganz anderes. Ich konnte mich ohnehin nicht befreien vom Gedanken an den Abend, diesen Atem von . . . ich weiß nicht, wie ich es nennen soll.

Ich hatte dieses unterschwellige Gefühl auch während des Mittagessens mit Erik, diese Unruhe oder ständige Wachsamkeit; wie ich die Masse von Roastbeef und Krabben betrachtete, die er im Laufe einer halben Stunde konsumierte, als glaubte ich, Essen und Essensweise hätten mehr (wovon?) zu sagen als das Gespräch, das wir führten. (Worüber redeten wir? Über die Module in den Sicherheitsroutinen oder über Eriks Frau?) Nicht einmal der Tumult, als die Leute entdeckten, daß ich Geburtstag hatte, brachte mich ab von meiner Spur. Ich hörte nur mit halbem Ohr Karls improvisierte Rede des Inhalts, nun stände ich auf der Höhe des Lebens, Sonne im Zenit und so weiter. Ich glaube auch, er sagte, heute feierten wir »einen der Stillen im Lande« (was in aller Welt meinte er damit?). Ich hörte, oder mir schwebt vor, ich hörte Worte wie »Schüchternheit« und »Bescheidenheit«, aber ich bin nicht sicher, auf wen sie gemünzt waren. Eine Torte. Ich glaube bestimmt, daß irgendwann eine Torte aufgetaucht ist. Kerzen? Weiß ich nicht mehr.

Am Nachmittag versuchte ich, eines von den Subsystemen der TMX-Anwendung durchzugehen. Eine Herkulesarbeit. Als jongliere man mit zwanzig Riesensteinen. Ich saß da und untersuchte einen Ablauf, als wohl eine Reminiszenz von gestern auftauchte, wie ein unverständliches fremdes Element — ich hätte fast gesagt »bug« — mitten unter all diesen konzentrierten Gedanken. An irgendeiner Stelle, es war wohl zu Beginn des Gesprächs, hatte mein Begleiter gefragt, ob ich ab und zu Zoologische Gärten besuchte. Im Winter. Es war wichtig, daß es im Winter war. Und am besten in dem Haus, wo die Tiger lebten. Ich kam nicht dazu zu antworten. »Hast du dieses Brüllen erlebt, das durch die Mauern widerhallt«, sagte er. »Und wie der Geruch dir physisch ins Gesicht schlägt, als *Wärme*. Der Geruch von rohem Fleisch, gemischt mit diesem scharfen Gestank von Fell und Pisse. Was für ein grausames Erlebnis ewigen Stillstandes! Kannst du dich als Mensch jemals größer fühlen als in einem solchen Augenblick? Ich kann dort stundenlang stehen.«

Auch dies notierte ich auf einem Zettel und legte ihn in meine Brieftasche.

In der Straßenbahn nach Hause, mitten im Stoßverkehr, machte ich eine Beobachtung. Ich kann mich nicht entscheiden, ob ich sie beunruhigend nennen soll oder nicht. Ich möchte sie eher *unnormal* nennen. Ich habe mich immer, und ich glaube, mehr als die meisten Leute, in überfüllten Straßenbahnen wohl gefühlt. Ich stehe gern so, breitbeinig und eine Hand in der Schlaufe; spüre gern, wie andere Körper mich anstoßen oder von mehreren Seiten gleichzeitig gegen mich drücken — nein, nein: nicht aufgrund irgendwelcher erotischer Phantasien. (Ich bin, so komisch es sich auch anhören mag, zu dem Ergebnis gekommen, daß es sich auf eine konkrete physische Erfahrung von Mitmenschlichkeit zurückführen läßt.) Genauso geht es mir in der Masse bei einem gutbesuchten Fußballspiel, gern einem Länderspiel (in dem großen Gebrüll sein eigenes Gebrüll nicht hören), oder an dichtbelegten öffentlichen Badestränden im Sommer (diese Anonymität, die noch größer wird, wenn alle sich ausziehen) oder in überfüllten Restaurants im Freien, selbst wenn ich allein sitze (seinen Beitrag zum Kreuzfeuer der Blicke leisten), oder bei Volksversammlungen die wenigen Male, die ich an so etwas teilnehme, in der Regel auf dem Youngstorget (die Übersichtsaufnahmen in der Zeitung, wo du dich selbst in der Menge nicht finden kannst).

Heute, mitten im Gedränge in der Straßenbahn, spürte ich nichts von dieser Freude. Ich war umgeben von Menschenkörpern, nahm den Geruch wahr (Schweiß, aufgrund des warmen Spätsommertages), hörte das Stimmengesumm (die absurden Satzfetzen, die noch absurder werden, wenn du erschöpft bist, wie Bemerkungen, die man selbst bei einer leichten Narkose noch hört), fühlte das Stoßen, den glatten Stoff eines Kleiderrückens (entschuldigende, müde Blicke), war aber trotzdem ... wie soll ich sagen ... mißtrauisch. Ich weiß nicht, was es war. Ein beinah erstickendes Gefühl, das mich wütend machte, vielleicht sogar ängstlich, weil ich keine Erklärung dafür hatte. *Irgend etwas stimmte nicht.* Ich starrte in die

Gesichter um mich, konnte, obwohl ich mich bemühte, individuelle Züge zu entdecken, nur männliche und weibliche unterscheiden. *Irgend etwas stimmte nicht.* Ich erinnerte mich an ein Bild aus dem Krieg. Hunderte von Menschen dicht zusammen auf einem Platz. Alle mit Gasmasken. Eine wahnwitzige Wirkung. Nicht weil diese Menschen in etwas Fremdes (Insekten, Wesen aus dem All) verwandelt worden wären, sondern weil sie plötzlich, und nicht zuletzt als Masse, den Charakter von etwas Verborgenem bekamen, etwas *Unbekanntem.* Sie standen unvermittelt für etwas anderes. Ein Eindruck, ausgelöst durch die verdeckten Gesichter. Ich hatte das gleiche Gefühl jetzt, hier, in der Straßenbahn mitten im Stoßverkehr, an einem warmen Sommertag in Oslo. Alle sahen gleich aus. Ich war jetzt von Neugier erfüllt, einer bohrenden Neugier, wie Hunger. Ich versuchte, den Gesprächsfetzen zu lauschen, spürte, daß diese Stimmen, dieses Murmeln, mich in etwas verwickelten, etwas, wovon ich nicht das geringste wußte. Ich habe nie etwas Ähnliches empfunden, eine solche . . . Ich wußte nur, daß die Fahrgäste etwas vor mir verbargen (und vor sich selbst?), daß ich mich vor einer Oberfläche befand, etwas Mächtigem, das sich weigerte, sich zu erkennen zu geben.

Ich besorgte mir in der neuen Bäckerei zwei Baguettes (eines mit Salami, Käse und rohen Zwiebeln, eines mit Schinken, Tomaten und Senf), die ich mitnahm in den Botanischen Garten. Mir fällt ein . . . Etwas passierte unterwegs. Ich weiß nicht, wie wichtig es ist. Irgendwo bildete der Trottoirbelag quadratische Karos. Ich habe immer, genau wie viele andere, vermieden, auf die Fugen zu treten (ich glaube, aus naivem Respekt vor der Symmetrie der Steine, als habe die eine tiefere Bedeutung, die ich nicht besudeln, verletzen darf). Heute fiel mir auf, daß ich bewußt und nachdrücklich auf die Fugen trat, mit beinah gieriger ... boshafter Lust. Ich kann nicht erklären, warum.

Ich notiere das der Ordnung halber.

In der Anlage prüfte ich mehrere Alternativen, bevor ich mich für eine der Bänke im Gamlehagen entschied. Ausgerechnet heute wurde ich schwach bei dem Geräusch des rieselnden Wassers im Springbrunnen und dieser — ich kann wohl sagen — barokken Stimmung, die die gestutzten Hecken und Skulpturen erzeugen. Während ich die Baguettes aß, blätterte ich rasch die Zeitung durch. Mehr als an anderen Tagen frappierte mich, daß nie etwas Neues drinsteht. Daß alles immer wieder das gleiche ist. Eine Art Impotenz. Alte Muster. Nur die Namen sind manchmal überraschend, durch ihre Ulkigkeit oder die Spannung zwischen Vornamen und Nachnamen. Ich fragte mich, ob es eine Verbindung gab zwischen dieser Irritation, dieser mageren Ausbeute, und dem gestrigen Tag, fand aber keine, ließ die Zeitung auf den Schoß sinken, guckte die Fassade des Tøyen hovedgård hinauf, die warme ockergelbe Farbe, saß einfach da, die Zeitung auf dem Schoß, mit übereinandergeschlagenen Beinen, halbgeschlossenen Augen, saß einfach da, spürte, es war genug, einfach dazusitzen, das Geräusch rieselnden Wassers zu hören, die Düfte zu inhalieren, mitten in diesem botanischen Überfluß zu sein.

Nachdem ich den Anrufbeantworter abgehört hatte (Ingeborg hatte einen Glückwunsch hinterlassen, sagte etwas von einem Geschenk), stand ich lange am Fenster und sah auf Vaterland hinunter. Von der Wohnung aus haben wir Aussicht über den ganzen inneren Stadtkern. Ich stehe gern hier. Ich stehe oft hier. Ich glaube, ich verbringe hier . . . Jahre meines Lebens.

Ich schlenderte das Bücherregal entlang und las die Buchrücken, in der Hoffnung, daß mich etwas reizte, nach einem der Quartbände zu greifen, Bücher, die ich nie lese, in denen ich aber ab und zu blättere, wegen der Bilder (von hinten nach vorn). Ich bückte mich, um eine der klassischen Platten zu spielen, zögerte, verlor die Lust. (Vermutlich habe ich die meisten gehört, bin aber nicht imstande, die Musik mit dem Titel des Stücks oder dem Namen des Komponisten zu verbinden.) Ich studierte, zum weiß Gott wievielten Mal, die Sammlung Elefanten, die das Wohnzimmer beherrscht, Elefanten in allen Größen und aus allen möglichen Materialien. Ich hob einen Kristallelefanten hoch, hielt ihn gegen das Licht. Ich drehte einen sich aufbäumenden Elefanten aus grünem Serpentin. Mit einem Elefanten aus Leder (mit eingenähten kleinen Spiegeln) in der Hand betrachtete ich die Porträts von Vorfahren und die Bilder alter Erbhöfe, die an der Wand hingen, wettergegerbte Gesichter in ovalen Rahmen, kleine Häuser auf Bergsimsen zwischen Himmel und Meer. Ich sah aus dem Fenster, in den Sonnenuntergang. Ich versuchte es mit Fernsehen, gab wieder auf. Ich habe den Eindruck, es gibt nur Wiederholungen. Ich habe alles schon gesehen.

Schließlich, als hätte ich endlich die Öffnung im Labyrinth gefunden, setzte ich mich wieder an die Schreibplatte des Sekretärs; dieses alte Möbel, das ich nie benutze, das nur ein Dekorationsobjekt war, ein Erbstück von Verwandten, von denen ich wenig oder nichts weiß. Ein Sekretär aus Fichte mit Birkenfurnier, poliert und lackiert, mit der dunklen Patina eines Jahrhunderts. Es ist mir nie gelungen, eine der kleinen Schubladen zu öffnen. Entweder haben sie sich verzogen, oder der Lack ist mit der Zeit zu Leim geworden, oder sie sind ganz einfach verschlossen. Ich habe keinen Schlüssel. Die Schreibplatte aber kann man gebrauchen, mit einer Unterlage aus Kalbsleder im mittleren Drittel. Ich sitze plötzlich gern hier ... vielleicht aufgrund des Kontrastes zu einem Computer. Ich weiß nicht.

Ich bereue nicht, daß ich mir die Gedanken notiert habe, die mir im Büro plötzlich gekommen waren, ich hätte sie sonst vergessen. Ich vergesse so schnell. Obwohl ich es nicht möchte, wirkt das Ereignis von gestern schon fern.

Ich weiß nicht, warum ich versucht habe, all dies niederzuschreiben — und so *genau* wie möglich. Ich habe nur im Gefühl, daß ich es tun sollte. Daß es wichtig ist. Daß jedes Wort, jeder Ausdruck entscheidend sein kann, ohne daß ich mir darüber klar wäre. Ein solcher Gedanke sollte mir nicht fremd sein. In meinem Beruf kann ein einziger Fehler die ganze Ladung abstürzen lassen.

# 3

Beim Frühstück heute passierte etwas nahezu Unbegreifliches. Ich hatte die zwei Schnitten mit Hüttenkäse und Honig gegessen und die Zeitung gelesen — ganz routinemäßig. Um etwas zu tun zu haben, während ich die letzte Tasse Kaffee trank und »Punkt neun« hörte — als hätte ich ein schlechtes Gewissen, weil ich nicht auch die Fingerspitzen und die Augen beschäftigte —, begann ich, die Zeitung erneut durchzublättern. (Ich weiß, ich bediene mich einer verflachten, amerikanischen Ausdrucksweise, wenn ich sage, ich liebe »Punkt neun«, aber ich meine es wirklich: Ich *liebe* diese Stunde der Entspannung, diese unfeierliche Plauderatmosphäre — dank »Punkt neun« bin ich selten vor halb elf im Büro.) Ich blätterte also, während ich die angenehme Stimme des Sprechers genoß und die Melodien mit ihrer Illusion ewiger Ferien, als meine Augen — durch etwas, das ich einen reinen Zufall nennen möchte — über einen Artikel mit relativ dünner Überschrift stolperten, der erzählte, daß ein Mann tot aufgefunden worden sei — auf »offener Straße« hinter der Deichmanschen Bibliothek.

Ich wurde sofort neugierig, ja, dies faszinierte mich in einem Maße, daß ich ein paar Sekunden lang dasaß und meine eigene Faszination beobachtete, wie der ganze Erkenntnisapparat förmlich zu knistern begann. Mich hat oft frappiert, wie verblüffend schnell eine scheinbar verwelkte Pflanze zum Leben erwacht, bekommt sie erst Wasser. Trotz des hinkenden Vergleichs behaupte ich, daß etwas Entsprechendes jetzt mit meinem Kopf geschah, mit dem ganzen Körper. Ich las den Artikel gründlich, las ihn noch einmal, kaute jeden Satz, probierte einzelne Wörter, sprach sie laut aus (»mysteriös«, »Säulen«, »eingehende Untersuchung«); wenn ich mich nicht irre, senkte ich sogar den Kopf, um an der Druckerschwärze zu riechen. Danach saß ich lange vor dem letzten Rest des Kaffees und grübelte über das Schicksal dieses Mannes nach. Im einen Augenblick unter den Lebenden herumwandern, im nächsten auf der Nase liegen, tot »auf offener Straße«.

Erst als ich in der Diele stand, den Arm in den einen Jackettärmel gefädelt — die Erkennungsmelodie von »Punkt neun« (diese Big-Band-Musik) signalisierte im selben Augenblick eine Art Rückkehr zur Wirklichkeit —, kam ich zu dem Schluß, daß dies derselbe Mann sein mußte, dem ich am vorigen Abend begegnet war.

Ich möchte sagen ... ich glaube, ich kann zu starken Worten greifen: Ich muß sagen, daß mich das schockierte.

Ich hängte das Jackett wieder auf und las den Artikel noch einmal. Er enthielt nichts darüber, warum der Betreffende tot umgefallen war. Und kein Wort von dem Schal. Warum stand da nichts von dem Schal? (Hoffte ich auf einen Beweis, daß sich das Muster wirklich beschreiben ließ?) Ich war irritiert. Jedem Menschen dürfte klar sein, daß ein Mann nicht einfach hinfällt oder akute Atembeschwerden bekommt, und auch noch an einem so öden Ort. Was für ein Bantam-Journalismus! dachte ich. (Wo hatte ich das Wort her? Was bedeutet es?) Je mehr ich über die Sache spekulierte, desto ärgerlicher wurde ich. Ich lernte sogar den Namen des Journalisten auswendig, als könnte ich damit rechnen, irgendwann einmal auf ihn zu treffen und dann meiner Verachtung Ausdruck geben zu können — meiner fachlichen Verachtung, wohlgemerkt.

Daß ich einen Menschen kennengelernt hatte, der jetzt tot war, animierte mich in gewisser Weise. Ich kann nicht sagen, daß ich auf den Namen reagiert hätte, das verhältnismäßig seltene Georg Becker — doch als ich den Artikel ein weiteres Mal las, ging mir auf, daß der Mann Architekt war. Im selben Augenblick wurde mir alles klar: Während des Gesprächs am vorigen Abend hatte ich ständig darauf gelauert, ja, mich danach gesehnt zu erfahren, welchen Beruf er hatte. Hier konnte ich die Antwort lesen — zwar auf gewissen Umwegen, aber es war, als machten gerade diese Umwege die Antwort zu einem desto größeren persönlichen Triumph für mich: Der Mann war Architekt.

Ich bekam jetzt eine neue Beziehung zu dem Bild, das vom Zeitungstext eingerahmt war. Ich studierte es genau, holte dazu noch eine alte Lupe (obwohl ich das Komische, geradezu Anachronistische daran sah), als erwartete ich, vielleicht im Raster etwas Verborgenes zu finden. Die Fotografie war entschieden verblüffend. Dieser Georg Becker (ich nannte ihn in Gedanken schon Becker, fast in der Bedeutung »mein Freund Becker«) war in ganz anderen Kleidern porträtiert als denen, die er bei unserem Treffen trug. Hier war er zum Beispiel mit einer Fliege abgebildet, die fast entgegengesetzte Assoziationen hervorrief. Und er wirkte dicker. Er sah plötzlich aus wie ein Naturbursche, ein kraftvoller Mann, der gern schwimmen ging. Dieser Gedanke fand seine komische Entsprechung, oder wie soll ich sagen, in der Information, daß Becker (»mein Freund Becker«) einer von Norwegens eifrigsten Amateurzoologen gewesen war, mit Walen als Spezialgebiet — er war sogar einer der Initiatoren der neuen Walsafaris von Andenes. Der Artikel erwähnte einiges bezüglich Ehefrau und Familie. Unerwartet auch dies, zum Teil erstaunlich.

(War ich auch leicht gekränkt in Beckers Namen, weil »Mann in der Henrik Ibsens gate tot aufgefunden« zu »Mann auf offener Straße tot aufgefunden« geworden war — dieses Klischee? Ich fand unbedingt, man hätte größere Phantasie beweisen, schreiben können »zwischen Säulen« oder etwas Ähnliches.)

Ich konnte mich einfach nicht beruhigen, daß der Mann Architekt war. Zwar nicht besonders bekannt, aber trotzdem Architekt. Der Gedanke an meinen zufälligen Gesprächspartner in seiner Eigenschaft als Architekt versetzte mich in eine aufgeräumte Stimmung, die den ganzen Tag anhielt, eine Art ständige Gratulation an meine eigene Intuition, mein Glück. Die Arbeit im Büro ging mir ungewöhnlich leicht von der Hand, und die Gruppensitzung hatte ein glücklicheres Ergebnis als erwartet. Wir einigten uns auf drastische Änderungen, und ich darf behaupten, daß ich stark dazu beitrug, mehrere der Vorschläge durchzusetzen. Wir entschlossen uns, einige grundlegende Prozeduren umzuschreiben, um das System effektiver und dynamischer zu machen. Das Merkwürdige ist, daß diese Verbesserungen alle architektonischen Charakter haben. Der Gedanke an Becker gab mir automatisch den richtigen Angriffswinkel. (Heiberg erfuhr vom Resultat, rief an und ... ich glaube tatsächlich, er lobte mich. »Wir brauchen Leute mit deiner Imaginationskraft«, sagte er. Es gefiel mir, ich wiederholte es für mich: »Imaginationskraft«.)

Zu Hause blieb ich lange am Fenster stehen und sah hinunter auf das neue Vaterland, diese ... kolossale Baustelle. (Sogar »kolossal« klingt zu ärmlich.) Daß ich dort stand, war dennoch nicht Becker zuzuschreiben, obwohl ich wieder eine seltsame Übereinstimmung sah. Das Vaterlandprojekt ist etwas, das ich von Anfang an verfolgt habe. Etwas pompös könnte ich sagen, ich war vom Morgen der Schöpfung an dabei. Ein Abgrund, und dann: Es werde Licht! Ich weiß nicht, wie viele Stunden ich hier am Fenster gestanden habe, oder auf der Veranda, wie in einem Amphitheater, hinuntergesehen habe auf den Schauplatz dieses — buchstäblich gesprochen — erbaulichen Dramas. Ich fasse es auf als ein ... schicksalgewolltes Privileg, einer solchen Kraftentfaltung beiwohnen zu dürfen, Zeuge zu sein, wie diese gigantischen Gebäude langsam aufgehen, wie ein Teig oder etwas Lebendiges.

(»Bantam« bedeutet Zwerghuhn.)

Ingeborg kam gestern abend nach Hause. Ich registrierte wieder, wie ihre Gegenwart die Wohnung verändert, wie die Quartbände, die Plattensammlung, die Familienporträts und die Elefanten — alles etabliert und gesetzt — plötzlich einen Anstrich von Studentenbude oder vorübergehender Schlafstelle bekommen. Ich habe mich gefragt, ob das an all den Plastiktüten in Diele und Küche liegt, an all den Kleidungsstücken, die sie nachlässig überall verstreut (dieses Durcheinander, das sie anscheinend braucht, als eine Art Abreaktion), aber ich bin zu dem Ergebnis gekommen, daß es an ihr liegt, ihrer Person, schon ihrem *Gesicht*.

Beim Abendessen (Tee, Cracker und Käse von Charles de Gaulle, plus ein paar Selleriestangen) empfand ich eine seltene Anziehung, wenn ich sie ansah; ich glaube wirklich, ich benutze besser das alte Wort »Verlangen«. Ich hatte das Geschenk bekommen, einen HP 28S mit 1500 Funktionen, Matrix, Grafik, imaginären Zahlen — was man sich nur wünschen konnte. Ich freute mich aufrichtig oder war überrascht, nicht weil das Modell in Europa unmöglich aufzutreiben ist, sondern weil sie sich so gut erinnert, selbst an einen hingeworfenen Satz an irgendeinem Abend, als ich in einer Fachzeitschrift las. Vielleicht war der Rechner an der Entstehung des Begehrens beteiligt. Der Gedanke an den Abstand — oder den Gegensatz — zwischen ihr und dieser Erfindung, zwischen ihrem Körper und diesem digitalen Wunderwerk. Ich habe mich lange nicht so *potent* gefühlt. (Ein Wort wie »viril« läge völlig daneben.) Ich bin auch geneigt zu glauben — und dies eröffnet die meisten Perspektiven —, daß das

Zusammensein mit Becker hineinspielte, insgesamt sehe ich immer größere Möglichkeiten als Folge unserer Begegnung.

Ich wollte mich ins Schlafzimmer zurückziehen, hatte schon angefangen, diese rituellen und wortlosen Einladungen zur Liebe zu verstreuen, als Ingeborg etwas Unerwartetes tat (als sei der Tag ein Tag für Überraschungen). Sie kam auf meine Seite hinüber und zog mich an Ort und Stelle aus, zog rasch sich selbst aus und zog mich auf den Teppich. Anstatt zu ... Sie legte sich mit dem Kopf in Höhe meines Schritts und begann, mich vorsichtig auf die Hoden zu küssen (ich habe, im Geiste Beckers, Lust, das Wort »Skrotum« zu verwenden). Sie blieb dort. Sie tat nichts anderes, konzentrierte sich nur auf diesen Punkt. Sie ließ die Zunge langsam über die Eier kreisen, so lange, daß auch meine Gedanken in Kreisen zu gehen begannen, in größeren und größeren Kreisen, ich spürte, sie wurden zentrifugal auf etwas zu gezogen ... nicht eine andere, sondern eine *größere* Wirklichkeit. Mir kommt vor, daß sie ab und zu den Kopf hob und mich ansah, das Gesicht in mein Blickfeld brachte, als sei auch das ein Teil des Genusses, das Gesicht mit dem virtuosen Make-up (noch immer nicht entfernt). Wir gehören zu denen, die offen sind für Experimente im Sexualleben (vielleicht mehr aufgrund der inflationären Ratschläge in der Tagespresse als aus einem genuinen Bedürfnis heraus), aber sie hat mich nie — ich meine, ausschließlich — auf diese Weise geliebt. So einfach, so wirkungsvoll ... besser als das ganze Kamasutra; als habe sie das Sesam, öffne dich zur Erotik selbst gefunden. Ich hatte den Eindruck, sie hatte es aufgespart. Ich starrte hinauf in das Gewimmel bunter Elefanten, Rüssel in allen erdenklichen Positionen, ich sah meine Vorväter an, diese gefurchten, ernsten Gesichter, Haut wie ... Ich fühlte ihre Zunge und ihren Mund an meinen Hoden kreisend, saugend, schnappend, leckend, abwechselnd langsam und schnell. Nur die Hoden. Jede Falte im Hautbeutel um die Testikel wurde mit der Zungenspitze verfolgt. Meine Hoden waren das Zentrum des Universums. Und die ganze Zeit Gerüche. Ich spürte, daß sie im Schritt naß war, wenn sie sich zwischendurch an mein Knie preßte, bemerkte aber gleichzeitig ein anderes Odeur, das sich mit dem Duft der Geschlechtssäfte mischte. Ich weiß von Ingeborgs Parfüms nicht mehr, als daß sie einen sehr eigenen Geschmack hat. Sie wählt in der Regel diskrete Parfüms (aufgrund des Berufes?), die trotzdem gegen Ende des Tages triumphieren, wenn das Parfüm gleichsam im Begriff ist, die Haut zu verlassen; eine letzte Kraftanstrengung, bevor es dahinschwindet, wie die abschließenden Akkorde einer Symphonie. Diesen Duft muß ich gerochen haben, eine seltsam starke Essenz, etwas wie ... Mir fiel ein, es roch wie Ambra, obwohl ich nicht weiß, wie das riecht. Ich bildete mir ein, Ingeborgs Kuß habe mich in eine Offenheit versetzt, die es ermöglichte, genau diesen Duft von Ambra zu erkennen, zu erkennen, daß die Wanderungen der Zungenspitze über die Hoden und der Duft von Ambra zusammengehörten. Ich sah an mir hinunter. Ich war groß, ich hatte mich nie so groß gesehen. Ich dachte (eine Folge der morgendlichen Zeitungslektüre?) an Wale, Ingeborg bewirkte in mir das Gefühl, einen Penis von zwei

Meter siebzig zu haben, einen Penis, der wuchs und wuchs, als würde die Potenz, falls möglich, noch stärker aufgepumpt und nähere sich der Grenze — nicht etwas so Banalem wie Explosion, sondern Auflösung, dem Übergang in einen anderen Zustand. Ich befand mich auf einer Grenze, balancierte zu auf einen beinahe unerträglichen Genuß. Ich dachte an die gewisse äußere Ähnlichkeit des Hodensacks mit dem Gehirn. Es war wirklich ein Gefühl, als gleite ihre Zunge in die Falten der Hirnrinde und liebkose sie, als bringe sie verborgene Gedankengleise zum Vorschein und verbinde sie, ganz draußen an der Peripherie. Minuten oder Stunden vergingen. Ihre Zunge kreiste über die Eier, wieder und wieder. Ich wünschte, sie würde nie aufhören, aber schließlich hielt sie inne, kroch hoch (nasses Schamhaar am Bauch) und sah mich lange an, das Gesicht direkt über meinem. (Ich dachte: Ich kenne sie nicht.) Sie verschwand im Schlafzimmer, nahm den Duft von Ambra mit. Ich hörte, wie es im meerblauen Bettzeug raschelte. Ich blieb liegen, ließ die Gedanken weiter in diese Richtung oder vielmehr in diese Richtungen laufen, in die sie hinausgeschossen worden waren, als wären sie Raumsonden jenseits des Widerstands der Atmosphäre und könnten schwerelos fliegen, weiter und weiter, praktisch in alle Ewigkeit.

Ganz zum Schluß fällt mir etwas ein: In der Zeitung stand nichts von der Papiertüte. Das irritiert mich. Was war in der Tüte, die Becker die ganze Zeit in der Hand hatte?

# 4

Drei Tage mit Ingeborg. Drei Tage mit langem Frühstück. Drei Tage mit langem Abend, klassischer Musik und grünem Tee aus Japan. Drei Tage, an denen die Elefanten *leben.* (Heute rief sie im Büro an, aus Anchorage, um zu sagen, daß sie einen Tag später nach Hause kommt als geplant. Immer diese Umsichtigkeit, diese ...) Ingeborg redet die ganze Zeit, gestikuliert die ganze Zeit, lächelt die ganze Zeit, selbst in todernsten Zusammenhängen. Sie redet über alles, unzusammenhängend, sprunghaft. Mir gefällt das. Mir gefällt, daß sie mich ohne Vorwarnung zu stundenlangen, verwirrenden Gesprächen zwingen kann, über ... wie ist der Ausdruck ... die tiefsten Probleme des Daseins. Eines Abends wollte sie über den Untergang der Dinosaurier diskutieren. Wir redeten lange über die Dinosaurier. Trotzdem habe ich am meisten von ihren kleinen Alltagsgeschichten, dem ganzen Klatsch vom Job, diesen harmlosen Anekdoten, die zum einen Ohr hinein — und zum anderen wieder hinausgehen (wie in »Punkt neun«). Ich merke, wie flüchtige Bagatellen ein besonderes Gewicht bekommen können, wenn ich sie aus einem anderen Winkel sehe, so daß ich oft lange dasitze und darüber nachgrüble. (Nicht zuletzt über die Unmutsbekundungen über mich, die sie hie und da einflicht: »Du glaubst wirklich alles!«, oder: »Sag mal, wie ist das, wenn man so wenig spontan ist?«) Ich frage mich: Ist dieses Glück nicht genug? Kann es wirklich noch mehr geben? Ich will, Hand aufs Herz, nicht von mir weisen, daß ich mich in eine Sackgasse verrannt, reagiert habe auf einen ... unklugen Impuls.

Das jüngste Ereignis deutet auf das Gegenteil hin. Ich habe sogar mehrmals über diesen Abend nachgedacht, ihn *durchdacht*. Vor allem, weil ich früher nie im Stenspark war, ich hatte in dieser Gegend der Stadt nie etwas zu tun, weder als Kind noch später. Warum ging ich dorthin? Der Stenspark ist Terra incognita für mich. (Ich bin zufrieden mit »Terra incognita« — wo habe ich das her?) Und trotzdem, es war ganz natürlich für mich, genau dort hinzugehen.

Es kann selbstverständlich etwas damit zu tun haben, daß ich am vorigen Wochenende im Bislett war, beim Oberligaspiel. Ich wollte, halb unbewußt, einen Test durchführen. Ich nahm absichtlich dort Platz, wo die Leute auf der spärlich besetzten Tribüne am dichtesten saßen, versuchte gewissenhaft, mich in die richtige Stimmung zu versetzen, mich im Einklang mit diesen Menschen zu fühlen, die riefen und schrien, lachten und fluchten. Die eine Mannschaft war auch noch Vålerengen, ein Klub, zu dem ich halte, seit ich ein Junge bin. Es lag vielleicht nicht so sehr daran, daß dieses Gemeinschaftsgefühl nicht mehr existiert hätte, wie an der Tatsache, daß dieses *nicht mehr genug war*. Und das hatte absolut nichts damit zu tun, daß die Menschen um mich fremd wirkten. Es war eher diese lähmende Erfahrung, vor etwas Bekanntem, Verbrauchtem zu stehen, so wie auf einem Fest mit Freunden, die man gründlich satt hat. Und bei alledem dennoch zu wissen, man steht vor etwas total Unbekanntem, Unerforschten. Es befriedigte mich nicht mehr, daß mein Nebenmann mir enthusiastisch auf den Rücken haute und mir seine Flasche anbot. Ich stand gleichsam außerhalb von mir selber und betrachtete diesen Menschen, der ich war, der dastand und zum Spielfeld hinunterbrüllte (»Nicht noch mehr gelbe Karten, Marvin!«). In gewisser Weise — in diesem Augenblick unglücklicherweise — fühlte ich mich gezeichnet, ja, fast verflucht. Klänge es nicht so feierlich, würde ich sagen *auserwählt*. Ich schlich mich nach der ersten Halbzeit hinaus, beim Stand von 3:0 für VIF.

An diesem Abend hörte man vom Bislett-Stadion keinen Ton. Der Grund dafür, daß ich die Thereses gate hinaufging, statt hinunter zum Zentrum abzubiegen, war höchstwahrscheinlich die Anziehung von Maliks Menü oben an der Straße, einem Imbiß, der bis Mitternacht aufhat. Ich kann nichts anderes sagen, als daß ich Verständnis habe für diese geschäftigen Einwanderer, die es schaffen, sich in der knallharten Fastfood-Branche zu etablieren. Und Malik macht das gut. So wie ich es sehe, sind seine Hamburger voll auf der Höhe, auch wenn sie zu groß sind, als daß man sie im Gehen essen kann. Eines seiner Lokale — in sanftem Pastell und überall Spiegel — zu betreten, hebt meine Stimmung. Ich denke immer an Moscheen, wenn ich bei Malik etwas hole.

Ich bestellte Fish and Chips zum Mitnehmen, wartete geduldig (während ich dem dunkelhäutigen Menschen hinter der Kasse — eine Äußerung von Schuldgefühl? — mehrfach ein höfliches Lächeln schenkte), bis man mir das Ganze in einer dieser praktischen Styroporboxen aushändigte, die an einen kleinen weißen Koffer erinnern. Ich ziehe es vor, im Gehen zu essen, ich weiß nicht, warum — vermutlich nur aus Gewohnheit. Der Fisch war jedenfalls so gut, wie ich gehofft hatte, perfekt golden und knusprig außen, weiß und saftig innen. Beinah gedankenlos, beschäftigt mit der Plastikgabel, die ich in den Salat mit Thousand Islands Dressing manövrierte, ging ich nach links und kam bei der Fagerborg Kirche in den Stenspark, wonach ich — ganz planlos (während ich in einer Hirnkammer gleichzeitig bestrebt war, mich möglichst planlos zu entscheiden?) — dem Fußweg folgte, der sich vorbei an den Lüftungsrohren des Luftschutzkellers nach oben windet. Ich begegnete unterwegs mehreren Menschen, hatte aber keine Lust, mit einem von ihnen zu sprechen. Warum nicht? War etwas an den Gesichtern entscheidend? Ihre Erscheinung, das sogenannte Auftreten?

Ganz oben, bei dem kleinen Teich, blieb ich stehen. Mehrere große Hunde mit dieser kalten Ausstrahlung von Wölfen (oder Steinzeit) strichen vorbei. Ich sah die Besitzer als Schatten am Rande des Parks (als wollten sie sich zu ihren Tieren nicht bekennen, oder hätten ein schlechtes Gewissen). Ich drehte mich um und sah über Oslo hinaus. Eine Spur Paprikapulver gab dem Fisch einen ganz eigenen Geschmack. Die drei Kammern der Styroporbox waren schon an sich eine Studie wert; der Fisch in der größten Kammer, die

Chips und der Salat in den beiden anderen; alles überstreut mit Gurken- und Tomatenstückchen und Mais. Zur Krönung des Ganzen war auf dem Stück Fisch eine Zitronenscheibe und ein Klecks Remoulade. Ich zog vorbehaltlos den Hut vor dem Menschen, der hinter diesem schlichten, aber äußerst geschmackvollen Arrangement stand (Malik selbst?), und freute mich gleichzeitig über die Styroporbox, die es einem nächtlichen Wanderer ermöglichte, im Freien eine warme Mahlzeit zu genießen, zu essen, so wie ich jetzt, der ich über die Stadt blickte, die großartige Aussicht registrierte und fast bedauerte, daß ich so lange nichts gewußt hatte von diesem Ort. Von hier aus gesehen, oder vielleicht aufgrund des Lichtes, wirkte Oslo plötzlich transparent, wie eine Fata Morgana.

Ich spazierte, während ich weiteraß, zum oberen Ende, zur Ecke, wo der Park auf die Stensgata führt. Ich blieb beim Springbrunnen stehen und wußte tatsächlich nicht, was ich tun sollte, als hätte ich eine unvorhergesehene Grenze erreicht. Ich habe mich später gefragt, warum ich Interesse aufbrachte für den etwas unansehnlichen älteren Mann, der sich über die Karosserie eines geparkten Studentenautos auf der anderen Straßenseite beugte. (Warum schreibe ich »unansehnlich«? Warum nicht »unauffällig«? Oder »grau«, »neutral«, »durchschnittlich«?) Was war an diesem Menschen, das mich schon von weitem anzog? War es ebendieses Anonyme? Die Verheißung von etwas vollkommen Gewöhnlichem? Oder war es vielleicht das Tweedjackett?

Eine wichtige Frage.

Ich beschloß im Bruchteil einer Sekunde, daß *er* entscheiden sollte. Im nächsten Augenblick kommt er auf mich zu, mit allen Anzeichen, daß er ein Gespräch anfangen will.

»Sie versuchen also, die Schrift an der Wand zu deuten?« sagte ich versuchsweise. Ich bemühte mich um das, was man einen leichten Ton nennt, war ansonsten einigermaßen zufrieden mit dieser Einleitung, die einfach auftauchte, aus dem Nirgendwo.

»So kannst du's vielleicht ausdrücken.« Seine Stimme war ... ziemlich ansprechend. Einen Augenblick lang wollte ich ihn abschreiben, wegen seiner Brille, stellte aber fest, daß sie harmlos war. Sie war weder Ausdruck für die Wahl eines eitlen Menschen noch diente sie dazu, starke Unabhängigkeit zu signalisieren. Sie war einfach alt, aus der Mode. Sie wirkte auffallend schwer durch die breiten Brillenbügel, weckte in mir Assoziationen zu Blinden, zu Schweißern, zu Bergsteigern.

»Sind Sie vielleicht Kletterer?« sagte ich. Ich hatte mich schon entschlossen, ihn den Direktor zu nennen. Aus der Nähe wich das Unansehnliche einer Haltung, die Autorität verriet. Erfahrung. Das Haar war weiß, das Tweedjackett von guter Qualität. Ich vermutete, er war Direktor einer kleinen, aber soliden Firma. (Ich amüsierte mich schon im voraus damit, mögliche Unternehmen aufzuzählen: militärische Ausrüstung, Schreibmaschinen, optische Instrumente ...)

»Als ich jung war, war ich einmal am Fuß des Montblanc. Weiter bin ich nicht gekommen.« Er antwortete, ohne zu zögern, schien die Frage völlig normal zu finden.

Lag das nicht in der Nähe von Chamonix?

Doch. Kannte ich mich dort aus?

Ich habe wohl rein intuitiv gefragt. Erst jetzt sehe ich die Verbindung zu dem, was Georg Becker von seiner ersten Frau gesagt hat. Ich merkte trotzdem, daß ich einen Fehler gemacht hatte, fürchtete, er werde gehen. Er schielte zu den Resten meines Essens. Ich schloß die Styroporbox. Der Mann streckte die Hand aus und zeichnete mit einem roten Filzstift ein Kreuz auf den Deckel. Der weiße Kasten sah plötzlich aus wie ein Verbandskasten. Wir fingen beide an zu lachen.

»Ich habe gerade ein paar Inschriften von dem Studentenauto da drüben abgeschrieben«, sagte er, übernahm die Führung. Diese Information bestärkte meine ... Hoffnung — oder wie soll ich sagen. Schauer positiven Charakters breiteten sich im Körper aus, ganz ähnlich wie die Reaktion nach den ersten Gläsern Alkohol. Wärme, Entspanntheit, Übersicht. Er zog ein kleines Notizbuch hervor: »›Guck weg, deine Mama kriegt 'n Fick‹«, las er und sah mich über den Brillenrand an. »Nicht direkt Sigrid Undset.«

Ich begriff nicht, warum er Sigrid Undset hineinzog.

»Hör dir den an: ›Lieber 'n Same als 'ne Eastend-Dame!‹ Oder hier, der ist ziemlich stark: ›Lieber Rock'n Roll als die Säuglinge in den Brutkästen bumsen‹.« Er lachte und schlug das Notizbuch zu.

(Das Seltsame ist, daß ich die Zitate noch weiß.)

Bereits zu dem Zeitpunkt geschah etwas Ungewöhnliches: Ich fragte mich, und zwar mit großer

Gewissenhaftigkeit, ob sich diese Worte eignen würden zum letzten Satz seines Lebens.

Statt den Park zu verlassen, begann der Direktor (Spielzeug?), die Treppen links und weiter den Fußweg hinaufzugehen, der in einem Bogen zur Rückseite des Parks führt. Er gab mir Zeichen, daß ich ihn begleiten sollte. Ich bin mir bombensicher, ich erinnere mich deutlich an die einladende Handbewegung.

»Ich nehme die Fernsehsendung von der BBC auf Video auf«, sagte er, als verrate er mir ein intimes Geheimnis. »Über Gletscher. Ich will es ungern verpassen.« Er war ganz oben stehengeblieben, vor einem Mietshaus. Ich dachte (enttäuscht?), er wohne vielleicht dort. »Siehst du fern?«

»Ich sehe viel, aber ich sehe wenig«, sagte ich, halb überrascht über die Antwort. Die Worte schienen mir nicht wenig Weisheit zu enthalten. Es war eine Antwort, mit der sich jeder intelligente Mensch sehen lassen kann. Ich gehöre nicht zu der subtilen Sorte, und die Entdeckung dieser Seite von mir, oder zumindest dieses Keims, machte mich optimistisch. Ich beschloß, mich ins Zeug zu legen, um diesen zu kultivieren.

Synchron mit diesem Gedanken ertappte ich mich dabei, daß ich mich mit etwas anderem beschäftigte. Dieses Faktum erfüllte mich mit ... Andacht, einer Art Bewunderung für die menschliche Kapazität, für diese unsere Fähigkeit zu doppelter Aufmerksamkeit, Denken auf zwei Ebenen. Ich sah den Mann fest an, oder ich bildete mir jedenfalls ein, daß ich ihm direkt in die Augen sah, während ich gleichzeitig, in einer anderen Schicht des Bewußtseins, die Peripherie des

Blickfeldes absuchte. Ich kam zu dem Ergebnis, daß ich auf der Jagd nach etwas war.

Wir blieben stehen und redeten. Der Mann stellte eine Reihe sonderbarer Fragen. Ich antwortete, so gut ich konnte. Es gefiel mir, ich empfand es als eine ... Herausforderung. Nach einer Pause sagte er: »Du bist auch spät unterwegs? Auf der Pirsch?«

Ich spürte, wie konzentriert ich war, wie ich die ganze Zeit überlegte, was der Mann gesagt hatte, mir Details und Nuancen seines Sprachgebrauchs (»Pirsch«?) merkte, sogar winzige Gesten und jede Zuckung im Gesicht — alles schien mir von der allergrößten Bedeutung zu sein, jeder Satz war eine Einladung in unbekanntes Land. Ich registrierte, wie ich mögliche Antworten (ich möchte sagen: sogar etliche) und Gegenfragen erwog, wie ich — in Gedanken — versuchte, der wahrscheinlichen Richtung des Gesprächs zu folgen, von ebendieser denkbaren Antwort oder dieser logischen Gegenfrage aus. In meiner Phantasie war ich in mehrere Dialoge sozusagen in der unmittelbaren Zukunft verwickelt, parallel zu dem, den ich tatsächlich führte. Und mitten in all dem empfand ich eine schmerzliche Frustration: die Unmöglichkeit, allen Einladungen des Gesprächs zu folgen, die Tatsache, daß man die ganze Zeit spannende Alternativen ausschließen muß. Wie gern wäre ich jedem Satz und der Möglichkeit, die er eröffnete, auf den Grund gegangen, jedem zufälligen Nebensatz bis zu seinem Ziel gefolgt, und läge es in einer anderen Milchstraße.

»Ich arbeite oft bis spät am Abend«, sagte ich. »Wir können kommen und gehen, wann wir wollen.«

Ich bereute es sofort. Die Antwort konnte uns leicht auf das Thema Beruf bringen. In derselben Sekunde fiel mein Blick auf den Container, als habe sich das Blickfeld in Übereinstimmung mit der Entwicklung des Gesprächs erweitert. Oder sei deutlicher geworden, wie beim Ausrichten einer Linse. Der Container hatte die ganze Zeit dort gestanden, wo ich hinsah, doch erst jetzt *entdeckte* ich ihn, oder die Möglichkeiten, die er bot. (Hatte nicht dennoch die Wendung zum Thema Beruf die Linse auf gerade diesen Gegenstand gerichtet?)

Was meine Frau davon hielt? fragte er.

Ich applaudierte. Eine überraschende Frage. Das Gespräch war wieder ganz offen.

Sie war viel weg.

Glückspilz, sagte er.

Ich sah, daß er Lust hatte, dieser Spur zu folgen, nach Ingeborg zu fragen. Meine Neugier wuchs. Wer war er? Wie konnte ein Mensch eine so formlose Visage haben? Nur die Brille, sozusagen, hinderte das Gesicht am Verschwinden, als hinge die Brille freischwebend in der Luft, während das Gesicht dahinter in der Umgebung aufging, als ob der Mann eigentlich nicht existierte, als ob ... Ich war beinah froh, als ich entdeckte, daß die Gestalt einen Schatten warf.

Es war der Direktor (Reisebüro?), der anfing, in Richtung Container zu trotten — nein, *schlendern* ist korrekter. Er blieb auch selbst daneben stehen, so daß ich sehen konnte, was oben lag. Ich benutzte die Gelegenheit, die Styroporbox mit dem roten Kreuz wegzuwerfen.

»Ich war auf dem Friedhof«, sagte er.

Löste der Container dieses Geständnis aus, vielleicht die Ähnlichkeit zwischen einem Computer und einem Sarg? Oder das Kreuz?

»Ich habe Blumen auf das Grab meiner Eltern gelegt«, sagte er.

»So spät?«

Der Sprung von Ingeborg zum Friedhof schenkte mir einen rein physischen Genuß. Vielleicht ließ mich auch der Gedanke an Ingeborg bei dem Gespräch das gleiche erregende Lustgefühl empfinden wie an dem Abend, als sie meine Hoden küßte, die Zunge über die Eier gleiten ließ und mit ihnen spielte, den verzweigten Gleisen in der Haut folgend.

Er hatte in seiner Jugend als Totengräber gearbeitet, sagte er, als erkläre das alles. Außerdem gefielen ihm Friedhöfe in der Dämmerung. Er meinte, die Denkmäler zeigten sich dann von einer ganz anderen Seite. Ihre Formen traten in gewisser Weise klarer hervor. Die ganze Symbolik.

Würde er anfangen, über den Tod zu reden? Ich empfand einen herrlich ... kreativen Druck im Körper. Ich sah ihm in die Augen (sie saßen gleichsam fest in den Brillengläsern) und gleichzeitig in den Container hinter seinem Kopf — ich war im Besitz eines zweifachen Sehvermögens. Der Container floß schier über vom Schrott eines Hausabrisses. Ich sah Bretter mit hervorstehenden Nägeln, Stücke von Mauerputz, Tapetenreste, ein paar Eisenstangen.

»Manchmal finde ich, die Stadt erinnert mehr an einen Dschungel als der Dschungel selber«, sagte er. »Vor allem so am Abend, im Dunkeln.«

Diese Aussage entflammte mich, falls möglich, noch mehr. Der Mensch vor mir öffnete eine weitere Tür.

»Ist das nicht ein ziemlich abgegriffenes Bild?« sagte ich, bereute es gleich wieder, denn ich hatte Angst, er würde den Faden verlieren oder, noch schlimmer: mich aus Ärger verlassen.

»Ich denke nicht an die Umbarmherzigkeit der Stadt ... die Kriminalität und so weiter«, sagte er statt dessen. »Ich meine das Faszinierende im Dschungel. Die Düfte, die Dichte, die Fruchtbarkeit. Die Verwesung. Wie die Sinne zu anderen, vergessenen Funktionen gezwungen werden.«

»Ich glaube, ich weiß, was Sie meinen.«

Ich genoß es einfach, konnte nicht genug davon bekommen. Das Gespräch glich einer riesigen Skizze, hatte den gleichen anregenden Charakter angedeuteter Möglichkeit — in erster Linie kraft all dessen, was nicht gesagt wurde, der Fäden, die nicht entwickelt wurden. Ich wünschte, das Gespräch würde nie enden. Gleichzeitig wünschte ich, er würde nichts mehr sagen. Ich hatte die ganze Zeit Angst, er würde diese vagen Formulierungen, diese schwebenden Linien zerstören... Ich genoß es einfach, auch etwas verwundert, voller Angst vor meinen eigenen Augen, die eine röntgenartige Kraft bekommen hatten. Ich sah *durch* die Dinge um mich herum, die Masse der registrierten Einzelheiten wurde fast verstörend. Ich entdeckte, daß ihm am Hemd der zweite Knopf von oben fehlte, während ich gleichzeitig den Rost an einer Dachrinne in einigen Metern Entfernung sah, nur schwach beleuchtet von einer Straßenlaterne; ich sah die feinen Braunnuancen in dem kleinen Fleck und wurde gegen meinen Willen berührt vom Zusammenspiel dieser Farbtöne, die in der sie umgebenden Dunkelheit um ihr Recht kämpften. Links, in

Richtung Stadt, lag ein gestrüppbewachsener, offenbar unzugänglicher Hügel.

Der Direktor (Campingausrüstung?) erzählte, seine besten Ideen seien ihm im Dschungel gekommen. Er glaubte, diese Umgebung wirkte besonders initiierend auf das Hirn.

»Initiierend». Ein schickes Wort. Ein Wort mit Rückstoß. Ich merkte es mir augenblicklich.

Trug er im Dschungel die Brille?

Ich hätte ihn vielleicht fragen sollen, an welche Ideen er dachte, diese andere Frage aber schob sich so überzeugend in den Vordergrund, daß ich spornstreichs nachgab. Ich kann hinzufügen: glücklicherweise, denn dieser zufällige Satz lenkte den Lauf der Konversation in eine Richtung, die ich jetzt, später, nichts als bejahen kann.

Er war leider dazu gezwungen. Ohne war er so gut wie blind.

Ich kaute an diesem Satz, als befände ich mich in unvorstellbarer Entfernung. Aus irgendeinem Grund sah ich mich selbst auf Galapagos, auf dem Rücken einer Schildkröte, während diese Worte mich über das Meer hin erreichten. Eine große Verantwortung ruhte auf meinen Schultern.

»Schwitzen Sie denn nicht an der Nasenwurzel?«

Er guckte mich zum erstenmal erstaunt (oder vorwurfsvoll?) an; worauf wollte ich hinaus, da ich so hartnäckig auf der Brille herumritt? (Worauf wollte ich hinaus?)

Dann passiert etwas Merkwürdiges, das alles löst, oder der Anfang der endgültigen Lösung. Der Mann nahm mich beim Arm und führte mich dicht an den Container, als sei dieser eine Art Versteck, eine Voraussetzung, um mitzuteilen, was offensichtlich in ihm arbeitete. Wir standen dicht an der Öffnung des Containers, rochen eine Ahnung von dem Müll, den die Leute bei der Gelegenheit losgeworden waren.

Dann redete er, dozierte eher, über den Abbau des Regenwaldes auf Borneo. Die rabiate Abholzung. Die Japaner. Was für ein Skandal das war. Er redete schnell. Keiner tat etwas. Eine Katastrophe. Bald war es zu spät.

Ich habe keine Ahnung, wie er darauf kam, ich war wohl einen Augenblick weggetreten. Von da an war ich hellwach. Jedesmal, wenn er eine Pause machte, taxierte ich den letzten Satz, ob er sozusagen anzeigte, daß ... Es war mir vollkommen klar, daß den letzten Worten in einem Leben maximale Bedeutung beizumessen ist (entsprachen sie dem Schlüssel zu einem Code?). Ich konzentrierte mich so stark darauf, daß ich den eigentlichen Zusammenhang in seiner Argumentation nicht mitbekam. Unterdessen hatte ich das berauschende Gefühl, zu etwas total Unbekanntem unterwegs zu sein und dennoch die Situation völlig zu beherrschen.

Das folgende geht schnell. Statt etwas zu sagen, hält er inne und starrt in die Öffnung des Containers. Er nahm die Brille ab. Ich hatte den Eindruck, in etwas Leeres zu sehen oder etwas Unscharfes oder nicht Fertiges. Dann steckte er die Hand hinein und wühlte herum, als sei hier eine Lotterie und er solle das Gewinnlos ziehen. Die Hand kam mit einem Mauerstein wieder heraus. Ich glaube, er war sich nicht einmal klar über sein Tun. Ich möchte es als einen Impuls deuten, eine geistesabwesende Handlung, vielleicht einen Ausdruck von Rastlosigkeit —

falls er damit nicht zeigen wollte, wie hilflos und dem Zufall ausgeliefert er ohne Brille war? Er stand da und wog seine Beute in der Hand, bis er sie mir gab, ich möchte sagen, *aufbürdete*. Dann wiederholte er die Prozedur und holte einen Schädel heraus, das langgestreckte Kranium irgendeines Tiers (hatte es bei jemandem an der Wand gehangen?). Wie ein Zauberkünstler zog er einen Schädel hervor. Ganz einfach. Er selbst sah aus, als amüsiere er sich. Er hielt die Hand mit dem Schädel vom Körper weg, durchbohrte ihn gleichsam mit dem Blick, während er deklamierte: »Wo sind nun deine Schwänke? deine Sprünge? deine Lieder? deine Blitze von Lustigkeit?« Irgend so etwas, wenn mich mein gutes Gedächtnis nicht im Stich läßt.

Genau hier, in dieser Sekunde sah ich es. Ich bin nicht imstande, es zufriedenstellend zu erklären. Ich glaube, abgesehen davon löste das Wort »Sprünge« dieses Gefühl aus, wurde zu einer Brechstange, die ... Als erschiene in der Wand, die du ein Leben lang angestarrt hast, plötzlich ein Spalt. Kurze Zeit siehst du etwas Phantastisches, ganz Unbeschreibliches ... wohlgemerkt, als etwas *Potentielles* oder vielleicht Hypothetisches — in Form eines Lichts, eines Scheins, eines Glanzes — durch diesen Spalt. Dann ist er weg. Oder du findest ihn nicht wieder. Alles ist wie vorher. (Wenn ich darüber nachdenke, habe ich vielleicht in dem Wort selbst, in »Sprünge«, den Spalt gesehen.)

Der Schädel schien den Direktor (Jagdausrüstung?) zu beschäftigen. Er brachte ihn möglicherweise auf eine Idee, jedenfalls packte er meinen Arm und führte oder schleppte mich eher zu dem gestrüppbewachsenen Hügel links, zwischen zwei Transformatorenhäuschen und über etwas, das ich als Steinhaufen erkannte. Ich begriff nichts, versuchte sogar, Widerstand zu leisten, er aber war stark für sein Alter; zog mich durch die Wildnis eine steile Böschung hinauf, bis wir auf eine kleine Ebene kamen. Die Sterne wurden sichtbar. Das Licht der Stadt machte das Terrain vor uns zur Silhouette. Mittendrin taucht ein Altar auf. Ich sage »Altar«, weil es, da war ich mir sicher, gleichgültig, wie unmöglich, ein Altar *war*. Hier, mitten in der Großstadt. In ebendiesem Augenblick nahm ich es als Selbstverständlichkeit, daß sich an diesem Ort ein Altar befand.

Wir kamen näher. Ich weiß noch nicht, was es war, aber es hatte die Form eines viereckigen, grobbehauenen Steinblocks, zirka einen Meter hoch und einen halben Meter breit. Und er pulsierte, ich kann schwören, daß er schwach glühte. Es konnte ein Lavablock sein, phantasierte ich, ein Meteor, der kürzlich gelandet und noch nicht abgekühlt war.

Der Mann legte die Hand auf den Steinblock, vorsichtig, als fürchte er, der werde ihn verletzen, oder als segne er ihn oder als wärme er sich daran oder ich weiß nicht, was. Dann blickten wir, jeder in seine Richtung, über die Stadt. Wir standen ganz oben, Rücken an Rücken, als ob der eine den anderen nicht bemerkte, ihn vergessen, genug hätte von diesem Anblick, diesem ... Wir waren durch einen magischen Tunnel gegangen, waren außerhalb von Zeit und Raum. Ich hatte die Empfindung, im Zentrum eines Sternnebels zu stehen, an einem dunklen Achsenpunkt. Lichtmyriaden in allen Richtungen. Ich habe die Stadt nie so, wie heißt das ... chaotisch gesehen und gleichzeitig den Eindruck gehabt, daß gerade dieses Chaotische eine selbstverständliche Einsicht verbarg, nein, nicht Einsicht, ein *Gesicht.* Ich weiß nicht, wie lange wir so dastanden, ich mit dem Mauerstein in der Hand, er mit dem Schädel. Unter allem lag der Lärm von der Stadt, wie von einer Art gewaltigem Generator.

Ohne Vorwarnung wandte er sich zu mir, nickte dem Mauerstein zu, lächelte voller Einverständnis. Doch, »Einverständnis« ist das Wort. Im Dunkeln hatte das Muster seines Tweedjacketts etwas Mysteriöses; Fischgräten, die leuchteten, lebten, sich krümmten. Er hielt das Kranium hoch, lächelte wieder. Ich entdeckte, daß der Schädel ein Loch hatte (von einer Kugel? einem Nagel?). Ich sah zu dem Steinblock. Man sollte vielleicht erwarten, daß er — sozusagen im Zusammenhang — bei mir Assoziationen an etwas Primitives, Rohes hervorrief, an Dschungel, an Rituale; daß man den Geruch von Blut wahrnehmen würde, den Atem von Raubtieren, den Gestank von Urin. Doch für mich war er automatisch ein Altar — vielleicht gerade wegen seiner Ungeschlachtheit, seiner Unfertigkeit — für etwas Zukünftiges, etwas noch nicht Sichtbares ...

»Verstehst du jetzt, was ich meine?« sagte er.

Ich fragte nicht, woran er dachte. Ich wußte, es hätte die anregende Unklarheit, Offenheit der Frage zerstört.

Wir gingen hinunter. Auch jetzt übernahm er die Führung. Wir blieben hinter dem einen Transformator stehen. Das Häuschen war aus roten Ziegeln. Warum hielt er dort an? (Oder war ich es?) Ich sah auf den Mauerstein hinunter, den ich in der rechten

Hand hielt, bemerkte eine punktierte Linie. Man konnte das Summen hören. Ich erinnerte mich, wie dieses Geräusch uns als Kinder angezogen hatte, wie wir das Ohr daran legten, um besser zu hören, als bringe uns das Brummen in Verbindung mit fernen Orten oder einer unbekannten Kraft, einem verwandelnden Prozeß.

Er wollte weitergehen. Einen Augenblick sah es so aus, als wolle er mir die Hand reichen. Statt dessen sagte er, und zwar in einem Tonfall, der die Stimmung zerstörte: »Entschuldige, wie spät ist es?«

Ich geriet in Affekt durch diese Worte. Ich sah auf die Uhr (soll ich sagen »Uhr« oder »Armbanduhr«: diese Entscheidung scheint mir plötzlich die Möglichkeit zu enthalten, unüberschaubare Kreise zu ziehen), aber ich antwortete nicht. Ich wußte, ich mußte rasch handeln, damit er nicht noch etwas sagte. Ich schlug ihm den Mauerstein auf den Kopf. Ich bin nicht imstande zu sagen, ob ich hart oder leicht zuschlug. Wahrscheinlich hart, aufgrund der Erregung. Oder des Engagements. Ich achtete in erster Linie auf den eigenartigen Laut, ein trockenes »Kakk«, bevor er zusammensank. Ich schlug nur einmal zu. Das Ganze verlief einfach und undramatisch, ich möchte sagen geschäftlich. Um ehrlich zu sein, war ich vielleicht eine Spur erstaunt darüber, wie zerbrechlich der Mensch ist. Ein kleines Kakk auf den Kopf, und er fällt tot um. Ich stand eine Weile da und sah auf ihn hinunter, auf die Wunde in der Kopfhaut, die kaum blutete. Ich sah den Schädel dieses Tiers an, den er immer noch in der Hand hatte. Ich sah den Mauerstein in meiner eigenen Hand an (er war nicht einmal angestoßen). Ich entdeckte, er wirkte ganz ungebraucht. Ich blieb stehen und spekulierte, wie ein neuer Mauerstein im Container gelandet war, ich schaffte es sogar, mehrere Erklärungen auf die Beine zu stellen, eine komischer als die andere. Ohne es wirklich zu registrieren, verließ ich den Mann und ging in Richtung Zentrum.

Ein Taxi zu nehmen fiel mir nicht ein, das hätte alles verdorben. Ich wollte es verlängern, den Widerhall des Gesprächs im Körper verlängern, seine Wirkung dem ganzen Bewußtsein zugute kommen lassen. Ich habe die Stadt auch nie so schön erlebt, so . . . wie formuliere ich es . . . geladen. Jedes Gebäude, auf das ich den Blick richtete, setzte eine Lawine von Gedanken in Gang, Schwärme von Ideen, die ihrerseits in einer eigentümlichen Einsicht ins Dasein resultierten. Ich war im Besitz einer Klarheit, die mich erschreckte. Fast mehrere Sekunden lang hatte ich die Illusion (selbstverständlich falsch), alles zu *durchschauen*.

Ich überquerte bei Grønland den Akerselva und warf den Mauerstein hinein. Selbst das Platschen unterschied sich von allem anderen Platschen, das ich in meinem Leben gehört habe. Als ich mich umdrehte, um die Bauarbeiten in Vaterland zu betrachten (eine Gelegenheit, die ich mir nie entgehen ließ), sah ich eine Art Erklärung dafür, warum ich den Mauerstein so weit getragen hatte. So wie ich es sah, im Schein des Flutlichts hoch oben auf den Kränen, war der Mauerstein ganz einfach mein . . . wie soll ich sagen . . . symbolischer Beitrag zu diesem gewaltigen Bau.

Oben in der Wohnung schaltete ich den Fernseher an. Ich überprüfte alle sechzehn Kanäle. Ich sah mir eine Weile auf einem der Sportkanäle Football an. Ich weiß nicht, warum. Ich verstehe wenig oder nichts davon. Ich schaltete ab. Mir ist, als erinnerte ich mich — es *kann* selbstverständlich eine Einbildung sein —, daß ich im selben Augenblick einen kleinen Stich im Herzen spürte, weil der Direktor seine Videoaufnahme nicht sehen konnte, diese Sendung von der BBC. (Wovon handelte sie? Den Bewegungen der Gletscher?)

Ich hatte keine Lust zu schlafen. Ich glaubte auch nicht, daß ich schlafen könnte, aber als ich ins Bett ging, schlief ich sofort ein.

# 5

Einfach warten.

Ich wußte nicht, worauf ich wartete, nur, daß es eine Frage der Zeit war. Etwas würde geschehen. Die Dinge waren in Bewegung. Die Dinge pflanzten sich außerhalb meines Blickfelds fort.

Ich hatte recht. Gestern wurde die Partnerschaft mit der Zeit, oder wie soll ich es nennen, belohnt. Doch schon am Tag zuvor hatte ich ein merkwürdiges, ein ... ich glaube, ich bewillige mir den Ausdruck *grenzensprengendes Erlebnis* im Supermarkt.

Ich mag Supermärkte. Je größer, desto besser. Supermärkte wirken anregend auf die Phantasie. Wenn ich den Einkaufswagen zwischen hohen, farbenprächtigen Regalen entlangschiebe, bilde ich mir ein, ich bin in Venedig, schwimme in der Gondel auf den Kanälen, und überall ein fesselnder Blick. (War nicht auch Venedig früher eine Handelsmacht, eine Stadt, wo sich unter exotischen Waren die Tische bogen?) Das Gedränge vor den Glaskuppeln der Delikatessentheken anzusteuern ist wie am Markusplatz anzulegen. Ich könnte diese doppelte Wirklichkeit lange ausschmücken. Die Pointe besteht darin, vom Bruch der Illusion zu erzählen. Während ich die Hand in die Kühltruhe steckte, um eine Pizza (Peperoni) herauszunehmen, fühlte ich mich abrupt und teilweise brutal zum Triton versetzt, zum Mond des Jupiters, dem kältesten Planeten in unserem Sonnensystem, Milliarden von Kilometern entfernt. Ich sah mich selbst vom Triton aus, ich sah mich selbst (im Venedig der Phantasie) nach einer Pizza (Peperoni) auf dem Boden der Gefriertruhe greifen. Ich sah mich selbst, vom Triton aus, im Supermarkt (im Venedig der Einbildung), umgeben von Menschen mit Einkaufswagen (Gondeln). Ich sah, vom Triton aus, wie ich dastand, mit der Hand tief in einem großen weißen Fleck. Ich *befand* mich in einem weißen Fleck, einem noch nicht kartierten Territorium. Jeder von diesen unbekannten Menschen (Touristen) um mich herum verwandelte sich in eine Einladung, in eine Sehenswürdigkeit, so daß die Kunden des Supermarktes, als Summe, wie eine unendliche Reihe offener Türen waren, eine Einladung von einer solchen Intensität, daß es fast zu überwältigend war. Ich stand an der Kühltruhe und war auf dem Triton, dem kältesten Planeten des Sonnensystems, beides zugleich. Ich stand da, mit der Hand tief in einem großen weißen Fleck. Ich hatte ... Ich war ganz einfach im Begriff, etwas zu erleben, etwas ... darf ich das sagen ... *Transzendierendes* im Zentrum dieser ganzen durch und durch bekannten Alltäglichkeit. Ich deutete es sofort als etwas Vorgreifendes, ein Zeichen, daß ich auf einer Spur war. Daß etwas kurz vor dem Durchbruch war. Oder daß ich selbst vor einem Durchbruch stand. Etwas Extraordinäres schwebte unmittelbar vor meiner Reichweite, genau vor meinem Blickfeld.

Die letzte Woche war anstrengend. Gewitter und Blitzschlag in Sørland, Programmabstürze und Leute, die kein Back-up gezogen hatten. Ständige Feuerwehreinsätze. Dazu verzweifelte Chefs am Telefon (»Der TMX hängt!«). Gestern hatte ich einen halben freien Tag wegen des glücklichen Ausgangs mit dem RND Release 5: Die Probleme sind jetzt gelöst.

Das Wetter war ungewöhnlich warm (ich befürchtete ein weiteres Gewitter am Nachmittag). Ich ging darum — ich hätte fast gesagt instinktiv — gleich nach »Punkt neun« in den Botanischen Garten. Diese Anlage oben in Tøyen ist mein liebster Zufluchtsort, ohne daß ich dafür eine rationale Erklärung geben könnte. (Es liegt nicht nur daran, daß Hunde keinen Zutritt haben.) Ich habe mir zum Beispiel nie die Mühe gemacht, die Namen der Pflanzen hier zu lernen, nicht einmal der ungewöhnlichsten. Es zieht mich einfach hierher, wieder und wieder. Ich habe schon spekuliert, ob es vielleicht mit der Verdichtung zu tun hat, dieser künstlichen Konzentration vegetativen Reichtums, dem Effekt dieser Mannigfaltigkeit oder ... wie soll ich sagen ... Zuweilen erlebe ich den Garten als eine Zone von etwas anderem — nicht im geographischen Sinne, eher als eine mentale Randzone, als eine Art Keil in der Logik. Oder ich bilde mir ein, ich sitze mitten in einem riesigen Experiment oder nehme daran teil, und es besteht darin, daß der chemische Prozeß bei der Photosynthese auf meinen Körper einwirkt, ihn umformt ... Oft behaupte ich auch, das Licht im Garten sei intensiver als draußen und die Luft enthalte einen Typ Sauerstoff, der einen freier atmen und die Gedanken andere

Wege gehen läßt, als seien die Bedingungen für Leben hier besonders günstig.

Ich wählte eine der Bänke an der Südwand des Palmenhauses. Ich blieb eine Weile sitzen, um nur zu sehen oder *aufzunehmen,* bevor ich die Zeitung ausbreitete und die Tüte mit Trauben öffnete. Im Palmenhaus steht übrigens meine Lieblingspflanze, die Ausnahme in meiner botanischen Ahnungslosigkeit. Ich meine die kanarische Dattelpalme, das Ergebnis eines Samens, den unser erster Professor der Botanik, Christen Smith, 1815 von den Kanarischen Inseln nach Hause geschickt hat. Ich weiß, daß derselbe Christen Smith im Jahr darauf starb, auf dem Kongo. Den Namen dieses Professors habe ich mir gemerkt. Ich habe eine schlecht untermauerte, aber bestimmte Theorie, daß etwas . . . Besonderes an jedem Norweger sein muß, der auf dem Kongo stirbt.

Auch an Professor Smith' Palme ist etwas Besonderes. Trotz der Bedingungen in dem mitgenommenen Gewächshaus hört sie in ihrem Faß nie auf zu wachsen. Man hatte schon Löcher in den Boden sägen und die Decke anheben müssen, aber es nützt nichts. Die Blattkrone stößt schon wieder an die Decke und droht sich einen Weg durch die Glasscheiben zu bahnen. Ich muß immer hinein und sie ansehen; diese Lebenskraft bewundern, diesen . . . wie heißt das Wort . . . Wachstumswillen, als hoffte ich, durch meine Gegenwart und meine Gedanken die Pflanze zu ermuntern. Ich weiß, es ist nur eine Palme, aber ich mag sie, ich fühle, daß ich eine persönliche Beziehung zu ihr habe.

Ich schrieb, daß meine Geduld »belohnt« wurde. Dies lag nicht so sehr an der Morgenzeitung mit ihrer frischen Druckerschwärze (Fingerabdrücke auf der weißen Tüte mit Trauben), obgleich auch diese eine überraschend üppige Reportage über den Toten im Stenspark brachte. Trotz einiger kurioser Details — wie etwa, daß die Kuppe mit dem Gestrüpp Blåsen hieß und daß der Mann früh am Morgen von irgendeinem Drogensüchtigen gefunden worden war (hielten die sich dort auf?) — fand ich, daß man enttäuschend wenig herausgefunden hatte. Obwohl ich ein neues Wort lernte: »spektakulär« — ein Wort, das man in Wörterbüchern nicht findet, das aber unbedingt Glanz auf die Reportage warf, ihr den Charakter eines . . . Reiseberichts verlieh.

Der große Aufmacher allerdings, über zwei ganze Seiten in der Boulevardzeitung (»Ist Oslo zum Dschungel geworden?«), setzte in meinem Kopf einiges in Bewegung. Das heißt, zunächst las ich den Artikel und betrachtete die Bilder ziemlich unberührt. Ich war auch eine ganze Weile abgelenkt durch einen Setzfehler schon in der Einleitung, wo »Mörder« zu »Mutter« geworden war. (Ich hielt es für nötig zu überlegen, ob dies von seiten des Setzers oder des Korrektors bewußt geschehen war und was sich, falls ja, daraus folgern ließ, aber ich kam zu keinem Resultat.) Ich war etwas indigniert darüber, daß die Zeitung den Namen des Mannes veröffentlichte, Tor Gross. Ich hoffte, daß wenigstens die Angehörigen unterrichtet waren, daß die Zeitung mit solchen elementaren Regeln nicht schlampig umging. Nach und nach begriff ich, daß er sich von etwas so Ungewöhnlichem wie Sozialanthropologie ernährt hatte. Er war auch älter, als ich angenommen hatte. (Ich hätte das gern gewußt, ich war ihm ein

Kompliment schuldig geblieben.) Daß ich mich geirrt hatte, als ich auf Direktor tippte, affizierte mich im Grunde nicht. Auch nicht die Behauptung der Polizei, Gross sei ermordet worden (»Schlag auf den Kopf mit schwerem Gegenstand«), wenn ich mich auch fragte, womit er getötet worden war. Ich las gründlich, Wort für Wort, fand aber nichts über die Mordwaffe. Das stimmte mich etwas ärgerlich. »Schwerer Gegenstand« war trotz allem eine ziemlich ungenaue Bezeichnung, fast ein Hohn angesichts der Neugier der Leser.

Erst gegen Ende des Aufmachers (und am Grund der Tüte mit den Trauben), in einer separaten Notiz, stieß ich auf die Hypothese, die mich in wirklich schwindelerregende Gedankenstrudel stürzte. Der Journalist der Boulevardzeitung deutet schlicht und einfach an, es könne ein Zusammenhang bestehen zwischen dem Mord an Gross und dem Mann, den man Anfang des Monats hinter der Deichmanschen Bibliothek tot aufgefunden hatte. Seine Argumentation war skandalös wenig vertrauenerweckend, so wie ich sie einschätzte, doch ich konnte trotzdem kaum umhin, das rein journalistische Handwerk in dieser Sequenz zu bewundern. Ich mußte zugeben, daß er, als Journalist an einem Massenblatt, voll im Recht war, ja, daß er nichts weiter tat als seine simple Pflicht.

Mir kommen Zweifel, wenn ich den Zustand beschreiben soll, in den ich versetzt wurde. Kann ich es damit vergleichen, wie man nach einer Betäubung wieder zum Bewußtsein kommt (es roch um mich herum auch intensiv, nach Erde und Rinde, Gras und Blüten)? Die Vorstellung von Becker war mir schon ... ungeheuer fern, war im Begriff, aus meiner Welt zu verschwinden. Spätestens am Tag zuvor hatte ich an ihn gedacht als einen ... als eine Art Freund (»mein Freund Becker«) und mich gewundert, daß ich so lange nichts von ihm gehört hatte, als sei er jetzt, zu meinem Bedauern, aus dem Bekanntenkreis entschwunden und zu einer Person geworden, mit der ich nichts mehr verband, nur einen Namen und verschwommene Gesichtszüge.

Jetzt tauchte Becker wieder auf, wurde ebenso schockartig lebendig für mich wie ein Mensch, der von den Toten aufersteht. Meine Haltung zu dem Journalisten schlug um. Ich war dankbar. Durch seine Argumentation überzeugte er mich davon, daß Becker eine wichtige Person war, daß ich ihm zutiefst Unrecht getan hatte, indem ich ihn in Vergessenheit geraten ließ. Der Artikel versetzte mir einen produktiven Schrecken, er *weckte* mich, wenn ich einen solchen Ausdruck gebrauchen darf. Ich saß minutenlang auf der Bank am Palmenhaus und fragte mich kritisch — und ich will betonen, ich war gnadenlos —, ob der Journalist vielleicht recht hatte mit seinen Spekulationen über eine Verbindung zwischen den beiden Todesfällen, und schließlich mußte ich zugeben: Die Antwort war ja. Das ... doch, es erschütterte mich.

Als ich aufstand von der Bank, entdeckte ich, daß ich aus Versehen mit einem Stift auf den Rand der Zeitung gekritzelt hatte: Gross — ssrog — orgss. Das erinnerte an die lautmalenden Wörter in Comics. Ich dachte an Wale, an den Wal, wenn er an die Oberfläche kommt und bläst. Ein befreiender Atemzug.

Falls möglich, hat der heutige Tag den gestrigen noch übertroffen, was grenzenversetzende Erfahrungen betrifft. Oder sollte ich sagen »entwicklungsbefördernde» Erfahrungen? Ich könnte auch ein Wort verwenden wie »heilsam«, denn ich fühle mich wie ein Rekonvaleszent, als hätte ich lange (ja, das ganze Leben) an einer lähmenden Krankheit gelitten und spürte jetzt allmählich, wie sie zurückging, ohne ganz zu verstehen, was da geschah (da ja die Lähmung die natürliche und akzeptierte Situation ist).

Ich machte auf dem Weg ins Büro einen Abstecher in die größte Buchhandlung der Stadt, in der Karl Johans gate. Hier, in der Abteilung, die höchstwahrscheinlich Werke auf dem Gebiet der Anthropologie enthalten würde, sprach ich den Namen Gross aus, auf die gleiche Weise, wie man in einer unbekannten Stadt nach dem Weg fragt (»Pardon, Rue Raphaël?«). Ich erwartete eigentlich nicht, etwas zu finden, doch zum Glück hatte Gross erst vor ein paar Monaten eine Arbeit von halb populärwissenschaftlichem Charakter herausgegeben, die *Im Herzen der Finsternis* hieß. Der Umschlag verriet nichts; er war ganz schwarz, mit einem weißen Streifen, als habe jemand ins Papier einen Riß gemacht. Ich betrachtete es als ein mirakulöses Ereignis, daß ich plötzlich mit einem Buch dastand, geschrieben von einem Mann, mit dem ich kürzlich geredet, ein vertrauliches Gespräch geführt hatte. Ich fragte die Verkäuferin — ich glaube, es klang völlig harmlos —, wie der Verkauf ging. Sie erzählte, er gehe sehr träge, sie hatten nur zwei Exemplare in den sechs Monaten verkauft, seit das Buch im Handel war. Obwohl mich dies überhaupt nicht hätte berühren müssen, schickte diese Information eine Welle der Trauer durch meinen Körper ... es tat mir direkt weh. (Die Verkäuferin wußte offenbar nicht, daß Gross tot war, wofür man sie im Grunde auch nicht tadeln konnte.) Darum empfand ich eine gewisse Bewegung, als ich das Buch an der Kasse bezahlte. Im tiefsten Innern spürte ich eine seltene Form von Wärme; ich fühlte, ich war dabei, Gross' Witwe zu unterstützen, denn ich rechnete damit, daß sie früher oder später für den Verkauf Honorare erhalten würde.

Ich habe nie höhere Erwartungen an ein Buch gehabt. Doch bereits jetzt, ohne es aufgeschlagen, ohne den Text auf der Rückseite gelesen zu haben, ahnte ich, daß *Im Herzen der Finsternis* mich über die früheren Grenzen meines Wissens hinausführen würde. Ich *wußte* einfach, dieses Werk würde Lawinen von Gedanken in Gang setzen; umstürzen, begraben, enthüllen. Während ich so mit dem Buch auf dem Schoß in der Straßenbahn saß (ich konnte durch die weiße Tüte den schwarzen Umschlag erkennen), spürte ich, daß es den Schenkel *wärmte.* Ich hatte eine unbändige Lust, es auszupacken, darin zu blättern, aber ich wollte warten. Ich wollte mir auch dieses Zittern nicht entgehen lassen, das sich einstellt, wenn man ein Vergnügen verzögert; wollte den Aufschub genießen (als sei dieser ein wichtiger Teil des ganzen Erlebnisses). Hier und jetzt versuchte ich, mir die Welt vorzustellen, von der das Buch handelte. Im Herzen der Finsternis — wo war das? Ich tippte auf Borneo, da er es erwähnt hatte. Oder Neuguinea. (Diese Ortsnamen tauchen immer auf, wenn ich das Wort »Sozialanthropologie« höre.) Hier und jetzt in der Straßenbahn, mit offenen Augen (die Botschaften am Drammensveien rechts und links), sah ich ein Kanu vor mir, das über schmale Dschungelflüsse glitt, beladen mit Tauschwaren wie Messern, Tabak, Angelhaken; ich sah die Eingeborenen vor mir, die neugierigen Gesichter mit Stoßzähnen von Wildschweinen durch die Nase, Halsbänder aus Hundezähnen, den Schnabel des Hornraben als Penisfutteral; ich sah (während auf der rechten und auf der linken Seite die Botschaften vorüberglitten) Pfähle mit Schlangenskeletten vor mir, geschmückt mit orangefarbenen Blüten, die Schädel der Vorväter über einer Feuerstelle, schwarz vor Ruß, einen weißen Mann (Gross?), der dahockt und ornamentengeschmückte Schilde, geschnitzte Figuren, Masken studiert, tauscht, kauft, der Abend kommt, phosphoreszierende Fäulnis im Urwald, Tausende von Feuerkäfern an ein- und demselben Baum, die Körper glänzend von Schweinefett, die Trommeln (die Trommeln schienen mir wichtig zu sein), der ekstatische Tanz, trampelnde Füße, wilde Töne aus einem Bambushorn, das Aufblitzen gefeilter Zähne, Hände, die dem weißen Mann (Gross?) gegrilltes Fleisch anbieten, Menschen des Nachbarstamms, getötet am Tag zuvor . . . Ich saß in einer Straßenbahn in Oslo und freute mich an diesen Gedanken, entstanden durch ein Buch auf dem Schoß (den schwarzen Umschlag, den weißen Riß, soweit durch die Tüte sichtbar); an zwei Orten zugleich zu sein, über die Flüsse in Neuguineas Dschungel zu gleiten und entlang den Schienen in Oslo. So wie ich es sah, hatte sich Gross' Buch schon bezahlt gemacht, noch bevor ich es aufgeschlagen hatte.

Trotz der fast unrealistischen Hoffnungen wurde ich nicht enttäuscht. Und das, obwohl das Buch allem widersprach, was ich mir vorgestellt hatte. Im Laufe von vier Stunden im Büro, in denen ich statt dessen an einem drängenden Problem hätte arbeiten sollen (um ehrlich zu sein: Ich delegierte es einfach weiter), hatte ich das ganze Buch durchgeackert. Oder soll ich sagen, das Buch hatte mich durchgeackert? Ich blätterte die letzten Seiten voller Kummer um, verzweifelt über die Unausweichlichkeit des Schlusses, über das unvermeidliche Ende dieser Reise. Ich lese nicht viel. Als Kind habe ich *ein* Buch gelesen: *Der Graf von Monte-Christo* — dafür machte es Eindruck auf mich. Ich blättere zur Not (von hinten nach vorne) in diesen großen Prachtbänden, die Ingeborg wahllos kauft. Ich will trotzdem — und ohne die Spur eines Zweifels — *Im Herzen der Finsternis* zu einem Meisterwerk ausrufen. Mein Respekt vor Gross war ... wie sagt man ... tief und echt. Ich war froh darüber und gar nicht wenig stolz, ein paar Sätze mit einer Person seines Kalibers gewechselt zu haben, gewissermaßen dieser Ehre teilhaftig geworden zu sein.

Denn *Im Herzen der Finsternis* handelte nicht von Borneo oder von Neuguinea, von der Kalahari oder dem Amazonas, es handelte von einem Stadtteil mitten im großen, geschäftigen London; ein Herz im Herzen der modernen Zivilisation. Dieser Stadtteil bestand aus victorianischer Wohnbebauung, stillgelegten Fabriken (Textilindustrie) und Hochhäusern aus den sechziger Jahren. Gross *war* in einen Dschungel eingedrungen, aber einen aus Glas, Metall, Ziegeln und Beton, ein Gebiet mit so niedrigen Mieten, daß es Minderbemittelte und Einkommensschwache aller Art anzog; Immigranten, alleinerziehende Mütter, Arbeitslose, Leute ohne Ausbildung, Behinderte und psychisch Kranke. Ich las, wobei ich mich einen Teufel um das ununterbrochen klingelnde Telefon scherte (»Der TMX hängt!«), und konnte nicht glauben, daß das, was ich las, London betraf. Das Faszinierendste (wenn man ein solches Wort gebrauchen kann) war, wie Gross die Häuser beschrieb; den wahnsinnigen Verfall, Wohnungen ohne Strom und Heizung, stehengebliebene Aufzüge, zusammengebrochene sanitäre Anlagen, Dreck und Scheiße überall. Die Viertel hießen Titanic und Atlantis, weil sie für jeden sichtbar im Begriff waren, zusammenzufallen, oder man nannte Blocks Alcatraz oder Sing Sing. Ich las von diesem Inferno und sah die ganze Zeit Gross — das weiße Haar, die Brille, das Tweedjackett — vor mir hergehen als eine Art Begleiter. Ich las, während mir das absurd ferne Bild auf dem Schirm vor mir völlig gleichgültig war, mußte im Staub kriechen vor Gross' Schilderungen — rein literarisch — vom Gestank des Abfalls und dem Lärm der Fernsehapparate, die den ganzen Tag liefen, von der Taubenplage, von den Hunden, die in Rudeln durch die Gegend jagten, wie Wölfe; von den Ratten und den Kakerlaken, und nicht zuletzt von den Ameisen, einer tropischen Art, die sich durch die Heißluftkanäle ausbreitete. Ich sah alles vor mir, Gross beschwörte wie ein wahrer Zauberer (die Brille — es war die Brille eines *Sehers*!) diese Gebäude herauf ... einige erst zwanzig Jahre alt, aber schon Slum oder ganz einfach Ruinen. Ich dachte an eine Bombenlandschaft ... oder an die Entstehung einer

Art dritten Welt mitten im Westen. Und das war London, die schöne Großstadt, nur ein paar Haltestellen entfernt vom Hyde Park, vom Piccadilly Circus, von der Oxford Street des Wohlstands, wo ich mit Ingeborg Arm in Arm auf der Jagd nach Büchern, Platten und kleinen Elefanten gewesen war.

Und die ganze Zeit griff Gross, soweit ich es beurteilen konnte, zu Methoden und Maßnahmen, die in der Anthropologie gang und gäbe waren, als schildere er — und zwar wissenschaftlich — einen bislang unbekannten Stamm in den Dschungeln Borneos. Der Effekt war . . . erstaunlich. Allmählich trat auch das Hauptmotiv des Buches hervor: das Alltagsleben dieser Menschen, alles vom Gang auf den Markt und ihrer Art des Staubsaugens bis hin zu ihren Festen und Sexualgewohnheiten. Denn Gross — und das machte mich völlig perplex — betrachtete diesen Stadtteil nicht als ein Inferno. Er wollte zeigen, daß auch das städtische Leben im Inneren des Londons der achtziger Jahre von Ritualen und Zeremonien beherrscht war, doch solchen unbekannten Typs. So deutete ich zunächst Gross' Feldarbeit, die von ihm beschriebene Gruppe als einen Überrest von etwas Altem in all dem Modernen (der Großstadt rundherum). Später aber sah ich eher die Absicht, einen Keil in das Alte zu treiben (dies war ja einer der ältesten Stadtteile), eine Öffnung zu einem neuen Verhalten in unserer kollektiven Entwicklung, zu neuen Möglichkeiten. Gross zählte diese und entsprechende innere Stadtteile zu einer Randzone und legte besonderes Gewicht auf den Erfindungsreichtum und die Umstellungsfähigkeit der Menschen hier, auf die Phantasie und Kreativität, die sie sozusagen auf die Beine stellten, wider alles Erwarten. Schließlich ging mir auf: Gross bewertete das Phänomen ganz einfach als etwas *Positives*. An einer Stelle schrieb er, der Mensch sei »eine in schrittweiser Veränderung begriffene Form, wir sind ständig in Bewegung«. Im Verzeichnis von Gross' früheren Büchern fand ich eines mit dem Titel *Das mobile Tabernakel*.

Erst als ich das Buch weglegen wollte, entdeckte ich das Zitat auf der Titelseite: »Welch ein Meisterwerk ist der Mensch! Wie edel durch Vernunft! Wie unbegrenzt an Fähigkeiten! In Gestalt und Bewegung wie bedeutend und wunderwürdig! Im Handeln wie ähnlich einem Engel! Im Begreifen wie ähnlich einem Gott!«

Ich ... es klingt platt, aber trotzdem: Ich war ergriffen. Gross hatte für sein Buch ein würdiges Motto gewählt, ich bedauerte nur, daß er die Quelle nicht angegeben hatte.

Noch hier im Büro (die sturmklingelnden Telefone um mich, ein vernachlässigter Bildschirm vor mir) ging ich unser Gespräch erneut durch, Replik für Replik, im Lichte dieses neuen Wissens. Alles, was er gesagt hatte — und auch alles, was *ich* sagte —, selbst die trivialsten Bemerkungen, bekamen jetzt eine andere Bedeutung. Noch einmal: als sei ich in einem Raumschiff außerhalb von Zeit und Raum.

Wir haben einen Brief von Cecilie bekommen. (Henrik schreibt nie.) Die üblichen Bagatellen auf Papier mit dem eleganten Briefkopf der Schweizer Schule. Und trotzdem: Wie gern lese ich diese Nebensächlichkeiten. Sie fühlt sich wohl, hat aber Heimweh.

(Gelogen, natürlich.) Ich darf nicht vergessen, ihr eine Belohnung für die guten Noten zu schicken. Sie schreibt übrigens, die Schule habe einen Ausflug über die Grenze nach Frankreich gemacht, sie seien an einem Ort gewesen, wo sie den Montblanc sehen konnten.

Ab und zu, wenn ich am Fenster sitze und das neue Vaterland betrachte, komme ich in Gedanken manchmal auf den Montblanc: daß es ein Berg ist, was ich da vor meinen Augen sehe — vor allem an Tagen mit Nebel, wenn ich die Baustelle nur als die Konturen von etwas Gewaltigem sehe. (Warum ausgerechnet der Montblanc? Ist es einfach der Name?) Heute abend studierte ich das begonnene Großhotel mit dem alten Fernglas, richtete es auf die Stellen, wo die Verschalungs- und Gußarbeiten noch immer im Gange waren. Ich wollte die Veränderungen, die im Laufe des Tages eingetreten waren, festhalten, sozusagen jeden Kubikmeter Beton willkommen heißen. Ich finde, es ist ... beinah unwirklich ... von hier aus Zeuge sein zu können, wie neue Wörter geschaffen werden, *Namen,* Oslo City, Oslo Plaza, Galerie Oslo, Oslo Spektrum. Durch die Luft schwenken zehn riesenhafte Kräne. Ich verfolge sie gern, die langsamen kreisenden Bewegungen. Ich glaube, es ist zu gesucht, sie mit Federn zu vergleichen, aber oft denke ich an aus dem Takt geratene Uhren. Oder ich habe die Vorstellung von einer großen, komplizierten astronomischen Uhr ... ich sehe die Kranausleger vor mir als Zeiger (die mit unterschiedlicher Geschwindigkeit und in verschiedenen Höhen kreisen); ich habe den Verdacht, daß sie etwas ungeheuer Kompliziertes anzeigen, jenseits der Arbeit, die sie tatsächlich tun, als könnte das unmöglich genug, unmöglich alles sein.

Als Kind habe ich davon geträumt, Unternehmer zu werden (das heißt, ich wußte damals nicht, daß es »Unternehmer« heißt). Heute abend, während ich am Fenster stand, hatte ich das merkwürdige Gefühl, daß es jetzt in Erfüllung ging, daß ich in den letzten Tagen ein ambitioniertes Projekt begonnen hatte — ein ganz anderes Projekt, einen Versuch, die Sinne zu renovieren, eine Art Umbau der Welt.

Ich sitze am Sekretär, ein Möbel, das schon an sich an ein Bauwerk erinnern kann, mit seinen Portalen vor offenem Raum in der Mitte und Fassaden mit Schubladen auf beiden Seiten. In romantischen Stunden spiele ich mit dem Gedanken, daß einer meiner Verwandten — einer von ihnen hat den Sekretär besessen — mit Lord Carnarvon und Howard Carter in Ägypten war, als sie Tutanchamuns Grabkammer fanden. Vielleicht gibt es Geheimfächer mit Schätzen in diesem Sekretär ... Im Schloß des verstorbenen Lord Carnarvon fand man neulich einen verborgenen Schrank mit wertvollen ägyptischen Gegenständen; Alabasterköpfe und andere Dinge.

Ich sitze wirklich gern hier. Allmählich geht mir auch auf, warum ich all das niederschreibe, im Kreuzfeuer der Blicke meiner Vorväter: Ich glaube ... ich weiß, ich bin im Begriff, etwas höchst Ungewöhnliches zu erleben. Ich muß es niederschreiben, weil ich es niemals jemandem erzählen könnte.

# 6

Vorgestern abend geschah etwas Beunruhigendes. Alternativ könnte ich sagen, es weckte Zweifel. Ich bemerkte die Gedankenkollisionen schon nach dem Mittagessen und war gezwungen, für den Rest des Tages ein einfacheres Arbeitsniveau zu wählen. Nachdem ich die Hälfte eines wenig wohlschmeckenden Bœuf Stroganoff gegessen hatte (aus dem Tiefkühlgerät bei der Hausaufsicht und aufgewärmt in der Mikrowelle), entschloß ich mich, nach Hause zu gehen. Ich hatte das Bedürfnis zu denken, und ich denke am besten beim Gehen. Nicht selten habe ich auch den Eindruck, daß die Originalität oder die befreiende Wirkung der Gedanken zunimmt, je unbekannter die Route der Wanderung ist, darum versuche ich immer, mindestens einen unbekannten Abstecher einzubauen, wenn ich Kurs auf mein Zuhause nehme.

An diesem Abend machte ich, wenn auch nicht ganz bewußt, einen Umweg zum Frognerpark. Der Mond war fast voll, steinalt und neu auf einmal — ein Klischee, das, wie man trotz allem zugeben muß, schön ist, noch brauchbar. Ich brachte die neuen

OBOS-Wohnviertel oberhalb von Skøyen hinter mich und landete auf einem Weg, den ich meines Wissens vorher nie gegangen bin. Folglich waren alle meine Sinne in Bereitschaft, und ich war gerade um eine Kurve gebogen, als ich eine dominierende Ziegelvilla auf der Anhöhe zwischen mir und der Vigeland-Anlage entdeckte. Das weitläufige Hauptgebäude lag im Dunkeln (sicher war es das, was mich gefangennahm), doch ich sah deutlich die Konturen. Der Bau hatte etwas bestrickend Schlichtes. Hinter einer Mauer zwischen dem »Dienstbotenflügel« und dem Haupthaus ahnte ich etwas, das ein Rosengarten sein konnte (ist das nicht das Wort?), mit Kolonnaden und einem Brunnen in der Mitte. Das Haus wirkte so . . . apart, so außerhalb von Zeit und Mode, daß ich mich erdreistete, eine Passantin (mit einem Golden Retriever) zu fragen, ob sie etwas von dem Grundstück wisse. Die Dame erzählte — mit diesen komischen R, die man hier in der Gegend oft hört —, das sei »die Villa von Fabrikant Mustad».

Ohne daß ich eine rationale Erklärung dafür liefern könnte, empfand ich es als eine seltene Auszeichnung, das Haus gesehen und dieses »Fabrikant Mustad« gehört zu haben, mit diesem Klang einer vergangenen Zeit, ich hätte fast gesagt, alter Herrenhofromane.

Der Weg, auf dem ich in die Vigelands-Anlage ging, führte mich auf den großen Springbrunnen zu. Die Temperatur war wohl unter zehn Grad gesunken, und es lag Nebel in der Luft, ein seltsamer Dunst, der die Aussicht horizontal, aber nicht vertikal versperrte; man sah den Himmel mit schnell dahintreibenden Wolken. Von meinem Blickwinkel aus fiel mir plötzlich auf, daß der Monolith mit seinen kriechenden, aufwärtsstrebenden Gestalten in Wirklichkeit wie ein unbekanntes inneres Organ aussieht oder, vielleicht besser, wie das Gehirn. Von weitem, und im Nebel, wurden die Menschenfiguren im Flutlicht auf graue Falten reduziert, der ganze Monolith wurde zu einer Hirnrinde, zu einem Zylinder gerollt, als habe das Gehirn eine aerodynamische Form angenommen, sei zu einem Speer geworden, den man nur in Bewegung setzen mußte.

Der Mann stand am Springbrunnen, am Rand des Beckens, mit einem Ausdruck im Gesicht, den ich bekümmert nennen würde. Eher aus unüberlegter Fürsorge warf ich ihm eine freundliche Bemerkung hin (»Vorsicht, daß Sie nicht ertrinken«, oder etwas in dem Stil). Ohne zu antworten oder das Gesicht zu verziehen, sprang er herunter und begleitete mich zur Brücke, wie ein Hund, der eher auf den Tonfall reagiert als auf den Sinn.

»Kommst du mit ins Lille Kafé? Das hat noch auf«, sagte der Mann.

Wir gingen zwischen diesen kubischen Bronzelaternen, die alle ein mattes Licht aussenden. Es weckte in mir Assoziationen an einen schlechten Film, dessen Titel mir nicht mehr einfällt.

»Ich muß leider nach Hause«, sagte ich. Ich war mir schon nicht mehr sicher.

Er blieb auf der Brücke stehen, und als er sah, daß ich es ihm gleichtat, lehnte er sich ans Geländer. Ich dachte an Becker, eine andere Brücke, die gleiche Handlung. War es wirklich die richtige Person? Richtig in jeder Hinsicht? Der Mann starrte nicht zum Wasserfall hinunter, der unter uns hervorschoß wie aus durchsichtigem Glas, sondern hinauf, hinauf zum Mond.

»Hast du dir mal überlegt, daß der Mars trotz allem ein Netz von Kanälen haben kann?« fragte er.

Das Thema reizte mich nicht. (Noch einmal: Was war der Grund? War nicht diese Frage ebensogut wie irgendeine andere?) »Ich weiß nichts von den Kanälen auf dem Mars«, sagte ich.

»Früher glaubte man, der Mars sei durchschnitten von künstlichen Kanälen, gebaut von intelligenten Wesen.«

»Ihre Teleskope waren wohl nicht gut genug«, sagte ich.

Hinter einer dahintreibenden Wolke tauchte der Mond auf, der Kopf eines verirrten weißen Wals in einem kosmischen Ozean.

»Ich glaube, sie waren auf einer Spur«, fuhr er fort. »Ab und zu kommen die besten Ideen, wenn das Bild unscharf ist. Dann arbeitet die Intuition am besten.«

Die Begegnung verwirrte mich. Da ich in der Nähe arbeite, besuche ich den Park öfter; trotzdem blieb jede Erinnerung aus. Ich litt an Gedächtnisverlust. Zum erstenmal empfand ich einen Druck, ein Unbehagen aufgrund der ganzen versteinerten und metallischen Symmetrie um mich, als sei dieser gigantomanische Versuch, die abenteuerliche Mannigfaltigkeit des Lebens einzufangen, ein peinlicher Bluff, ein perverser Hohn.

»Was passiert, wenn man einen kleinen Planeten nimmt, nur einen winzig kleinen Planeten von diesen Milliarden Planeten, und radiert ihn aus?« sagte der Mann. »Muß das nicht Folgen haben für all die anderen Planeten, auch die Erde? Würde nicht sofort eine völlig neue Ordnung entstehen?«

Ich nahm dies als eine Bestätigung dafür, daß er seine Liebste verloren haben mußte oder etwas ähnliches.

»Mir gefällt, daß du mich nicht ausfragst, warum ich deprimiert bin«, sagte er in einem anderen Tonfall, irgendwie vertraulich. Sein Blick flackerte. Ich mag keine Leute mit flackerndem Blick. »Ich komme gerade aus Venedig«, sagte er. »Warst du schon mal in Venedig?«

»Warum sollte ich denken, du bist deprimiert?« log ich. In diesem Augenblick entdeckte ich seine »Penisnase«, erzeugt von einer kleinen Spalte mitten auf der Nasenspitze. Ich empfand einen leichten Ekel. Ich stellte mir vor, daß er herumlief und diese Nase überall hineinsteckte. Ich weiß, ich tue dem Mann unrecht, aber trotzdem dachte ich den Gedanken.

»Ich *bin* deprimiert. Ich bin zutiefst verzweifelt. Ich bin ein gebrochener Mensch«, sagte er.

Ich mußte an Tor Gross denken. Ich weiß nicht, warum. Es könnte der Dunst gewesen sein, die dahintreibenden Wolken, die gespenstische Stimmung. Oder das theatralische Getue des Mannes. Oder mein eigenes Zögern, meine Unentschlossenheit. Trotzdem war das ein aufmunternder Gedanke in dieser beklommenen Situation. Einer der Zeitungsberichte verriet nämlich, daß Gross *Hamlet*, Shakespeares Dama, über fünfzigmal gesehen hatte. Er *sammelte* direkt Hamlets.

Seit ich Gross getroffen hatte, fühlte ich mich beinah verpflichtet, das Schauspiel zu lesen. Ich weiß nicht, wie ich sagen soll. Ich fand zumindest das Motto zu seinem Buch ... Noch mehr begeisterte mich ein Artikel, den er über das Stück geschrieben hatte, mit dem Titel »Was ist der Mensch?«. (Es gelang mir, ihn aufzutreiben, dank der Quellenangabe der Zeitung.) Meine Kenntnisse vom Theater sind mangelhaft, falls überhaupt vorhanden, dennoch fühlte ich mich bei diesem Text mehrfach angesprochen, sicher weil mir war, als kennte ich Gross, und ich ihn so las, als habe er ihn mir selbst gegeben, da wir uns später treffen wollten, um darüber zu diskutieren. Er erzählte besonders mitreißend davon, wie sein Interesse geweckt wurde, als er als Fünfzehnjähriger John Gielgud als Hamlet (»der Hamlet unseres Jahrhunderts«) am New Theatre im London der Vorkriegszeit sah. Damals entschloß er sich, Anthropologe zu werden, behauptete er. Gross hatte auch Laurence Olivier (»der beste Fechter«) als den ersten Hamlet auf Elsinore, Schloß Kronborg selber, erlebt und später einen bekannten Schauspieler nach dem anderen. (Dem Kontext entnahm ich, daß Gross, der Eltern wegen, lange in London gelebt hatte; eine Information, auf die ich großen Wert legte, da sie in den Nekrologen zu kurz gekommen war.)

Der Artikel handelte von all diesen Hamlets, von Hamlets aus den letzten fünfundsiebzig Jahren (Frauen inklusive), von verschiedenen Sprech- und Spielstilen, von den unterschiedlichen Lösungen, was Kostüme, Bühnenbild und Beleuchtung betrifft. Man konnte Hamlet als edlen, romantischen Renaissanceprinzen spielen oder als einsamen Wolf, getrieben von Melancholie und einem umdüsterten Geist.

Man konnte ihn als Nervenbündel spielen, strotzend vor Vaterkomplex und Mutterliebe, oder als jungen, desillusionierten Revolutionär, einen temperamentvollen Rebellen, verraten von der älteren Generation. Was blieb, war der Eindruck, daß man Hamlet als Stinkstiefel und als Engel spielen kann, als ... ja, Teufel und Gott. Gross selbst vermied es, zu einer der angegebenen Deutungsmöglichkeiten Stellung zu nehmen, er schätzte statt dessen die Abwechslung. Gross — ich sah ihn die ganze Zeit vor mir: das weiße Haar, die Brille, das Tweedjackett — behauptete, Hamlet sei ein Mensch voller unlösbarer Gegensätze. Ich engagierte mich so stark, daß ich folgenden Satz unterstrich: »Hamlet ist der Mensch par excellence; das Leben jedes Menschen ist ein unsicherer Balanceakt, gelenkt und beeinflußt von tausend unsichtbaren Kräften.«

Einiges in dem Artikel war mir einfach zu hoch, aber ich glaube dennoch, daß ich Gross etwas näherkam. Nicht zuletzt die Spanne zwischen dem Feldarbeiter in Londons Slums und dem neugierigen Theatergänger in derselben Stadt eröffnete neue Dimensionen in dem übereilten Bild, das ich mir von dem Mann gemacht hatte. Ich fühlte mich sogar versucht, Hamlet und den armen Stadtteil (die Menschen dort) als zwei Seiten derselben Sache zu sehen. Und, vielleicht wichtiger: Das Wissen über Hamlet weckte in mir die Sehnsucht, sie, Becker und Gross, erneut zu treffen. Nicht um etwas anderes zu sagen, sondern um dasselbe noch einmal zu sagen. Ich wußte jetzt, dank fünfzig verschiedener Hamlets mit identischen Repliken, daß es trotzdem eine ganz andere Begegnung wäre, daß wir das unzählige Male wiederholen könnten und jedesmal etwas anderes dabei herauskäme.

»Warst du schon in Venedig?« fragte der Mann wieder. Er mußte im Kreis geredet haben. Ich hatte lange nicht zugehört. Das Bewußtsein war geprägt von dem Dunst um uns. Außerdem war seine Nase im Wege. Ich dachte an See-Elefanten. Konnten bei denen nicht die Männchen die Nasenpartie so aufblasen, daß sie einem Schnabel glich?

»Ich war noch nicht in Venedig«, sagte ich.

Ich war schon in Venedig.

Der Mann begann jetzt, über eine »musikalische Offenbarung« zu dozieren. Er hatte eine Aufführung von »polychoralen Werken aus dem siebzehnten Jahrhundert« auf dem Markusplatz erlebt. Mehrere Chöre. Rundherum aufgestellt. Sie hatten einander geantwortet, sagte er. Wie Walgesang. Da spaßte zu Venedig, einer Stadt, die praktisch unter Wasser lag.

Der Mond wirkte unnatürlich groß und nah, wie angebracht für einen Kameratrick. Irgend etwas stimmte nicht. Alles, was der Mann sagte, legte sich dämpfend auf die Gedanken, seine Sätze saugten den Sauerstoff aus dem Hirn; nicht nur, daß nichts in Gang gesetzt wurde — ich fühlte mich hineingezogen in ein psychisch schmerzendes Vakuum. Ich sah zum Mond; die dunklen Felder pulsierten wie am Rande einer lunaren Naturkatastrophe. Ich sah zu ihm hin; das Gesicht wirkte — trotz seiner überwiegend schablonenhaften Züge — immer ungewöhnlicher, als trage er eine standardisierte Maske über einer entstellten Fratze. Oder schlimmer: *Er war, was ich sah.* Mehr nicht. Seine Gewöhnlichkeit (inklusive der »originellen« Kommentare) war nichts weiter als Gewöhnlichkeit. Das ganze Gerede von Mars und Venedig war nur eine andere Art, langweilige Dinge zu sagen. Sogar die Penisnase war ganz alltäglich. Ich wagte mich trotzdem nicht zu entspannen, ging weiter, alle Sinne hellwach, suchte nach einem Sprung, nach etwas, das bewies, daß ich mich irrte (roch ich nicht auch, schnupperte beinah?). Ich starrte diese Bronzemenschen an, die die Brücke schmücken, suchte nach einer Form von Korrespondenz oder was auch immer, doch ihre Züge waren vom Nebel ausradiert, schienen gleich zu sein, dasselbe Gesicht überall.

Der Mann nahm mich vorsichtig, auffallend vorsichtig beim Arm und führte mich auf einen der Seitenwege, die auf die Reihe der schmiedeeisernen Tore im Haupteingang zuführen. Wir traten in den Schatten unter den Bäumen auf der Allee. Er plauderte die ganze Zeit, auf . . . einschmeichelnde Weise. Ich erinnere mich, daß wir dastanden und ich eingehend mit dem Mann »redete«. Aber ich weiß nichts mehr vom Inhalt; die Ohren, der Kopf hatten wohl ganz einfach abgeschaltet.

An einer Stelle blieb er lange stehen. Ein Spaten stand da, an einen Stamm gelehnt, jemand (die Parkaufsicht?) mußte ihn vergessen haben. Statt die Hand auszustrecken und ihn zu ergreifen, dachte ich wieder an Gross, an *Hamlet*. Besonders die Szene mit Yoricks Schädel hatte ihn interessiert. Der erwähnte Artikel war illustriert mit Bildern von verschiedenen Schauspielern mit dem Schädel in der Hand (man bekam zugleich einen Eindruck von Unterschieden bei Kostüm und Bühnenbild; eine Fotografie verriet, daß der Friedhof durch eine Art Katakombe ersetzt war, mit Hunderten von Schädeln überall auf Regalen). Das machte mich stutzig ... War der Grund dafür, daß er Anthropologe war? Das Interesse für Kopfjäger? Oder lag es an seiner Arbeit als Totengräber in seiner Jugend (und der Vorliebe für Friedhöfe im Dämmerlicht)?

Ich versuchte, dem, was der Mann sagte, zu folgen. Ich sah den Spaten an. Etwas lenkte mich die ganze Zeit ab. Ich konnte mich keinen Augenblick konzentrieren. Alles war deplaziert. Ich sah den Spaten an. Nichts stimmte. Ich war nervös, ich fühlte mich ... unwohl in der Gesellschaft dieses Mannes. Oder vielleicht (denke ich jetzt) rührte das Unbehagen her von dieser ganzen Geometrie, dieser *Ordnung,* in der Umgebung.

Er ging endlich weiter. Ich war froh ... erleichtert. Ich hatte ein Gefühl, als würde ich aus dem Gefängnis entlassen, als wir durch das schmiedeeiserne Gitter des Haupteingangs traten und ich sofort eine plausible Entschuldigung dafür fand, in die entgegengesetzte Richtung zu gehen. Ich war müde, mißmutig. Gleichzeitig konnte ich nicht anders, als mich über die Entscheidung zu freuen. Ich war ein freier Mensch. Bei der Majorstua schwankte ich dennoch, ob ich mir ein Würstchen in dem Wagen kaufen sollte, der im selben Torweg steht, schon solange ich denken kann, oder lieber ein überbackenes Sandwich mit Salami und Käse in einem dieser abends geöffneten Läden am Sørkedalsveien. Ich entschied mich für letzteres und bereue es nicht. Ich gehe sogar so weit zu sagen, daß dieses Sandwich, der besondere Geschmack warmer erstklassiger Salami, den Abend rettete.

Ingeborg ist zu Hause. Die Tage zeichnen sich aus durch die kleinen mitgebrachten Delikatessen, sozusagen im Transit gekauft; hübsche Dosen mit Pasteten, Töpfe mit hausgemachter Marmelade, Gläser mit Pickles aller Art, Flaschen mit Chutney, sogar dann und wann eine blaue Dose russischer Kaviar. Jedes Frühstück ist ein Festmahl en miniature, mit perfekt gekochten Eiern (welch eine Kunst das im Grunde ist!), Toast und frischgepreßtem Orangensaft, Monteverdi von der Stereoanlage (ich glaube, das spielt sie jetzt am meisten, ich höre keinen Unterschied) und Tee, die erstaunlichsten Sorten: Maracuja, Cherimoya, Lapsang Souchong. Ich beobachte sie gern, wenn sie frühstückt, wie sie die warme Teetasse gedankenverloren gegen das Kinn hält, die manikürten Nägel, der japanische Morgenrock, die Augen auf eine ausländische Zeitung geheftet, die durch ihre Typografie eine ganz andere Atmosphäre erzeugt, als könntest du erwarten, den Eiffelturm oder die Peterskirche zu sehen, solltest du aus dem Fenster gucken. Ich bekomme nie genug von Ingeborgs Frühstück, der Art, wie sie den Tisch deckt, dieser Atmosphäre von Picknick, Proviant, Schließkorb.

Sie merkte trotzdem, daß ich ein bißchen bedrückt war. Nicht bedrückt, ich grübelte. (Entgegen meiner Erwartung schalt sie mich nicht aus, weil ich einen ihrer Elefanten, geformt als ein Puzzlespiel, auseinandergenommen hatte.) Sie meinte, ich glaube, spontan, daß sie sich wieder um eine Stationierung bewerben könnte, Rio oder Bangkok, dann könnte ich nachkommen und in der Wohnung wohnen, ein paar Wochen freinehmen. Ich müßte mal etwas erleben, sagte sie. Abschalten. Was hielt ich von Bangkok? fragte sie. Der schwimmende Markt, die Dschunken auf dem Menam — wir könnten ein Wochenende nach Pattaya fahren, sagte sie. Ich sei doch tagaus tagein in derselben Tretmühle, pendelte monoton zwischen Büro und Supermarkt. Ich verteidigte mich, sagte, daß ich zu Hause genug erlebte. Aber warum ging ich nicht ab und zu in ein schickes Restaurant? sagte sie. Und was war mit unseren Freunden, ich sah sie immer seltener? Ich sei energielos, träge. Ich lebte am Rande des ... (sie suchte nach dem Wort) *des Unsichtbaren.* An einer Stelle schaffte sie es, richtig zornig auszusehen, schlug mit der Zeitung auf den Tisch: »Du bist so irritierend normal!« sagte sie. »Ab und zu wünschte ich, du wärst etwas verrückter. Tätest etwas ... Wagemutiges.«

Eines Abends liebte sie mich wieder auf diese unbekannte, aber nahezu unerträglich erregende Weise. Im Schlafzimmer diesmal, im blauen Bettzeug, das von ihrem Körper nach ... Ambra roch. Sie lag am Fußende und küßte mich langsam von den Zehen bis hinauf zum Schritt (ich wartete die ganze Zeit darauf, die Zungenspitze an den Hoden zu spüren, doch dazu kam es nie), unzählige Male, ohne sonst etwas zu tun. Als liege man im Meer, an einer seichten Stelle, während warmes Wasser über den Unterkörper spült. Ihre Brüste glitten ab und zu über meine Beine, wie eine Berührung mit glattem Marmor. Schließlich zog sie die Vorhaut weg, berührte aber die Eichel (»Eichel« — wieder muß ich an meinen Freund Becker denken) nicht mit der Zunge oder den Lippen, hauchte nur darauf. Ich weiß noch, daß ich an Wale dachte, daß die Spitze des Penis dem Kopf eines Wals glich. Wieder und wieder wanderten ihre Zunge und ihre Lippen — langsam, ausführlich, forschend — diesen taktilen Weg von den Füßen hinauf zum Schritt, wo sie nur auf die Spitze des Penis hauchte. Ich bildete mir ein, sie stellte zwischen Mund und Eichel eine chemisch-elektrische Verbindung vom selben Typ her wie das mikroskopische Feuerwerk im Zwischenraum zwischen den Synapsen des Gehirns. Durch die Tür zum Wohnzimmer sah ich die ovalen Rahmen mit den Gesichtern der Vorväter, eine Galerie ungläubiger Zeugen bei einem Beischlaf, der nie begonnen wurde, einem Liebesakt, bei dem schon das Vorspiel zu grenzensprengendem Genuß erhoben war. Sie machte weiter, bis ich in einem Zustand ungelöster Spannung und zugleich tiefer Entspanntheit einschlief. Ich weiß nicht, aber ich glaube, ich träumte vom Meer, einen eigenartig abstrakten Traum, ohne Bilder, nur ein körperliches Eintauchen in etwas Nasses, Befreiendes. Als ich aufwachte, fühlte ich mich . . . ich weiß nicht, wie ich sagen soll . . . es war eine vollkommen neue Form von Wohlgefühl.

Heute verließ ich früh das Büro. Ich habe keine Ahnung, wie ich darauf kam, aber ich bekam plötzlich Lust . . . hatte fast Sehnsucht danach, eines der Gebäude zu sehen, die Georg Becker gezeichnet hatte. Ich hatte mir dieses Haus gemerkt, als ich einen offizielleren Nekrolog las, ohne daß ich zu diesem Zeitpunkt auch nur das geringste in Richtung Exkursion geplant hätte. Ich hatte das Gebäude in meinem Gedächtnis vermerkt, weil ich mich gewundert hatte.

Ich war viele Male durch diese Straße gegangen, ohne daß mir irgendwelche architektonischen Perlen in der Gegend aufgefallen wären.

Jetzt stand ich auf der Rasenfläche und betrachtete die Fassadenreihe vis-à-vis. Ich war enttäuscht, ich fühlte mich zunächst . . . ja, betrogen . . . von einem Freund. Ich weiß nicht, was ich erwartet hatte. Wenn nicht einen Monumentalbau, so doch wenigstens etwas offensichtlich Großartiges — einen Blickfang. Aber das?

Ich blieb dennoch stehen, als bitte mich eine innere Stimme (das Gewissen?) um Geduld. Und langsam begann ich, den Anblick zu schätzen. Becker hatte, so wie ich es verstand, den Auftrag bekommen, einen Aufbau für ein altes Mietshaus (übrigens die Arbeit eines bekannten Architekten um die Jahrhundertwende) zu entwerfen. Ich stand auf dem Rasen und schaute, versuchte, offen zu sein, wie man sagt. Es war etwas in den Linien, in der wechselseitigen Beziehung der Bauelemente, das mich stark ansprach. Nachdem ich eine Weile dort gestanden hatte, konnte ich nichts anderes sagen, als daß Beckers Lösung der Aufgabe mir imponierte, ja, mich in seinem Namen einigermaßen stolz machte. Er hatte einen Aufbau entworfen, der mit dem älteren Haus zusammenstimmte, während er zugleich zu etwas ganz Neuem oder anderem wies, auch dadurch, daß die Steinsorte eine andere war. Die oberen Etagen wirkten einfacher, moderner, doch die alten Linien und die Hauptelemente waren erhalten, wiederholten sich. Ich bin versucht, zu einer Metapher zu greifen, wie die Beziehung zwischen Mutter und Kind. Oder die Geburt. Der Aufbau ließ mich an ein kompliziertes

Gebäude (eine Kathedrale?) denken, reduziert auf seinen Ursprung; ein Monumentalbau im Keim. Während ich so dastand, erinnerte ich mich daran, was Becker von beschnittenen Genitalien gesagt hatte, und dies führte dazu, daß ich den Aufbau als einen Versuch betrachtete, eine entfernte Klitoris wieder anzufügen. Becker hatte ganz einfach dem ganzen Gebäude sein Geschlecht zurückgegeben — die Lust, das Begehren —, das Tote lebendig gemacht. Eine Art umgekehrter architektonisch-chirurgischer Eingriff. Mir fiel ein, daß ich, vielleicht als einziger auf der Welt, dies begriff, die zentrale Idee des Aufbaus kannte. Die Möglichkeit erfüllte mich mit ungewöhnlicher Freude.

Ich weiß nicht, wie lange ich dastand und Beckers Arbeit bewunderte. Schließlich blieb mein Blick wieder und wieder an demselben Detail haften, einem Ornament gleich unter dem Mittelfenster, einer Figur, die auffallend bekannt wirkte. Ich mußte nicht lange in meinem Gedächtnis herumsuchen. Ich hatte eine Zeichnung desselben Ornaments in Gross' Buch gesehen, in *Im Herzen der Finsternis,* eine Art Tätowierung, die die Mitglieder einer der Jugendbanden in seinem Stadtteil auf dem Handrücken trugen. Wenn diese unerwartete Verbindung, diese . . . gepunktete Linie durch den Raum mich nicht nach Luft schnappen ließ, versetzte sie mir doch einen Schock. Ich bekam tatsächlich etwas Angst. Ich sage nicht zuviel, wenn ich behaupte, daß ich so etwas wie ein religiöses Gefühl erfuhr, das mich beinah aus der Balance brachte, wie eine kräftige Welle oder ein Windstoß. Als sei ich gesegnet. Von etwas Übermächtigem. Gegen meinen Willen.

Fast hätte ich das Wichtigste vergessen, eine Zeitungsreportage über »die unaufgeklärten Morde« bei der Deichmanschen Bibliothek und im Stenspark. Aus einem Abschnitt konnte man ein Bild von Bekkers und Gross' Mörder herauslesen, ich hätte fast »Mutter« gesagt (es scheint, daß jetzt alle die Spekulationen für zutreffend halten, daß dieselbe Person hinter den Morden steckt). Soweit ich richtig las, schätzte der Journalist diese Person als äußerst zynisch und brutal ein, falls er oder sie nicht schlicht und einfach geisteskrank war. Diese Hinweise bildeten den Ausgangspunkt einer längeren Betrachtung (heißt es »Introspektion«?). Nicht zuletzt die Unsicherheit des Journalisten, signalisiert durch die Worte »oder sie«, provozierte eine langanhaltende Kettenreaktion in der Phantasie. Oft, wenn ich eine so intensive mentale Aktivität erlebe, muß ich an die überwältigende Vorstellung denken, die ich einmal als Junge erlebte, in einem dieser großen ausländischen Vergnügungsparks, wo zum Abschluß des Abends der Himmel mit einem farbenprächtigen Feuerwerk erfüllt wird. Ich weiß noch, wie ich dastand und gaffte, einen weichen Stofftiger in den Armen (bei der Tombola gewonnen), während die Raketen Sterne und Blumen bildeten, die einander kreuzten und ineinanderglitten, in verschiedenen Farben und Mustern explodierten, krachten und knallten, in der Luft den Geruch von Pulver verbreiteten; ich dachte, das müsse irgendein Signal sein, ein Code ... und gleichzeitig wußte ich, daß es keine Bedeutung über das rein Unterhaltende hinaus hatte, nur fesseln sollte, schön sein; ich stand da (den Stofftiger in den Armen) und starrte zum Himmel und registrierte gleichzeitig diesen wahnsinnigen Wirrwarr um mich herum, Übermut und Freude, die Karussells und Autoscooter und die Berg-und-Tal-Bahn, alles in Bewegung, das strahlende Licht, Geschrei und widerhallende Musik, die sich vermischten, als sei das Ganze nur ein großer, falscher Leierkasten in den Händen eines gewaltigen, verführenden Gottes.

# 7

Ich stehe oft eine ganze Stunde in Vaterland und betrachte das Leben auf der Baustelle. Ich weiß nicht, was Leute in das Wort »Humanist« legen, aber ich fühle mich wie ein Humanist, wenn ich hier stehe. Ich sehe — und ich behaupte: mit Liebe — den Arbeitern zu, wie sie in ihre gelben und roten Baracken trotten und wieder heraus, im Schutzanzug und mit Walkie-talkie Gerüste hinaufklettern. Ich lausche aufmerksam dem Lärm von Bohrern und Maschinen, deren Sinn ich nicht begreife. Ich betrachte die Zementwagen und registriere (sammle beinahe) die merkwürdigen Assoziationen, jedesmal, wenn sie den »Kübel« füllen. Ich betrachte die gelben Baumaschinen, den Wirrwarr von Leitungen, Rohren und Armierungsstahl, diesen Staub, der ständig aufgewirbelt wird, ein Effekt, der signalisiert, daß der Bau eine anhaltende Offenbarung ist. Es gibt wenige Stellen in Oslo, wo ich mich wohler fühle als hier, unter einem Himmel voller Kräne. Ich kann mich in das Projekt so stark einfühlen, daß ich ab und zu glaube, ich sei einer der Ingenieure. Ich überwache die Arbeit. Ich kontrolliere, daß alles nach Plan geht. Ich sehe, ich glaube, mit bekümmerter Miene, wie vorgefertigte Elemente (Badezimmerzellen?) vom Boden hochgehievt werden, hinauf zum Sicherheitsschirm und über die Kante der Gleitschalung ganz oben auf dem Großhotel. Es ist nicht lange her, da stand ich hier und verfolgte die Anlage des Fundaments, bewunderte die Ramme, spürte das Bauen konkret im Körper; das schneidende Geräusch, der Boden, der bebte, während die Rammbären diese schweren Eisenblöcke so mühelos einschlugen, als sei der Grund aus Pudding. Jetzt bekommen die ersten Bauten schon ihre Fassaden. Die Skelette werden mit Glas und lackiertem Aluminium verkleidet, erhalten Wände aus durchgefärbtem Beton, an einigen Stellen mit eingelassenen keramischen Fliesen. Ich kann nicht anders, ich fühle mich ... stolz. Die Ameisen bauen ihre Türme auf dieselbe Weise, Jahrhundert um Jahrhundert. Das Haus des Menschen ist in ewiger Veränderung, der Mensch baut *Neues*.

Ich schlendere auch gern in Tøyen und Grønland herum. Hier passiert zur Zeit etwas. Ich hätte Lust, es (um mit Gross zu reden) Oslos Randzone zu nennen. Im positiven Sinne. Man geht um eine Ecke und schreckt auf beim Anblick eines Wohnblocks, der gestern noch nicht dort stand — ein außergewöhnliches Bauwerk mit Erkern und kleinen Verzierungen aus farbigem Ziegel. Man guckt in einen Torweg und sieht plötzlich ein altes Ziegelsteinhaus frisch aufgeputzt, mit rosa, blauen und lila Eisenbalkons. Wenn ich die Schilder an den Klingeln lese, geht mir auf, daß Norwegen weiter wird, ich könnte auch sagen, »reicher«, die Namen verraten viele Nationalitäten. Die Menschen im Straßenbild bestätigen den Eindruck, ebenso die neuen Lebensmittelläden, das Vokabular hinsichtlich Gemüsen und Früchten, das dichte Netz von vielseitigen Kiosken und exotischen Straßengrills, der Geruch von Currys zum Mitnehmen ...

Es kommt vor, daß Ingeborg vorschlägt, wir sollten umziehen. (Wir haben ja Geld genug.) Nie, sage ich. Nie! Ich ziehe nicht weg — jedenfalls nicht jetzt — von dieser Umgebung, dieser Aussicht, dieser ... wie soll ich sagen ... diesem *Winkel*.

Wenn ich am Fenster in der vierzehnten Etage stehe, das alte Seefernglas auf Vaterland gerichtet, ist es, als verändere sich die Welt ... nein, als *wachse* sie vor meinen Augen. Es kommt auch vor, daß ich die Terrassentür öffne, um das *Geräusch* des Fortschritts mitzubekommen. Ich sehe jeden Tag etwas anderes, als ich am Tag zuvor gesehen habe. Ich verfolge Sequenz um Sequenz, bin Zeuge, wie die Dinge expandieren, in der Breite und in der Höhe. Und jede kleine Erweiterung verändert das andere so, daß ich alles noch einmal studieren muß, vom Fundament bis nach oben. Ich denke gelegentlich, ich sollte die Veränderungen, die Entwicklung notieren, von Tag zu Tag, sozusagen Tagebuch führen. Es mag gesucht wirken, aber wenn ich so dastehe und die Augen an die Okulare presse, bringt das die Gedanken immer auf Kolumbus, einen Entdeckungsreisenden unterwegs zum Unbekannten.

Becker hat mich gelehrt, unser eigenes Firmengebäude mit neuen Augen zu sehen; es ist mindestens ebenso schick wie Norsk Data in Skullerud und IBM in Mastemyr — ja, warum eigentlich nicht auch Norges Bank. Charakterisiert durch *Glas;* durch etwas Kristallines, Durchsichtiges, Leichtes ... Ein Treibhaus ... Eine Raumstation.

Ich müßte mich wohl fühlen. Ich fühle mich auch wohl. Ich mag das Büro. Ich mag die programmatische Filigranarbeit, ich mag die vollgezeichnete Tafel, ich mag die Automatenbar, den Plastikkartenschlüssel, die abgestuften Sicherheitszonen, den Kontrollraum (wie das Produktionszentrum eines Fernsehsenders oder das Hauptquartier bei der Polizei), daß ich kommen und gehen kann, wie ich will... Ich habe Freiheit. Wenig Verantwortung. Einen lukrativen Job. Und trotzdem ... (Warum schreibe ich das? Will ich mich selbst überzeugen?) Vielleicht liegt es an den Startschwierigkeiten. Dem Vakuum. Wir sind bei einer neuen Arbeit, einem Pionierprojekt innerhalb des Netzwerks, »einem System, das in die Geschichte eingehen wird« (Heiberg). Eines Tages, als ich an der Maschine saß, löschte ich aufgrund eines Fehlers ein ganzes Subprogramm. Das Erstaunliche war, daß ich jetzt ganz neue Möglichkeiten sah, gestolpert war über eine ... geniale Lösung, als sei »delete« in Wirklichkeit »create«.

Ich finde jedenfalls Trost und Entspannung in der Kantine, wo ich mir meine eigenen Äußerungen mit so viel Wachsamkeit anhöre, wie ich mobilisieren kann. Jedesmal, wenn ich mit einem Beitrag oder einem Kommentar komme — vielleicht nur zur Qualität der Kringel —, frage ich mich selbst: Hat diese Aussage Ansätze von Brutalität? Wäre dies eine typische Ausdrucksweise für einen Zyniker? Oder verrät es, alles in allem, die Ansichten eines Geisteskranken? Zu meiner Bestürzung, doch auch heimlichen Belustigung muß ich oft mit Ja antworten, besonders, wenn ich die Assoziationen bis zu Ende verfolge. Ich glaube ... nein, ich bin sicher, daß ich dabei bin, verborgene Dimensionen meiner Persönlichkeit zu entdecken. Damit bin ich intensiv beschäftigt. Ist das eine Stärke oder eine Schwäche?

Noch größeres Behagen (falls das das Wort ist) bereitet mir die Vorstellung, eine Frau zu sein (»oder sie«); daß mein Äußeres in Wirklichkeit nur eine Schale ist, die ein feminines Wesen verhüllt. Ich betrachte forschend die Kollegen um den Tisch. Haben sie gemerkt, daß ich ebensogut eine Frau sein könnte? Sollte ich diese Möglichkeit radikaler erproben?

Neulich sprach mich eine Frau an, auf der Ankerbrua, nicht weit von der Stelle, wo in alten Zeiten das Gaswerk lag. (Warum notiere ich das mit dem Gaswerk? Hat es eine Bedeutung? Ist »Gas« wichtig in diesem Zusammenhang? Und warum schreibe ich »in alten Zeiten« — *so* viele Jahre ist es nicht her, daß es abgerissen wurde? Und war nicht auch ein Busbahnhof hier?) Sie war mir tatsächlich ein Stück gefolgt, jedenfalls hatte ich den Eindruck. Ich spazierte die Torggata hinauf, während ich einen Hot dog aß, gekauft in der weißen Bude auf dem Youngstorget (ein Lusthäuschen mitten auf dem öden Platz). Wie immer freute ich mich über diese farbige — und ich behaupte: unterschätzte — Straße, deren Charakter sich jedesmal geändert hat, wenn ich hier vorbeigehe. Auch an diesem Abend entdeckte ich etwas, ein funkelnagelneues Espresso-Café ganz weit oben, Ecke Hausmanns gate; blaue Wände und kontinentaler Marmor an den Fenstern, die Speisekarte auf eine Tafel gekritzelt.

Auf der Ankerbrua, bei der Skulptur dieses Mädchens, das auf einen Bären steigt (ich glaube, das Motiv stammt aus einem Märchen), macht die Frau ein paar schnelle Schritte und ist neben mir, unter einem ganz gewöhnlichen Vorwand: Ob ich Feuer habe?

Als ich verneinend antwortete, bedeutet sie mir, stehenzubleiben, ehe sie selbst mit einem Streichholz die Zigarette anzündet — ich mag das, diese etwas altmodische Bewegung (und nicht zuletzt das *Geräusch,* das Streichholz an der Reibfläche).

Ich habe nichts gegen das Stehenbleiben. Bereits jetzt erfüllt mich der mögliche Ausgang dieses Gesprächs mit Spannung. Ich empfinde so etwas wie bei Ingeborg, wenn sie mich in das blaue Bettzeug drückt und ich nicht weiß, was sie vorhat (ob sie zum Beispiel anfangen wird, mich von den Zehen aus zu küssen, oder ob sie etwas anderes geplant hat — etwas, was ich noch nie erlebt habe).

»Ein herrlicher Abend«, sagt sie als erstes, eine Mischung aus Feststellung und Frage. Ich stutze über dieses »herrlich«, ein Wort, das im Kontrast zu ihrer Erscheinung steht. (Was kommt als nächstes — ein Angebot zu einer »Plauderei«?) Ich erwäge die Möglichkeit, daß sie Prostituierte ist, schlage es mir aber aus dem Kopf. Etwas an der Art, wie sie steht, ja, die ganze Bewegung, als sie das Streichholz abriß, spricht dagegen. (Obwohl — was weiß ich von Prostituierten?) Außerdem ist sie eine Spur zu elegant. Oder nein — *sophisticated* ist besser. Kurzes, weißes Haar (gefärbt?), eine auffallend moderne Frisur. Wellig gefönt. Ansonsten ist sie ziemlich alltäglich. Sehr alltäglich. Eine typische »junge Frau«. Offenes Gesicht. Gewissermaßen *unsichtbar* (das heißt: du siehst sie nicht in der Masse). Zunächst glaube ich, sie ist betrunken, sie sieht mich unverschämt direkt an, beinahe spöttisch, mit dem Anflug eines Lächelns auf den Lippen. Sie steht auch näher bei mir, als es üblich ist bei einem Gesprächspartner, so daß es physisch leicht aufdringlich wirkt. (Gar nicht unangenehm, möchte ich hinzufügen.) Ab jetzt bin ich mir nicht sicher, sie kann auch ebenso nüchtern sein wie ich. Jedenfalls ist sie eindeutig sympathisch. Ich nehme das Taschentuch heraus und entferne den Senf von den Mundwinkeln. Einen Atemzug lang erinnere ich mich an eine unglaublich lustige Hochzeit (eine richtige Bauernhochzeit), eine Stoffserviette, das gleiche Gefühl an der Haut. Ich weiß, es wird ein gelungener Abend.

»Bist du Automechaniker?« sagt sie.

»Botaniker«, sage ich, ohne zu überlegen. Mir gefällt die Antwort (und damit die Frage), gefällt dieses Wort, das mir einfach herausrutscht und mich zwingt, so zu tun, als sei ich etwas, wovon ich überhaupt nichts verstehe.

»Du schwärmst bestimmt für Frank Sinatra«, sagt sie.

»Frank Sinatra ist mein Lieblingssänger.« Ich bin enttäuscht, daß sie das Thema Botaniker nicht verfolgt. Ich hätte etwas sagen können über die kanarische Dattelpalme, vielleicht auch ein, zwei Sätze einflechten können über Professor Smith, der auf dem Kongo gestorben ist, jung, unfertig. Ich fühle mich etwas verprellt. Ich sehe große Möglichkeiten im

Vergleich zwischen dem Akerselva und dem Kongo. Ich habe nicht die leiseste Ahnung von Frank Sinatra, kenne nur ein paar Lieder, Dauerbrenner in »Punkt neun«, »Strangers in the Night« (ein herrlicher Zufall). Trotzdem weiß ich, ich kann in diesem Augenblick stundenlang über Frank Sinatra reden, daß das Thema Frank Sinatra explosionsartige Möglichkeiten bietet.

»Liest du Krimis?« fragt sie.

Wie reagiere ich auf diesen Satz? Freue ich mich? Ich merke, wie ich mich die ganze Zeit selbst betrachte, wie in einem mitgebrachten Spiegel. Und wie ich gewissermaßen diese Betrachtung betrachte, von einem Ort weiter weg (den Spiegel-Gedanken inklusive).

»Nur Shakespeare«, sage ich. »Wegen der Botanik. Und die Zeitungen natürlich.«

Ich beobachte ihre Beobachtung von mir. Wenn sie nun auf Shakespeare eingeht? Dies wäre eine würdige Herausforderung. Ich wünsche mir Shakespeare beinah. Ich bereite mich schon vor auf fünfzig verschiedene Hamlets.

»Wo hast du deinen letzten Urlaub verbracht?« Sie hält die Zigarette auf ungewöhnliche Weise, etwas ulkig, würde ich sagen, oder unernst.

»In Montevideo.«

Ich habe eine Offenbarung. Doch, eine Offenbarung. Ich sehe plötzlich, wie großartig das ist; dieser sprachliche Austausch bei Nacht. Zwei Menschen begegnen sich, und der eine fängt ohne Umschweife ein Kreuzverhör über Frank Sinatra und Urlaubsreisen an. Wie fern ist übrigens das Tierreich! (Fällt mir Beckers Erzählung vom Tigerkäfig ein?) Ich bin erfüllt von ... (das Wort entfällt mir) diesem Menschen gegenüber — diesem *Mitmenschen* —, der mich zu einem Gespräch zwingt, mich zwingt, eine Stadt zu nennen, zu der ich mir eine Reise gut vorstellen könnte. (Vorher habe ich nie gedacht, daß Montevideo eine Stadt ist, die ich besuchen sollte.)

»Du siehst aus wie ein großer Zyniker«, sagt sie.

Ich denke darüber nach, was ich alles antworten kann. Ich kann sagen »Woran sehen Sie das?«, oder »*Sie* sehen aus wie eine Hure«, oder warum nicht »Ich fasse das als eine grobe Beleidigung auf, ich fordere Sie zum Duell!«. Doch ich sage: »Sie haben recht.« Warum ausgerechnet das? Und warum antwortet sie: »Ich seh' das an deinen Kleidern«, wenn sie hätte sagen können »Solche Simplifizierungen taugen nichts« oder »Ich bin Prophet«?

»Deine Kleider sind allzu perfekt«, sagt sie. »Die sind nur eine unangreifbare Oberfläche. Klassisch. Wie die Bodoni. Sie verraten nichts. Zu kühl.«

(»Bodoni«?)

Ich taxiere die Behauptung. In gewisser Weise schätze ich sie hoch ein. Ich habe an, was ich immer anhabe. Einige von den Sachen sind aus dem Ausland, bestimmt teuer, soviel ich weiß. Vielleicht reagiert sie auf die Handschuhe. Ich trage oft Handschuhe, vor allem abends.

»Sie sind also in der Textilbranche? sage ich. Eine Äußerung in der Kategorie »Parieren«. Aber das ist keine logische Vermutung. Ihre Kleider sind Massenkonfektion. Jugendlich und zeitgemäß, tough, aber gleichwohl Dutzendware. Sie ist ein offensichtlicher Vertreter der Gruppe »junger, aktiver Outsider«. Nur eine schwere Halskette aus Gold (gut sichtbar auf dem schwarzen Pulli unter der Jacke) hebt sich ab. Wenn sie sich bewegt, leuchtet sie. Sie bewegt oft den Körper, als sei sie sich dieser Wirkung bewußt. Oder als pulsiere eine Melodie in ihrem Körper.

»Ich bin eher in der Baubranche«, sagt sie. »Als Saboteur.«

Wir stehen im Schatten zwischen zwei Laternen auf der Brücke. Peer Gynt reitet mit dem Renbock auf uns zu (die einzige der Bronzeskulpturen auf der Brücke, die ich zu identifizieren vermag). Nicht so sehr das, was sie sagt, und zwar in leicht aggressivem Tonfall, erzeugt dieses Wohlgefühl, das ich empfinde — eher das Gefühl von Nähe. Aber nicht, weil sie ganz nahe bei mir *steht*. Die Nähe liegt in all dem, was nicht gesagt wird. Als ob alles, was sie nicht sagt, die Kraft darin, mich massierte, meinen Körper, wie eine direkte Berührung wirkte. Kann ich mich folgendermaßen ausdrücken? Das Ungesagte wie Fingerspitzen auf der Schädeldecke.

»Sie sind wohl Architektin?« sage ich, sehe einen so unmöglichen Zufall vor mir, daß ich ein paar Sekunden lang Atemschwierigkeiten habe. (Wäre ich nicht sogar beinah gestolpert, obwohl ich stillstehe?)

»Beschäftigst du dich mit Architektur?« fragt sie.

Ich deute die Gegenfrage als ein halbes Ja, erzähle ihr einfach — und denke keinen Augenblick an die Gefahr, daß sie eine fatale Verbindung herstellen könnte —, daß ich mich seit neuestem für die Baukunst interessiere, vor allem in Oslo. Selbst kleine Details regten mich an zu langen, grenzüberschreitenden Phantasien. Eine Treppe, ein Fenster, das Material einer Säule. Ich sage etwas in der Richtung, daß eine zufällige Bekanntschaft mich darauf gebracht habe und daß ich dem Betreffenden ewig dankbar sei. Mein Bericht wirkt auf mich wohlformuliert und klug. Ich sehe es so, daß sicher mehrere dieser Sätze nie aufgetaucht wären, wäre ich nicht ins Gespräch gekommen mit genau *diesem Menschen.*

Als sei dies das Stichwort, fängt sie jetzt an, Architektur in Oslo aufzuzählen, die sie schätzt, Dinge, die mir nie aufgefallen sind. Mehrfach verraten Worte und Satzbildung das Wissen des Spezialisten. Ich versuche, mir soviel wie möglich zu merken. Ich warte (hoffe?) die ganze Zeit darauf, daß sie Becker erwähnt, eines seiner Bauwerke als Beispiel heranzieht. Ich spüre, ich balanciere auf Messers Schneide — und mag es, genieße es, wünsche mir nur, daß sie weitermacht, weiterdoziert über neue Cafés und Straßenbahnhaltestellen, Portale und Türme, diese unbeschreibliche ... Erwartung verlängert. Sie redet begeistert über Architektur, betrachtet sie als ein ganz natürliches Gesprächsthema, selbst wenn es angeschnitten wurde von einem Fremden auf einer Brücke in Oslo. Dieses Faktum geht mir auf wie eine Vision — Stolz auf unsere Fähigkeit, quer über alle Barrieren zu kommunizieren, ja, als eine Tatsache voller Relevanz bis weit in die große Politik hinein.

Sie schweigt, sieht zur Skulptur von Peer Gynt auf dem Bock, während sie die Zigarettenkippe fallen läßt und den Schuh darauf setzt. (Sie dreht nicht die Schuhspitze hin und her, wie es Leute oft tun. Ich fasse das auf als einen ... barmherzigen Zug.) Es kommt nichts über Becker. Dennoch bin ich sicher, daß sie ihn kennt, daß sie vermeidet, seinen Namen zu nennen, weil er gerade gestorben ist, daß sie damit eine seltene Diskretion beweist, oder Respekt.

»Mir hat diese Gegend übrigens immer gefallen«, sagt sie.

Wohin will sie dieses eigentümliche Gespräch, ich zögere nicht zu sagen *wunderbare* Gespräch, lenken? Nichts ist im voraus festgelegt. Ich weiß, der nächste Satz kann . . . mein Leben umwälzen. Oder ihres. Ich wundere mich trotzdem über den Übergang. Welches Wort — welches unbestimmbare und vieldeutige Wort — hat sie zu diesem Kommentar über die Gegend gebracht? Die Goldkette blitzt auf. Ich denke (und schrecke nicht zurück vor dieser Sentimentalität), daß der Mensch unendlich wertvoll ist. Gleichzeitig tut sie etwas Seltsames. Sie bückt sich und hebt die Zigarettenkippe auf, als wolle sie nicht diejenige sein, die das Trottoir verdreckt. Statt dessen (und etwas inkonsequent) wirft sie sie ins Wasser. Augenblicklich kommen auf dem teerschwarzen Wasser zwei Enten angeschwommen, tauchen auf aus dem Nirgendwo. Das »Kielwasser« erzeugt die Illusion einer großen Distanz hinunter zum Fluß. Ich habe das Gefühl, auf einem hohen Felsen zu stehen, mich auf die Kante zuzubewegen, Millimeter für Millimeter; eine berauschende Empfindung, jederzeit die Balance verlieren zu können.

»Warum gefällt Ihnen die Gegend?« sage ich.

»All die Fabriken am Fluß.«

Von unserem Standort aus können wir tatsächlich drei hohe Schornsteine erkennen. Ich meine . . . irre ich mich oder spüre ich im selben Augenblick eine Aura um uns, eine Aura großer Bedeutung?

»Sind nicht die meisten stillgelegt?« sage ich.

»Doch«, sagt sie. »Die Dinge ändern sich. Die wichtigste Muskelbewegung heutzutage ist die in den Fingerspitzen.«

Mir gefällt diese Aussage. Sie gefällt mir sofort sehr, sehr gut. So gesehen wäre ich eigentlich selbst Arbeiter. Der neue Proletarier. Ich würde das gern eingehender entwickeln, amüsiere mich schon über die Konsequenzen, aber ich will sie nicht bitten, es zu präzisieren, aus Furcht, sie würde das Unklare der Äußerung zerstören. Davon abgesehen kommen mir auch erotische Ideen aufgrund des Satzes. (Ich sehe schon vor mir, wie und mit welchem Genuß ich im Bett liegen und über dieses Bruchstück spekulieren werde.) Ich habe überhaupt das Gefühl, nein, ich *weiß*, daß dies nur eine Einleitung ist, ein Auftakt, daß unsere eigentliche Beziehung nach dieser Begegnung beginnen wird. Ich betrachte sie intensiv, versuche, durch sie *hindurch*zusehen, durch das kurze, weiße Haar, durch die Gesichtscreme, durch die Jacke, den schwarzen Pulli darunter, die Jeans, die neutralen Schuhe. Ebenso betrachte ich die Umgebung. Ich habe die ganze Zeit alles um uns im Auge, das Studentenheim der Berufsschulen, die Jakobskirche (die dunkel ist), das Licht aus den großen Fenstern im Gebäude der Osloer Elektrizitätswerke, die Laternen entlang den Gehwegen zu beiden Seiten des Akerselva, die Reflexe im Wasser, die Häuser ganz unten in Grünerløkka, die Schatten von Menschen, die ihre Hunde ausführen; versuche intensiv, *hinter* all das zu sehen, herauszufinden, was es *verbirgt*. Ich lausche. Man kann das Geräusch fließenden Wassers hören. Mir ist auch, als hörte ich ferne Gitarrentöne (oder jedenfalls ein Saiteninstrument). Auf der gegenüberliegenden Seite hängt eine nackte Frau mit schwellenden Brüsten über dem Rücken eines Ochsen. Eigentlich, fällt mir jetzt auf, befinden sich diese Skulpturen an der Grenze zum Obszönen.

»In gewisser Weise bin ich selber Architekt«, sagt sie. *»Buchstabenarchitekt.«*

Ohne daß ich einen vernünftigen Grund dafür sehe, trifft mich diese Information mit großer Kraft. Zum erstenmal erlebe ich das Phänomen, daß einem »die Haare zu Berge stehen«; ich glaube auch, all meine Glieder zittern für den Bruchteil einer Sekunde (oder ist Oslo Opfer eines leichten Erdbebens, das ich — nur ich — spüre?)

Sie muß meine Reaktion bemerkt und für Unglauben gehalten haben. Jedenfalls zieht sie eine Zeitung aus der Jackentasche, wie ein Schwert aus der Scheide. Sie ist mir nicht aufgefallen. (Was ist mir sonst noch entgangen an diesem Abend?) Die Zeitung hat einen Namen, den ich noch nie gehört habe, BREAK oder B R E A K (die Buchstaben stehen weit auseinander). Ich begreife augenblicklich, daß sie für junge Menschen gemacht ist. Das ganze Schriftbild wirkt fremd auf mich, brutal, hypermodern, wie aus einer anderen Welt.

»Ich bin Typografin«, sagt sie. »Ich habe die Buchstaben gezeichnet, die du hier siehst. In den Überschriften. Das Alphabet ist speziell für diese Zeitung entworfen.«

»Kann man immer noch mehr Alphabete machen?«

»Du mußt die Buchstaben nur eine winzige Nuance dicker machen, dann hast du ein völlig neues Alphabet. So daß Wörter, die in diesem Schrifttyp gesetzt sind . . . daß du sie zweimal lesen mußt.«

»Ein A kann man bis ins Unendliche variieren?«

»Genau.«

Ich denke an Hamlet.

Ich sehe die Überschriften noch einmal an. Soweit ich beurteilen kann, sind Teile der Buchstaben abgeschnitten. An einigen Stellen verwendet sie auch Symbole statt Buchstaben. In meinen Augen wirkt es unfertig, beinah unleserlich.

»Wenn du erst mal die Regeln gebrochen hast, ist — buchstäblich gesprochen — alles möglich«, sagt sie. »Wie du siehst, habe ich zum Beispiel die Serifen weggelassen.«

»Die Engel?«

»Nicht Seraphe — Serife!«

Das wird mir zu technisch. Ich lege zwar Wert auf Wissen. Aber ich wünsche mir eine Pause, Raum zum Denken. Es ist, als äße man gutes Essen zu schnell.

»Auch die Entscheidung für traditionelle Typen im Haupttext ist wichtig«, sagt sie. »Nimm die Futura — die hat eine *Reinheit,* die unübertroffen ist. Wenn du Autorität willst, verwendest du die Helvetica. Die Univers dagegen — eiskalt!«

Die Worte lösen ganz andere Assoziationen bei mir aus.

»Bitte sehr, ein Geschenk«, sagt sie, als ich die Zeitung zurückgeben will. Ich behalte sie, streiche mit den behandschuhten Fingern über das Papier, die Überschriften, als sähe ich einen Riß und wollte kontrollieren. Das Sonderbare ist, daß ich, genau in diesem Augenblick, einen Spalt zwischen diesen unfertigen Buchstaben *fühle.* Eine der Überschriften lautet — falls ich sie richtig entziffere — »Die glamouröse Madonna«, und es ist etwas im Wort »glamourös«, das sich in der Mitte öffnet (als ahnte ich, daß das Wort eine unklare, komplizierte Grundbedeutung besitzt), wirklich zum Spalt *wird,* zu einem schwarzen Spalt, der verrät . . . der enthüllt . . . Ich weiß, wenn ich mit dem Finger in diesem Spalt herumfische, werde ich etwas spüren, riskieren, daß eine Masche daran hängenbleibt, eine Masche, die nur der Anfang eines riesigen Netzes ist . . .

Geschah sonst noch etwas? Von jetzt aus gesehen, aus der Perspektive, die ein Tag schenkt, möchte ich dies jedenfalls zum Höhepunkt erklären. Doch wir bleiben noch eine halbe Stunde stehen und reden über andere Dinge, springen von Thema zu Thema. Wir stehen da und reden über »nichts«, sagen aber eine Menge. (Ich denke: Was passiert, wenn wir aufhören, schweigen? Hat das Gespräch ein Eigenleben bekommen? Würde es von selbst weitergehen, unabhängig von uns?) Sie lacht viel. Ich fühle mich animiert, geradezu inspiriert, in einem kreativen Raptus. (An einem Punkt wünsche ich mir, ich säße zu Hause am Sekretär.) Ich weiß, ich bin verwandelt. Der Mensch, der die Brücke verläßt, ist ein anderer Mensch als der, der sie betreten hat. Egal, was ich sage, sie kann mir sofort folgen, hat zu allem eine Meinung. Wir reden über die englische Komikergruppe Monty Python. Wir reden über Museen (worüber ich nicht das geringste weiß, aber anscheinend plötzlich ganz vernünftige Dinge sage), und wir reden über die Liebe. Sie hat eine verblüffende Fähigkeit, die kleinste Replik zu einer . . . beflügelten

Perspektive zu machen. Als Gesprächspartner wundere ich mich zuweilen über meine eigene Intelligenz, während ich mir gleichzeitig völlig klar bin über ihre intellektuelle Überlegenheit. Sie kann mich jederzeit festnageln, den Replikenaustausch beenden, doch sie zieht es anscheinend vor, den Dialog in Gang zu halten, wie ein guter Tennispieler, der den Ball lieber im Spiel hält, als ihn uneinholbar zu schmettern.

Sie ist gerade mitten in einem — ich glaube, originellen — Satz über einen bekannten norwegischen Politiker, bei dem Gerücht, daß eine Biographie droht, sagt etwas wie, das habe »keinen Sinn«, als ich ihren Kopf hart auf das Steingeländer schlage. Sie liegt eine Weile da, bewegt sich dann aber, hebt den Kopf und sieht mich an. Ich habe vergessen, welchen Ausdruck das Gesicht hatte. Ich haue ihren Kopf noch einmal auf das Steingeländer. Nicht so fest, daß sie das Bewußtsein verliert. Ich suche in ihrem Gesicht, finde aber nichts. So mache ich eine Weile weiter, stoße sie gegen das Geländer und forsche in ihrem Gesicht, als wollte ich auf diese Weise herausfinden, was sie sagen will mit diesem Gerede von einem neuen Alphabet. Vielleicht kann ich es so ausdrücken, daß ich versuche, das Problem aus einem anderen Winkel zu sehen. Ich packe ihren kurzen Schopf und schleudere den Kopf erneut nach hinten, sehe ihr ins Gesicht, knalle den Hinterkopf wieder auf den Stein, studiere die Augenlider, die Falten, den Mund. Schließlich bewegt sie sich nicht mehr. Ich betrachte sie. Die Halskette leuchtet auf, als sie zusammenfällt. Sie hat immer noch ihre ... Eleganz. Ich sehe keinen Grund dafür, mich darüber zu freuen, aber ich freue mich. Ich hebe sie ohne besondere Probleme hoch und werfe sie übers Geländer. Sie trifft mit einem dumpfen Laut auf dem einen Brückenfundament auf und gleitet ins Wasser. Ich gehe auf die andere Seite, um zu sehen, ob sie dort auftaucht (wie wir es als Kinder gemacht haben, mit Stöckchen). Ich sehe nichts. Kann sein, daß sie unter der Brücke hängengeblieben ist. Mehrere Enten kommen angeschwommen, herbeigerufen von dem Platschen. Dieser Anblick tut mir wirklich weh, der Gedanke an den ewigen Hunger, den diese Vögel auszuhalten haben.

Ich sitze hier am Sekretär und habe dieses Ereignis so gewissenhaft aufgeschrieben wie möglich. Ich habe ein gutes Gedächtnis. Ich bin erschüttert, aber froh. Ich spüre, ich stehe an einem Meilenstein, selbst wenn der Stein eine Inschrift hat, die ich nicht deuten kann, und ich auch nicht weiß, wie weit es noch ist. Als ich zur Wand hinaufsehe, wo die Porträts unserer Vorväter hängen, hundert Jahre alt, Fischer, Bauern, wirken sie ebenso fern wie Dinosaurier, eine ausgestorbene Rasse.

# 8

Ich will nicht leugnen, daß ich ungeduldig war. So rastlos, daß die Tatsache an sich Interesse weckte. Dazu irritiert. Meiner Meinung nach kannte ich das Mädchen von der Ankerbrua. Und dennoch ahnte ich, daß sie etwas verbarg, gut war für einige ... Überraschungen. Ich hatte den starken Verdacht ... ich *wußte,* ich hatte sie verlassen, gerade weil unser Gespräch weitergehen sollte. Die Begegnung war nur ein Vorspiel, ein großer ... ein langanhaltender Genuß, aber gleichwohl ein Vorspiel.

Ich erinnere mich an das Gefühl, auf *sie* zu warten, auf weitere Worte von den roten Lippen, als ich an diesem Morgen zum Kiosk Ecke Tøyengata ging und die Zeitung im selben Augenblick an mich riß, als der Inhaber den Packen aufschlitzte. Trotzdem schaffte ich es, mit einer Willensanstrengung, die mir imponierte, sie unter den Arm zu nehmen (während ich beinah die Augen schloß, um die Titelseite nicht zu sehen). Ich nahm Kurs auf den Botanischen Garten, den Eingang in der Jens Bjelkes gate, von wo aus ich die Allee zum alten Hauptgebäude hinaufging. Es hatte in der Nacht geregnet. Der Garten wirkte ungewöhnlich grün, saftig ... man sah förmlich, wie die Pflanzen *dampften.* Ich versuchte, langsam zu gehen, als sei ich zu früh unterwegs zu einem Rendezvous. Ich ließ mir Zeit, oder zwang mich, auf beiden Seiten die Reihen mit Pyramideneichen zu bewundern, auf dem schwankenden Boden zu verweilen, dem tanzenden Muster aus Licht und Schatten, Gold und Schwarz, erzeugt von den Sonnenstrahlen, die durch die Baumkronen auf den feuchten Asphalt des Wegs fielen. Mir fiel auf, wie *dicht* die Bäume standen, wie undurchdringlich der Garten an einigen Stellen wirkte, wie intensiv es roch; Erde, Gras, Blumen, Harz. Während ich den Weg entlangging, war mir, als ... nein, ich *hörte* leise Pfoten, als bewege sich ein Tiger — ja, ein Tiger, kein anderes Tier — parallel zu mir zwischen den Bäumen, wo ich ihn aber nicht sehen konnte aufgrund der perfekten Tarnung, ein Fell wie Sonnenstrahlen durch Blattwerk. Ich hatte plötzlich das Gefühl, am Rand eines unsichtbaren Dschungels zu gehen, hier, mitten in der Stadt, mitten in der Hauptstadt.

Erst als ich auf einer Bank in der Ecke beim Victoriahaus saß, breitete ich die Zeitung aus. Die Titelseite enttäuschte mich. Das heißt, sie handelte nicht von dem, was ich erwartet (oder darf ich sagen: gehofft?) hatte. Die Schlagzeile und der Text darunter berichteten von einer Polizeirazzia in einem geheimen Bordell, zugleich ein illegaler Spielclub. Die ersten Zeilen deuteten an, daß möglicherweise der Nachrichtendienst eines fremden Landes in diese Umtriebe verwickelt war. Obwohl eine potentielle Verbindung zwischen dem CIA (oder war es der Mossad? der deutsche Verfassungsschutz?) mein

Unterhaltungsbedürfnis anregte, gelang es mir nicht, weiterzulesen — nicht heute. Ich öffnete die Zeitung.

Stolz ist nicht das richtige Wort. Nervosität? Verblüffung? Erleichterung? Wärme? Triumph? Ich glaube, ich empfand *Wiedersehensfreude,* als ich das Blatt aufschlug und die Reportage über die Leiche im Akerselva las, zwei ganze Seiten weit vorn in der Zeitung mit der reißerischen (und ich wage zu behaupten: übereilten oder jedenfalls zu rigorosen) Überschrift »Neuer sinnloser Mord«. Zu diesem Zeitpunkt, nachdem ich die Existenz der Doppelseite einmal registriert hatte, traute ich mir zu, den Blick zu heben und die Umgebung zu betrachten. Ich wollte das Erlebnis verlängern, es einteilen.

Wieder, mitten in dieser Spannung und dem Eifer, weiterzulesen (oder vielleicht gerade deshalb), fiel mir auf, wie dschungelartig der Garten war, ein Wort wie »Regenwald« lag nicht völlig fern. Grün, grün, grün. Grün, das in Blau umschlug, Grün an der Grenze zu Gelb. Grün, Grün, das fast eine andere Dimension eröffnete. Grün muß die Farbe mit den meisten Nuancen sein. Gab es nicht ein Dschungelvolk mit zweihundert Wörtern für Grün? Ich saß da, die Zeitung auf dem Schoß, badete in diesem lebenswichtigen grünen Licht. Ich hatte eine Idee: Das Areal um mich lag nirgends. Ich versuchte, diesen Gedanken weiterzuentwickeln (gerade um zu sehen, ob die Ungeduld die Phantasie beeinflußte), an all die anderen Botanischen Gärten überall auf der Welt zu denken, alle anderen Leute mit einer Zeitung, auf einer Bank ... Ich mußte aufgeben. Die Überschrift zwang mich zurück.

Soweit ich verstand, war die Leiche von einem Obdachlosen oder einem Drogenabhängigen (der Journalist benutzte beide Wörter abwechselnd) gefunden worden, der bei der Ankerbrua kampierte. Die Frau hieß Eva Weiner. Ich war zufrieden mit dem Namen. Er hatte Gewicht, große ... wie soll ich sagen ... symbolische Kraft. Sie arbeitete in den Mustad-Fabriken in Lilleaker. Ich mußte zweimal lesen. Dies überraschte mich völlig, machte mich ganz schwindelig hier in dem üppigen, dampfenden Garten. Eine Fabrikarbeiterin! Ich finde es absolut notwendig, hier ein Ausrufezeichen zu verwenden. Ich *wußte,* sie hatte einen Trumpf in der Hinterhand. Aber so etwas? Hätte ich gewagt ... Wie konnte eine Fabrikarbeiterin, eine Person, die manuelle Arbeit verrichtete (Eisenwarensektor, las ich), mit dieser Spannweite von Wissen aufwarten?

Ich mußte die Augen schließen, gewissermaßen einen Augenblick ausruhen. Es war windig. Der Wind erzeugte ein angenehmes Geräusch im Blattwerk. Die Information über Mustad hatte mir die Ohren geöffnet. Ich saß in einem Wasserfall. Die Gedanken überspülten, durchspülten mich. Oder warum nicht: in einer Orgel. Umgeben von mächtigem Brausen. Jeder Baum eine Orgelpfeife. Ich saß in einer Kapelle ... ich ... Bilde ich mir das nur ein, oder tauchte das Wort »heilig« beinah bis zur Oberfläche auf, als ein Wort, das sich durchaus gebrauchen ließ?

Ich fand es völlig angebracht, daß auch Becker und Gross die ihnen gebührende Aufmerksamkeit zuteil wurde. Neue Dinge waren an den Tag gekommen. Tor Gross — wer hätte das gedacht? — hatte der

Zeitung zufolge in den letzten zwei Jahren 450000 Kronen verspielt, und nicht in Bjerkebanen, sondern gleich im Casino von Monte Carlo. (Ich sah ihn vor mir, das Tweedjackett mit einem dunklen Anzug vertauscht. Ich glaube, ich gehörte auch zu den wenigen Zeitungslesern, die ihn nicht verurteilten ...? Ich ahnte die Absicht — eine seriöse, fachliche Absicht — bei diesen Besuchen in dem berühmten Casino.) Von Becker wußte die Zeitung zu berichten, daß die Polizei unter seinen Habseligkeiten einen Schlüssel gefunden hatte und daß dieser Schlüssel zu einer leeren, vollkommen ausgeräumten Wohnung am Vigelandspark führte. Seine Frau wußte nichts davon. Ich versuchte, mir Becker in dieser leeren Wohnung vorzustellen, dahockend, weiße Wände überall ... Es lag ein Geheimnis um Becker.

Der Garten dampfte und wuchs, summte und rauschte um mich. Ich saß in keiner Kapelle, ich saß in einer ... *Fabrik.* Die Natur *arbeitete.* Ich saß in einer kolossalen Weberei. Das letzte Wort aus Eva Weiners Mund, an das ich mich erinnerte, war »Sinn«. Ich sah jetzt, wie die Bedeutung dieses Wortes vor mir hergestellt, gewebt wurde, mir Zugang zu einem gewaltigen Wörterbuch verschaffte; Fäden kreuz und quer; das Wort breitete sich aus, wurde zu einem unendlichen grünen Stoff ... Mein Blick fiel auf einen Artikel neben den Spalten über das Mädchen im Akerselva. Über die Ministerpräsidentin. Sie sollte verreisen. Bedeutete das etwas? Daß diese Artikel nebeneinander standen? Eine Gnitze ließ sich auf der Zeitungsseite nieder. Ich zerquetschte sie mit dem Daumen. Gross wurde zu Gröss. Ich lachte darüber.

Ich lachte, bekam aber plötzlich Angst. Ich hatte Angst, daß alles zu schön war, um wahr zu sein.

Nachdem ich bei dem schönen Vormittagswetter annähernd eine Stunde auf der Bank gesessen hatte (ich glaube, so lange war es wohl), wobei ich abwechselnd las, dachte oder in das Blattwerk der Bäume starrte (mit der Empfindung, überhaupt nicht zu denken), begann mir das Phantastische der Tatsache zu dämmern: Das Mädchen arbeitete in den Mustad-Fabriken. Der Name Mustad kam mir bekannt vor, wie etwas, womit man sich beschäftigt hat, ohne erklären zu können, wann und wo. Aus reiner Intuition (ich habe Lust, das Wort »Magnetismus« zu gebrauchen) suchte ich die nächste Eisenwarenhandlung auf. Und als ich die Regale inspizierte, fand ich ein Produkt nach dem anderen von — Mustad. Ich wußte zwar nicht, ob sie aus der Abteilung des Unternehmens in Lilleaker kamen, doch das spielte keine Rolle; für mich war Eva Weiner ein Repräsentant für alle Bereiche von Mustad. Aus irgendeinem Grunde hatte ich angefangen, sie Mustad-Mädchen zu nennen.

Besonders die hübschen kleinen Packungen mit Schrauben jeder Art und jeder Größe fesselten meine Aufmerksamkeit, und nachdem ich eine Packung mit vier Expansionsschrauben (»Mollypflöcke«) in der Hand gewogen hatte, hatte ich ein Déja-vu-Erlebnis oder wie das heißt: Ich hatte einmal genau diese Schrauben in unserer Wohnung benutzt, ohne auf das Fabrikat überhaupt zu achten. Und jetzt hatte ich mit einer Person gesprochen, die an der Produktion solcher Schrauben beteiligt war! Ich kaufte spornstreichs, und ich möchte hinzufügen: in starkem

Affekt, ein paar Packungen Expansionsschrauben. Mir fiel ein, daß ich schon seit längerer Zeit ein kleines Regal hätte anschrauben sollen.

Diesen Abend weihte ich zu hundert Prozent Eva Weiner. Es war Eva Weiners Abend. Die ganze Zeit, während ich bohrte und schraubte, war sie in meinen Gedanken. Ich ging unser Gespräch Wort für Wort durch und vergegenwärtigte mir die verschiedenen visuellen Eindrücke, Geräusche und Gerüche, die den Dialog begleitet hatten. Es war, als ob die Schraubbewegung oder die *Arbeit* an sich — ich finde das Wort vollkommen adäquat — mich neue Valeurs und übersehene Details unserer Begegnung sehen ließ. (Ich kam zum Beispiel darauf, daß ihre Schneidezähne einen charmanten Zwischenraum hatten. Diese Bagatelle erschien mir plötzlich als ganz wesentlich, sie erfüllte mich mit fast so etwas wie ... Leidenschaft.) Die Beschäftigung mit Schrauben und einer Art Muttern stimulierte anscheinend den Intellekt; gleichsam Einzelteile zusammenfügen, sie ineinander befestigen. Mir wurde, während ich schraubte, klar, daß die Begegnung mit dem Mustad-Mädchen auch die Begegnungen mit Becker und Gross verändert hatte. Als müßte ich die Gespräche mit diesen ausgehend vom Gespräch mit ihr justieren. Ich schraubte, hatte zum erstenmal Freude daran, ein Möbelstück an der Wand anzubringen. Selbst die unvermeidliche wunde Stelle in der Handfläche schätzte ich, ich kultivierte sie beinah, betrachtete sie als einen Adelsbrief. Das gleiche galt für den Schweiß, der aufgrund der körperlichen Arbeit floß (mehr der Konzentration als der physischen Anstrengung wegen). Trotz des unbedeutenden Widerstandes fühlte ich die Muskeln wachsen, als triebe ich ... Bodybuilding, stemmte rekordschwere Gewichte. Ich ließ mir viel Zeit, hielt mich an jeder der vier Schrauben so lange fest, wie ich konnte (wie an den Drops in der Kindheit), während ich gleichzeitig bestrebt war, die Aufgabe perfekt zu erledigen. Schließlich hing das Regal da, und ich möchte sagen, ohne zu prahlen, es sah gut aus da an der Wand. Ich trug mich schon mit Plänen zu weiteren Regalen. Unter anderem konnten Ingeborgs Elefanten ein neues Regal vertragen. Sie befanden sich in ständiger Expansion.

Als sei das ganz natürlich nach dieser Arbeit, nahm ich mir die Zeitung vor, die Eva Weiner mir geschenkt hatte: BREAK. Ich las nichts vom Inhalt (Musik, Kunst, Mode, Film) — ich sah auch keinen Unterschied zwischen Inseraten und Artikeln —, doch ich betrachtete lange die Überschriften, dieses Alphabet, das sie angeblich gemacht hatte. Wieder frappierte mich die Sabotage (benutzte sie das Wort nicht selbst?) an den Buchstaben. Jedes Schriftzeichen war für sich genommen, schwer zu erkennen, beinah abstrakt, ließ sich aber lesen in der Kombination mit anderen. Sie hatten auch etwas Hypnotisierendes an sich, als wollten sie dich hineinschaukeln in eine andere Wirklichkeit. Oder als machten die Buchstaben selbst Risse ins Papier und enthüllten, zeigten auf etwas unter, jenseits der Schrift. Merkwürdigerweise brachte mich die Lektüre auf politische Gedanken. Die Seiten hatten etwas ungewöhnlich, fast anstößig Vitales und Dynamisches an sich. Alles in allem — wenn ich blätterte — hatte das Layout das Gepräge von Arbeit. Man hätte glauben können, die Zeitung sei eine Publikation für eine große Werkstatt. Nicht nur, daß einzelne der Buchstaben in den Überschriften durch Symbole ersetzt waren, die an Logos und Embleme erinnerten — hinter dem Text selbst ahnte man alle möglichen Werkzeuge, abgebildet im grauen Raster; mehr oder weniger erkennbare Kräne, Zahnräder, Roboterarme, Schraubenschlüssel, Schrauben (!) und Hammer. Die ganze Zeitung hatte Züge unternehmerischer Tätigkeit. Ebensosehr wie den Eindruck von Sabotage hatte man den einer Schrift in Bau, einer Sprache, die sich selbst konstruierte.

An diesem Abend setzte ich mich an den Sekretär, um Cecilie in der Schweiz einen Brief zu schreiben. Zum erstenmal studierte, oder eher taxierte, ich meine eigene Schrift gründlich. Sie befriedigte mich nicht. Ich schrieb den gleichen Brief viermal, bis ich zufrieden war, nicht mit dem Inhalt, sondern mit der Form der Buchstaben selbst. Ich glaube, wenn ich ehrlich bin, ich habe an diesem Abend meine Handschrift in mehreren wesentlichen Punkten verändert.

Die erste Überraschung am nächsten Tag kam mit der Morgenzeitung. Während das Geplauder und die leichten Melodien von »Punkt neun« im Hintergrund erklangen, konnte ich lesen, daß die Polizei in Eva Weiners Brieftasche einen Geldschein gefunden hatte. Und es war nicht irgendein Geldschein, vielmehr handelte es sich hier um einen *pa'anga* von der polynesischen Inselgruppe Tonga im südlichen Pazifik. Und nicht nur das: Auf diesem Schein, der der Zeitung zufolge eine tropische Landschaft mit Kokospalmen und Bungalows zeigte, war eines der Häuser oben an einem Hang mit einem Kreuz aus roter Tinte versehen. Ich wurde übermannt von einem ... äußerst komplizierten Gefühl; mit einigem Zweifel könnte ich es als eine Mischung aus Freude und Übelkeit beschreiben. Den ganzen Tag im Büro dachte ich an Eva Weiner, eine Fabrikarbeiterin, in dieser Landschaft. (Was hatte sie an? Was machte ein Mustad-Mädchen in Tonga?) Ich mußte einen *pa'anga* auftreiben, ich wurde das Gefühl nicht los, daß dieser Schein etwas enthüllen konnte, wofür ich bis jetzt blind gewesen war, ja, daß er ... warum nicht ... revolutionäre Bedeutung für mein Leben gewinnen könnte.

Die zweite Überraschung erlebte ich, als ich auf dem Heimweg an Beckers Aufbau im Zentrum vorbeispazierte. Etwas an der Fassade sandte ein Signal zu mir aus. (Ich empfand es fast so, als würde ich bestrahlt.) Ich musterte jeden Quadratmeter. Schließlich blieb ich wieder an diesem Ornament unter dem Mittelfenster hängen, dem Zeichen, das an die Bandentätowierung in Gross' Buch erinnerte. Ich entdeckte jetzt, daß es sozusagen identisch war mit dem Logo der Mustad-Fabriken; ein sehr charakteristisches M. Wie zwei aneinandergelehnte Bumerangs. Oder wie ein Chromosomenpaar. (»Was ist der Mensch?«) Ich weiß nicht, warum, aber ich nahm dies als gewichtige Bestätigung. Ich war im Begriff, etwas zu *verwirklichen*. Etwas wirklich zu tun. Etwas Großes.

Und noch war der Tag nicht zu Ende. Ich hatte mich vor dem Fernsehapparat niedergelassen, mit ein paar von diesen Frühlingsrollen, die man tiefgekühlt kauft und im Ofen so bequem fertigbacken kann; eine Mahlzeit, die ich gern statt eines Abendessens einnehme. Ich hatte gerade die Gabel in der ersten Frühlingsrolle, bereit zum chirurgischen Schnitt mit dem Messer, um etwas Sojasauce hineinzuträufeln, als mir der erste Bericht der Nachrichten entgegenflimmerte. Der Beitrag war nicht lang; er fing an mit ein paar Bildern von Akerselva und Ankerbrua (die Skulpturen von einer kreativen Person dramatisch dazwischengeschnitten), begleitet von einem Kommentar zum Thema »unverständliche Morde«. Wenn ich mich nicht verhörte, betonte der Reporter, daß alle Morde in der Nähe von Kirchen begangen worden waren. (Ich mußte das Besteck hinlegen: Traf das wirklich zu?) Persönlich hatte ich am meisten von einer Sequenz, aufgenommen von der Säulenreihe hinter der Deichmanschen Bibliothek aus, in der die Säufer an der Wand der Dreifaltigkeitskirche mit bizarren Gesten die Aufmerksamkeit auf sich zogen. Auch die Bilder des Blåsen waren ... spektakulär. (Als ich hörte, daß der »Altar« ein trigonometrischer Punkt war, ärgerte ich mich zunächst, doch je mehr ich auf dem Wort kaute, kam ich zu dem Schluß, daß es mehr bedeutete als »Altar«.) Jedenfalls machte dieses Faktum, daß sich plötzlich das Fernsehen mit der Sache befaßte, mit diesen Menschen, die ich getroffen, mit denen ich geredet hatte, tiefen Eindruck — vor allem, weil das Fernsehen und die Nachrichten gewissermaßen eine Wirklichkeit repräsentierten, die mit meiner eigenen Welt zu tun hatte. Ich dachte ... ja, es war, als sei eine der Wände des Zimmers verschwunden. Als hätte ich unverhofft, ganz ohne es zu wissen oder zu wollen, eine Öffnung bloßgelegt, eine Aussicht, die nicht für meine Augen bestimmt war. Oder ist es so — mich schaudert leicht bei dem Gedanken — (und nicht nur vor Angst) —, daß ich es tatsächlich, wie unglaublich es sich auch anhören mag, geschafft habe, die Welt ein kleines bißchen aus den Angeln zu heben. Ich bin vorläufig nicht sicher, wie ich damit umgehen soll . . . Eines ist jedenfalls klar: Es ist sehr lange her, daß ich mich für etwas so engagiert habe.

# II

# 9

Mir ist schwindelig. Ich könnte hinzufügen, »vor Glück«, doch diese überfrachtete Ergänzung sagt nichts, absolut nichts über den Zustand, in dem ich mich befinde. Ich bewege mich, ich bin auf dem Weg zu etwas . . . Undenkbarem. In gewisser Weise erfüllt es mich mit Begeisterung, daß ich der Entwicklung der letzten Wochen schriftlich nicht gerecht werden kann; diesem Erlebnis, ein privilegierter — und einziger! — Zeuge von Ereignissen einer solchen Tragweite zu sein, daß sie hinzudeuten scheinen auf etwas . . . Epochemachendes. Merkt man mir das an? Ich frage mich, ganz unbescheiden, wie müssen sie sich gefühlt haben, diese Menschen, die Kopernikus in der Zeit beobachteten, bevor er die neue und für die Zeitgenossen haarsträubende Erkenntnis von der inneren Ordnung des Sonnensystems bekanntgab . . . War es möglich, daß ein Freund, gleichgültig, wie nah er einem stand, oder meinetwegen auch eine Ehefrau — war es diesen überhaupt möglich, die innere Unruhe zu begreifen oder die Zufälle, die diesen Mann weg von (oder, korrekter: weiter im Verhältnis zu) den allgemein anerkannten Erklärungen gebracht hatten? Und doch bewegten sie sich auf denselben Dielenbrettern, aßen dasselbe Brot, schliefen unter denselben Decken ...

Ich saß heute abend lange im Büro. (Ingeborg rief an über die Direktnummer, vom Marina Beach Hotel in Los Angeles aus — dort war es Morgen —, und fragte, ob sie etwas Bestimmtes mitbringen solle. Mir fiel nichts ein. Ich habe alles. Wir haben alles. Ich sagte: Kauf einen Elefanten, gehauen aus dem Stein der Weisen!) Wenn ich allein in der Abteilung bin, nehme ich mir manchmal einen Filzschreiber und schreibe Namen an die Tafel, Namen wie Becker, Gross, Weiner, studiere sie, vertausche Buchstaben, setze sie nach einer Art Scrabble-Muster zusammen. Manchmal schreibe ich auch andere Wörter im Anschluß an die Namen, wie »Wal«, »Hamlet«, »Serife«. Oder »Vulva«, »Dschungel«, »Mollypflock«. Meine Handschrift nimmt den Charakter von ... wie heißt das ... Kalligraphie an, wenn ich »Georg« schreibe, wenn ich »Aufbau« schreibe, als gäben bestimmte Buchstabenkombinationen Sehnen und Muskulatur maximale Freiheit. Plötzlich habe ich glänzende Ideen — an der Grenze zum Genialen (nach meiner eigenen Einschätzung) —, wenn ich diese Wörter auch nur ansehe, sie zusammenfüge und die Assoziationen frei fließen lasse, ich hätte beinah gesagt: spielen lasse wie Wale in der Tiefe. Ein andermal zeichne ich Straßennetze und Pfeile, verbindende Bögen. Ich weiß nicht, warum, aber dies fesselt mich stark, als bräche ich eine Form von Tabu. Und schließlich: das Ganze mit dem Schwamm löschen, die neuen Möglichkeiten erforschen bei jedem der Namen und Wörter, die verschwinden. Ich glaube, ich sehe den Ansatz zu so etwas wie ... geheimen Geschichten. Vor allem, wenn alles weg ist, wenn nur noch die Spuren des Schwamms vorhanden sind.

Ständig, selbst wenn ich auf den Bildschirm (voll von Daten zu dem neuen »Pionierprojekt«) starre, denke ich an unsere Gespräche. Ich habe den Eindruck, jede Replik (selbst eine so harmlose wie »Auch spät unterwegs?«) enthält ungeahnte Einladungen zu Gedankenflügen, wie die engen Spalten, die in majestätische Tropfsteinhöhlen führen; ich werde also nie fertigwerden mit diesen Begegnungen, selbst wenn ich den Rest meines Lebens ihrer Erforschung weihen würde. Allein der Gedanke an ein »Und«, ein »Wie« mitten in einem Satz ruft ein Jucken unter der Schädeldecke hervor.

Nach allem zu urteilen, haben zwei ausnehmend wichtige Personen die Arena betreten, oder vielleicht ist »Bühne« das richtige Wort, da es mehr von Drama hat als von Kampf. Die erste heißt Lucy Holmen und ist Journalistin, Kriminalreporterin. (Ich habe Spekulationen angestellt über dieses »Lucy«. Ist sie Amerikanerin oder Engländerin? Stammt vielleicht ein Elternteil aus dem Ausland? Ist sie im Ausland aufgewachsen?) Ich prophezeie schon jetzt, daß Lucy Holmen eine entscheidende Hilfe sein wird, um nicht zu sagen, eine wertvolle Bekanntschaft. Die zupackende Art und die Kreativität — kann ich sagen, »Imaginationskraft?« —, die sie bis jetzt an den Tag gelegt hat, gibt mir das solide Gefühl, sie könne Probleme in Zusammenhang bringen ... aufklären, die im Augenblick des Schreibens völlig unlösbar erscheinen.

Die zweite Hauptfigur ist der Polizist, der die Untersuchung des Falls leitet, ein Mann von einem solchen ... Ich wage nicht einmal zu hoffen.

Ebendiese Lucy Holmen steckte hinter der alarmierenden Information über den Geldschein aus Tonga. (Ich mußte aufgeben bei dem Versuch, einen entsprechenden aufzutreiben. Dagegen habe ich mir eine Karte von Tonga besorgt, in großem Maßstab.) Seit man das Mustad-Mädchen unter der Akerbrua gefunden hat, hat sie auf mehrere aufsehenerregende Umstände hingewiesen. Eva Weiner soll zum Beispiel mit einer Laute getötet worden sein, jedenfalls behauptet Holmen, daß ein Saiteninstrument dieses Typs im Wasser zusammen mit der Leiche oder festgehakt daran gefunden worden sei. Sie behauptet auch, die Polizei halte Informationen und Hinweise zurück. Es ist Lucy Holmes Verdienst (sage ich besser »Schuld«)?, daß die Leute inzwischen mit Appetit verfolgen, was nur noch geführt wird unter der Bezeichnung »die Deutschen-Morde«.

Dank Lucy Holmen ist auch der Leiter der Untersuchung in den Brennpunkt gerückt, soweit ich beurteilen kann, unfreiwillig. Am letzten Wochenende hatte sie Theo Zakariassen, den Abteilungschef bei der Personalsektion der Polizei, als Gegenstand des populären Samstagporträts der Zeitung ausgewählt. In der Einleitung unterstrich sie, wie exklusiv das war, wie selten sich Zakariassen ins Licht der Öffentlichkeit locken ließ. (Ich dachte: Womit hat sie ihn gelockt?)

Das Interview war in einem dieser Prominentenrestaurants entstanden, von deren Essen gewöhnliche Menschen nur träumen oder die sie als Zirkus betrachten, wo man gar nicht essen kann, ich weiß nicht. Man las ständig Anspielungen auf das Essen und die traditionsreiche Atmosphäre. Ich merkte mir, daß Zakariassen gekochten Dorsch aß und Eiswasser trank (machte sich Holmen ein bißchen darüber lustig?), ein in meinen Augen positiver Zug, ein Zeichen für etwas Spartanisches, als sei auch das Essen ein Teil der Strategie, der Kriminalität der Hauptstadt zu Leibe zu rücken. Ich muß gestehen, ich las diese Spalten mit einer guten Portion Neugier. (Ich registrierte gleichzeitig ein seltsames Phämomen, das sich in letzter Zeit wiederholt hat. Wenn ich lese, spüre ich *körperliche* Veränderungen, die sich, wie ich glaube, weniger vom Inhalt als vom Leseprozeß herleiten lassen, als stimuliere der Akt des Lesens selber bestimmte Hormone. Sollte ich mehr lesen?) Ich verweilte lange, beinah widerwillig, bei dem Porträt, das Lucy Holmen von dem Polizisten skizzierte, und nicht zuletzt bei der Zeichnung, angefertigt vom Illustrator der Zeitung (es war schon an sich eine Ehre, von diesem Menschen verewigt zu werden); ein elegantes, ich möchte sagen aristokratisches Gesicht. (Was meine ich mit diesem »aristokratisch«? Daß ich ihn für einen Grafen gehalten hätte, wäre ich ihm auf der Straße begegnet? Daß er offensichtlich zu den besten gehörte?)

Diese Porträts sollen ja dem Publikum gewissermaßen den *Menschen* hinter dem beruflichen Titel vermitteln. Über reine Fakten hinaus, wie daß Zakariassen aus Lyngen in Nordnorwegen stammte und daß die Familie seit Jahrhunderten vom Fisch lebte, jetzt von gezüchtetem, kann ich nicht sagen, daß Holmen dieses glückte, trotz des eindrucksvollen

Gebrauchs von Adjektiven (der erstreckte sich von »heroisch« und »omnipotent« bis hin zu »phlegmatisch« und »introvertiert«). Zakariassen schaffte es (bewußt?), sich zu verstecken, wie eine Person, die sich mit Halbmaske fotografieren läßt. Seine Aussagen waren vorwiegend vage, fast mystisch, voller Bilder und Vergleiche, die nichtsdestoweniger ein beunruhigendes Echo in mir hervorriefen — unter anderem irgend etwas über Leonardos Helikopter, die Wichtigkeit von Phantasie. Von den eher exzentrischen Informationen notierte ich mir einen Montblanc-Füllhalter, den er bestimmt nie aus der Hand legte. Holmen verwendete ihn in dem Porträt als eine Art Leitmotiv, erzählte (amüsant), wie der Füller nach der Mahlzeit zum Vorschein kam und bis zum Ende des Gesprächs über ein Blatt Papier vor ihm tanzte, als könne er ohne diese schriftliche Parallelbewegung nicht formulieren. Sie betonte auch, was für ein »fanatischer Anhänger« von Football er sei (nach einem Studienaufenthalt in Montana, USA). Und wenn er arbeitete, mußte er ununterbrochen einen Zigarrenstummel im Mundwinkel haben, auf dem er, wohlgemerkt, kaute. Ein Mythos besagte, daß die Zigarre immer nur dann angezündet wurde, wenn ein Fall gelöst war, im Augenblick des Sieges sozusagen. Wichtiger für mich war die Behauptung, Theo Zakariassen sei, trotz seiner Schüchternheit, »der erfahrenste Ermittlungsbeamte, den die Polizei hat«, mit einer bislang brillanten Karriere. Ich glaube, nicht nur ich empfand Zuversicht, ja, direkt Erleichterung durch die Gewißheit, daß ein Mann dieses Kalibers die polizeilichen Untersuchungen leitete.

Ich habe hin und her gegrübelt, wie man sich erklären soll, daß alle drei Toten deutsche Nachnamen tragen. Lucy Holmen (die die Sache in einem Artikel aufgriff) nannte es »eigentümlich«. Ich möchte hinzufügen: nicht nur eigentümlich, sondern ein Faktum, das im Grunde grenzensprengende Fragen provozieren müßte. Da trifft man drei unbekannte Personen auf der Straße, und dann stellt sich heraus, daß jede von ihnen ein deutschklingender Name ziert. Ich frage mich, was dieser Zufall — oder eben die Möglichkeit, daß es kein Zufall ist — bedeuten mag. Ich weiß nicht, aber ich halte es für falsch, sich auf die eine oder auf die andere Vermutung zu versteifen. In dieser Phase ist es wichtiger als alles andere, alle Möglichkeiten offenzuhalten.

An manchen Tagen, besonders wenn es regnet, gehe ich hinauf zur Akersgata. Ich lese die Zeitungen, die dort in den Schaukästen aushängen, entlang dem Trottoir vor der Redaktion. Ich glaube, ich kann sagen, daß dies dem Leseprozeß einen neuen Aspekt gibt, eine Art kollektiven Druck. Es hat auch zu tun mit dem Regen, aber ich habe nicht herausgefunden, inwiefern. Ich muß mich oft zwischen anderen Menschen hindurchquetschen. (Wer sind sie? Leute, die sparen wollen? Leute, die meinen, eine halbe Minute sei genug für eine Zeitung? Leute, die auf besseres Wetter warten?) Auf diese Weise, den Kopf sozusagen zwischen die Schultern zweier patroullierender Schutzmänner gesteckt, las ich den Anfang einer Theorie, die jetzt seit einer Weile in der Boulevardpresse in Umlauf ist. Besonders fest biß ich mich an der Behauptung, der Mörder könne »ebensogut zu den oberen Zehntausend gehören, ein Bankdirektor, der in Burberry-Trenchcoat und handgenähten französischen Schuhen durch das nächtliche Oslo wandert« (ich erinnere mich an den Satz auch deshalb, weil das Klischee meiner Ansicht nach »handgenähte italienische Schuhe« lauten müßte; es fehlte nicht viel, und ich hätte die Polizisten gefragt, ob ich nicht recht hatte). Derselbe Artikel erwähnte zum ersten Mal dieses Gerücht von Mercedessen, daß Mercedesse eines bestimmten Typs in der Nähe sämtlicher Tatorte gesehen worden seien. Und nicht nur das: Zeugenaussagen zufolge hatten deren Fahrer alle mit dem Funktelefon telefoniert. Die beiden Polizisten lachten ununterbrochen, während sie lasen. Ich weiß nicht, worüber, hätte es aber gern gewußt.

Dieses Gerücht oder diese möglicherweise verläßliche Information wurde später mit der Hypothese verbunden, die Morde seien begangen worden unter der Regie der Freimaurerloge. Mehrere Fakten wurden hinzugezogen, angefangen von einer Apfelsine mit Messerstichen in einem komischen Muster und Steinchen, an den Tatorten in die Form von Symbolen und Zeichen gelegt, bis hin zur mehr oder weniger engen Verbindung der Opfer zu Freimaurerkreisen. Ich kann nichts anderes sagen, als daß mich das fesselte, ja, mir einige Sekunden eine Gänsehaut verschaffte. (Ich habe immer eine leichte Furcht vor dieser Sekte empfunden.) Man erfuhr überhaupt alles mögliche über die Freimaurer, wovon wenige eine Ahnung hatten und was etliche separate Debatten auslöste. Irgendwo las ich, daß die Freimaurer ihre Gottheit den Großen Architekten nannten, eine Lehre, die mich an Becker denken ließ, auch seine Bauten, ausgehend von einer neuen ... kann ich sagen, *metaphysischen* Idee?

Ich weiß nicht, ob es zu dreist ist oder zu optimistisch, aber ich sehe diese Spekulationen als eine Art Durchbruch, einen ersten Ansatz zu etwas, das leicht größer werden kann, ebenso wie ein kleines Loch in einem Damm bewirken kann, daß die ganze Pracht zusammenbricht.

In dieser Zeit ging ich oft die Akersgata hinauf, um zu lesen. (Wie auf Bestellung regnete es häufig in diesen Tagen.) Ich sah mich um, spähte in die Gesichter dieser anderen, die die Zeitungen in den Schaukästen lasen. Was war ihre Meinung? Waren sie gleichgültig? (Diese Möglichkeit bewertete ich als moralisch zutiefst bedenklich.) Ich sehnte mich danach, hier eine Diskussion zu beginnen. Ich sah Leute kommen, sah sie lesen, sah sie weitergehen hinaus in den Regen. Was dachten sie?

Wenn morgens schönes Wetter ist, gehe ich hinauf zum Botanischen Garten und lese dort die Zeitungen. In womöglich noch höherem Maße als früher wirkt diese Umgebung stimulierend auf die Lektüre. Ich weiß nicht, was das ist. Eine Atmosphäre von Ursprünglichkeit, Unschuld? Tauben, Singvögel, zahme Eichhörnchen ... Steht nicht irgendwo in der Bibel, der Mensch sei aus Erde geschaffen? Oder ist es die Gewißheit, hier von soviel Unbekanntem umgeben zu sein, von Pflanzen mit lateinischen Namen, von denen ich keine Ahnung habe; eine unbewußte Bewunderung für den Willen des Menschen, zu sammeln, zu ordnen, sich eine Übersicht zu verschaffen? Ich ahne, daß die Gewächse hier nach irgendeinem wissenschaftlichen Plan gepflanzt sind, aber ich bin nie dahintergekommen. Habe es auch nicht versucht. Ich hatte nie das Bedürfnis, Staubgefäße zu zählen. Ich habe nie ein einziges der überall angebrachten kleinen Schilder gelesen, Illustrationen unseres unerschöpflichen Drangs, der Welt Namen zu geben, zu systematisieren, als machten ein Name und ein System aus etwas Unbekanntem etwas Bekanntes, verliehen Kontrolle, Macht, und als seien wir blind für die Willkürlichkeit in einem jeden solchen System, blind dafür, daß irgend jemand, morgen, alles ganz anders einteilen könnte, in ganz neue Familien, Gattungen, Arten — und mit der gleichen Bravour. Manchmal erlebe ich den Botanischen Garten als Oase, ein anderes Mal als eine Nische der Unwirklichkeit.

In letzter Zeit habe ich versucht, Bänke zu finden, wo ich noch nie gesessen habe. So habe ich das Gefühl, daß meine Kenntnis (wenn nicht die Erkenntnis) des Gartens jeden Tag wächst. Hier sitze ich und blättere die drei, vielleicht vier Zeitungen durch. Hin und wieder sehe ich auf und nehme den Park aus dieser neuen Position in mir auf, frage mich, unter welchem Baum ich wohl sitze (lehne es aber ab, zur Plakette am Stamm zu schielen), rieche, lese, lausche den Vögeln, Hummeln, schaue zur Sonne, die jede Woche niedriger steht. Wenn ich im Botanischen Garten sitze, bilde ich mir ab und zu ein, daß Einvernehmen entsteht zwischen den Fasern des Zeitungspapiers und den Baumstämmen rundherum, daß sie das gedruckte Wort sichtbarer werden lassen oder sozusagen den Inhalt *unter* den Zeilen enthüllen. Haben auch die Bäume etwas, was zum Nachdenken anregt? Je länger ich den Blick auf den verschiedenen Bäumen ruhen lasse, den plastischen Kronen (wie können Bäume so unterschiedlich sein?), das Rauschen in ihnen höre (Wasserfall, Orgel, Webstuhl), desto leichter verstehe ich, daß Leute in früheren Zeiten Bäume angebetet haben, daß der Baum in Verbindung gebracht wurde mit dem Leben des Menschen. Baum des Himmels. Baum der Welt. Baum der Erkenntnis.

Durch die Zeitungsberichte sammle ich mehr und mehr Wissen über die Toten. Ich bin versucht zu sagen: Unsere Freundschaft wächst. Ich habe zum Beispiel erfahren, daß Georg Becker sich als Sänger in der Metro durchgeschlagen hat, vor allem mit Frank-Sinatra-Songs, als er Anfang der sechziger Jahre in Montparnasse wohnte. Eva Weiner — so etwas hätte ich vielleicht ahnen müssen — hatte einmal am Fernsehquiz »Nichts oder doppelt« teilgenommen, mit dem Spezialgebiet norwegischer Eissport. (Sie schied in der vorletzten Runde aus, wegen einer Frage über Roald Aas.) Und wer hätte gedacht, daß Gross — dieser alte Mann — Skateboard fahren konnte? Skateboard fahren *kann.* (Ich sehe keinen Grund, die Vergangenheitsform zu gebrauchen. Gross ist für mich in höchstem Grad lebendig.) Die Information hat mich dazu gebracht, eine ... Ich muß mehrere Punkte einer kritischen Prüfung unterziehen, nicht zuletzt mein konventionelles Menschenbild.

Heute morgen, nach »Punkt neun«, fand ich im Botanischen Garten eine Bank, von der aus ich Aussicht auch auf die Bauarbeiten unten in Vaterland hatte — ein ganz eigener Kontrast (oder möglicherweise eine Harmonie, ich weiß nicht). Ich schlug auf gut Glück die Zeitung auf. Ich starrte auf eine Seite, betrachtete die Worte in der Überschrift mehr als Muster, weniger als Inhalt, bemerkte die weißen Felder im Text, sah, daß sie Linien, Ornamente bildeten (ich dachte unwillkürlich an Eva Weiner). Ich las den Artikel. Da stand etwas von dem geheimen Bordell — warum nennt man es nicht Puff? —, das vor ein paar Wochen die Titelseiten dominierte. Ich las, das Bordell sei durch einen reinen Zufall entdeckt worden. Aufgrund wovon? Aufgrund von Informationen, die man erhalten hatte, als man den Mord an Gross untersuchte! (Ich würde das Ausrufungszeichen mit Händen und Füßen verteidigen.) Ich saß lange da und freute mich über diese . . . unvorhergesehene Nebenwirkung unserer Begegnung, wurde aber nachdenklich, als ich weiterlas. Die Zeitung verriet, daß Gross, in der Nacht, als er starb, auf dem Heimweg von diesem Luxusbordell war. Und nicht nur das: Gross hatte lange Zeit mehrere Geliebte gehabt. (Spielt mir das Gedächtnis einen Streich, oder hatte ich einen Augenblick Bauchgrimmen?) Ich hielt es für . . . fragwürdig, dies zu drukken. Was war mit der Rücksicht auf die Familie? Gab es nicht etwas wie Presseethik?

Auf der anderen Seite war ich dankbar für das Detail. Es brachte mich zu langen Spekulationen über die Frage, warum Gross das mit dem Grab seiner Eltern gesagt hatte. Da trifft er einen Fremden, dem er nicht die geringste Erklärung schuldet, und dann erzählt er unaufgefordert von einem Besuch auf dem Friedhof (auch noch mit tränenerstickter Stimme) und verbreitet sich über Symbole und Abendlicht . . . Welcher magische Kreis war zwischen einem Grabstein und einem Bordell? (Vielleicht *gibt* es eine Verbindung, vielleicht bin ich blind?)

All das zwingt zu einem peinlich klaren Schluß: Die Leute haben ein falsches Bild von Gross. Ich erinnere mich an seinen Nekrolog. Schon beim Lesen schockierte es mich, daß sich ein Menschenleben auf so wenige Zeilen komprimieren ließ. Und ohne daß jemand reagiert. Wie kann ein Nekrolog zum Beispiel unterlassen zu erwähnen, daß Gross Skateboard fahren konnte, *kann*. Oder daß er fünfzig verschiedene Schauspieler in der Rolle des Hamlet gesehen hat? Erzählt das nicht unendlich viel mehr über ein Leben, als welche Examen er sich erschummelt hat? Ich bin tatsächlich einigermaßen bestürzt. Ich habe das Gefühl, ich allein kenne diese Menschen, bin der einzige, der sie ernst nimmt.

# 10

Ich steige aus an der Waldemar Thranes gate. Es nieselt, und der Boden ist naß. Zunächst bin ich komisch verwirrt. Ich bin nicht imstande, mich zu orientieren. Ich betrachte das sofort als ein interessantes Vorzeichen. Ich habe nichts gegen dieses sporadische Gefühl von Orientierungslosigkeit in meiner eigenen Stadt. (Ich habe zwar im Restaurant Tranen Tatar gegessen — ich erinnere mich undeutlich an ein verräuchertes Lokal und an die Parodie eines Orchesters —, doch das ist viele Jahre her.) Ich gehe mehrere Blocks in die falsche Richtung, finde aber zurück und lokalisiere endlich die Brandts gate. Und bereits hier, als ich (positiv überrascht) die nach Osloer Maßstäben lange und breite Treppe in Angriff nehme, die zum St. Hanshaugen hinaufführt, weiß ich, daß etwas Wichtiges geschehen wird, etwas *Eskalierendes*. Das Gefühl des Steigens, Stufe für Stufe, kündet von . . . Ich denke an Leuchttürme, Pyramiden, den Montblanc. Es nieselt. Die Tropfen geben der Luft Textur, machen sie sichtbar. Ich habe den Burberry-Mantel angezogen (den ich mehrere Jahre nicht getragen habe) und spiele vielleicht mit dem Gedanken, Bankdirektor zu sein. Wäre ich ein guter Bankdirektor? Ich wäre ein guter Bankdirektor, ein Bankdirektor, bei dem die Profitkurve aussähe wie eine Treppe.

Ich wurde nicht enttäuscht. Ebenso unmittelbar wie man eine Goldplombe in einem ansonsten abgenutzten, grauen Gebiß bemerkt, fällt mir dieser Anbau auf, an der Rückseite eines Hauses im Geitmyrsveien. Selbst im Dunkeln ist die architektonische Alchimie meines Freundes leicht wiederzuerkennen; die letzte Arbeit, gerade vollendet. Ich weiß nicht, was das ist, aber ich empfinde eine tiefe Zusammengehörigkeit mit Beckers Ideen. (Hat er mich erzogen?) Der Anbau verwandelt das ganze Gebäude. Ich denke an Okulation, ich denke an neue Buchstaben, ich denke an ... Der Effekt wird dadurch verstärkt, daß nur in den Fenstern des neuen Teils Licht ist; hohen, schmalen Fenstern, wie Spalte aus Silber im Dunkeln, strahlend durch die Tropfen in der Luft. Ich habe ein solches Licht durch einen Spalt schon einmal gesehen: als ich Becker traf.

Der Anblick des Gebäudes (oder der Spalte aus Licht?) ruft mir etwas anderes ins Gedächtnis. Eines dieser Wochenendmagazine hat gerade eine Reportage über eine Walsafari gebracht, eine Tour zu dem Walfeld vor Andøya. Das Erschütternde, das Wunderbare ist, daß ich auf einem Bild zwischen mehreren anderen Menschen Becker ausmache, an Deck des Schiffs. Ich spüre einen Stich. Ich halte das für unanständig. Mangel an Pietät. Ich denke an die Familie, wie grausam, wie ... herzzerreißend das sein muß. Ich krame wieder die Lupe heraus, studiere dieses Gesicht unter einem Südwester, die Gestalt im Norwegerpullover, die sich über die Reling lehnt (mir fällt die Brücke über der Henrik Ibsens gate ein). Das muß kurz vor unserer Begegnung gewesen sein. Ich betrachte eingehend das Gesicht, als könne das Bild auch verraten, was er denkt, wie er so in die Tiefe starrt. Wieder habe ich einen anderen Eindruck von ihm, in der neuen Umgebung (eine nordnorwegische Landschaft undeutlich am Horizont), in anderen Kleidern (das Fernglas vor dem Bauch), wieder macht Georg Becker eine Metamorphose durch, wieder erweitert er sich vor (oder, korrekter: hinter) meinen Augen.

Ich lese automatisch die Reportage. Sie wird zu einer Botschaft von Becker, einer Art Brief, der in die Irre geraten ist. Ich lese von dieser »Safari«, auf der Leute, mit ein bißchen Glück, Finnwale und Pottwale sehen können, die sich im Wasser tummeln, auf jeden Fall Buckelwale, Killerwale und Tümmler. Ich verschlinge vor allem die Brocken über die Eigenart der Wale, die in dem Text verstreut sind, lese sie (glaube ich) als Repliken in einem Gespräch, das wir nach einer bedauerlichen Unterbrechung fortsetzen. Ich lese Dinge wie, daß die Erde, deren Oberfläche zu sieben Zehnteln aus Wasser besteht, der Planet der Wale sei. Ich lese von all den Produkten, die der Wal dem Menschen geschenkt hat (angefangen von Licht, Seife und Nähmaschinenöl bis hin zu Schuhlöffeln und Ambra — Ambra!). Ich lese von der Notwendigkeit der Wale, von den Walen als Elektrizitätswerke, die, indem sie Plankton fressen, den Atem der Erde regulieren. Ich denke, daß alle anderen diesen Artikel lesen, weil sie Kenntnisse über Wale erwerben wollen, während ich — allein — ihn lese, weil ich einem

Freund, Becker, näherkommen will. Wenn ich von der Möglichkeit lese, von den Walen etwas zu lernen, von ihren großen Gehirnen, ihrer Intelligenz und ihrem Gedächtnis, ihren Spielen — auch auf mentaler Ebene —, wenn ich von alledem lese, lese ich eigentlich von Becker. Und was war mit dem Walgesang? Bis heute ist das nur ein Wort gewesen, »Walgesang«. Ich lese vom Walgesang (und damit von meinem Freund Becker), daß der Wal den ganzen Körper als Ohr benutzt. Ist dieser »Gesang« eine Sprache, oder dienen diese Laute einem ganz anderen Zweck? (Die Forscher sind sich nicht einig.) Ich will gern daran glauben: an das Netz ozeanischer Musik, gewebt von den Walen rund um den Erdball, mystische Gesänge, kompliziert, rätselhaft. Warum sollten Wale nicht eine mündliche Tradition unterseeischer Lieder haben, die von Generation zu Generation überliefert werden, große Epen, fünfzig Millionen Jahre alte Sagas, Parallelen zur *Odyssee*? Ich will das gern glauben (wegen Becker?). Ich lese von den größten Walen, dem Gebrauch von Niederfrequenzen, von brummenden Generatoren in der Tiefe, fähig zur Kommunikation von einem Ende des Pazifiks bis zum anderen. (Ich muß unwillkürlich an Becker und Montparnasse denken, Becker mit Gitarre in der Metro, in einer akustischen Umgebung, die die Frank-Sinatra-Schlager in allen unterirdischen Gängen in der Nähe ertönen lassen kann.) Ich lese — und das spricht mich sehr an — die Spekulationen über ein Geschöpf, so anders, daß wir es nicht begreifen, daß wir zu einem Vergleich nicht in der Lage sind, lese, daß Intelligenz und Kommunikation der Wale so abstrakt — abstrakt! —

sind, daß Menschen sie schlechterdings nicht verstehen können.

Wenn ich es mir überlege, finde ich die Reportage nicht respektlos. Sie ist in Wirklichkeit eine Denkschrift, eine . . . Huldigung. Mir wird ganz warm. Es freut mich maßlos, daß mein Freund Becker, dieser ganz alltägliche Mann (mit einem so gesichtslosen Schal), sich mit solchen gewaltigen Gedanken befaßt hat. Das hat rückwirkende Kraft. Es verleiht unserer Begegnung ein Fundament von Größe. Sogar das Gerede von Genitalien erscheint jetzt in einem neuen und würdigen Licht. Und das Wesentliche: Die Reportage bestätigt, daß Becker immer noch da ist, er ist nicht tot. Ich wußte es eigentlich die ganze Zeit. Seine Sätze sind von Dauer. Wie oft habe ich an seine putzige Äußerung über die Schädelknochen der Wale zwischen den Säulen von Atlantis gedacht? Ab und zu höre ich auch im Dunkeln eine Bemerkung, eine Bemerkung, die, wie ich weiß, von Becker stammt (die tiefe Stimme), als sei sie monatelang durch den Weltraum gewandert, bevor sie mich erreichte.

Ich gehe um die Ecke und spaziere in Richtung Bushaltestelle Ullevålsveien. Es nieselt. Die Luft ist sichtbar. Die winzigen Tropfen umschließen mich. Ich bin im Element der Wale. Ich denke, daß etwas Abstraktes konkret wird. Oder etwas Konkretes abstrakt. Ich bin nachdenklich, ich könnte den Zustand mit einer chemischen Mischung vergleichen, kurz vor der Reaktion. Der nasse Asphalt ist ein schwarzer Spiegel, der alles verzerrt oder die Bilder ansaugt. Ich sehe zu Boden beim Gehen. Wahrscheinlich darum zucke ich zusammen, als ich angehalten werde von einem jungen Mann an der nächsten Kreuzung — ich möchte sagen, auf eher aggressive Weise. Er kennt sich offensichtlich nicht aus und fragt nach dem nächsten Taxihalteplatz. Ich zeige (ängstlich?) auf den Narvesenkiosk direkt gegenüber, er aber bleibt stehen, als sei diese Frage nur ein Vorwand gewesen. Ich kann mir seine Gesichtszüge nicht vergegenwärtigen, aber das Haar ist in wilder Unordnung. Ich möchte behaupten, er hat Eyeliner benutzt, der Blick wirkt künstlich intensiv (falls er nicht irgend etwas genommen hat). Er hat schwarze Jeans und eine schwarze Lederjacke mit Reißverschluß an, wie sie Motorradfahrer tragen. An den Füßen hat er abgetragene (kann ich sagen, »brutale«?) Schuhe. Wenn ich mich recht erinnere, ist er auch unrasiert. Seine Stimme aber — die Stimme hat etwas Höfliches und Gebildetes, das augenblicklich die Neugier entfacht. (Hat er nicht sogar »Sie« gesagt, als er nach dem Taxihalteplatz fragte?)

Unter einem Arm trägt er etwas, das ich für einen zusammengerollten Teppich halte. Das ist vielleicht merkwürdig (oder geradezu suspekt), doch ich denke nicht darüber nach. Wir stehen lange da und reden. Mich frappiert die Tiefe meiner eigenen Sätze. Ich merke, ich habe begonnen, anders zu reden. Bestimmte Wörter und Begriffe schleichen sich ein. Ich habe Grund zu der Annahme, daß sie von den Bekanntschaften stammen, die ich in letzter Zeit gemacht habe. (Vielleicht kommt der eine oder andere Ausdruck aus der Zeitung.) Ich fühle mich vorbereitet oder ... geweiht für genau dieses Gespräch. Mehrere von den Wörtern wirken so ... umfangreich, daß ich sie mit Mühe und Not über die Lippen bringe. Während das Wort »Niete« (in Verbindung mit seiner Jacke) im Nieselregen verklingt, breitet es sich aus, gleichsam über die kleinen Tropfen, so daß es, falls wir ihm in alle möglichen Richtungen folgten, schließlich das ganze Universum umfassen würde. Während der Begegnung mit dem Jungen spüre ich auch die ganze Zeit einen *Geschmack,* von etwas Unbekanntem, etwas ... Zukünftigem. Oder ist es dieser ganz eigene Geschmack von Tatar, die Mischung von kaltem, glatten Fleisch mit Eigelb, rohen Zwiebeln, Kapern und roter Bete?) Es kann am Regen liegen, an allem möglichen.

Ich glaube, der Junge mag mich. Er macht keine Anstalten zu gehen. Wir reden. Ich empfinde wirklich, daß wir ... *reden* Er öffnet die Jacke. Ich betrachte das sofort als ein Zeichen von Vertrauen. (Ich weiß nicht, warum.) Sein Gesicht, seine Worte strahlen eine Art ... Mitmenschlichkeit aus. Eine Übereinstimmung jenseits aller Ideologien und Generationen. Ich glaube, ich kann das sagen. Als er eine Packung Zigaretten herausnimmt und das Feuerzeug herausfischen will, fällt ein kleines Schnappmesser auf den Boden. Ich sage »klein«, aber mir fehlt der Vergleich. Es wirkt einfach klein, unscheinbar. Ich empfinde das nicht als bedrohlich. Der Junge mag seine Gründe haben, die mich überhaupt nichts angehen, mit einem Messer in der Tasche herumzulaufen. Um behilflich zu sein, oder als eine freundliche Geste, bücke ich mich und hebe es auf. (Aus der Nähe sehe ich, daß seine Schuhe neu und geputzt sind, nicht abgetragen.) Indem ich mich aufrichte, drücke ich auf den Knopf, der die Klinge herausspringen läßt, und stoße sie ihm in den Bauch. Ich sehe Leere in dem Gesicht vor mir, mit etwas Wohlwollen kann man es Verwirrung nennen. Ich muß ein lebenswichtiges Organ getroffen haben (oder kann es daran liegen, daß ich das Messer herumdrehe, die Hand dreht sich einfach?), denn der Junge sackt augenblicklich in die Knie, ohne zu schreien, wimmert nur schwach. Ich sehe ein Graffiti an der Mauer vor uns: Blitz! steht da. La Blitz lebe! Ich finde das komisch, erinnere mich in derselben Sekunde (was für ein Wunder das Gehirn ist!) an einen Abschnitt in Gross' Buch über Graffiti, *Die Schrift an der Wand.* Der Junge sieht, oder schielt, zu mir herauf, vielleicht mit einem Blick, den man flehend nennen würde. (Wenn ich es mir überlege, ist das geraten; ich erinnere mich gar nicht an den Gesichtsausdruck.)

Dann passiert etwas Unerwartetes. Kann ich sagen, »Spektakuläres«? Während er an einer Ziegelmauer zusammensinkt und eine Embryohaltung einnimmt, verliert er den Teppich, den er unter dem Arm trägt, und da es hier bergab geht, öffnet er sich. Der Effekt ist unglaublich. Ich sehe noch die langsame Bewegung vor mir, wie er sich von selbst entrollt. Sofort stelle ich mir den Teppich als ein Tigerfell vor, kräftig orange mit schwarzen Streifen. In der regenfeuchten, dunklen Umgebung gleicht er einem farbigen Rechteck in einem Schwarzweißfilm, der Teppich scheint in die Luft zu entschweben, magisch und lockend, ja, für ein paar Sekunden sehe ich einen *wirklichen* Tiger, der sich sachte vom Asphalt erhebt (ist da nicht gleichzeitig dieser Geschmack von Tatar, rohem Fleisch?). Ich nehme das als ein Zeichen, daß etwas in Bewegung gebracht ist, sozusagen im Begriff, sich zu entrollen.

Ich erwäge, das Messer aufzubewahren, zur Erinnerung zu behalten (ich überlege, ob ich es gebrauchen kann; Tomaten, Zwiebeln), aber ich lasse es fallen. Ich erinnere mich vage, daß es auf seltsame Art gegen den Asphalt prallt und am Ohr des Jungen zum Liegen kommt, so liegenbleibt, wie man einen Bleistift oder eine Kippe hinters Ohr steckt. Ich starre auf das Messer und muß beinah lachen bei dem Gedanken, daß eine so kleine Klinge einen gutgewachsenen Menschen entstellen, ihn dazu bringen kann, sich auf dem Asphalt zusammenzukrümmen. Ich hebe statt dessen das Feuerzeug auf; ein altes Ronson Premier, aus Chrom und mit einem goldenen V an der Seite. Es hat ein Monogramm (ich spüre es mit den Fingern). So ein Feuerzeug habe ich seit vielen Jahren nicht mehr gesehen. Es erinnert mich an das Heck eines amerikanischen Autos aus den fünfziger Jahren. Ich behalte es.

Wie ich so dastehe und das Blut langsam bergab fließen sehe, wie einen Fluß, der sich einen neuen Lauf bahnt und den Weg des geringsten Widerstands wählt, kommt eine Frau mittleren Alters vorbei, die einen Einkaufsroller hinter sich herzieht. Sie starrt zuerst erschrocken den Jungen an, dann mich. »Er ist blau«, sage ich. »Er ist das Trinken nicht gewöhnt.« Sie antwortet nicht, geht mit ihrem Einkaufsroller schnell weiter.

Ich überquere die Straße und biege ein in den St. Hanshaugen-Park. Ich drehe mich nicht um, obwohl ich das Bedürfnis habe, noch einmal den wunderbaren Teppich anzugucken. Ich gehe rasch den Weg zum Ententeich hinunter, sehe einen Schäferhund einem Dobermann nachjagen, dunkle Konturen, zwei dressierte Raubtiere, die spielen, nacheinander schnappen. Die Enten im Gras sind unruhig. Ein Schauer kriecht mir die Wirbelsäule hoch, von den Steißwirbeln bis zum Nacken. Der Anblick dieser großen Hunde und die gellenden Kommandorufe der Besitzer erfüllen mich mit Unbehagen.

Ingeborg ist zu Hause gewesen, aber schon heute vormittag wieder abgereist. Sie überrascht mich ständig. Ich bin froh, ich bin glücklich darüber, daß sie immer noch, nach so vielen Jahren, imstande ist, mich zu überraschen. Sie ist kaum in der Wohnung, da drängt sie mich schon ins Schlafzimmer (ich habe das Bett mit den grünen Laken bezogen), stellt gerade noch den Koffer, die Tasche und die Plastiktüten ab. Sie spricht weder von der Reise noch von irgend etwas anderem, sie zieht, oder reißt, mir einfach die Hosen herunter (ohne Anzeichen von »Brunst« oder etwas in dem Stil; sie ist beherrscht und leidenschaftlich zugleich — sogar auch verlegen) und kommandiert mich (wortlos) auf den Rücken. Nachdem sie die Unterwäsche ausgezogen hat — Uniformjacke und Bluse behält sie an — führt sie mich ohne das geringste Vorspiel direkt in sich ein. Das Gefühl, in sie einzudringen, ist völlig neu. Es ist nicht kurz, wie sonst. Es ist mehr wie ein langes, anhaltendes Gefühl von . . . nicht in etwas ein-, sondern durch etwas hindurchzudringen. Ich spüre auf einmal, daß sie ungewöhnlich aktiv ist, zielbewußt, oder wie soll ich sagen; daß die Muskeln in der Scheide sozusagen in einen unbekannten Gang geschaltet sind. Sie sitzt auf mir, arbeitet heftig mit dem Unterkörper, ist so dicht um mich, daß sie mich beinah hochhebt wie ein Kran. Was für ein unbeschreiblich ... was für eine *Süße,* denke ich. (Kann man ein solches Wort heutzutage noch gebrauchen?) Ich sehe die Uniformjacke an, ohne daß das Kleidungsstück mich erregt. Ich denke, ihr muß warm sein. Ich lege die Hände auf ihren Rücken, unter der Bluse. Sie schwitzt nicht, sie schwitzt nie. Ich glaube, das hat sie im Laufe ihres Jobs gelernt, schwer arbeiten zu können, ohne zu schwitzen. Ich spüre, daß ich komme, versuche, es zu verhindern, betrachte die kragenlose Uniformjacke, marineblau mit Goldknöpfen, sehe das ovale Namensschild an, lese ihren Namen, wiederhole ihn, sehe die drei Flaggen an, die auf die Knöpfe geprägt sind, versuche, sie fest im Blick zu behalten, betrachte die flügelförmige Nadel auf dem weißen Ascot-Schlips unter der Jacke, denke an Flügel, Flaggen, was für eine Flagge hat Tonga? Ich komme, versuche trotzdem, das Unvermeidliche hinauszuzögern, denke an »Vulva« — Vulva, Vulva, Vulva —, denke an die Schlußszene von *Hamlet,* diesen schrecklichen Fechtkampf, Stoß auf Stoß, Tod auf Tod, wahnwitzig, herrlich, sie liebt mich fieberhaft, ekstatisch, gleichzeitig beherrscht, kontrolliert, keine Chance, Höhepunkt wie bei einem Auto mit Motorschaden, ruckweise, und dennoch kommt sie selbst nicht. Sie will sofort weitermachen (was sie sonst nie möchte). Ich schaffe es nur mit der größten Willensanstrengung. Sie sitzt immer noch auf mir, benutzt die Hüftpartie auf eine Weise, die alles in den Schatten stellt, was auf dem Gebiet des Beischlafs für möglich gehalten wurde. Ich habe das Gefühl, in sie einzudringen, total verloren, ich habe dafür das überwältigende Gefühl, *umschlossen* zu sein — von etwas Großem, etwas, das sich immer mehr ausdehnt. Wenn ich sie ansehe — bekleidet oberhalb des Nabels, nackt darunter —, stelle ich mir nicht diese Schablone »halb Mensch, halb Tier« vor, ich denke (liegt das an dem goldenen Flügel?), sie ist halb Mensch und halb Gott, ein *Engel*. Ich hätte fast gesagt: halb Möse, halb Vulva. Obwohl wir mindestens zwanzig Minuten weitermachen — bis ich, tropfnaß vor Schweiß, zum zweitenmal komme —, hat sie nicht den Orgasmus, zu dem sie sonst so leicht kommt. Trotzdem deutet alles darauf hin, daß es ihr gefallen hat, sogar besser, als wenn sie einen Orgasmus gehabt hätte. Ich habe sie nie so erlebt, sehe es aber als eine . . . Entwicklung in unserer Beziehung, als ein Zeichen dafür, daß wir . . . auf irgendeine Weise . . . in Bewegung sind. Meine Hände liegen immer noch auf ihrem Körper unter der Bluse; er ist nach wie vor kühl und glatt. Ich berühre ihre Brüste, nur das Herz verrät, daß der Körper gearbeitet hat. Und — dabei lasse ich die Hände sinken — die Haut an der Innenseite der Schenkel, ganz oben, die feucht ist, wie geölte Seide.

Ingeborg macht mir Komplimente. Sie sagt, ich hätte mich verändert, ich wirkte unternehmungslustiger. Ich sähe weniger konventionell aus, sagt sie. Das geschieht beim Frühstück, einem gewöhnlichen Frühstück mit Eiern, Speck (aus Kastrup), Toast, Orangensaft, Tee, Monteverdi im Hintergrund und Ingeborgs vielen kleinen Gläsern, Schachteln und Dosen über den Tisch verteilt, jedesmal irgend etwas Neues (heute eine rote Schachtel Les Célèbres d'Henri IV, portugiesische Sardinen in Olivenöl). Sie sitzt da in dem japanischen Morgenrock, eine ausländische Zeitung auf dem Schoß (was liest sie?). Sie zeigt auf dies und das in der Wohnung, äußert Verblüffung über die Energie, die ich an den Tag gelegt habe. Die reinste Unternehmertätigkeit nennt sie das. Seit dem vorigen Mal habe ich — nicht ohne Probleme — zwei Bilder von alten Erbhöfen aufgehängt und ein paar Wandlampen angeschraubt, die schon lange bei uns herumlagen, dazu einen Vitrinenschrank in der Küche aufgestellt. Und ein neues Regal für die Elefanten. Ich habe, um sie zu überraschen, alle Metalltiere daraufgestellt, in der Mitte den kleinen sich aufbäumenden Elefanten aus reinem Gold und den wertvollsten der Sammlung: einen antiken Bronzeelefanten aus Indien. Ich bin ein bißchen stolz. Das schlimmste ist, daß ich es genieße, die Arbeit. Ich glaube, wegen Mustad. Nicht nur die Schrauben expandieren — auch ich selbst.

Sie sieht, daß ich angefangen habe, den alten Sekretär zu benutzen. Kurz bevor sie geht, streicht sie mit den Fingern über das Kalbsleder, das den mittleren Teil der Klappe bedeckt (wo man möglicherweise Spuren von Buchstaben fühlen kann). Ob ich an etwas schreibe? fragt sie.

Bloß Bagatellen, sage ich. Eine Art ... Ich komme nicht auf das Wort.

(Ich hätte sagen können: Ich übe mich in Metaphern. Ich hätte sagen können: Ich schreibe über den Untergang der Dinosaurier.)

Nur die heutige Abendzeitung hat es geschafft, die Nachricht von dem toten Jungen zu bringen. »Oslo von Panik ergriffen«, lautet die Schlagzeile. Das gibt mir zu denken. Mir gehen die Augen dafür auf, wie unnormal es ist, daß ich selbst keine Panik verspürte, als ich den Jungen traf. Ich fühlte mich nie sicher in Gegenwart junger Menschen, vor allem dieser Sorte (Proleten?). Doch nach der Lektüre von Gross' Buch über die Armenviertel im modernen London habe ich meine Skepsis revidieren müssen.

Denn *Im Herzen der Finsternis* ist vor allem eine anthropologische Studie über die Jugend. Gross schildert die Jugend mit großer . . . wie soll ich sagen . . . Liebe. (Gibt es ein Wort, das »Liebe« und »Solidarität« verbindet?) Er legt besonderes Gewicht auf die Kreativität und die Phantasie, die sie unter Beweis stellen. Mitten in diesen Verhältnissen und obwohl sie so kümmerlich sind. Er erzählt, wie sie die stillgelegten Fabriken des Stadtteils erobern und einrichten, wie jede Betonfläche ab einer bestimmten Größe in ein Fußballfeld verwandelt, wie ein Autofriedhof zu einem Vergnügungspark wird. Er zeigt, wie die Jugendlichen aus Lumpen (als Karikatur der akzeptierten gesellschaftlichen Werte) ihre eigene Mode schaffen, wie sie neue Formen von Junkfood erfinden (indem sie die Eßtraditionen der Einwanderer heranziehen), wie sie ständig ihre Freizeit inszenieren, das Dasein mit Fiktion umgeben, dichten, phantasieren (in verwickelten mündlichen Legenden ist J. R. Ewing auf der Suche nach dem Heiligen Gral). Gross widmet ein ganzes Kapitel Sprache und Slang (inklusive seiner eigenen Mühe, sie zu verstehen — geschildert mit einer guten Portion Selbstironie), zählt sprachliche Neuschöpfungen auf, Schimpfworte, Witze, Zurufe, Parolen, Obszönitäten an den Wänden. Und hinter alledem erkennt der Leser wieder Gross' Hauptanliegen: Er will von den Zeremonien der Jugend, ihren neuen Ritualen erzählen; von Spielen und Handlungen mit geheimen Regeln und Mustern. Er schreibt mitreißend (erneut reagiere ich auf die literarische Qualität) über Rollschuhe und Fahrradstunts, ganz zu schweigen davon, wie er Automaten- und Videospiele, Milieu und Hierarchie in den Automatenhallen interpretiert. Und die neuen Tänze — zu Hochform läuft Gross auf in einem Abschnitt mit dem Titel »Der Stammestanz«. (Noch einmal habe ich den Eindruck, ich sei auf Borneo oder auf der Venus.) Doch finde ich, daß er sich selbst übertrifft in einem eigenen, ich möchte sagen, glänzenden Kapitel über »Skateboards«, in dem er die ganze komplizierte Welt des Rollbretts untersucht, angefangen von der sozialen Bedeutung und den Wettbewerben bis hin zu den Bestandteilen des Bretts selbst (er kennt sich hervorragend aus in den Variationen bei den Brettmaterialien, dem Härtegrad der Räder und der Radaufhängung — weiß, was am besten ist, Aluminium oder Magnesium) und schließlich dem Spezialvokabular (»goofy«, »regular«, »wheelbite«, »slam«, »meatball«).

Das Buch hat mich gezwungen, eine ganz neue Haltung — ich kann gut sagen, eine anthropologische — zur Jugend einzunehmen, auch zu meinen eigenen Kindern. Ich hatte darum keine Angst, als ich diesem Jungen vorgestern abend begegnete. Gross hatte die Furcht umgeformt zu einer Art ... Sehnsucht. Ich war regelrecht froh über die Chance, mit einem dieser Menschen sprechen zu können. Ich kann getrost behaupten, daß die Begegnung ohne *Im Herzen der Finsternis* undenkbar gewesen wäre.

Ich öffne die Abendzeitung und sehe eine neue Überschrift: »Hat die Polizei die Kontrolle verloren?« Ich finde nichts von Interesse. Nur triviale Einzelheiten und Wiederholungen. Ich bin darum gespannt, oder erwartungsvoll, als ich den Fernsehapparat einschalte. Nichtsdestoweniger bin ich vollkommen . . . unvorbereitet auf das, was kommt.

Die Nachrichten bringen eine Reportage vom Tatort, mit den Blutspuren und allem (aber nicht dem Teppich!). Das Starke, das Unerwartete, das Blendende ist aber das Interview mit Theo Zakariassen, dem Mann, der die Untersuchung leitet. Wie gesagt, ich bin nicht vorbereitet. Zakariassens . . . kann ich sagen, *Erscheinung*? ist so stark, daß ich das Bedürfnis habe, das Gesicht oder die Augen zu bedecken. Ich werde diesen ersten Eindruck von Theo Zakariassen, *live* sozusagen, nie vergessen. Ich stelle fest, um Zakariassens willen beinah irritiert, daß die Zeichnung in der Zeitung und die wenigen Fotografien, die ich gesehen habe, ihm wenig, wenn überhaupt gerecht werden. Erst im Fernsehen sieht man, wer er ist. Ein intelligenter Mann. Ingeborg hat eine ulkige Definition für einen intelligenten Menschen: eine Person, die den Unterschied zwischen Montaigne und Montesquieu kennt. (Ingeborg kennt ihn, ich kenne ihn nicht.) Zakariassen ist ganz deutlich eine Person, die zwischen Montaigne und Montesquieu unterscheiden kann. Er ist ein ungewöhnlicher Polizist, eine Rarität.

Die Sendung wurde im Freien gefilmt; man ahnt das Polizeipräsidium im Hintergrund. Zakariassen trägt einen paramilitärischen Pullover. (Lederflicken auf den Schultern) und läßt einen an einen Offizier denken, der im Feld interviewt wird, als sei die Untersuchung eine Schlacht. In dem offenen — ja, offenen — Gesicht sehe ich eine starke Lust zu konkurrieren. Dazu hat die Nase einen Knick, einen Bruch, der dem Mann das Gepräge von Kampferfahrung gibt, von Energie. Darüber hinaus zeugt die ganze Gestalt von Kraft und einem fast übernatürlichen Zielbewußtsein, das auf Fotos und Zeichnungen nicht herauskommt. Wie nennt man das? Charisma? Ich glaube, viele reagieren auf Zakariassen wie die Amerikaner, als sie im Fernsehen zu erstenmal John F. Kennedy sahen.

Das Wichtigste ist dennoch, was er sagt. Er spricht langsam, mit Emphase, gleichsam beruhigend zur Interviewerin (und durch sie zu allen Zuschauern); mir fällt auch der Füllfederhalter auf, den er in der Hand hat — irgendwann beginnt er ihn zerstreut aufzuschrauben —, sicher ist es ein Montblanc. Als die Interviewerin fragt, ob die Polizei jetzt sicher sei, daß ein Zusammenhang zwischen diesem und den drei anderen unaufgeklärten Morden bestehe, sagt Zakariassen, sicher könne man nie sein, aber man gehe aus von dieser Hypothese — eine Antwort, die ich äußerst sympathisch finde und die das Vertrauen, nicht zuletzt in sein Urteilsvermögen, bestärkt. Zakariassen verrät, daß der letzte Tote keinen typisch deutschen Namen hat und daß die in der Presse aufgestellten Theorien zum Thema »Deutschen-Morde« darum offensichtlich brüchig geworden seien. Wie reagiere ich darauf? In gewisser Weise bin ich erleichtert, in gewisser Weise tief enttäuscht.

In diesem letzten Fall haben sie endlich eine Beschreibung des Mörders, »in die man begründete

Hoffnungen setzen kann, abgegeben von einem verläßlichen Augenzeugen«. Zakariassen kann jetzt allerdings nichts Näheres dazu sagen. Die Reporterin fragt, ich glaube, in einem Versuch, kritisch zu sein (»Hat die Polizei die Kontrolle verloren?«), ob es lange dauern werde, den Täter zu finden? Dies werde in jedem Fall große Anstrengungen erfordern, antwortet Zakariassen in seiner klugen Art; er zitiert sogar Churchills Ausspruch, er habe nichts weiter anzubieten als Blut, Mühe, Tränen und Schweiß.

Nicht zuletzt aufgrund dieser Äußerung erfaßt mich eine große Ruhe und Sicherheit, vielleicht auch geheimer Jubel, während die Nachrichten zu einem anderen Bericht übergehen (etwas über die UN — es freut mich, daß sie die Sequenz über den Toten den UN und den Unruhen sonst auf der Welt voranstellen); ich fühle, wie sicher alle Norweger, Theo Zakariassen ist der ... vielleicht der einzige, der diesen Fall lösen kann. Und noch dazu ein kultivierter Mann, ein Mann, der seinen Churchill kennt. Ich weiß intuitiv, Zakariassen ist ein Mensch, der die Kunst des Vergleichs beherrscht, und daß dies wichtig ... absolut entscheidend ist; daß ihm nie ein Vergleich einfiele wie »die Perle in der Muschel« für ... Im selben Augenblick, als ich den Fernseher abschalte, wird ein Gedanke geboren, obgleich ich kaum wage, ihn für mich zu formulieren: der Gedanke an ein Gespräch mit Theo Zakariassen. Welch knisternde Spannung, welch eine Energie — ich erlaube mir das Wort »Geist« — würde wohl erzeugt durch eine Konversation mit diesem Mann.

Übrigens las der Sprecher eine Suchmeldung vor. Die Polizei möchte in Verbindung treten mit einer

Person, die am betreffenden Abend, um die und die Uhrzeit, am St. Hanshaugen ein Taxi genommen hat. Ich glaube, die meisten Zuschauer, ebenso wie ich, rechnen damit, daß die Polizei denjenigen für den Hauptverdächtigen in diesem Fall hält.

# 11

Ich habe geträumt. Ich meine, träumen tut man jede Nacht, aber ausnahmsweise erinnere ich mich an den Traum. (All die anderen nächtlichen Bandwürmer und Fragmente — wo bleiben die? Werden sie in einem dieser Teile des Gehirns gelagert, die wir, wie die Forscher meinen, nicht gebrauchen, in Erwartung einer Zeit, da der Mensch Nutzen daraus zu ziehen weiß?) Im Traum sollte ich einen Webstuhl bespannen. Ich glaube, es heißt »Webstuhl bespannen«. Ich kriegte es nicht hin. Verständlicherweise: Ich habe nie gewebt. Ich habe auch keine Ahnung, wie man es macht. Die reine Sisyphusarbeit. Trotzdem, und das ist das Seltsame, hatte ich das Potential, es zu schaffen. Ich war besessen. Der Traum entwickelte sich zum Alptraum. Etwas bedrohte mich schrecklich (vom Rand des Traumes aus — ich weiß nicht, was), falls ich scheiterte. Und dann, plötzlich, wie nach einem Schnitt in der Traumsequenz, war der Webstuhl bespannt, ohne daß ich begriffen hätte, wie. (Das Böse an der Peripherie des Traumes verschwand.) Ich habe noch immer die enorme Erleichterung im Körper. Ich wußte, ich mußte das Schiffchen nur machen lassen, das Gewebe würde sich sozusagen von selbst fertigweben, und es würde schön werden, ungeachtet meiner, ganz unabhängig von meinen Bemühungen.

Der gestrige Tag, oder, genauer gesagt, der Abend, war ein Erfolg. Ich füge gern das Adjektiv »formidabel« hinzu, denn es ist Lucy Holmens Lieblingswort (»Zakariassen wurde nicht zuletzt durch seinen formidablen Erfolg im Fall Krüger bekannt«). Gleich als ich durch die schwere Glastür in die Vorhalle trat, empfand ich diesen Rausch, der mich jedesmal überkommt, wenn ich auf der Schwelle zu etwas Unbekanntem, Vielversprechendem stehe. Ich nickte dem Mann hinter der Rezeption unmerklich zu — aus keinem speziellen Grund, vielleicht nur, weil ich gute Laune hatte —, bevor ich die teppichbelegten Treppen hinaufschritt und den Mantel an der Garderobe abgab.

Als ich den Speisesaal betrat, war auch schon der Oberkellner da, ein Geist aus dem Erdboden (als löse eine Fotozelle ein Signal in seinen inneren Gemächern aus), und grüßte so höflich, daß ich dachte, er verwechsle mich mit einer berühmten Person oder einem freigebigen Stammgast. Ich kam zu dem Schluß, daß es eher seiner professionellen Haltung zuzuschreiben war. Ich wußte sie zu schätzen, denn ich hatte gemerkt, daß ich ein bißchen nervös war oder einen Anflug dieses kindlichen Gefühls verspürte, das wir als Erwachsene leider (oder zum Glück) verlieren: den physischen Schmerz, wenn man sich zu sehr freut. Wie auch immer, ich fühlte mich wohl in meinem grauen, recht neutralen, aber maßgeschneiderten Anzug (gekauft in London? —

Ingeborg hatte meine Maße) und mit einem Tisch, sicherheitshalber einen Tag im voraus bestellt. Ich hatte gesagt, es sei »ein ganz besonderer Anlaß«, das aber nachher bereut. Was hält man von einem Gast, der sich selbst feiert?

Der Oberkellner ging mit zielstrebigen Schritten über den Teppichboden voraus und plazierte mich an einem Tisch auf dem »Balkon« (sein Ausdruck), am Fenster zur Stortingsgata; ein Tisch, wo man völlig ungestört war, während man gleichzeitig einen ausgezeichneten Blick über das übrige, fast vollbesetzte Restaurant hatte. Ich bildete mir ein, der Oberkellner habe ausgerechnet diesen Tisch, einen der attraktivsten, gewählt, weil er intuitiv gespürt hatte, aus welchen Motiven ich das Lokal besuchte.

Augenblicklich wurde die Speisekarte überreicht. Ich schreibe »überreicht«, weil sie tatsächlich wie ein Geschenk präsentiert wurde. Nachdem ich einen Martini Dry bestellt hatte — ich hatte mich entschlossen, mir reichlich Zeit zu lassen, um richtig zu wählen —, ließ die Unsicherheit nach. Ich führte das Glas mit dem Cocktail an den Mund. Der scharfe, säuerliche Geschmack, zusammen mit dem Anblick des lila Plastikspießes durch die Olive (ich amüsierte mich bei dem Gedanken, daß er das rote Paprikaherz der Olive durchbohrte), rief ein körperliches Wohlgefühl hervor, das ich nur als eine Sensation beschreiben kann, etwas Ähnliches wie beim ersten Schluck kochendheißen Tees nach einem längeren Aufenthalt im Freien an einem klirrendkalten Wintertag. Trotz meines Alters und Bekanntenkreises habe ich noch nie einen Martini Dry getrunken, und ich muß sagen, ich wurde nicht enttäuscht. Er schmeckte so, wie ich vermutet hatte (ausgehend von den Bildern, auf denen ich Leute habe Martini Dry trinken sehen), und zugleich anders, das nötige kleine *Extra.* Ich empfand in diesem Augenblick warme Dankbarkeit gegenüber Dan Bergmann, weil ich ihm begegnet und dadurch auf den Gedanken gebracht worden war, hier zu Abend zu essen.

Der Kellner trat diskret und liebenswürdig auf, redete mich durchgängig mit Sie an und war zur Stelle, wenn ich nur in seine Richtung blickte. Obwohl mir dies normalerweise völlig fremd ist und ich außerdem nur unbedeutende Kenntnisse vom Kochen habe, erdreistete ich mich, nach ein paar Gerichten zu fragen, nach Rohprodukten und Zubereitungsarten, Gewürzen und Saucen. Der Kellner wirkte imponierend gut informiert. Ich genoß es, diesen Experten zu konsultieren, ließ den Blick zwischen dem freundlichen Gesicht des Kellners und dem delikaten Layout der Speisekarte hin- und herschweifen, auf der die Gerichte französische Namen in großen Buchstaben trugen, mit norwegischer und englischer Übersetzung in kleinerer schräger Schrift (ungewöhnlich elegant) darunter. Wieder teilten sich meine Gedanken in zwei Schichten. In einer dachte ich an Eva Weiner (das Mustad-Mädchen), daß auch sie die Typographie dieser Speisekarte zu schätzen gewußt hätte, obwohl diese weit entfernt war von ihren brutalen, zersplitterten Buchstaben. In der zweiten und ganz unabhängigen Gedankenspur (ich stelle mir vor, beide verliefen gleichzeitig nebeneinander, mit blitzschnellen Weichenstellungen) ertappte ich mich dabei, daß ich mir diese Weisheit in Sachen Essen wünschte, sekundenlang Melancholie darüber empfand, immer außerhalb dieses gewaltigen Universums stehen zu müssen, das sich mir jetzt einen Spaltbreit öffnete. Und dennoch war dieser kurze Blick soviel mehr als nichts. Wieder erfüllte mich plötzliche und heftige Dankbarkeit. »Dankbarkeit« ist überhaupt das übergreifende ... das Wort, das sich über diesen Abend wölbt, wie ein Triumphbogen.

Ich guckte mich um, versuchte, dies auf natürliche Weise zu tun. Rot, Gold, Weiß. Roter Teppichboden mit achteckigen Medaillons, Goldleisten an der Decke und um die Spiegel, kreideweiße Tischdecken auf den Tischen (ich habe Alternativen ausprobiert, gebe aber auf — ich muß mich mit »kreideweiß« begnügen). Hier unter den Kristallkronleuchtern war Dan Bergmann hin und her gegangen, Abend für Abend, in schicker schwarzer Uniform. Als ich erfuhr, daß er Kellner war, dachte ich sofort an MacDonalds oder eines dieser neuen Cafés in Schwarz und Chrom. Daß er in diesem Restaurant arbeitete, kam wie eine ... provozierende Überraschung. Nein, nicht provozierend. Eine *angenehme* Überraschung. (Erinnerte das nicht etwas an Osteuropa, wo man auf einen Straßenfeger treffen konnte, der Doktor der Kernphysik war?) Ich sah im Grunde keinen Gegensatz zwischen Bergmanns punkerartiger Erscheinung bei unserer Begegnung und dem jungen Mann, wie ich ihn mir hier vorstellte (und wie ihn die Zeitungsfotos zeigten: mit geleckter Frisur; eine Schablone, völlig anonym). Das bestätigte nur endgültig, wie leicht ein Mensch sich umstellen kann, wie leicht sich das Haar mit einem Kamm und etwas Gel verändern läßt. Meiner Meinung nach machte das Bergmann womöglich noch sympathischer ... repräsentativer. Ich beobachtete seine Kollegen aufmerksam, die eiligen, aber sicheren Auftritte. Wie nahmen sie die Nachricht von Dan Bergmanns Hinscheiden auf? War er ein guter Kellner gewesen?

Ich schwankte lange zwischen den verschiedenen Gerichten, versuchte, mir vorzustellen, wie eine Wildpaté mit eingemachtem Kürbis und Gemüsen aussehen, schmecken mochte; oder ein Herbstsalat mit Hühnerlebermousse und Taubenbrüstchen. Oder wie würde der Gaumen auf leichtgeröstete Drachenkopfmedaillons in Krebssauce reagieren; auf leichtgebratene Schneehuhnbrust mit geschmorten Schwarzwurzeln und Pfifferlingen? Es erregte mich zu raten, was Dan Bergmann empfohlen hätte, falls er mein Kellner gewesen wäre, ich hätte beinah gesagt, mein Begleiter, in dieser fremden Welt. Als Vorspeise bestellte ich schließlich eine Blätterteigpastete mit Wildklößchen und Hummer in Sherrysauce *(vol-au-vent aux quenelles de gibier et homard)* und als Hauptgericht ein Filet Mignon mit Spinat und glasierten Kastanien *(filet mignon aux epinards et marrons glacés)*. Ich memorierte die französischen Namen, wiederholte sie innerlich, wußte, ich würde in Gedanken auf diese Mahlzeit zurückkommen, es war wichtig, etwas, das zunehmen würde — an Bedeutung, an Genuß, sogar an konkretem *Geschmack*.

Ich nahm mir die Zeitung vor. (Wenn ich darüber nachdenke: Besteht nicht eine gewisse Ähnlichkeit zwischen der Titelseite einer Zeitung und einer Speisekarte?) Ich hatte es unter größten Qualen, die noch einmal ein kleines Glück an sich waren, geschafft, die Tageszeitung zwölf Stunden lang aufzubewahren, bildete mir ein, gerade dieser Raum werde die Reaktion maximieren ... das Verständnis bei eventuellen neuen Informationen über die Toten. Und ich hatte mich nicht getäuscht. Dies war der Tag, an dem Lucy Holmen in ihren Spalten eine weitere Bombe detonieren ließ. Soweit ich beurteilen kann, leistet sie avancierte journalistische Beinarbeit. (Oder hat sie einen guten Souffleur bei der Polizei?) Jedenfalls enthüllte sie nichts Geringeres, als daß auch Becker und Gross, nicht nur Eva Weiner, Tonga besucht hatten. Ich gestehe, daß mich das erschütterte, erst Minuten später kam die Freude. Oder der Stolz. Ja, Stolz. Ich war auf der richtigen Spur. Oder: Ich war auf einer Spur. Ich mußte mich am Stuhl festhalten. Du triffst drei beliebige Menschen an ganz verschiedenen Stellen in Oslo, und alle sind in Tonga gewesen, diesem winzigen Inselreich im Pazifik, von Norwegen ungefähr so weit entfernt, wie es weiter nicht sein kann. Diese Enthüllung versetzte mich in einen Zustand von ... großem Ernst. Ein *guter* Ernst. Ehrfurcht ist ein weiteres Wort, was bei diesem Anlaß auftaucht. Das *Wort* Tonga reichte aus, um mich mit Freude zu erfüllen, ja, es wirkte anregend auf den Appetit.

Die Vorspeise kam auf den Tisch. Ich hatte schon lange Weißwein im Glas, die Flasche stand im Kühler auf einem Tisch daneben — ein Chablis 1985, ein Burgunder, wie es heißt, passend zu Schalentieren. Ich verstehe überhaupt nichts von diesen Dingen, der Kellner hätte alles mögliche vorschlagen können — und trotzdem: Ich *weiß*, er hat den richtigen, den perfekten Wein zu ebendieser Vorspeise empfohlen. Allein der Name, allein das Etikett auf der Flasche reichten aus, die Erwartungen in die Höhe zu treiben. Chablis. Chablis paßte zu Tonga, die beiden Namen standen einander.

Das Essen war auf dem Teller so kunstvoll angeordnet, daß ich es als verbrecherisch empfand, das Besteck zu heben. Die Wildklößchen und die Hummerstücke lagen rund um die Pastete und in dem Teiggebilde selbst, das seinerseits eingekreist war von Erbsen, Mais und Karotten, alles auf einer Fläche von rosa Sauce. Die Form der Pastete ließ mich an den Turm zu Babel denken, wie ich ihn, meine ich, auf Abbildungen gesehen habe. (Wo?) Als ich die Gabel hob, mußte ich sie plötzlich mit Gottes Hand vergleichen, im Begriff, den Turm zu Babel zu zerstören. Ich fand dieses Bild einigermaßen witzig und treffend, ja, nahezu originell — selbst ein Dichter hätte sich seiner nicht schämen müssen —, und nahm dies als einen Wink, daß das Lokal das Denken schärfte.

Einen weiteren Hinweis bekam ich, als mein Bewußtsein plötzlich Georg Becker hervorkramte. Die Form der Pastete machte mich neugierig auf eine mögliche Verbindung zwischen Essen und Architektur. Ich glaube, Becker hätte Sinn gehabt für die Frage. Ich trank auf Georg Becker. Ganz hinten im Restaurant flambierte man die Beeren und Früchte des Herbstes für ein Dessert. Ich betrachtete die stimmungsvolle blaue Flamme durch das Glas.

Georg Becker und der Turm zu Babel.

Ich legte das Silberbesteck hin. Ich wollte den Satz notieren. Ich hatte einen Stift, fand aber nichts, worauf ich hätte schreiben können. Schließlich kritzelte ich die Worte auf den Rand eines Hundert-Kronen-Scheins. Ich glaube, ich wollte auf diese Weise den Wert des Satzes manifestieren. Ich hatte auch nichts gegen den Gedanken, daß dieser Schein mit den daraufgeschmierten Worten in ein paar Wochen im norwegischen Volk zirkulieren würde (wie die Tonga-Banknote mit ihrem roten Kreuz).

Ich begann mit dem Stück, das, nach der Form zu urteilen, die Schere gefüllt hatte; spießte es auf die Gabel und führte es zum Mund. Dachte ich an ein Abendmahl? An etwas Sakrales? Ich registrierte, ich möchte sagen, fast wissenschaftlich, wie die Speicheldrüsen zu arbeiten begannen (wie eine Beriese-lungsanlage?), schon bevor das Essen die Zunge erreichte. Der erste Bissen war vielleicht das größte Fest. Ich kaute langsam, spürte — und versuchte, darauf zu achten —, wie die Geschmacksknospen (möglicherweise in Kombination mit dem Geruch) auf das Schalentier hin genüßliche Nervensignale aussandten. Während ich über den Grund philosophierte, warum etwas als gut und etwas als schmerzlich erfahren wird und über die geographische Relativität dieser Beurteilung (wieder eine seltene Gedankenspur), studierte ich gleichzeitig den Saucenlöffel, den man mir zur Verfügung gestellt hatte, einen ganz besonderen Löffel, ein kleines Wunder in meinen Augen — ein Saucenlöffel! —, platt und mit einer unbegreiflichen Einbuchtung an der einen Seite. Ich hatte keine Ahnung, wie man einen solchen Saucenlöffel verwendet, probierte es aber dennoch. Ich war beinah gerührt über diesen kleinen Saucenlöffel. Dank Dan Bergmann wußte ich jetzt

Bescheid über die Existenz dieses Saucenlöffels. Ein halbes Leben hatte ich gelebt, in totaler Unwissenheit hinsichtlich Saucenlöffeln. Meine Erfahrung hatte sich erweitert. Ich zögere nicht zu sagen, *radikal* erweitert. Denn dieser Saucenlöffel repräsentierte nicht nur sich selbst, sondern diese ganze Küche, dieses sternübersäte Gourmet-Universum, das bis heute eine verschlossene Welt gewesen war. Ich sah sofort den verborgenen Plan — die unbegreifliche Maschinerie von kleinen Zufällen und kurzsichtigen bewußten Entscheidungen (kann man das Vorsehung nennen?) —, der mich bislang daran gehindert hatte, einen Fuß über diese Schwelle zu setzen.

Während ich weiteraß, versuchte ich, den Hummer zu . . . kontemplieren, alle Schalentiermetamorphosen, seinen ganzen komplizierten Weg vom Rogen zur Reuse; diesen kurzen Aufschub bis zum Kessel mit kochendem Wasser (diesen strengen Geruch — wie der Gestank eines ungewaschenen Geschlechtsorgans). Ich schenkte dem Hummer einen warmen Gedanken, vielleicht sogar Respekt. Ich trank auf den Hummer. Ich dachte an Dan Bergmann, an Tonga, an die Mustad-Fabriken. Mustad-Fabriken? Ja, auch daran. Im Grunde an ganz Norwegen. Schon das *Wort* Norwegen schmeckte hier und jetzt anders. Unbekannt, aber gut.

Ich hatte jede Menge Zeit. Ich saß in einem Raum, der an einen Schloßsaal erinnerte, hierher eigens eingeladen von . . . Ich trank noch mehr Weißwein. Der ungewohnte Geschmack der Vorspeise hielt sich noch in der Mundhöhle. Gegenüber von mir, hinter der Säule, saß eine größere Gesellschaft, nur Männer, drei von ihnen Farbige, Afrikaner, glaube ich, alle in dunklen Anzügen. (Neger, wenn ich diese Bezeichnung verwenden darf, im schwarzen Anzug sind ein majestätischer Anblick, erzeugen eine ganz andere Wirkung, als wenn Weiße einen weißen Anzug tragen.) Alle sprachen Englisch, auch die Norweger, wenn sie miteinander redeten. Mir imponierte diese Höflichkeit, diese Bildung. Und sie machte mich neugierig. Waren sie von Norsk Hydro? Diskutierte man gigantische Abkommen über Düngemittel, die das Innere Afrikas befruchten sollten? Oder waren sie vom Außenministerium? Ich studierte die farbigen Gesichter, genoß es, mich auf einem hohen Niveau zu befinden, in einem kosmopolitischen Milieu, an einem Ort der großen Geschäfte und der Repräsentation, vielleicht die Vorstufe zu wichtigen politischen Entscheidungen.

Welche Hautfarbe haben die Menschen auf den Tonga-Inseln?

Ich breitete erneut die Zeitung aus. Georg Becker hatte Lucy Holmen zufolge ein kleines Museum für Kunsthandwerk (das nie errichtet wurde) in Nuku'alofa, der Hauptstadt von Tonga, entworfen. Die Zeitung brachte sogar ein schlechtes Bild, auf dem man Becker in einem Portal aus einem Walkiefer erkennen konnte. Und Tor Gross hatte angeblich kürzlich Sondierungen auf einem der kleinen Atolle in Tonga durchgeführt, in der Absicht, an eine frühere Feldarbeit anzuknüpfen. Er forschte, wenn ich recht las, nach Spuren der alten polynesischen Religion unter der christlichen Oberfläche. Ich saß da, die Zeitung vor mir, während ich auf das Hauptgericht wartete. Verschiedene Gerüche wallten durch den Raum. Dachte ich an Weihrauch? Oder dachte ich, die Toten seien, durch all das, was die Zeitungen schrieben, (mehr, immer mehr) im Begriff, Gegenstand einer Art Kult zu werden? Und wie war das möglich? Drei blind ausgewählte Personen, und alle waren in Tonga gewesen. Oder existierte eine ganz natürliche Erklärung? Oder war es nur ein Zufall von der gleichen Art, wie wenn man drei Steine an weit auseinanderliegenden Stellen in ein großes, stilles Wasser wirft? Irgendwann werden sich die Ringe begegnen.

Lucy Holmens eigentliches Anliegen war es selbstverständlich, eine Theorie zu servieren. Mir wurde nie klar, ob sie von ihr selber stammte oder ob sie andere, Sprecher der Polizei, referierte. Um ehrlich zu sein, las ich sie vor allem aus Höflichkeit. Weit mehr beschäftigte mich die fabelhafte Tatsache, daß alle drei im Königreich Tonga gewesen waren. Ließ sich das übertrumpfen?

Ihre Theorie wirkte höchst unklar. Sie schrieb über Schwarze Magie und Ritualmorde — soweit interessant genug, isoliert betrachtet. Sie meinte, die drei Toten seien vielleicht Opfer geworden, weil sie Träger von Mana (Mana?) waren oder weil sie gegen etwas verstoßen, ein Tabu gebrochen hatten, als sie sich auf den Inseln aufhielten. Lucy Holmen unterstrich, es sei schwierig für uns Abendländer, uns in diese Motive hineinzuversetzen, zu verstehen, daß die Toten möglicherweise potente Symbole waren, daß sie Kräfte repräsentierten, die für diejenigen, die hinter den Morden steckten, die Wirklichkeit verändern konnten.

Ich weiß nicht, was ich sagen soll. Holmen hat jedenfalls eine ganz wesentliche Frage gestellt: Was *ist* mit diesen Menschen? Es *muß* ja etwas mit ihnen sein.

Ich war beinah froh, daß das Hauptgericht mich unterbrach. Der Kellner hob die Silberhaube auf eine Art, die mich an Religion denken ließ. Ob es die Bewegung selbst oder die Ähnlichkeit der Haube mit einer Kuppel oder Lucy Holmen war, weiß ich nicht. Ich dachte an Religion. Ich dachte an Religion, als ich das Essen studierte und den Duft inhalierte, der vom Teller aufstieg. Umgeben von glasierten Kastanien und halbmondförmigen Croutons, ragte ein dickes Filetstück aus einem Spinatbett in der Mitte — ich habe Lust zu sagen: wie ein Fels in der Rotweinsauce, wie Rockall, ja, warum nicht, ich war ein Poet heute abend, ich war ein Wergeland.

Ein Drittel des Tellers füllte ein erlesenes Arrangement, bestehend aus ein paar Blumenkohl- und Brokkoliröschen, einer kleinen Lauchstange, einer kleinen Mohrrübe und sogenanntem Babymais (wenn ich mich nicht irre). Das Zusammenspiel von Winkeln und Farben wirkte auf mich nahezu vollkommen, so . . . wie heißt das . . . ästhetisch ansprechend, daß ich das Bedürfnis hatte, es zu zeichnen. Augenblicklich fiel mir das Wort »Balance« ein. Das Weinglas war ausgetauscht worden und enthielt jetzt einen Rhonewein, einen Crozes Hermitage. Soweit ich beurteilen konnte, war dem Kellner wieder ein önologischer Geniestreich gelungen, als er für mich auswählte. (Kannte ich nicht diesen völlig unbekannten Geschmack, wie den von etwas Zukünftigem, den ich empfunden hatte, als ich Bergmann im Nieselregen traf?) Ich war stolz auf ihn. Ich war stolz auf mich selbst. Ich freute mich für Dan Bergmann. Mir wurde klar, warum ein guter Kellner eine ebenso lange Ausbildung braucht wie ein Akademiker. Ich empfand Hochachtung vor dem Menschen, der ein Primärbedürfnis, etwas Tierisches, etwas so *Simples* wie die Einnahme von Nahrungsmitteln, zu einem solchen Kunstwerk machen, Kultur daraus schaffen kann. Alles stimmte. Die Zeitung neben mir mit diesen einzigartigen Texten, der Teller vor mir mit diesem auserlesenen Essen. Es war, als hätte ich durch einen unerklärlichen Glückstreffer einen Punkt gefunden, wo ich die Brechstange ansetzen konnte, so daß sich die Dinge beim geringsten Druck bewegten. Es war vielleicht nur eine Zeitfrage, bis sich alles öffnete. Ich fühlte mich optimistisch heute abend. Mir war leicht zumute, *ungeheuer* leicht.

Jemand begann auf einem alten Steinway-Flügel zu spielen, bei dem der Absatz oben in der Mitte goldverziert war, eine Dame im langen Kleid und mit der Haltung einer Konzertpianistin. Doch sie spielte Tafelmusik. Eine Musik, die man nicht hörte, Töne und Harmonien, die via Gehörgänge unmerklich hereinglitten und sich als Wohlbehagen in den Körper einschlichen, als sei auch dies ein Teil des Essens. Mir gefiel es, daß sie augenscheinlich ein Repertoire halsbrecherischer klassischer Werke beherrschte, aber nur Tafelmusik spielte. Draußen, in einem leichten Sprühregen, standen Leute und warteten auf die Straßenbahn; Alltag, Lichtjahre von diesem Fest entfernt. Ich sah die Plakate des Nationaltheaters, erleuchtete Schaukästen mit undeutlichen Fotografien. *Hedda Gabler. Gespenster.* Passé, dachte ich. Völlig passé. Als wäre die Erde weiterhin das Zentrum des Sonnensystems, ja, der Milchstraße.

Ich bemühte mich, jedem Bissen, jedem Schluck gerecht zu werden. Jedes Mikrogramm ausgequetscht auf seinen Geschmack, seinen Geruch, seine sinnestimulierenden Möglichkeiten hin. Gleichzeitig dachte ich an Dan Bergmann. Fleisch, Wein, Dan Bergmann. Töne von einem Flügel, Spiegel in vergoldeten Rahmen, Kellner, die einen Hirschbraten tranchierten, Dan Bergmann. (Kann ein *Geschmack* die Wahrheit enthalten?) Ich war eins mit Dan Bergmann. Er hatte einen nicht Deutsch klingenden Namen. Vielleicht ein bißchen. Was war mit Tonga? War auch Dan Bergmann in Tonga gewesen? Lucy Holmen schrieb nichts davon. Wenn nicht, schwächte das ihre Theorie. Sie hatte es sicher noch nicht untersucht. Ich lachte nicht. Lachen lag mir gänzlich fern. Die letzten Körner Babymais wurden verzehrt. Ich nahm mir die Zeitung vor. Mehr Rotwein. Ich las die Beschreibung eines Mannes, mit dem die Polizei gern in Verbindung treten wollte. Abgegeben von der Zeugin, die Zakariassen in den Nachrichten erwähnt hatte, einer Passantin, die aufmerksam geworden war auf eine verdächtige Person (sprich: den Mörder) bei dem Toten. Ich las die Beschreibung mit einer gewissen ... Spannung. Der Mann hatte angeblich einen roten Anorak getragen, eine weiße Hose und apricotfarbene Schuhe mit dicker Gummisohle. Das Haar war schwarz und die Haut sonnengebräunt. Der Mann sprach bergensisch, möglicherweise eine fremde Sprache.

Ich will nicht unterschlagen, daß ich Mißmut empfand, ja, Kummer. Ich dachte: Kann man sich auf Menschen überhaupt noch verlassen heutzutage?

Dann aber . . . je mehr . . . nach und nach imponierte mir, ja, begeisterte mich diese erstaunliche Sicherheit und nicht zuletzt die Fähigkeit von Leuten — ganz alltäglichen Menschen mit Einkaufsroller —, sich an Details und Valeurs (»apricotfarbene«) zu erinnern. Ich glaube, sie verdient die Bezeichnung Kreativität.

Erst als ich die Notiz noch einmal las, sah ich, daß die Synagoge erwähnt war. Bis jetzt war nur der Straßenname in Verbindung mit diesem Fall genannt worden. Jetzt machte der Journalist darauf aufmerksam, daß Dan Bergmann direkt oberhalb der Synagoge in Oslo aufgefunden worden war. Die Synagoge! Ich hatte kaum eine Ahnung, daß es eine solche in der Stadt gibt. Ich hatte vielleicht darüber gelesen, wußte aber nicht annähernd, wo sie lag. »Synagoge« ist ein archaisches Wort, eines, das ich vor allem mit der Religionsstunde in der Volksschule verband. Nachdem ich mich beruhigt hatte, fühlte ich etwas hochkommen, was ich fast einen wilden . . . einen primitiven Triumph nennen möchte. Die mosaische Glaubensgemeinschaft! Ich hatte Lust, das Lokal auf der Stelle zu verlassen, ein Taxi zur Synagoge zu nehmen, um mit eigenen Augen zu sehen, daß sie wirklich dort lag.

Ich schaffte es, mich zu beherrschen, erkannte, es war besser, hier zu sitzen, die Mahlzeit auf natürliche Weise zu beenden, im selben Tempo, die Information lieber zur Krönung des Abends beitragen zu lassen. Ich entspannte mich wieder und bestellte das Dessert, einen Apfelkuchen, benannt nach einem französischen Küchenchef, einen Kuchen, der sich als ein reines Wunder erwies, Apfelspalten in einer glänzenden Schicht, darauf ein Sahnetupfer mit einem Minzeblatt, eine Kugel Eis daneben. (Ich spüre — am ganzen Körper —, was für ein *Genuß* dieses Abendessen war. Und daß der Bericht darüber, auch der, eine besondere Freude bedeutet. Schreibe ich dies vielleicht deshalb nieder — ja, alles, nicht nur das Abendessen —, um den Genuß zu steigern, ihn zu wiederholen?) Das Größte aber war die Vanillesauce, mit roten Streifen von Kirschsaft (oder was das war), ein Muster, das an ein Spinnennetz erinnerte. Oder an ein Gewebe. Ganz recht. Ein Gewebe. Der Vergleich sandte Schauer durch mich, vom Scheitel bis in die Zehenspitzen, wie man so sagt. (Kann dies der Grund für den nächtlichen Traum gewesen sein?) Zehn Sekunden lang mußte ich ganz still sitzen, die Augen schließen, bis ich mich wieder auf das Essen konzentrieren konnte. Ich nahm das »Netz« auf die Gabel, um festzustellen, ob der Geschmack ein neues Licht auf die Nachricht von der Synagoge werfen konnte.

Ich aß. Ich sah in den Sprühregen hinaus. Tonga. Synagoge.

Meine Gedanken waren . . . Ich fühlte mich beinah erschöpft. Alles ging jetzt so schnell. Die Dinge . . . beschleunigten sich. Ich war in etwas eingedrungen, oder von etwas umschlossen, das mich mit seiner Aktivität fast ermüdete, mich ritt wie . . . Ich mußte an Ingeborg bei unserem letzten Beischlaf denken; wie sie mich liebte ohne Pause, ohne Rücksicht darauf, ob ich noch konnte.

Ich bestellte einen Calvados, einen Chabot, zum Kaffee. Ich hatte nur einmal im Leben Calvados getrunken. Dieser schmeckte nicht so, wie ich mich erinnerte, aber gut; der Geschmack von etwas Einzigartigem, anderem — mich belustigte der Gedanke, daß er wie sublimierter Apfel schmeckte oder wie die *Idee* vom Apfel.

Ich trank Kaffee. Ich nippte am Calvados. Ich sah in den Sprühregen hinaus. Tonga. Synagoge. Gewebe.

Ich ließ ein letztes Mal den Kellner kommen. Ich war unsicher, ob ich mein Glück überdehnte, so daß ich riskierte, eine zugemessene maximale Quote zu sprengen, aber ich ließ den Dingen ihren Lauf: Ob sie eine Zigarrenkiste hätten? Der Kellner holte sofort diese traditionsreiche Kiste aus Zedernholz. Ich wählte, noch einmal auf den professionellen Rat des Kellners hin, eine von den mittelgroßen, eine Davidoff Nr. 1. Ich bat ihn, sie abzuschneiden, bewahrte sie aber auf für den Spaziergang nach Hause. Ich bezahlte die Rechnung und gab ein großzügig bemessenes Trinkgeld. Aus einem merkwürdigen Grund war mir, als hätte ich Dan Bergmann geehrt — für seine Empfehlung dieses Lokals sozusagen.

Auf der Straße zündete ich die Zigarre mit Dan Bergmanns Ronson-Feuerzeug an. Es klappte beim ersten Versuch; eine klare, klassische Flamme. (Stimmt, »klassisch«.) Ich bewunderte das Design des Feuerzeugs, befühlte das Monogramm mit den Fingern. Ich spazierte langsam in Richtung Storting. Immer noch dieser Sprühregen. Ich hatte keinen Schirm. Ich nehme nie einen Schirm. Das versperrt die Aussicht.

Ich rauche nur selten Zigarren. Ich zog nicht mehr als drei-, viermal. Es schmeckte nicht schlecht, auch nicht gut. Das Wort »aromatisch« tauchte auf. Eine Empfindung mit tiefen Untertönen. (Kam nicht ein Bild der Hagia Sophia angeflogen? Sah ich eine Karawane vor mir? Einen brennenden Altar? Dachte ich an Myrrhe? Ambra?) Ich ließ sie trotzdem ein Stück abbrennen, als glaubte ich, der Wohlgeruch werde den Übergang in den Alltag dämpfen.

Direkt beim Storting mußte ich so heftig aufs Klo, ein . . . ja, infernalischer Druck auf der Blase. Ich sah, daß ich einfach zwischen die Büsche schlüpfen konnte, mich dort erleichtern. Ich hatte dagegen trotzdem eine Aversion. Mitten auf der Karl Johans gate zu urinieren. Ich beschloß auszuhalten, bis ich zu Hause war. Ich bin eigentlich ein bißchen stolz darauf, betrachte es als eine moralische Entscheidung von hohem Rang.

# 12

Die Woche fing an mit einem ... auf jeden Fall mit etwas, was das Herz schneller schlagen ließ. Die Polizei hatte einen Mann festgenommen, den man verdächtigte, hinter den Morden zu stecken. (Mir wurde nie klar, ob er identisch war mit dem gesuchten Taxi-Fahrgast oder dem Mann mit den »apricotfarbenen Schuhen«.) Die Polizei verweigerte Informationen über den Festgenommenen, doch die Zeitungen waren bald voll von Bildern und Namen. Ich war empört. Ich war in Verwirrung. Ich war ... ich weiß nicht. Die Reaktion ging allerdings rasch, oder mit einer Art innerer Notwendigkeit — als fände ich mich plötzlich gestrandet auf einer einsamen Insel wieder — in Neugier über. Es *konnte* ja irgend etwas mit diesem Mann sein. Es erschien mir unmöglich, daß die Polizei, mit ihrem ganzen Sachverstand und ihrer Erfahrung, eine Person *völlig* ohne Grund ergreifen sollte, ohne den geringsten Anhaltspunkt. Ich glaube, daß ich, während die Tage vergingen, die gleiche Spannung (Freude?) empfand wie das übrige norwegische Volk und nur darauf wartete, daß der Mann gestand oder etwas Sensationelles herauskam, das seine Schuld bewies. Kurz darauf wurde der Betreffende freigelassen und die Sache heruntergespielt. Ich spürte, ich war enttäuscht.

Ich kann diesen Teppich nicht vergessen. Ich werde den Anblick von Dan Bergmann nicht los, wie er umfällt und der Teppich sich entrollt; ein greller, dynamischer Farbfleck auf schwarzem und nassem Asphalt. Eine Sekunde lang sah ich etwas Durchschlagendes. Eine Luke in einen anderen Raum, ein Fenster, eine Öffnung. Und warum sah er für mich gleich aus wie ein Tiger?

Erst jetzt habe ich die Antwort gefunden. Eine Zeitung schreibt über Dan Bergmanns Leidenschaft (sie benutzen genau das Wort »Leidenschaft«) für das Weben, sie geben sogar ein Bild aus seinem »Atelier« wieder. Auf dem Webstuhl sieht man einen unfertigen Teppich, demjenigen zum Verwechseln ähnlich, den ich ... bei lebendigem Leibe erlebt habe, hätte ich beinah gesagt. Bergmann war »fast zwanghaft fasziniert vom Muster des Tigers«. Jahrelang hatte er versucht, es einzufangen, es nachzuweben, dem Tiger sozusagen sein Geheimnis zu entlocken, sein Wesen. Freunden zufolge gab er sein ganzes Geld für Reisen zu Zoologischen Gärten rund um die Welt aus und konnte ganze Tage mit dem Skizzenblock vor dem Tigerkäfig zubringen oder, im Winter, im Tigerhaus. Besonders gern hatte er zugesehen, wenn die Katzen gefüttert wurden. Eine Theorie von ihm besagte, daß die Streifen dann anders aussahen.

Warum hat sich niemand gefragt, ob Bergmann vielleicht von einem Tiger getötet wurde?

Ich studierte den Teppich, der auf dem Webstuhl hing. Obgleich das Bild in Schwarzweiß abgebildet war, frappierte mich die Kraft des Musters. Es ist mir ein Rätsel, wie ein Arrangement von Streifen, etwas so Stilisiertes, Abstraktes, so . . . verwirrend auf die Vorstellungskraft wirken kann. Der Tiger, reduziert auf sein Skelett. Und dennoch lebendig. In gewisser Weise lebendiger als ein echter Tiger. Ich starrte auf den Teppich. Ich vergegenwärtigte mir den Anblick von Bergmann auf der Straße gegenüber der Synagoge, seine Kleidung, seine Worte, versuchte, mich in seine Gedanken hineinzuversetzen, seine Ambitionen. So wie ich es sah, wollte er den Augenblick des Sprungs erfassen; das Gewebe *war* eine Bewegung — ein Angriff in Großaufnahme —, eingefroren in der Luft. Wildheit, zugleich gezähmt. Als sei das Weben eine Übung in Dressur. Ich dachte an Feuer. Oder Bambusblätter. Sonne und Schatten. Oder . . . ich fand es: Chromosomenpaare. Ebensosehr wie nach dem Mysterium des Tigers fragte der Teppich: »Was ist der Mensch?« Ich hätte gern so einen besessen, ihn als Meditationsobjekt benutzt, als Hilfsmittel auf dem Weg zur . . . ich muß mich begnügen mit dem mißbrauchten Wort »Erleuchtung«.

Ich sehe Bergmann am Webstuhl vor mir, wie an einer Orgel. Teppiche, komponiert oder *gespielt* wie Fugen; Fäden, ineinandergewebt. Über- und untereinander.

Intermezzo. Probleme im Büro. Ein anstrengender und ungeduldiger Heiberg. Etwas stimmte einfach nicht mit dem einen Subsystem zu dem neuen Pionierprojekt. Nach vielem Herumsuchen fand ich den Fehler. Ein nahezu unsichtbarer Bug hatte sich in eines der Programme geschlichen. Ich habe das sehr oft erlebt, wurde aber nie so stark von ... Angst befallen, vor dieser Kraft, dieser Wildheit in einem einzigen kleinen Bug. Ein Insekt wird zum Tiger. Ein unbedeutender Fehler, und alles gerät durcheinander. (Eine Fliege verirrt sich in einem Atomreaktor, und die Welt geht unter.)

Um ehrlich zu sein, ist »Angst« ein unpräzises Wort; *Ehrfurcht* liegt der Wahrheit näher.

Die Arbeit vor dem Computer hat eine neue Dimension bekommen. Ich begreife mich als einen Weber. Es ist, als versuchte ich, Fäden zwischen andere Fäden zu ziehen. Ich stelle mir den Cursor als eine Art Schiffchen vor, wenn er durch die Zeilen läuft, einen Textstrang hier, einen Textstrang dort anbringt. Zeilen legen sich an Zeilen und bilden ein Gewebe aus Text, Zahlen und Zeichen.

Ich habe auch mehr von den Mittagspausen als seit langer Zeit. Ich betrachte die Kantine als Testgebiet. Hier kann ich das Arsenal neuer Möglichkeiten erproben. Hier kann ich vorsichtig die Territorien betreten, die ich erobert habe. Ich genieße diese Übungen, oder wie soll ich es nennen. Ich genieße es, Dinge zu wissen, wie daß König Taufa'ahau Tupou IV. eine Persönlichkeit ist, die man kennen sollte, wenn man Tonga besucht. Das gibt mir — trotz der Gewißheit, daß es total irrelevant ist — das Gefühl, über eine ungeheuer schlagkräftige Waffe zu verfügen; eine Waffe, von deren Reichweite nur ich selber eine Ahnung habe. Eines Tages, als Heiberg vorbeikam (reizbar und mürrisch), konnte ich zum Beispiel zu Erik sagen: »Mein Gott, der hat ja ein ebenso feistes Gesicht wie König Taufa'ahau Tupou!« — nur um die Reaktion zu sehen (die nie kam). Oder ich konnte zu Karl sagen (zurechtweisend): »Niemand in Hackney in London würde sich beschweren, die Krabben hätten einen Beigeschmack (er sah mich nur eigenartig an). Bei Tisch in der Kantine kann ich Sätze herausschleudern wie: »Die Zeitung verwendet zu kräftige Typen in dieser Überschrift« oder »Diese Stearinkerzen sind schlechter als die alten, die noch aus dem Tran des Pottwals gemacht wurden« oder »Reich mir das Salz, Ophelia« (zu Lisbeth). Sie reagieren nie. Sie nehmen das als ganz natürliche Äußerungen. Sie sehen nicht, daß ich dabei bin, ein neuer Mensch zu werden, daß ich expandiere, daß ich vor ihren Augen neuen Boden erobere. Es verblüfft mich, daß sie ... Ich sehe trotzdem keinen Grund zu prahlen. Mitten in diesem persönlichen Fortschritt empfinde ich eine ganz selbstverständliche ... aus Mangel an etwas Besserem muß ich sagen *Demut*.

Heute abend saß ich am Sekretär und schrieb, mit der Fernbedienung in Reichweite, als die Nachrichten eine lange Sequenz von der Pressekonferenz der Polizei brachten. Es gefällt mir, von dieser Position aus fernzusehen. Dadurch wird der Sekretär gleichsam zum Kontrollpult, der Bildschirm zum Monitor. Ich fühle mich wie der Kapitän eines Schiffs oder ein Securitas-Wächter.

Ich machte mir Notizen. Nichts Wichtiges. Nur Wörter. Halbe Wörter. Versuche von neuen Wörtern. Es paßte, daß gerade heute abend meine Lieblingsnachrichtensprecherin Dienst hatte; eine Frau, die ich für ihre hervorragende Diktion und ihren sicheren Geschmack in bezug auf ihre Garderobe immer bewundert habe. Als die angenehme Stimme den Beitrag ansagte, legte ich den Stift weg, griff aber mit der anderen Hand nach der Fernbedienung, um bereit zu sein, eventuelle technische Mängel der Sendung zu justieren; ich wollte nicht, daß die geringste Nuance verlorenging.

Ich glaube, sehr viele würden mir zustimmen, daß es vom ersten bis zum letzten Augenblick Theo Zakariassens Show war. »Show« ist das richtige Wort. Was mich betrifft, würde ich es höher einstufen als jede Unterhaltungssendung. (Reicht es ein zum Festival in Montreux!) Allein Zakariassens Gestalt reicht aus, mich zu fesseln. Er *hat* etwas Aristokratisches. Ich erinnerte mich plötzlich an eine Illustration im *Grafen von Monte-Christo* aus meiner Kindheit, die Inkarnation eines edlen Gesichtes. Ich glaube, auch ein Begriff wie »Übermensch« schoß mir durch den Kopf.

Zakariassen trug diesmal einen dieser Trainingsanzüge mit greller Schrift auf der Brust (englisch — einen Augenblick war mir, als stände da BREAK, aber ich bin mir nicht sicher), als wolle er signalisieren, daß die Untersuchung Anforderungen stellte wie ein Marathonlauf. Die Zeitungen hatten übrigens berichtet, daß er aus Lästadianer-Kreisen kommt, das heißt, Zakariassen selbst ist kein Lästadianer, seine Eltern aber und ein großer Teil der Familie sind es. Ohne daß ich sonderlich viel gewußt hätte von dieser, soweit ich verstehe, puritanischen religiösen Gruppierung, gab dies Zakariassen nur noch größere Autorität ... größeres Talent in meinen Augen. (Ich glaube, die Zeitungen versuchten, es als eine Schwäche darzustellen, einen Hemmschuh.) Mich brachte es auf den Gedanken an etwas Prophetisches, daß er ein Gesandter sei von ... ich hätte fast gesagt von etwas *Fundamentalerem* als unseren armseligen menschlichen Institutionen.

Obwohl der Beitrag in den Nachrichten recht lang war, brachten sie nur ein paar kurze Aufnahmen von der »langen und temperamentvollen Pressekonferenz«. In der ersten Sequenz (teilweise ruiniert durch den einleitenden Kommentar des Fernsehjournalisten) bedankte sich Zakariassen für Blumen — er zeigte auf einen Strauß auf dem Tisch — und die vielen ermunternden Briefe aus der Öffentlichkeit. Dies verschaffte mir einen Anflug von schlechtem Gewissen. Hätte ich selber schreiben, ihm auf die Schulter klopfen sollen? (Gib nicht auf. Wir wissen, du schaffst es. Grüße, ein Mitbürger. Oder vielleicht: Grüße, ein Zuschauer.) Er berichtete kurz über die bisherige Arbeit, legte ein pädagogisches Gespür an den Tag, das, wie ich glaube, viele überraschte, blickte mehrmals direkt in die Kamera, als spreche er zu uns Zuschauern.

Ich saß hinter dem Sekretär und beobachtete Theo Zakariassen auf dem Fernsehschirm. Mir fiel auf, wie seine Person das Bild *füllte*, auf die gleiche Weise, wie ein guter Schauspieler mit seiner magischen Präsenz die Filmleinwand füllt, einer Präsenz, die in vielen Fällen einen schlechten Film retten und ihm ein Gewicht an sich geben kann. An einem Punkt vergaß ich zuzuhören, was er sagte. Ich *sah* einfach, bewunderte. Dieses edle Gesicht.

Zakariassen diskutierte (oder beantwortete) die Frage nach dem Motiv des Täters: War es Raub? Rache? Sexuelle Motive? Dem Ermittlungsbeamten zufolge wußten wir noch nichts. Doch er unterstrich, es müsse eine gewaltige Kraft sein, die den Mörder oder die Mörder getrieben habe. Hinter der Schreibplatte des Sekretärs sitzend, notierte ich mir augenblicklich diese Pluralform. War sie beabsichtigt oder nur ein Versprecher, eine Redensart? Es war tatsächlich das erste Mal, daß jemand andeutete, es könne sich um eine Gruppe handeln. Er wies darauf hin, daß der Mörder offenbar gute anatomische Kenntnisse hatte, da er so leicht und spurenlos tötete. Man konnte Professionelle nicht ausschließen. (Wieder der Hinweis auf eine Gruppe? Und im Anschluß daran: ein ideologisches Motiv?) Zakariassen forderte gleichzeitig zur Vorsicht auf. Er berührte nicht die Tonga-Theorie. Ich machte mir wohl auch Gedanken darüber, daß er das »oder sie« wegließ, als er das Geschlecht des Mörders erwähnte.

Ich saß am Sekretär und kritzelte das eine oder andere Wort hin, während ich Zakariassen beobachtete. Wieder fiel mir der Füllfederhalter zwischen seinen Fingern auf. Ich fühlte, wir befanden uns in irgendeiner Form von Einklang, es gab eine Verbindung zwischen unseren Schreibgeräten. Ich war ergriffen ... hingerissen. Ich empfand etwas von dem, was ich bei Becker und den anderen empfunden hatte. Ich bildete mir ein, wir führten ein Gespräch. Wir hätten eine Gemeinschaft gebildet.

Andere Ausschnitte zeigten die (zum Teil aufdringlichen )Fragen der Presseleute und Zakariassens Antworten. Ich glaube, jedem mußte die Gründlichkeit und Systematik imponieren, die die Ermittlungsbeamten bewiesen. Wenn mich jemand fragt, ich würde behaupten, eine bessere Werbung hat die Polizei noch nie bekommen. Jetzt stellte sich auch heraus, daß die Untersuchung per Datenverarbeitung erfolgt. Zakariassen: »Die Sache ist ein Pionierprojekt.« (Ich zuckte zusammen bei dem Wort.) Er berichtete über die zeitraubende Arbeit, alle Zeugenbeobachtungen zu sammeln, und die umfangreiche Registrierungsarbeit, die darauf folgte. »Bald können wir alle Hinweise und Informationen systematisieren. Ich will nicht ausschließen, daß wir die Lösung schon haben.« Ich glaube, nicht nur ich empfand eine grenzenlose Erwartung, als man von dem kolossalen Apparat erfuhr, den die Polizei auf die Beine gestellt hatte. Das konnte einfach nicht ... es *mußte* zum Erfolg führen.

Zakariassen krönte diesen — in vieler Hinsicht blendenden — Bericht, indem er erneut Churchill zitierte: »Dies ist nicht das Ende. Es ist nicht einmal der Anfang vom Ende. Aber es ist vielleicht das Ende vom Anfang.«

Ich zweifelte nicht: Wenn ein Mann in Norwegen genau jetzt Bewunderung verdiente, war es Theo Zakariassen. Die Churchill-Zitate ließen mich an die »Mörderjagd« (ein Ausdruck der Zeitung) als eine schicksalhafte Kraftprobe denken, einen Kampf gegen das Böse selbst, einen Kampf auf einer Linie mit dem Kampf der Welt gegen Hitler.

Gleichzeitig fiel mir ein, daß ich noch nicht diese Zigarre gesehen hatte, die Zakariassen dem Mythos zufolge kaute (und nach Beendigung des Falls anzündete). Wenn ich mich nicht irre, rauchte Winston

Churchill im Laufe seines Lebens an die 300000 Zigarren. Die Zigarre, die ich mir im Restaurant gekauft hatte, lag direkt vor mir, in einem der offenen Fächer des Sekretärs. Ich nahm sie mir, schnüffelte daran, steckte sie in den Mund, während der Beitrag sich dem Ende näherte und das wirklich Spannende über den Bildschirm flimmerte. Ich dachte unwillkürlich an diese unerwarteten Wendungen am Ende einfacher Spionageromane ... ich glaube, man nennt das: »der hat seinen Meister gefunden«.

Eine Journalistin fragte eher bissig, ob es zutreffend sei, daß die Polizei jetzt eine Hauptspur verfolge. Die Journalistin war außerhalb des Bildes, doch es war eine Frau. Ich dachte sofort an Lucy Holmen. Mir fiel auf, daß Zakariassen einen dramatischen Effekt suchte; er schwieg lange, wobei er nach unten sah. Ja, sagte er, das sei zutreffend. Dieselbe Frau (Holmen? — ich hätte sie gern auf dem Bildschirm gesehen; wie sah sie aus?) bedrängte ihn weiter und fragte, in welche Richtung diese Spur wies. Zakariassen — flackerte nicht noch dazu sein Blick? — antwortete erstaunlich kryptisch: »Ich kann nur sagen, sie kann überall hinführen: zu einem Container am Hjortneskai, in eine Dachwohnung in Washington, in eine Stadt in Zaire, inzwischen verfallen, überwachsen von Schlingpflanzen. Wer weiß?« (Ich war nahe daran, es auf das Papier vor mir zu stenographieren.) In gewisser Weise imponiert mir die Antwort, sie wirkt auswendig gelernt, einstudiert — andererseits irritiert sie mich.

Und dann kam der eigentliche Höhepunkt. Dieselbe Journalistin fragte, ob es zutraf, daß alle Opfer Juden waren.

Ich glaube, ich hielt den Stift fester, und ich bilde mir ein, daß Zakariassen das gleiche tat.

Zakariassen wollte zunächst nicht antworten. Er sah verwirrt (ängstlich? wütend?) in die Fernsehkamera, als wünsche er sie zum Teufel oder als frage er uns Zuschauer, wie diese Journalistin davon Wind bekommen haben mochte. Dann starrte er nach unten, (der Montblanc-Füller kratzte über einen Block), warf einen Blick auf seine Mitarbeiter, sah wieder nach unten. Zum erstenmal ahnte ich etwas Ekstatisches unter Zakariassens ruhigem Äußeren. Ich fand, hier kam das Medium Fernsehen wirklich zu seinem Recht. Es war . . . ein Skandal in der Luft, und wir, das ganze Volk, nahmen teil an dieser Atmosphäre. Nein, nicht Skandal: *Offenbarung*. Schließlich nickte Zakariassen und sagte: »Ja, das ist der Fall. Aber ich will es jetzt nicht weiter kommentieren.«

Ich kann — Hand aufs Herz — nicht sagen, daß mich dieses Faktum erschreckt hätte. Ich hatte einen Verdacht in dieser Richtung die ganze Zeit gehabt. Ich habe natürlich das Gemeinsame zwischen diesen Namen bemerkt, mich aber gewissermaßen nicht getraut, den logischen Schluß zu ziehen, habe darauf gewartet, daß es ein anderer für mich aussprach. Ich bin froh darüber, daß es Zakariassen war.

Ich hatte Lust, die Zigarre anzuzünden, machte sogar Bergmanns Feuerzeug an, ließ den Gedanken aber wieder fallen.

Heute abend habe ich lange auf Vaterland hinuntergeschaut. Besonders fesselte mich eine einsame Schweißflamme (Schneidbrenner?), ein Stern, der mitten im Betonchaos hing. Ich stand da ... ich konnte nicht anders, es war einfach phantastisch, daß das, was ich sah, diese öden, sterilen Skelette, eines Tages (und zwar schon bald) ein kaleidoskopisches Leben beherbergen würde. Ich war eines Tages unten gewesen, um die Ansätze der Stadthalle zu studieren, ich hätte beinah gesagt, zu segnen. Ich betrachtete die gebogene Form, die Andeutungen von Tribünen und einem Amphitheater. Es glich dem Kolosseum in Rom; eine dreckige Ruine. Und jetzt, im Laufe von ein paar Monaten, sollte das Bauwerk gleichsam einen Sprung von Jahrtausenden machen, von der Ruine zum Unterhaltungszentrum, wo man alles sehen konnte, angefangen von Filmen und kulturellen Veranstaltungen bis hin zu Eishockey, Rennen und Frank Sinatra live. Und das grobe Betonskelett, das mich an Dresden nach dem Krieg erinnert oder an das ausgebombte Beirut von heute, wird sich in ein funkelndes Hotel verwandeln, in siebenunddreißig Etagen mit über siebenhundert Zimmern und Suiten, mit Glasaufzügen an der Außenwand und Bars auf dem Dach. Mir fiel ein, daß dieses internationale Großhotel ein Turm zu Babel sein würde. Ein gelungener Turm zu Babel. Der alte Traum ging in Erfüllung. Das Hotel würde visuelle Zeichen haben, die alle verstehen, die Leute würden alle Sprachen sprechen, und sie würden einander *verstehen* (nicht zuletzt aufgrund der Dolmetscherkabinen mit Verbindung zum Konferenzsaal und des direkten Satellitenkontaktes mit der ganzen Welt). Ich sah zu dem Betonskelett, mir gefiel der Gedanke nicht, daß sie anfangen würden, es mit Fassadenplatten und Spiegeln zu verkleiden. Ich weiß nicht, warum, aber es gefällt mir nicht. Es gefällt mir so, wie es jetzt ist. Es gibt mir ... Ich sehe es an und denke an einen Bienenkorb oder an Zellen. Ein Gewürzregal. Ein leeres Bücherregal. Ein Schachbrett. Eine Windharfe. Ein Silo. Ein vertikales Labyrinth. Ein Monolith (in seiner Roheit sehr viel spannender als der von Vigeland). Ein schwarzer Sekretär (ohne Schubladen). Ein Filter. Ein Chip. Eine Wirbelsäule. Etwas Abstraktes. Ohne Worte.

Während ich dastand und auf Vaterland hinunterstarrte — ein Blick, so intensiv oder träumend (ich weiß nicht, was), daß das Bild vor mir auseinanderglitt, wie diese Fotografien mit roter und grüner Färbung, die einen stereoskopischen Effekt erzeugt —, ging mir die Konsequenz auf, die die *Hauptspur* (ich schreibe sie ohne weiteres als einen Namen, einen Begriff) haben würde. Ihre — wie sage ich es — Realität war eine große Freude ... ja, eigentlich ein großer Trost. Sie bestätigt etwas, was ich die ganze Zeit geahnt habe: daß die Todesfälle unmöglich sinnlos sein können, daß etwas ... könnte man ... wenn nur ... daß ein Zusammenhang ... Dies bestärkt mich auch in dem Entschluß, diese Ereignisse niederzuschreiben, in der Gewißheit, daß sie es verdienen, erzählt zu werden, schon an sich, obwohl man sie nicht vorlesen und noch viel weniger publizieren kann. Wenn ich hier so sitze, wie ein Kapitän am Sekretär, fühle ich mich — ohne überheblich sein zu wollen (doch ein wenig erschrocken?) — wie Darwin. Ich habe einmal eine Fernsehsendung über ihn gesehen (von der BBC?), wie er an Bord der *Beagle* Tagebuch schrieb oder sich Notizen machte,

Aufzeichnungen, die damals chaotisch wirkten und von denen der junge Darwin selber kaum wußte, was er mit ihnen anfangen sollte, oder deren Folgen er jedenfalls nicht kannte, die aber den Keim zu dem enthielten, was eines Tages eine neue, revolutionierende Erkenntnis werden sollte.

Bevor ich ins Bett gehe, werde ich auf die Terrasse hinausgehen. Von unserer Ecke des Blocks aus kann ich das Polizeipräsidium sehen. Ich tue das gern. Ich tue es oft. Das Dach des Polizeipräsidiums hat eine faszinierende Form. Von oben gesehen, erinnert es an zwei Straßen, die sich begegnen und zu einer werden.

# 13

Ich wage zu behaupten, daß Sonntag ein Tag war, an dem ich wirklich etwas *lernte.* Gleich als ich in der Huk Aveny ankam, fühlte ich mich in einem Zustand ... ungewöhnlicher Empfänglichkeit, wie ein besonders motivierter Schüler. Ich war stehengeblieben, um das Haus auf einer der Felshöhen zu beobachten; eine herrschaftliche weiße Villa mit schwarzen Dachziegeln von dieser Sorte, die wie glasiert wirkt. Die Fassade war kunstvoll, mit Säulen und einem prächtigen Balkon, alles von strenger Symmetrie geprägt. (Becker war selbstverständlich die ganze Zeit in meinen Gedanken, ein unsichtbarer Gesprächspartner.) Es ist vielleicht falsch zu sagen, daß ich »beobachtete» — ich wünschte mir ebensosehr, mich dem Haus *auszusetzen,* einen Prozeß in Gang zu bringen, das Haus in mir aufzunehmen als einen ... wie sagen die Chemiker ... Katalysator. Soweit ich mich erinnern kann, bellte ein Hund unaufhörlich. Rauh, drohend — ich hätte fast gesagt: in Übereinstimmung mit der Situation. Die ganze Stimmung in der Gegend schrie Privat! Privat!

Das Haus gehörte den Eltern des Mustad-Mädchens. Ein Nebensatz in der Zeitung machte es leicht, Eva Weiners Elternhaus aufzuspüren. Es war dem Journalisten sogar gelungen, die Eltern zu einem öffentlichen Auftritt zu bewegen: »Helft uns, Evas Mörder zu finden!« Die Fotografien zeigten zwei flehende Gesichter (in gewisser Weise war ich positiv überrascht darüber, daß Diplomaten soviel Gefühl zum Ausdruck bringen konnten). Eines ist sicher: Sie sieht ihren Eltern nicht ähnlich. Ich finde, das spricht für sie.

In der letzten Zeit habe ich mich naturgemäß für den Mustad-Konzern interessiert. Ich will nicht leugnen, daß Eva Weiner mit dazu beiträgt, obwohl sie mich nur zufällig darauf gebracht hat. Ich möchte behaupten, jetzt interessiert mich dieser Konzern an sich, kraft seiner eigenen Qualität sozusagen. Denn wer, welcher Norweger, ist nicht stolz auf die Mustad-Fabriken; dieses Unternehmen mit Tochtergesellschaften an den verblüffendsten Orten des Erdballs und Exporten in so gut wie alle Länder der Welt? (Irgendwo am Amazonas nennt man einen Angelhaken einen »Mustad«.) Mir ist — jedenfalls in schwärmerischen Augenblicken —, als habe der Name Mustad meinen Respekt vor dem norwegischen Arbeiter erneuert, vor der Schöpferkraft, die in einem Jahrhundert die Herstellung von Nägeln, Hufeisennieten und Waffeleisen zur heutigen avancierten Produktion von Angelhaken, mechanisierter Angelausrüstung und aller möglichen Spezialschrauben gemacht hat. (Ich habe mich wiederholt gefragt, ob Bergmann in einem Ohr einen Angelhaken gehabt hatte, als ich ihm begegnet war, aber ich fürchte, das ist Wunschdenken.) Sogar die Butter — und ab und zu der Kaffee —, die ich auf dem Tisch habe, kommen aus den Mustad-Fabriken. Ich bin umgeben von dem Namen, dem *Wort* Mustad, schon solange ich lebe — ohne es zu sehen, ohne es zu hören. Eigentlich schäme ich mich. Ich fühle mich undankbar.

Ich nehme oft eine dieser Schrauben und betrachte sie, vor allem das Gewinde (ich denke an Schraubstock, Schraubdeckel, Schraubverschluß, Schraubenrad, Schraubenzieher). Ich versuche, Ähnlichkeiten mit anderen Dingen zu finden, übertragene Bedeutungen. Es kommt tatsächlich vor, daß die Schraube lange Gedankenketten in Gang setzt, ganze . . . Erzählungen. Ich trage mich fast mit dem Gedanken, über die Geschichte der Schraube mehr herauszufinden, über die Probleme und Finessen aller Schrauben; die verschiedenen Materialien, die unterschiedlichen Oberflächenbehandlungen — ganz zu schweigen von allen Spitzen- und Gewindetypen. Ich weiß nicht, aber ich habe den Verdacht, daß hier eine ganze Welt auf mich wartet.

Ich stand nicht auffällig lange vor dem Haus, eher wie jeder beliebige Bygdøy-Tourist (ich tat in Gedanken so, als sei ich aus Tonga), ging dann langsam die Straße hinauf. Ich hatte mein Bild von Eva Weiner als Fabrikarbeiterin revidieren müssen. Zunächst widerwillig. Zwar arbeitete sie im Eisenwarensektor von Mustad, aber in der EDV, als Systemberaterin (Lagerkontrolle und Distribution). Ich spazierte langsam die Huk Aveny hinauf, die weiße Villa immer noch auf der Netzhaut. Mit der Zeit fand ich die neuen Informationen mindestens ebenso interessant, ja, bereichernder, als hätte es sich wirklich um eine traditionelle Arbeiterin in der Schwerindustrie gehandelt. (Es gelang mir, über meine anachronistischen Erwartungen an eine »Arbeiterin« zu lachen.) Sie war auch noch nicht lange bei Mustad angestellt gewesen. Früher hatte sie in der EDV von Kværner Brug gearbeitet — unbedingt ein Synonym für stolze Arbeitstraditionen, in meinen Ohren. (Hatte nicht auch Kværner diese gigantischen Projekte in Afrika, lieferte riesige Turbinen für neue Kraftwerke im Inneren von ... ich hätte beinah gesagt, »im Herzen der Finsternis«? Allein der Gedanke erfüllte mich mit nationalen Gefühlen.) Der Job bei Kværner hatte Eva Weiner nach Tonga geführt, wo Kværner am ersten Wellenkraftwerk der Welt beteiligt war. Ich spazierte nachdenklich an geparkten Autos vorbei, statusträchtigen Marken mit Hunderten von vertäuten Segelbooten im Rücken. Durch die Bekanntschaft mit Eva Weiner empfand ich mich als ein kleines Zahnrad in diesen mächtigen industriellen Unternehmen. Als baute auch *ich* gewissermaßen mit — ich könnte sagen: als sei ich Unternehmer. Ja, ich darf das so sagen. Eva Weiner hatte mir die Augen für die norwegische Industrie geöffnet, für die norwegische Stärke selbst. Ihren Willen zur Veränderung. Ihre Voraussicht. Das Wort »Arbeiter« hatte seine Bedeutung geändert.

Als ich aufsah, oder besser: wieder zu mir kam, stand ich vor einem Wegweiser zum Folkemuseum. Obwohl ich zuvor überhaupt nicht daran gedacht hatte, ging ich hin. Warum nicht? Es war ein ganz ausgezeichneter Tag für das Folkemuseum. Ich kaufte die Eintrittskarte und fand instinktiv (als liege die Route im Körper) den Weg zum Numedalhof. Ich bin hier seit der Schulzeit nicht gewesen. Damals aber, in der siebten Klasse muß es gewesen sein, bekam ich die Aufgabe, das Væråshaus auf ebendiesem Numedalhof zu zeichnen. Ich erinnerte mich vor allem an die Probleme mit den Ecken, ein halber Radiergummi verbraucht, bis ich die Balkenverbindung hinkriegte. Ich strich mit der Hand über die Stämme an der Ecke, ließ die Fingerspitzen der Zickzacklinie entlang nach unten folgen. (Mustads Äxte streiften vielleicht meine Gedanken.)

Nachher schlenderte ich auf gut Glück herum, eine Art natürliches Verhalten, wenn man sich auf diesem Gelände befindet (und sich vorstellt, man sei aus Tonga). Der Tag war typisch schön, Laubbäume mit beginnender gelber und roter Färbung; »ein Herbsttag, wie man ihn in der Erinnerung immer vor sich sieht« (ich habe den Satz aus einer Wochenzeitschrift). Sonne, Kühle und diese Illusion, daß die Luft klarer und reiner ist als sonst. Ich mag den Herbst. Ich mag die niedrige blendende Sonne. Ich mag, daß man alles so oft im Gegenlicht sieht, sozusagen nur in der Silhouette oder nur als Form. Selbst die Menschen werden reduziert auf eine Art Randphänomen (als seien alle Menschen Marginalien?)

Ein Fjordpferd weidete auf einer Wiese. Ich gab ihm Gras, beinah rituell, als werde das von mir erwartet (und als habe sich jemand irgendwo versteckt, um zu kontrollieren, daß ich mich korrekt verhielt). Wenige Menschen besuchten das Museum, und die Stille war . . . unwirklich auf den alten Höfen, außer wenn ein Flugzeug hinüberdröhnte, kurz vor der Landung auf Fornebu. Die uralten Holzwände verströmten einen Geruch von Teer (oder was auch immer. Roch ich auch etwas anderes ... Tiere, Staub, Schimmel? Ein Wesen in Tracht trampelte vorbei. Ich sah mich um. Ich fing an zu lachen. Etwas so ... Burleskes, etwas so Bukolisches. Ich lachte. (Ich lachte auch über das Wort »bukolisch«.) Ich stand lange da und lachte. Ich lachte laut. Ich fand, das Gelächter klang ... gut, verteilte sich natürlich in der Umgebung oder, korrekter, wirkte wie das Brüllen eines Flugzeuges.

Ich halte inne. Ich sollte nicht lachen. Es war ... unverschämt. Ich müßte stolz sein. Auf Norwegen. Auf die Fortschritte, die wir gemacht haben. Von diesen bescheidenen Gebäuden, diesem dunkelbraunen Mittelalter, das bis gestern gedauert hat, oder bis vor hundert Jahren. Vor *hundert* Jahren war ganz Norwegen so. Butzenscheiben und Gras auf dem Dach. Und dann, husch, Hotels mit siebenunddreißig Etagen und ein Kulturzentrum, das in einem Augenblick eine Eishockeybahn sein kann und in der nächsten Sekunde eine Arena fürs Springreiten.

Während ich eigentlich auf dem Weg hinaus bin (von Gelächter geschüttelt), fällt mein Blick auf einen Wegweiser nach Gamle Enerhaugen. Ich konnte mich nicht erinnern, das je gesehen oder gehört zu haben. (Ist es etwas Neues?) Ich fand mit einiger Mühe hin und stolperte in ein Szenario hinein, wo fünf, sechs kleine Häuser aus der Mitte des vorigen Jahrhunderts an einer Straße mit Kopfsteinpflaster angeordnet sind, mit Lattenzäunen, alten Wasserpumpen und so weiter. Sogar die Straßenschilder hingen an ihrem Platz: Flisberget, Johannesgate, Stupinngaten. Was dachte ich? Dachte ich nicht einen Augenblick an Atlantis?

Ich ließ mich auf einer Bank nieder. Ich mußte mich wirklich setzen. Ich studierte diese etwas schiefen Gebäude genau; ziegelrote, gelbe, rosa und blaugrüne Häuser, die also früher in Enerhaugen gestanden hatten — wo ich selbst jetzt wohne, vielleicht sogar auf demselben Areal, auf dem heute mein Block steht — und die hier auf Bygdøy, in einem Museum, rekonstruiert worden waren; ärmliche Häuser, eingezäunt hier draußen auf Bygdøy, dem Inbegriff von Wohlstand und Oberklasse. (Empfand ich in diesem Augenblick die ersten Anzeichen von Angst?) Ich weiß nicht, wie ich sagen soll, aber es brachte mich dazu, in Bahnen zu denken, in denen ich gewöhnlich nicht denke. Erst hundert Jahre alt. Und trotzdem untergebracht in einem Museum. Wie etwas unglaublich Fernes, Abgelegenes. Ein aufgegebenes Modell von Stadtleben, von Gesellschaft. Und dazu noch ein geschöntes Modell. Denn was waren wohl diese Häuser gegen das *wirkliche* alte Enerhaugen? Wie wenig gerecht wurden wahrscheinlich diese Puppenhäuser der wimmelnden, stinkenden Armut im vorigen Jahrhundert? Ich empfand auch keinen intuitiven Zusammenhang, nicht das, was man »historische Wurzeln« nennt. Im Gegenteil. Es war unmöglich. Ich wollte nicht mal mit einer Wurzelfaser dieses tote Wasser berühren. Allein der Gedanke verschaffte mir Angstgefühle.

Roch ich etwa . . . Leichen?

Die Häuser waren verschlossen, doch aus reiner . . . Neugier (oder wußte ich, daß sie etwas Schicksalhaftes enthielten?) guckte ich in eines der Fenster. Das erste, was ich entdeckte, waren zwei von diesen weißen Porzellanhunden mit goldenen Ohren und schwarzen Schnauzen. Der Anblick löste etwas Unsagbares aus, eine Gefühlsreaktion von einem solchen Charakter, daß sie ihre ganz eigene Prägung hatte. Und ich sah noch mehr: Ich sah einen Messingmörser zum Zerkleinern von Gewürzen, ich sah eine Kaffeemühle, eine Paraffinlampe, eine Wandkruke mit zierlicher schwarzer Schrift (»Mehl«) . . . und ein Bild des milden, langhaarigen Jesus: Seht, ich stehe vor der Thür und klopfe an.

So wie der Blick in die ovalen Rahmen an der Wand zu Hause; in die Räume von alten Erbhöfen, die sich an ein Bergsims zwischen Meer und Himmel klammern.

Wie *lange* her. Wie . . . Es hatte mit mir nichts zu tun. Unmöglich. Jahrhunderte dazwischen.

Ich stand an einem Haus aus dem alten Enerhaugen, einem Haus von der Stelle, wo ich selbst jetzt wohne, ich stand da, das Gesicht am Fenster, und weigerte mich. Sagte nein zu dieser Wand, dieser Begrenzung, diesem . . . Stillstand.

Dann fiel mein Blick auf etwas, ganz hinten im Raum, im Schatten . . . War es die Strafe dafür, daß ich gelacht hatte? Ich stand da, das Gesicht an der Scheibe, merkte plötzlich, es war kalt. Oder zu warm. Ich empfand . . . Schrecken. Ja, Schrecken. Ich setzte mich wieder auf die Bank. Der Schrecken ging in Depression über. Ich mußte lange sitzenbleiben, konnte nicht aufstehen, der ganze Körper war schwer. Ich erinnere mich, daß ich mittendrin einen Gedanken Eva Weiner widmete, die letzten Endes das Sprungbrett war zu dieser namenlosen . . . Erfahrung. Gleichzeitig — eine Art Lebensrettungsversuch von seiten des Gedächtnisses? — fiel mir die

Notiz ein, daß die Polizei in Eva Weiners Brieftasche Führerschein, Kreditkarten und Ausweise mit verschiedenen Namen gefunden hatte. Alle mit ihrem Paßbild. Soweit sich beurteilen ließ, waren die Ausweise trotzdem nicht gefälscht. Die Polizei nannte es »ein Mysterium«.

Ich stand schließlich auf und verließ das Folkemuseum, diese abgeschirmte Zone, diesen Versuch, die Zeit anzuhalten. Die Stimmung von Schrecken, Depression hielt noch an, als ich mit der Kaffeetasse vor mir in der Lanternen, der Fährkneipe direkt am Dronningen, saß. Nicht einmal die Musik von der Jukebox störte meine Gedankenwelt, ich möchte eher sagen, daß der eigenartig dumpfe Klang der Jukebox die Schwermut verstärkte und verlängerte, vielleicht weil sie ein Klang aus der Jugend, aus der Kindheit waren, Jukeboxen an Fährstationen, auf dem Weg zu alten Erbhöfen. Nach und nach ging die Depression in Zweifel über. Allem zum Trotz war nichts Ernsteres passiert. Ich war im Zweifel. Ein Kompromiß. Ich sah die Situation etwas heller. Ich dachte an meine eigene Kraft zur Veränderung. Doch. Ich tröstete mich selbst. Ich dachte daran, wie vieles . . . anders geworden war. Wieviel geschehen war, was ich nie für möglich gehalten hatte. Ich ließ den Blick über die Hovedøya hinauf nach Ekeberg gleiten, machte ein weißes Gebäude — mit einem Turm? — oben am Höhenrücken aus, grübelte, was das sein mochte (ein irritierender weißer Fleck in der Ortskenntnis). Die Dänenfähre war beim Auslaufen, navigierte sorgfältig im Hafenbecken um die Festung Akershus herum. Alle möglichen Schiffe fuhren an den Fenstern der Cafeteria vorbei, den Frognerkilen ein und aus. Ich wußte, ich war auf dem Weg. Endlich, nach einem halben Leben, war ich auf dem Weg zu etwas Wesentlichem, wenn ich auch nicht wußte, was es war.

Endlich, nach Jahrhunderten, war jemand auf dem Weg.

Das Bild von Jesus hatte mich an etwas erinnert. Jetzt sah ich es: Theo Zakariassen.

Als ich an Bord der kleinen Bygdøy-Fähre ging, erfuhr ich, daß dies nicht nur die letzte Abfahrt an diesem Sonntag, sondern überhaupt die letzte in diesem Jahr war. Das munterte mich auf. Ich interpretierte es als ein einzigartiges Glück, einen Beweis dafür, daß der Tag trotz allem ein Erfolg war. Auf Bygdøynes, wo all diese Museen über unsere Fertigkeiten auf See stehen, stiegen einige fröstelnde Touristen zu (diese ganze polare Angeberei war wohl etwas zuviel). Jedenfalls hielt ich sie für Touristen; die Art, wie sie sich benahmen, die dünne Kleidung. Sie sahen auch ausländisch aus, vielleicht spanisch.

Das Schiff nahm Kurs in Richtung Stadt. Ich hatte immer eine besondere Vorliebe für diese gelben, niedrigen »Sightseeing«-Schiffe. Das Fünfziger-Jahre-Design hat für mich eine Eleganz, die nicht veraltet. Die Sonne ging gerade unter, färbte die wenigen hohen Gebäude vor uns orange und überließ den Rest des Stadtkerns der beginnenden Dämmerung. Ich stand da und genoß diesen ungewöhnlichen (oder geradezu klassischen, den alten) Einfallswinkel ins Zentrum, hatte den Eindruck, ein ganz anderes Oslo zu sehen; viele der Umrisse erhielten einen neuen Aspekt, der die Gesamtheit veränderte.

(Ließen mich die goldenen Dachetagen wieder an Zwiebeltürme aus Gold denken, daran, daß sich die Welt vor meinen Augen veränderte?) Ich hätte das Schiff gern angehalten, doch es glitt weiter, auf die zehn, zwölf Riesenkräne zu, die still über der zweiten Baustufe von Aker Brygge hingen. Das Rathaus kam näher und näher und führte das Denken von allem anderen weg hin zu einem mächtigen zukünftigen Wellenkraftwerk.

Während die Fähre an der Honnørbrygga anlegte, gegenüber dem Boot mit dem grünen Rumpf, einem Fisch- und Schalentierrestaurant, wurde ich von einem Mann angesprochen, einem kräftigen Kerl, der etwas anhatte, das ich für einen weißen Poncho mit schwarzen Längsstreifen hielt. Auch er sah spanisch aus, war aber, nach allem zu urteilen, allein. Er fragte mich in verhältnismäßig gutem Norwegisch nach dem Weg zur Aker Brygge. Ich hätte eigentlich nach Hause gehen müssen; ich hatte für morgen eine Notiz versprochen. Dennoch erbot ich mich, ihn zu begleiten. (Dachte ich nicht auch: Der Adel des Menschen besteht darin, daß er völlig willkürlich handeln kann, eine Freiheit, die das Tier nicht besitzt ... Oder habe ich das nur phantasiert?)

Der Mann mochte knapp Dreißig sein. Bei näherer Betrachtung — das schwarze, glänzende Haar, die Augen und die Backenknochen, die Hautfarbe — kam ich zu dem Schluß, daß er Indianer sein mußte, wohlgemerkt aus Südamerika, oder jedenfalls indianischer Abstammung. Vielleicht stammte er auch aus einer Häuptlingsfamilie — er hatte etwas Majestätisches. Nur ein häßlicher Lederschlips und ein Bart paßten nicht ins Bild; der

Bart wirkte so ... wie drücke ich es aus ... angeklebt, daß ich spekulierte, ob es ein falscher Bart war.

Die neue Aker Brygge ist eines der Unternehmen, die ich mit nie nachlassendem Interesse verfolgt habe, mit applaudierendem Stolz, wenn ich so sagen darf. Das hat wenig oder nichts zu tun mit dieser medienumrauschten Verwandlung eines alten Industriebetriebs, sozusagen Grundlage der norwegischen Sozialdemokratie, in ein Dienstleistungs- und Kulturzentrum. Ich möchte präzisieren, daß ich das als Selbstverständlichkeit betrachte und nicht als etwas Überraschendes. Für mich ist es mehr ein ... sprachliches Phänomen. Aker Brygge entstehen zu sehen heißt zu sehen, wie ein Wort geboren wird, ein neues Vokabular Form annimmt. Wenn ich »Aker Brygge« höre, assoziiere ich Wörterbücher des Typs »Neue Wörter im Norwegischen«. Aker Brygge ist eine neue Sprache, die Sprache, die sich erweitert.

Wie ich den etwas wirren Auskünften des Mannes (des Inka-Indianers, wie ich ihn für mich nannte) entnehmen konnte, hatte er aufgeschnappt, daß es irgendwo auf Aker Brygge ein mexikanisches Restaurant geben sollte. Ich hatte auch so etwas gehört, ohne je dort gewesen zu sein. Ich mußte lachen. Aber warum nicht, warum sollte nicht ein Lateinamerikaner in Oslo in einem mexikanischen Restaurant essen, warum den Mann in ein Kaffeestübchen drängen? Ich hatte eigentlich Sinn für diese Anti-Touristen-Haltung, nahm sie als ein Zeichen von Würde. Er fühlte sich bestimmt auch besonders fremd nach der Begegnung mit Arktis und Antarktis draußen auf Bygdøy.

Ich bin immer fasziniert von ... ich wage es Lebensfreude zu nennen, wenn ich die verwandelten Werkshallen betrete: die gewaltigen, hohen weißen Räume mit Glasaufzügen an den Wänden und offenen Verbindungsstegen über Brücken, all die Fensterscheiben im Dach und an den Schmalseiten, Terrassen mit üppigen Grünpflanzen, wie hängende Gärten. Alles ist so hell, alles ist so strahlend, alles ist so ... Ich denke sofort an »Punkt neun«. Ich bin automatisch entspannt, wenn ich diesen Raum betrete, diese Atmosphäre ewigen Sommers, ewiger Aktivität (selbst sonntags). Ich spüre immer diesen Anflug von etwas radikal Neuem im Rahmen von etwas Altem — wie bei einem Bauwerk Beckers. Eine Schiffswerft, wo man Seekarten und geräucherten Lachs kaufen kann, eine Maschinenfabrik, wo man sich jetzt die Haare schneiden läßt und CDs kauft. Es gefällt mir. Ich weiß nicht, warum, aber es gefällt mir. Es tut dem ganzen Körper gut.

Vielleicht — ich sage, vielleicht — hat es mit der Empfindung zu tun, eine andere Sphäre zu betreten. Oder nicht Sphäre. Einen eigenen Kontinent ... Oder — ich hab's: Aker Brygge zu betreten ist, als komme man in eine internationale *Zone*. Es erinnert an die großen Flugplätze. Alles ist gleich. Es hat nichts mit Norwegen zu tun. Du könntest überall sein. In Mailand, Melbourne, Montreal. (Ich denke besonders gern, ich sei in Montreal.) Man befindet sich gewissermaßen im Transit.

Wir brauchten nicht lange, dieses Speiselokal zu finden, das den nicht übermäßig originellen Namen Cactus trug. Aus einer Anwandlung heraus, die ich als schlichte Dankbarkeit interpretierte, schlug der

Mann vor, ich solle mit hineingehen und ihm etwas über Norwegen erzählen. Warum auch nicht? Ohne zu weit gehen zu wollen, möchte ich nicht unterschlagen, daß mir die indianischen Züge Sicherheit einflößten.

Ich verbrachte die nächsten Stunden in der Gesellschaft dieses Menschen und fand heraus, trotz einiger mystisch vager Informationen, daß er Student der Zahnmedizin war und José Maria hieß (nach einem Schriftsteller) und aus Cuzco in Peru kam, nicht weit von der Ruinenstadt Machu Picchu. (Ich glaube, Ingeborg hat ein Zwei-Kilo-Buch darüber.) Irgendwann stieg in mir die starke Ahnung auf, daß er etwas verbarg und am liebsten so wenig wie möglich über sich erzählen wollte, auch nichts darüber, wie er so gutes Norwegisch gelernt hatte. Er stellte dagegen eine Reihe höchst komischer Fragen über Norwegen und Norweger, die mich immer wieder in Gelächter ausbrechen und in einer Weise formulieren ließen, die dem Stil der Fragen entsprach. Ich wußte einen Menschen mit einer so unstillbaren Neugier zu schätzen. In gewisser Weise kam durch ihn zum Vorschein, daß ich mehr über Norwegen wußte, als ich angenommen hatte. Wir saßen dort mitten im Geruch von *fajitas* (ihm zufolge), die in einem großen Kessel in der Küche gleich neben uns kochten, und aßen unsere Tacos. Ich habe das zwar schon gegessen — Ingeborg macht manchmal Tacos —, hatte aber besondere Freude am Geschmack fritierter Maistortillas mit stark gewürztem Fleisch und dem übrigen Zubehör (den Chilis!) in genau dieser Umgebung, zusammen mit einem waschechten Lateinamerikaner. Das Lokal hatte weiße Backsteinwände und sollte wohl eine Hazienda oder etwas in der Art darstellen; ein Eindruck, der verstärkt wurde durch Pferdegeschirre und Wagenräder, die herumhingen. Wir saßen an einem grobgezimmerten, alten (sicher neuen) Holztisch, die Stühle und Bänke waren mit schwarzweißer Rindshaut bezogen. Dieses in gewisser Weise billige und hoffnungslos unauthentische Inventar sprach mich auf eine unerklärliche Art an, so daß ich mich wohl fühlte. Die übrigen Gäste schienen aus der einfachen Schicht des Volkes zu stammen. Das gefiel mir gut. Hier saßen gewöhnliche Norweger, umgeben von halbvertrockneten Kakteen, in einer falschen Hazienda, einer stillgelegten norwegischen mechanischen Werkstatt (vielleicht in der früheren Maschinenhalle) und aßen stark gewürztes mexikanisches Essen, als sei dies das Natürlichste von der Welt — vielleicht sogar Söhne und Töchter von Menschen, die früher hier gearbeitet hatten.

(Ich stutzte, während ich die Worte niederschreibe. Besteht da ein Zusammenhang, trotz allem, der Weg von »mechanisch« zu »mexikanisch«?)

Wir redeten über das norwegische Pils (das wir tranken). Er erzählte mir von den Eindrücken im Fram- und Kon-Tiki-Museum, fragte mich nach Nansen und Heyerdahl. Ich konnte nicht antworten. Ich weiß wenig von ihnen, sicher weniger als ein Tourist. Ich gewann den Eindruck, daß sein Interesse für Heyerdahl vom Zusammenhang der Kon-Tiki-Fahrt mit Peru herrührte. Wir redeten lange. Ich fühlte mich wohl. Ich sehe zwar keine Veranlassung, aber irgendwann war es, als redete ich mit Theo Zakariassen. Die Hintergrundmusik war ein Song (ich habe ihn in einer langsamen Version mit einer schwedischen Sängerin gehört, »Du bist der eine«), der mit feurigen Flamencogitarren und peitschendem Rhythmus gespielt wurde, gesungen von einem Solisten, der über das herzzerreißendste Vibrato der Welt verfügte. Das Seltsame war, daß diese Musik mir das Gefühl verschaffte, in Mexiko zu sein, oder in Spanien. Es kam nur darauf an, sie zu öffnen.

»Weißt du, wo man ficken kann?«

Wir hatten Aker Brygge verlassen und schlenderten die Seeseite des Rathausplatzes entlang; ich wollte gerade, in meiner Rolle als Fremdenführer, etwas über die Krabbenkutter sagen. Die Frage kam ganz plötzlich, das war wohl der Grund dafür, daß ich automatisch die Rådhusgaten hinaufzeigte.

»Huren?« sagte er. Seine Augen wurden schmaler. Das Funkeln darin gefiel mir nicht. Ich dachte ausgerechnet an Dan Bergmanns Tigerteppich. Er begann, schneller zu gehen. Wir überquerten die Straße und gingen den Kontraskjæret entlang, oder den Skansen, wie manche ihn nennen.

»Es ist vielleicht nicht so klug, sich mit Prostituierten einzulassen«, versuchte ich es. »Gehen Sie lieber zurück ins Hotel.« Ich empfand Sympathie für den Mann, wollte nicht, daß er sich beschmutzte. (Kann ich in diesem Kontext das Wort »profanisieren« benutzen?)

»Ich muß jetzt ficken«, sagte er nur. »Ich bin geil wie nur was.« Gleichzeitig fiel mir auf, daß er die Wirkung seiner Worte auf mich studierte.

»Sie sind verkrüppelt«, sagte ich. Wo um alles in der Welt kam dieses Wort her?

»Was hast du gegen Krüppel?« sagte er, auffällig aggressiv, als hätte ich einen wunden Punkt berührt.

Mir mißfiel die Situation. Diese Schlüpfrigkeiten waren unter seiner Würde. Ein Student der Zahnmedizin, vielleicht ein Häuptlingssohn. Ein augenscheinlich kultivierter junger Mann aus Peru, der sich für Thor Heyerdahl interessierte. Hätte er sich so zu Hause aufgeführt?

»Sie sind doch kein Tier«, sagte ich. Wieder stand das Argument plötzlich im Raum. (Becker?)

»Doch, ich bin ein Tier«, sagte der Mann. »Der Mensch ist ein Tier. Genau. Du sagst es. Der Mensch ist ein unverbesserliches Tier!«

Die Autos kamen uns in Wellen entgegen, nur vorübergehend eingedämmt von dem Ampelkreuz oben auf der Anhöhe.

»Sind Sie ein totaler Pessimist?« Mir kam der Verdacht, er habe im Privatleben etwas so Sinnloses erlebt, daß dies eine Verzweiflungstat war.

»Pessimist? Ich bin Optimist. Der Mensch ist keine Pflanze. Der Mensch ist ein Tier. Wir leben kein vegetatives Dasein. Wir müssen die Möglichkeiten wahrnehmen.« Der ausländische Akzent gab den Worten einen komischen Anstrich.

»Was für ein niedriger Gedankengang. Nehmen Sie sich zusammen.«

»Ich kann nicht. Ich will nicht.« Der Mann trug eine Art genußvolle Maske.

Die Rathausuhr schlug viele Male. Darauf folgte eine dieser Volksmelodien vom Glockenspiel im Turm, ich weiß nicht mehr, welche. Ich war stehengeblieben. Ich sah uns plötzlich aus einer überlegenen Distanz, vom Saturn aus, von einem der Ringe um den Saturn, hörte die Sätze als Reprise, wie ein Echo, während ich durch einen der Kanäle des Mars segelte. Ich winkte ihn auf den Rasen, zeigte auf die Mauer der Festung Akershus. Er kam mit, dachte vermutlich, ich wolle ihm etwas zeigen (ein geheimes Bordell?). Das Gras war starr vom Frost. Ich wollte nur Zeit gewinnen, beherrscht von dem Drang, ihn zu überzeugen. Ich will nicht behaupten, daß nicht auch der Besuch im Folkemuseum hineinspielte. Wir gingen an ein paar erloschenen viereckigen Scheinwerfern vorbei und landeten unter einem Baum, ganz dicht an der hohen Mauer.

Wir standen lange da und stritten uns. Ich erinnere mich, daß ich das Muster studierte, das die Fugen zwischen den Steinen der Mauer bildeten, glaubte auch zu bemerken, daß aus den Spalten ein *Geruch* sickerte. (Eine Mischung aus Aftershave und Schweiß? Hefeteig?) Das Rathaus war überflutet von orangefarbenem Licht. Während wir redeten, oder zankten, ertappte ich mich dabei, daß ich die Gebäude auf der gegenüberliegenden Straßenseite betrachtete, Speditionen, wenn ich mich nicht irrte. Der Mann nervte. Ich versuchte, ihn zu beruhigen. Er schien erstaunlich konzentriert, beinah erotisch fixiert auf den Baumstamm zu sein, strich mit den Fingern darüber, studierte eine »Wunde« in der Rinde, als mache sie ihm Sorgen. Ich betrachtete ein Gebäude nach dem andern, hielt beim mittleren inne, dem einzigen beleuchteten. Der Mann nervte, behauptete, er werde sterben, wenn er nicht bald den Geschmack einer Möse im Mund habe. Ich fragte mich, wo er diese Vokabeln aufgeschnappt hatte. Von norwegischen Schiffen in Callao, dem Hafen von

Lima? Ich war plötzlich in Callao, sah einen halbbetrunkenen norwegischen Matrosen, der sich über die Reling lehnte und einem Kameraden, der unterwegs in die Stadt war, zubrüllte — sicher, daß hier niemand verstand, was er sagte: »Ich seh's dir an. Du brauchst Mösengeschmack im Mund, Rasmus!« Keiner von ihnen ahnt, daß ein gelehriger junger Mann (versteckt?) am Kai steht. Während ich dies vor mir sah (und mich gleichzeitig über die ununterbrochene Arbeit der Phantasie amüsierte), hing mein Blick weiter an dem erleuchteten Gebäude quer über der Straße. In gewisser Weise erinnerte es an Becker. Auch dieses Bauwerk hatte oben einen neuen Aufbau. Als ich wieder den Mann ansah, lag er auf dem Boden und hielt sich den Bauch, schnappte nach Luft. Es muß etwas gewesen sein, das er sagte. Ich empfand . . . Zorn, etwas, das meinem Naturell fernliegt und mich darum neugierig machte, mich in einen Zustand der Selbsterforschung stürzte, während ich gleichzeitig nach außen hin handelte. Ich erinnere mich sogar, daß ich ihn trat. Mehrere Male. Der Mann wimmerte, ich aber riß ihm (wie schaffte ich das?) den Lederschlips herunter und stopfte ihn ihm in den Mund. Ich trat ihn erneut, wieder und wieder. Ich beglückwünschte mich selbst, daß ich Schuhe mit eisenharten Spitzen angezogen hatte. Einen Augenblick lang spekulierte ich darüber, warum er nicht versuchte, sich den Schlips aus dem Mund zu nehmen. Waren die Arme vom Körper abgekoppelt? Wie funktionierte sein Gehirn jetzt? Was dachte er? Ich trat ihn vom Kopf bis zu den Füßen. Fest. Ich glaube bestimmt, daß ich fest zutrat. Meine Schuhspitze war wie ein Hammer. Ich studierte seine Reaktionen. Ich trat ihn mehrere Minuten lang, besonders gegen den Kopf. Mir fiel auf, wie weich seine Schläfen wirkten, das Ganze erinnerte an das Treten nach einem Ball. Ich trat noch lange zu, als er schon leblos dalag. Ich zog ihn zu einem Haufen aus zusammengeharktem Laub gleich in der Nähe. Ich begrub ihn in dem Laub. Ich weiß nicht, warum, wollte vermutlich seinen Anblick loswerden. Auf dem Rückweg über den Rasen trat ich in Hundedreck. Ich brauchte lange, um an dem gefrorenen Gras die Scheiße von den Schuhsohlen zu reiben. Ich war wütend, diese Schuhe hatte ich besonders gern.

Als ich über die niedrige Ketteneinfassung auf das Trottoir stieg, blieb neben mir ein Mann stehen und musterte mich eingehend. Ich schnitt ihm eine häßliche Grimasse. Er sah auf meine Schuhe hinunter. »Verfluchte Köter!« sagte (bellte?) ich. »Daß die Leute die Scheiße nicht hinterher aufsammeln können!« Ich ging. Der Mann blieb stehen und starrte mir hinterher. Ich war sauer, beschloß aber, mir vom Hundedreck nicht den Tag verderben zu lassen. Am Ampelkreuz oben an der Rådhusgaten sah ich Leute durch eine Tür in dem alten Ziegelbau auf der anderen Straßenseite, ich glaube, man nennt ihn Rådmannsgården, ein- und ausgehen. Ich ging hinein und hatte gleich bessere Laune, als ich entdeckte, daß dort ein Café war, ein Etablissement, von dem ich nichts wußte. Die Klientel wirkte jung, und wenn ich nicht falsch rate, waren viele von ihnen Künstler unterschiedlicher Art.

Ich fand einen Platz zwischen zwei Gruppen in einem großen Raum direkt beim Eingang, bestellte ein Pils und kam rasch mit mehreren jungen Leuten ins Gespräch. Sie redeten viel. Ich hörte zu. Ich erinnere mich an wenig von dem, was sie sagten, aber sie waren nett. Nur eine Gestalt tritt klar in meinem Gedächtnis hervor, ein Junge mit Pferdeschwanz, der italienische Gedichte deklamierte ... von einem Schriftsteller namens (glaube ich) Eugenio Montale. Im Lokal duftete es nach Knoblauch. Ab und zu beantwortete ich eine Frage. Ich habe den bestimmten Eindruck, daß ich an diesem Abend Dinge sagte, die ich nie zuvor gesagt hatte. Das freute mich. In einem riesigen Kamin brannte ein Feuer. Ich merkte, daß ich gefroren hatte. Der Raum wirkte sehr alt. Ich saß mitten unter all diesen Menschen und hörte zu, was sie zu sagen hatten, sah ins Feuer und spürte die Wärme. Ich hörte auf das angenehme Summen ihrer Stimmen, ich hörte sie lachen, ich hörte das Klirren von Gläsern, ich roch den Essensduft, ich sah Leute kommen und gehen, ich sah Leute einander umarmen, ich sah junge Gesichter. Ich aß einen griechischen Salat, obwohl ich keinen Hunger hatte. Ich fühlte mich wie im Urlaub. Der Raum hatte die Stimmung einer Taverne. Sprachen aus aller Herren Länder. Ich spürte, das war richtig. In gewisser Weise wäre ich gern mit Eva Weiner hierhergegangen. Hätte über die moderne Arbeit geredet, über Typographie, ja, über Typographie, über alles mögliche. Solidarität, sehr gern. Ich saß lange dort, bis sie spät in der Nacht schlossen. Ausnahmsweise nahm ich ein Taxi nach Hause.

# 14

Ich spaziere in diesen Tagen viel durch den Botanischen Garten. Ich kann dort jederzeit hingehen, dank der flexiblen Arbeitszeit. Kastanien liegen auf dem Boden herum. Die kleinen Jungen machen sie auf, als seien es — ich tendierte schon zu »Perlen in Muscheln«, sage aber lieber — Wundertüten; oder, wegen der stacheligen Schalen, Seeminen, die man entschärfen muß. (Persönlich denke ich an eine bestimmte Mahlzeit ... *et marrons glacés.*) Ich notiere mir gern die Veränderungen. Alles geht jetzt so schnell. Ich schlendere umher und beobachte nur, wie die Blätter überall um mich langsam zur Erde fallen, segeln, tanzen. (Eine botanische Apokalypse oder Calypso?) Die Bäume haben bald ihr ganzes Laub verloren, stehen da, immer mehr ihres falschen Volumens entledigt, immer nackter und klarer. Ich habe festgestellt, daß ich sie so am liebsten mag. Sie sind prachtvoll im Gegenlicht, in der niedrigen Sonne. Manchmal hängt die Sonnenkugel wie eine einsame, absurde Frucht an den Zweigen. Ich könnte sagen, erst jetzt zeigen die Bäume ihr wahres Ich, ihr innerstes Wesen. Auch mehr Wildheit, oder Verrücktheit.

Ich kann stundenlang dasitzen und auf einen Baum schauen, zwischen die sich spreizenden Äste. Ich kann an einen Blitz denken, eine auf den Kopf gestellte Pyramide, ein Geweih, Blumenkohl, die Fluke eines Wals, Feuerwerk, Rentierflechte, Gewebe, Hemisphären; ein paarmal auch an ein Delta, den Haarwuchs auf einer Vulva, den Strahl aus einem männlichen Glied. Oder ich kann an Einstein denken, ein Computerprogramm, ein Gespräch ... an Hamlet, Liebe, Traum. Mich verfolgt die Idee, ich würde der Herrscher der Welt an dem Tag werden, an dem ich eine adäquate Metapher für einen Baum finde, den vollendeten Vergleich.

Vor allem zwei Bäume, zwei von den größten, ziehen mich schon lange an. Sie stehen in der Nähe des Haupteingangs und eignen sich hervorragend als Studienobjekt von meinem Lieblingsplatz aus, der Bank am Palmenhaus. Beide Bäume haben gewaltige Kronen, die den halben Himmel bedecken — in den Himmel *hineinwachsen,* könnte ich sagen, als seien die Äste in Wirklichkeit die Wurzeln und der Himmel die Erde. Das Faszinierende ist aber, daß die Äste des einen Baums, desjenigen rechts, nach oben streben, während sich die Äste des anderen Baums nach unten richten, jedenfalls wenn man den Baum als eine Ganzheit betrachtet. Zum Spaß nenne ich sie Montaigne und Montesquieu. Ich spiele mit dem Gedanken, es seien zwei verschiedene Nervensysteme, zwei unterschiedliche Formen botanischen Lebens. Es gibt mir viel, in diese dichten Astformationen zu starren, während ich über die Begebenheiten der letzten Zeit philosophiere. In gewisser Hinsicht fungiert der Anblick als ein Filter, in der Weise, daß nur die wesentlichen oder außergewöhnlichen Gedanken hindurchgelassen werden.

An bewölkten und kühleren Tagen setze ich mich ins Victoriahaus, direkt neben diesen Teich mit Goldfischen und enormen Wasserrosen. Ich blättere die Zeitungen durch. Ich habe darüber nachgedacht, ob ich alles ausschneiden soll über die Menschen, denen ich begegnet bin, die jetzt tot sind. Ich hätte die Ausschnitte in den Sekretär legen können, eine Person in jede Schublade (hätte ich sie nur aufgekriegt, die Schlüssel gehabt). Aber ich finde es korrekter, das alles nur zu registrieren, als sei ich ein ganz beliebiger Leser. Ich halte das für die richtige Entscheidung. Erst so kann ich die Wirkung dieser Geschichten auf den normalen Leser beurteilen, der keine Gelegenheit hatte, Bergmann und den anderen persönlich zu begegnen. Ich stelle mir vor, ich bin ein ganz alltäglicher Leser in der U-Bahn. Wie würde ich reagieren auf, sagen wir, auf diese Geschichte, daß Eva Weiner einmal zu einer Geldstrafe verurteilt worden ist, weil sie die Scheibenwischer eines Polizeiwagens abgerissen hat? (Was für ein herrliches Temperament!) Es kommt vor, daß ich Stolz empfinde, vielleicht die gleiche Form von Stolz wie ein Lehrer, wenn über einen früheren Schüler in den Medien ausführlich berichtet wird (man nimmt sich einen Zipfel der Ehre). Denn wieviel mehr als früher wissen jetzt die Norweger über, zum Beispiel, den Sozialanthropologen Tor Gross, vor allem über seine Arbeit in Polynesien, bislang nur einem engeren Kollegenkreis vorbehalten. Auch die Bauwerke Georg Beckers, nur hie und da in Architekturzeitschriften behandelt, waren in den Zeitungen ausführlich und mit Illustrationen präsentiert worden. Und das Fernsehen plante garantiert eine Erinnerungssendung über ihn. Wie ich so im Botanischen Garten saß, unter einem Baum oder in einem der Gewächshäuser, kam mir zuweilen die Idee, daß diese Menschen in symbolischer Bedeutung tot gewesen waren, daß sie aber nach unserer Begegnung zum Leben erwachten.

Meistens ziehe ich es vor, an der sonnigen Wand am Palmenhaus zu sitzen. Hier, auf der grünen Bank, während ich zeitweise zu den nackten Baumkronen hinauf- und auf den Boden hinuntergucke, wo ihre Umrisse als Schatten projiziert sind, las ich in der Zeitung über den Peruaner. Und was ich las, verdoppelte den negativen Eindruck, den ich am Schluß unseres Gesprächs von ihm gewonnen hatte. Was für ein eitler Schwindler! Plötzlich hatte die Schrift etwas Brutales, Barbarisches, einen Anstrich von Sabotage, Unleserlichkeit, von einer Gesellschaft am Rande des Zusammenbruchs. (Ich hatte vielleicht eine Zeitung mit schlechtem Druck erwischt.) Wie gesagt, ich las, und es gefiel mir nicht, was ich las. Der Peruaner war nicht aus Peru, er war aus Hardanger und hieß Magnus Davidsen. Besonders der Vorname, Magnus, blinzelte mich an und hohnlachte meiner Überzeugung, daß der Mann die Wahrheit gesagt habe, als er sich als Lateinamerikaner ausgab.

Meine schlechte Laune hielt diesen ganzen Freitag über an und hätte sicher auch den Sonnabend verdorben, hätte ich nicht am Morgen eine ganz spontane — und es sollte sich zeigen: gelungene — Idee gehabt. Aus diesem Grund wurde der Vormittag einer der anregendsten, ja, provozierendsten, seit langem. Ich glaube bestimmt, daß ich durch diese Stunden besser gerüstet war, bestimmte Züge an Becker und den anderen zu verstehen. Und an mir selbst? Hätte ich beinah geschrieben »und an mir selbst«?

Als ich den Bergstien hinunterspazierte und die Synagoge entdeckte, kann ich nicht begreifen, warum ich sie bis jetzt übersehen habe. Bei Tageslicht erinnere ich mich gut an den Weg. Ich *weiß,* ich bin hier mehrfach vorbeigegangen. Dennoch ist mein Blick bestimmt nie hier haftengeblieben, an diesem weißen, ich möchte sagen, kirchenähnlichen Gebäude mit der auffallenden schwarzen hebräischen Schrift in einem Bogen über dem Eingangsportal (die — wenn man in diese Richtung sieht — sonnenklar signalisiert, daß der Bau etwas Fremdes enthält). Sie läßt mich an Ferien zusammen mit Ingeborg denken; weißgekalkte Kapellen auf Inseln in der Ägäis.

Ich war nicht überrascht, noch viel weniger erschrocken über den Polizeiwagen, der gegenüber der Synagoge auf der Straße parkte. Diese Menschen, ich bin nahe daran zu schreiben, *Rasse,* erhalten ja ständig Drohungen, und die Ereignisse der letzten Zeit sind verständlicherweise ein Argument für weitere Schutzmaßnahmen. Eigentlich erstaunt es mich, daß jemand den Wunsch haben könnte, diesen Individuen zu schaden. Einen Augenblick hängt der Gedanke an Paranoia in der Luft. Die Männer im Wagen scheinen sich auch gräßlich zu langweilen. Der Polizeifunk ist leise angestellt. Der eine rollt einen Kaugummi zwischen den Schneidezähnen, seine Kieferpartie erinnert mich an einen oft abgebildeten Bodybuilder. Ich halte fest, daß mehrere Personen, auch Frauen — ich nehme ohne weiteres an, sie gehören zur Gemeinde — mit Walkie-talkies um das Gebäude gehen, als trauten sie nicht dem guten Willen von Polizei (und Christenheit?).

Ich erwarte vielleicht, daß jemand anhält, fragt, was ich in der Synagoge will, mich bittet, mich auszuweisen. Ich habe eine halb vorbereitete Erklärung, die auf impulsive Neugier hinausläuft. Doch niemand hält mich an. Der Mann in der Nähe des Eingangs lächelt im Gegenteil warm, wie man einem alten Bekannten zulächelt, der schwere Zeiten erlebt hat und mit dem es endlich wieder aufwärtsgeht. Ich schreibe das umgehend meinem vertrauenerweckenden Gesicht zu. Diese Erfahrung mache ich oft: Ich bin zum Beispiel nie beim Zoll angehalten worden. Ein Blick zum Zöllner genügt.

Ich platze direkt in den Gottesdienst hinein. Ich habe keine Ahnung, wann er angefangen hat, weiß nur, daß er sonnabends stattfindet. (Viele der Presseberichte sind von allgemeinbildender Wirkung. Informationen mit einer so ernsten Sache wie dem Tod zu verknüpfen ist eine pädagogisch gute Methode.) Ich begreife sofort, daß ich eines der kleinen runden Käppchen aufsetzen soll, die am Eingang liegen, und mit diesem auf dem Kopf, in einer Stimmung wie etwas, das Demut gleicht (oder soll ich sagen, Bußfertigkeit?) und echter . . . ja, Wißbegierde, schlängle ich mich in die hinterste Bank.

Der Saal hat kleine Fenster aus Glasmosaik, eine gewölbte Decke und Säulen, Messingleuchter, Vergoldungen. Er erinnert stark an eine gewöhnliche norwegische Kirche. Die hebräische Inschrift auf der Stirnwand aber, allein diese Buchstaben, schieben den ganzen Raum in eine fremde Dimension.

»Gottesdienst« ist möglicherweise nicht das richtige Wort. Die Atmosphäre erinnert an einen Versammlungsplatz. Die Leute nicken einander die ganze Zeit zu. Mehrere nicken auch mir zu. Ich nicke zurück. Hie und da sitzen Männer im leisen Gespräch. Kinder laufen herum und spielen beinah, begleitet von fürsorglichen Blicken und liebevollem Tätscheln der Älteren. Die Frauen, stelle ich fest, sitzen auf einer Galerie hinter uns. Auch diesen wird lebhaft zugelächelt und gewinkt.

Zwei Männer ganz oben im Raum jedoch, vor einem hübsch geschnitzten braunen Paneel (denke ich an den Sekretär zu Hause?), erinnern daran, daß eine Zeremonie stattfindet. Der eine spricht oder liest, betet vielleicht, und der andere leitet die Antworten der Gemeinde. Ich bin nicht sicher. Ich bin auf Reisen, ich spüre etwas von dem Gefühl, wie wenn ich in einem fernen Land auf einem Platz sitze, in einem Straßencafé, und das Treiben um mich beobachte, Dinge, die fremd sind, exotisch, ein Marionettentheater, einen Mann mit Leierkasten ...

Ich fühle mich wohl. Ich bin umgeben von Menschen mit blauen, weißen und schwarzen Käppchen auf dem Kopf. Ich habe selbst so eines auf dem Kopf. Ich hätte gern auch so ein Tuch über den Schultern, aus weißem Stoff mit schwarzen oder blauen Längsstreifen. (Im selben Augenblick sehe ich, daß sie Davidsens »Poncho« ähnlich sind. Die Erinnerung irritiert mich.) Einige lesen in vor ihnen liegenden Büchern mit. Ich denke an Becker, an Gross und Weiner. Sind sie hier gewesen? Wie konnten jüdische Eltern ihr Kind Tor nennen? Waren sie ... säkularisiert? Abtrünnige? Oder gab es keine

Restriktionen in bezug auf Namen? (Und Tor Gross selbst? Warum war er so interessiert am Christentum, wollte im Methodismus und Katholizismus in Tonga heidnische Züge nachweisen?)

Ich denke an Bergmann, den schwebenden Tigerteppich — eine Art roten Läufer — direkt vor der Synagoge. Was für ein Zufall. Wäre er anderswo gestorben, hätte ich nie auf dieser Bank gesessen, nie diesen Raum gesehen, einen Raum, verfremdet durch hebräische Buchstaben, einen Raum mitten in einer Stadt, die ich zu kennen glaube, an einer Straße, die ich oft hinuntergewandert bin.

Vorn im Raum beginnt jetzt ein gewaltiges Spektakel. Die Gemeinde steht auf. Ich stehe auf. Drei Männer gehen eine Treppe zu einem Absatz oder Balkon hinauf, wo sie einen großen Schrank öffnen, in dem ein burgunderroter Samtteppich mit Davidssternen in Gold hängt. Im nachhinein möchte ich dies als das Unvergeßlichste bezeichnen: den Augenblick, als sie den Vorhang zur Seite ziehen (ich erinnere mich an das Geräusch) und offenlegen, was ich zunächst für Fahnen halte, was sich aber als Schriftrollen erweist. Alles leuchtet, funkelt beinah, in Silber und Seide. Eine verblüffende Erinnerung steigt auf: die Phantasiebilder der Kindheit von einer triumphalen Szene im *Grafen von Monte-Christo.* Eine dieser Rollen, an mannshohen Stangen befestigt, wird heruntergetragen und ausgepackt. Jemand entfernt die Silberplatten und das Seidenfutteral und entrollt, was, wie mir klar wird, das Buch selber ist. Mehrere Männer kommen herbei und beugen sich über den Tisch. Einer von ihnen beginnt in einer Sprache zu lesen, die ich nicht verstehe, wahrscheinlich Hebräisch. Ich sage »lesen«, doch für mich klingt es wie Gesang. Es kann ein Gebet sein. Ich weiß nicht. Ab und zu stimmt die Gemeinde ein. (Ich bemerke an einer Stelle, daß ein leises Summen auch über meine eigenen Lippen kommt.) Es wirkt wie eine Mischung aus Gesang und Rede. Ich weiß nicht. Aus unerklärlichen Gründen denke ich an Walgesang. Tiefe Töne von einem Ende des Pazifiks zum anderen.

Ich sitze auf der Bank und empfinde plötzlich eine starke Sentimentalität. Das erinnert mich an ... Ähnlich kann es mir gehen, wenn ich einen alten Schlager höre. Aus der Zeit meiner Pubertät. Ich habe mich oft gefragt, wie etwas so ... Banales etwas so unsagbar, etwas gefühlsmäßig (und intellektuell!) so Kompliziertes auslösen, mich in diese ganz einzigartige Gemütsverfassung versetzen kann.

Einer liest, wobei er einen Silberstab die Buchstabenreihen entlangführt. Ich glaube, die anderen kontrollieren, daß er richtig liest. Dafür habe ich Sinn. Daß sie jedem Wort Bedeutung beimessen, daß jede Auslassung gefährlich ist. Mein Blick fällt auf eine prominente Person unter diesen Männern, einen unserer besten Pianisten. Ich habe ihn oft im Fernsehen gesehen, ihn vielleicht mehr wegen seines freundlichen Aussehens gemocht als wegen seines Spiels. Der Anblick bestärkt das Gefühl, unter Freunden zu sein, an einer wichtigen Begebenheit teilzuhaben. Ich verstehe wenig oder nichts von dieser Zeremonie, nehme aber ohne Schwierigkeiten an der Feier teil. Wieder kommt der Gedanke: als Tourist. Ich begreife — trotz der mentalen Distanz —, daß das hier groß und bedeutungsvoll ist, ja, schön; daß es ans Allerinnerste des Menschen rührt. Ich bin unter Menschen, die das *Wort* hochschätzen, es in feinste Stoffe kleiden, mit edlen Metallen schmücken und in Schränken sicher aufbewahren. Und diese Sprache — diese klangvolle, altertümliche Sprache —, ist es Gottes Sprache? Diese ... wie heißt das ... Liturgie, repräsentiert sie eine magische Choreographie, die durchdringt zur anderen Seite? Ich kann mich nur wundern über die *Verborgenheit* dieses Gottes. Was für ein Spektakel sie veranstalten müssen, um mit ihm zu sprechen. Und dennoch ... Auf unbegreifliche Weise fühle ich mich verwandt mit diesen Menschen, die versuchen — so wie ich es verstehe —, eine ... andere Wirklichkeit zu erzwingen. Als hätten wir einen gemeinsamen Traum. Den Traum, einen Stab in den Wüstensand zu stecken und einen Stein zu treffen, der sich als eine begrabene Pyramide erweist, ein eigenes Universum, von dem niemand anders weiß. Wir allein haben den Schlüssel. Wir allein kennen den Weg.

Warum hatte niemand am Eingang, trotz der Bewachung, gefragt, was ich wollte? *Sie hielten mich für einen Juden, für einen von ihnen.* Die Antwort explodiert nahezu in mir, so daß meine Gedanken in alle Richtungen rasen. (Ich könnte es mit einem der größeren Bäume im Botanischen Garten vergleichen, dem mit den aufwärtsstrebenden Ästen.) Das Touristengefühl verschwindet. An seine Stelle tritt die Empfindung ... ich suche lange ... *heimgekehrt* zu sein. Ich habe immer noch keinen Abstand dazu. Ich gestehe, daß mir die Sentimentalität immer noch in den Knochen sitzt. Trotzdem will ich wagen — obwohl ich mich davor scheue —, es eine religiöse Erfahrung zu nennen, ein Aufblitzen, das — nicht den Zusammenhang, aber die Möglichkeit eines Zusammenhanges zwischen Dingen zeigt, die immer diametral entgegengesetzt wirken.

Leute kommen und gehen, geben einander die Hand, nicken und lächeln, plaudern und winken. Wie ich so dastehe, geht mir auf: *Ich fühle mich auch als einer von ihnen.* Ich habe nichts gegen diese warme Gemeinschaft. Ein Gemeinwesen, das auch eine Gottheit umfaßt, jenseits der Worte oder am Ende der gesagten Worte. Denn plötzlich kann einer dieser freundlichen Menschen die Augen schließen und eine Tirade von sich geben, deren Sinn ich nicht begreife, als sei er plötzlich (und brutal) in eine andere, geistige Dimension versetzt worden. Ich ertappe mich dabei, sie zu beneiden, mich jedenfalls ein bißchen nach dieser Fähigkeit oder dieser Chance zu sehnen. Glaube ich an Gott? Ich glaube nicht an Gott. Warum glaube ich nicht an Gott? Warum glaube ich nicht an Gott, wenn ich einem unverständlichen Einfall nachgebe oder mich in Gespräche mit wildfremden Menschen stürze? Kann es — alles in allem — in etwas anderem begründet sein als einem Wunsch, im Alltag ein neues Muster zu erzwingen?

Das sind Dinge, von denen ich wenig weiß. Ich bin nur ein Mensch. Ich habe meine Fehler und Schwächen.

Ein anderer Gedanke durchfährt mich. All diese Männer hier sind beschnitten. Ich denke an Beckers Äußerung vor vielen Wochen. (Warum hat er nicht erzählt, daß er selber beschnitten ist?) Ich bin umgeben von beschnittenen Männern. Mein Penis ist der einzige im Raum, dessen Vorhaut intakt ist. Ich finde ... Gefallen daran, daß ich mich also unterscheide. *Ich bin einer von ihnen, aber trotzdem anders.*

Sie rollen den heiligen Text zusammen, fangen an mit der umständlichen Prozedur, ihn wieder in der Seide zu verpacken und das ganze Silber wieder daranzuhängen. Bevor sie die Schriftrolle wieder im Schrank verstauen, wird sie in einer Prozession durch die Gemeinde getragen, so daß die Leute die Silberplatten mit einem Zipfel jenes Schultertuchs berühren und anschließend den Zipfel küssen können. Ich wünschte, ich könnte das auch tun, diese sicher einmalige Oberfläche an meinen Lippen spüren. Ein paar Sekunden lang bin ich herausgerissen, bin wieder Zuschauer. Die Gedanken gehen ihre eigenen Wege. Ich sitze in einem Theater. Ein Stück wird aufgeführt. *Hamlet.* »Was ist der Mensch?« Die Leute auf der Bühne stehen da und lesen in Yoricks Schädel, versuchen, die Botschaft in den haarfeinen Rissen zu deuten. Dann tragen sie das Kranium des Narren hinunter ins Publikum, das es küssen darf.

Ich fühle mich wohl. Etwas im Raum wirkt ... kreativ. Über dem Schrank mit den Schriftrollen brennt ein rotes Licht. In Kirchen habe ich mich nie wohl gefühlt, hier aber fühle ich mich wohl. Ich erwische mich bei dem Wunsch, daß es nie aufhört. All dies spricht mich an. Warum? Weil ich es nicht verstehe! Und dennoch läßt es mich den Zipfel von etwas Heiligem (wieder dieses Wort — kann man es benutzen?) ahnen, wenn auch nicht berühren. Ich sehe ... Ich bin Teil eines mächtigen Spiels, das ich nicht verstehe. Ich glaube, sie selber verstehen es auch nicht. Muß nicht auch etwas ... Furchterregendes hinter diesem geordneten und systematisierten Mysterium stecken, das sie aufführen? Ich bin erschrocken. Wenn ich darüber nachdenke, bin ich erschrocken darüber, daß ich mich Kräften ausgesetzt habe, ohne die Wörter zu kennen, die sie lenken. Als lasse man sich in einem Kraftwerk einsperren, in der Halle, wo die Turbinen stehen . . . nein, nicht Turbinen, etwas ganz anderes, Inneres, etwas, das eigentlich nicht für meine Augen bestimmt ist. Eine Wirklichkeit, die Engel und heilige Buchstaben einschließt. Mitten in einem Symbol zu sein. Der ganze Kosmos reduziert auf ein Wort. Einen Schritt weg vom Alltag liegt dies. Bücher in Silberhülle und eine unverständliche Sprache.

Ingeborg ist zu Hause. Sie hat in den letzten vierundzwanzig Stunden zehntausend Kilometer zurückgelegt. Ich habe mich ebensoweit bewegt — auf einer anderen Ebene. Ich denke zuweilen an diese Erbhöfe, die wir an der Wand haben, uralte Bilder aus der Kindheit der Fotografie, Gebäude, die sich an eine Bergwand irgendwo in Norwegen klammern. Ingeborg ist von einem Leben auf einem Bergsims zu einem Leben in der Luft übergegangen; von einem Bergsims zur ganzen Welt in drei Generationen. Mir gefällt das. Mir gefällt der Gedanke. Es gefällt mir, ihr die Tür zu öffnen. Mir gefällt es, sie dastehen zu sehen, in dem beigefarbenen Gabardinemantel und dem marineblauen Barett, mit dem goldenen Flügel auf der linken Seite, über der linken Augenbraue. Als bekomme man Besuch von einem Militär, einem Offizier. Einem Eroberer der Welt. Einem Fremden. Sie hat aus Tokio einen Elefanten mitgebracht, aus Walzahn geschnitzt. Komm, angucken! kommandiert sie aus dem Schlafzimmer. Ich komme. Sie hat ihn aus der Schultertasche genommen und auf dem Nachttisch aufgestellt. Ich hebe ihn hoch. Eine merkwürdige, abstrakte Figur. Er erinnert nicht mehr an einen Elefanten als Calvados an Äpfel. Er ist . . . schön. Während ich ihn wieder hinstelle, drückt sie mich aufs Bett hinunter — wieder mit diesem Blick, diesem eifrigen Gesicht, dieser Ungeduld (ich bin drauf und dran, das Wort »Glut« zu verwenden), die ihre Lust in den letzten Wochen geprägt hat. Diesmal zieht sie sich aus, vergißt aber — ich glaube wirklich, sie vergißt —, das Barett abzunehmen. Auch jetzt will sie mich sofort, ohne irgendeine Form von . . . rituellen Einleitungen. Sie liebt mich intensiv und temperamentvoll, als habe sie die ganze Woche an nichts anderes gedacht, sagt sogar einige erregende Wörter, erregend, weil sie halb sind, unvollendet, oder nur aus Konsonanten bestehen. Wie sie so auf mir wippt, das Barett auf dem Kopf, denke ich wieder — und ich schwöre: nicht blasphemisch — an die Synagoge, an diese Käppchen. Ich übertreibe vielleicht, aber es liegt etwas von der gleichen Unverständlichkeit in Ingeborgs Art zu lieben; in der Tiefe, in die sie mich einführt. Diese Tiefe, die keinen Boden hat. Keine Wände. Ein Raum ohne Begrenzung. Der sich niemals kartieren, erklären läßt. Fast zwanzig Jahre Zusammenleben und noch immer ein — kann ich sagen, Mysterium? Dieser einfache, dieser instinktive, dieser tierische und trotzdem so komplizierte, unerschöpfliche, nie verbrauchte Beischlaf. Ich komme, ohne es länger hinauszögern zu können. Sie kommt nicht. Sie beugt sich herunter und läßt mich die Brustwarze in den Mund nehmen (schmeckt sie nach Tatar? nach der Olive, befeuchtet vom Martini Dry?). Sie will nicht aufhören. Ich versuche, so gut ich kann mitzumachen, sehe in dieses perfekt geschminkte Gesicht, eine bekannte Maske vor einem Menschen, den ich überhaupt nicht kenne, der ganz woanders ist, in einem offensichtlich so intensiven Genuß, daß ein Orgasmus irrelevant ist. Wir weben. Zwei Gedankenreihen werden miteinander verwoben. Über- und untereinander. Raus und rein, raus und rein. (Und der Samenstrahl? Wie ein Faden aus Silber mitten im Gewebe, ein Faden, der einem chaotischen Bild plötzlich den Anstrich eines Gesichtes gibt?) Sie wippt und kreist so weich und massierend, daß ich erneut komme. Sie macht direkt weiter, als bemerke sie es nicht, die fast schmerzhaften Zuckungen, wippt und schaukelt, auf und ab, hin und her, rotiert, zieht die Scheide zu einer saugenden Wärme zusammen, die mich steif macht, obwohl ich nicht mehr kann, macht mich imstande, ein Werkzeug für diesen Genuß zu sein, der nicht zu enden scheint, diesen Genuß, der nicht abhängig ist von einer Kulmination, der ... Ich bin in etwas Gewaltigem und Nassem, Warmem und Nassem. Ich sehe sie an. Halb Mensch, halb ... halb Meer, halb Himmel. Ich sehe ihr marineblaues Käppchen an, denke, ich bin in etwas ... bewege mich am Rande von etwas Großem, etwas Unbegreiflichem, etwas, das mit den letzten Dingen des Lebens zu tun hat. Das Banale als Schlüssel zum Geheimsten im Menschen. Ich habe sie nie so erlebt. Es hat vor ein paar Wochen angefangen. Ich frage mich selbst, ob es etwas an meiner Chemie sein kann, die sich verändert hat, die sie beeinflußt, anders lieben zu wollen oder ihren Körper auf andere Weise zu gebrauchen?

Danach liegen wir auf den grünen Laken und essen Häppchen am Spieß. Ich habe ein ganzes Tablett vorbereitet. Schwarzbrot und Weißbrot in Würfeln. Krbbenfleisch und Zitronenscheibchen, Thunfisch, Ei und Petersilie, geräucherter Lachs, marinierter Hering. Eine Mundvoll auf jeden Zahnstocher. Frühstück im Freien, sagt Ingeborg. Ich schenke noch Weißwein ein. Ich habe einen 1985er Chablis aufgetrieben.

Wir reden über alles. Wir reden lange. Sie erzählt von einem Besuch mit Henrik im Aquarium südlich von Los Angeles, von Delphinen, die durch Ringe gesprungen sind. Sie meint, es sei ein erotischer Anblick gewesen. Ich erwähne, ich könne mir einen Trip nach London vorstellen. Es gab da einen bestimmten Stadtteil ... Ingeborg ist überrascht, angenehm überrascht. Sie lacht. Sie freut sich. Wir verabreden so halb und halb einen Trip im Frühjahr. Wir reden von anderen Dingen. Ingeborg spricht vom Römischen Reich. Warum ist es untergegangen? Ich weiß es nicht. Wir sprechen von Cecilie, von Henrik. Ich sage: »Meine Kinder werden Kosmopoliten wie ihre Mutter.«

Ich liege in dem grünen Bettzeug und weiß: Nirgends — nicht einmal im Himmel — werde ich so vollkommen glücklich sein wie hier auf der Erde.

Ich kann es ja zugeben: Je größer die Distanz zu Davidsen wird, desto mehr Verständnis habe ich für ihn, ich bin sogar bereit zu bewundern, wie er mich an der Nase herumgeführt hat. Im Grunde war das Ganze erstaunlich geschickt gemacht. Ich habe Respekt vor gutem Handwerk.

Ich glaube, ich habe jetzt den nötigen Abstand, die Zeitungsberichte über ihn mit größerer Genauigkeit zu studieren. (Im Zusammenhang mit Davidsen habe ich auch angefangen, die Nachrichten aus dem Ausland mit großer Konzentration zu lesen, als könnten, sagen wir, die Unruhen in Johannesburg — oder warum nicht in Peru? — ein neues Licht auf die Todesfälle werfen; das erscheint mir absolut nicht abwegig.) Alle weisen darauf hin, daß Davidsen mit großem Enthusiasmus in diversen Hochschulrevuen aufgetreten und ein talentierter Amateurschauspieler gewesen ist. Er soll Hamlet als *stand-up comedian* gespielt haben. Den Bruchstücken zufolge, die ich kombiniere, hat er irgendein Examen an der Landwirtschaftlichen Hochschule in Ås abgelegt (hyperavanciert auf dem Gebiet der Rinderkreuzung), hatte aber in der letzten Zeit einen Teilzeitjob am Theatermuseum, ein Museum, von dem ich noch nicht einmal gehört habe. Daß er Jude war, nahm ich als eine Selbstverständlichkeit. Das hatte ich gleich gewußt, als ich las, daß er nicht aus Peru kam. Nach dem Gymnasium hatte er auch noch zwei Jahre in einem landwirtschaftlichen Kibbuz in Israel gearbeitet.

Zweierlei freut mich: Die Porträtaufnahmen von ihm verraten, daß der verdächtige Bart echt ist. In meinen Augen ist das entscheidend; nachdem zumindest der Bart echt ist, verzeihe ich ihm den Streich, den er mir gespielt hat, ja, ich verzeihe ihm alles. Ich betrachte ihn als eine würdige Bekanntschaft. Ich empfinde große Erleichterung. In Gedanken führe ich Gespräche mit ihm, in denen er mir Dinge erklärt wie etwa, warum er »Zahnmediziner« gesagt hat und nicht zum Beispiel »Veterinär«. Ich ziehe großen Gewinn aus diesen imaginären Gesprächen.

Das zweite, was mich freut — »erregt« ist wohl eine ehrlichere Beschreibung —, ist die Behauptung der Polizei, sie hätten die Mordwaffe gefunden: einen alten Hammer (Mustad?). Einen Hammer! Was für ein grausames Schicksal: totgeschlagen ... geschlachtet zu werden mit einem Hammer. Gibt es etwas Brutaleres als einen Hammer? Ich kann den Gedanken ertragen, erschossen zu werden, aber schon der *Anblick* eines Hammers ...

Auch eine neue Beschreibung des Mörders lese ich mit aller erdenklichen Aufmerksamkeit. Ich habe begonnen, den Zeilen mit dem Finger zu folgen, als sei ich inspiriert von dem Silberstab in der Synagoge oder hätte Angst, ein Wort auszulassen. Ein Zeuge hat den Mörder gesehen, wie er über die Umzäunung bei der Festung Akershus stieg. Dem Zeugen zufolge ist der Mann »schön und durchsichtig, wie ein Engel — außerdem spricht er Italienisch«. Ich habe diesen Satz viele Male gelesen. Ich kann gar nicht genug davon bekommen.

Da jetzt mehrere Zeugen behaupten, den Täter gesehen zu haben, hat die Polizei ein sogenanntes Phantombild des Mörders konstruiert, mit Hilfe einer Maschine, die sie sich aus Deutschland geliehen haben. Das Bild, »der dunkle Mann«, zeigt ein Gesicht, das möglicher- (aber nicht notwendigerweise) einem dunkelhäutigen Menschen gehört.

Einem schönen Menschen, ungewöhnlich schön. Ich glaube, nicht nur ich bin bezaubert von diesem Gesicht. Am ehesten gleicht es Erik im Büro, oder vielleicht noch mehr einem bekannten norwegischen Komiker. Ich frage mich, wie dies der Polizei entgehen konnte. Hat man sich überlegt, welche Probleme man diesem Mann vielleicht bereitet, den jetzt sicher das ganze norwegische Volk mit irgendwelchen Namen tituliert (und ich glaube: lachend, als sei das Ganze eine Szene in irgendeinem gutgelungenen Sketch)?

Ich kann nicht genug bekommen von diesem Gesicht. Konstruiert. Provoziert. Künstlich und dennoch so ... bekannt. Wie ein ... Bruder. Wie ein ...

Heute abend bekam ich Lust, Musik zu hören. (Warum?) Ich griff auf gut Glück in den Stoß Platten und erwischte eine Platte ohne Cover, nur in der Staubhülle. (Noch einmal: Dieser Kontrast zwischen Ingeborgs Beruf und ihrem Teenager-Chaos hier zu Hause, als sei sie ständig im Umziehen begriffen.) Ohne auf das Etikett zu gucken, setzte ich die Nadel auf. Ich erwartete alles mögliche, war aber trotzdem überrascht. Ich hörte ein Horn und dann ein weiteres Horn, aber schwach, nur als Echo. Ich sah sofort einen tiefen Wald vor mir. Zwei Hörner, die riefen und antworteten. Enorm ausdrucksvoll. Ich weiß nicht, was das war, aber ich war fasziniert, so fasziniert, daß ich sofort abschaltete, als das Orchester dazukam und anfing, die Melodie zu spielen. Mir reichten diese Hornsignale. Ich wollte den Eindruck nicht zerstören. (Hatte es etwas mit Gross zu tun? Ich habe ein Bild von ihm gesehen, auf dem er in Polynesien an einem Strand steht und auf einem Schneckenhaus bläst. Oder dachte ich an die Juden? Jericho?)

Später an diesem Abend, als ich dasaß, das Fernglas auf Vaterland gerichtet, auf die Gleitverschalung und den Aufzugsschacht, faßte ich den Entschluß . . . ich glaube, einen der wichtigsten, nein, den wichtigsten meines Lebens. Ich bin natürlich nicht sicher, aber ich bilde mir ein, es hatte etwas mit dem Besuch in der Synagoge zu tun. Oder mit dem Horn. (Oder dem Hammer?) Bereits am nächsten Tag reichte ich die Bewerbung ein. Ich bin überzeugt davon, daß es in Ordnung geht. Ich weiß es einfach. Das Phantombild, das Gesicht, alles bestärkt mich darin. Mich erfüllt schon eine solche Erwartung, wie ich sie, soweit ich mich erinnere, seit meiner Kindheit nicht mehr empfunden habe.

# 15

Oslo City ist eröffnet, und Theo Zakariassen wurde zum Norweger des Jahres gewählt. Letzteres (auf der Grundlage einer Leserabstimmung) hätte mich vermutlich freuen sollen, aber ich bin skeptisch. Oder traurig. Ich weiß nicht, warum. Ein Wort wie »profanieren« grummelt im Hinterkopf. Anläßlich der Wahl waren die Zeitungen voll von neuen Porträts und Interviews mit dem populären Ermittlungsbeamten. Man übertrifft sich gegenseitig mit Erklärungen dafür, was es ist an diesem Mann, das das norwegische Volk so anspricht, warum er — wenn er wollte — morgen Ministerpräsident sein könnte.

Er selbst benutzt — etwas überraschend — den Rummel, um für die *Hauptspur* zu werben. Irgendwo, allerdings nur in *einer* Zeitung, ist er sich zu neunzig Prozent sicher, daß die *Hauptspur* zur Lösung führen wird. Die Behauptung, die Dramatisierung reizt und ärgert mich zugleich. Ich hätte diesen Optimismus gern geteilt, doch ich weiß nicht, ob ich es wage. Ich wage sozusagen nicht zu hoffen ... Ich freue mich, daß er weiterhin unterstreicht, sie verfolgten mehrere Spuren gleichzeitig, arbeiteten zwanzig Stunden am Tag, sieben Tage in der Woche, zwanzig Mann. Sie haben über dreitausend Hinweise zu diesem Fall bekommen, der — und wieder zitiert er Churchill — »ein Rätsel, verpackt in einem Mysterium innerhalb eines Geheimnisses« ist.

Viele der Artikel werden von dekorativen Fotografien begleitet; besonders fiel mir eine ins Auge, auf der sein Schatten auf die Wand hinter ihm fällt, wie eine Vergrößerung seiner selbst. (Habe ich diesen Effekt nicht in einem Film gesehen? Über Napoleon?) »Die Chancen für die Täter stehen inzwischen schlecht«, sagt er, verwendet jetzt offen den Plural. »So wie ich es sehe, sind wir den Mördern auf den Fersen«, äußert er an einer anderen Stelle. Die Journalisten suhlen sich in Vergleichen aus der Fischerei (ausgehend von Zakariassens Familientradition). Wir lesen ständig davon, daß das »Netz sich zusammenzieht« und daß Zakariassen mit »feinmaschigem Netz« arbeitet. Ein Reporter spricht von der »Fähigkeit des Fischers zur Kreuzpeilung« und meint, »die unerschütterliche Geduld des Fischers« in Zakariassens Gesicht zu sehen. Alle Artikel enden identisch: »Bald zündet er die Siegeszigarre an!«

Ich weiß nicht, ob auch andere als ich registriert haben, daß Lucy Holmen sich still verhält. Ist es eigentlich nicht aufsehenerregend, daß sie keinen Bericht über dieses Medienereignis gemacht hat, etwas »Exklusives«? Ich habe den unangenehmen Verdacht, daß sie angefangen hat, an Zakariassens Untersuchungsmethode zu zweifeln, auch an der sogenannten *Hauptspur*. (Ist sie womöglich verärgert darüber, daß die Tonga-Theorie unter den Teppich gekehrt ist?) Vor allem eine kryptische Notiz in der vorigen Woche deutet darauf hin, daß sie den Fall für beträchtlich undurchsichtiger hält, als Zakariassen zum Ausdruck bringt. Sie verrät, die Polizei habe Probleme, selbst die einfachsten Hinweise und Informationen zu qualifizieren, so daß sie in Wirklichkeit kein klares Bild davon hätten, was auch nur in einem der fünf Fälle geschehen sei.

Ich finde es dennoch höchst ... verabscheuungswürdig, daß sie den Lästadianer-Hintergrund gegen ihn verwendet. »Bei diesem Fall muß man mehr zu bieten haben als einen pietistischen Glauben, strenge Frömmigkeit nützt nichts«, schreibt sie ironisch. Geschmacklos, wenn man mich fragt. Man macht sich lustig über die Religion eines Menschen. Sie geht auch viel zu weit, wenn sie Zakariassens persönliche Probleme hineinzieht, irgend etwas von einer schlimmen Scheidung, bestimmt eine dreckige Geschichte. (War ich neugierig, trotz allem?)

Sie behauptete dagegen, und hier schärfte ich den Blick, daß die Untersuchungsbeamten einige Hinweise zu den Morden ignorierten. Warum fingen sie zum Beispiel nichts an mit den Beobachtungen bezüglich der Autos in der Nähe der Tatorte, dieser Mercedesse eines ganz speziellen Typs, eines älteren Modells? Und gab es nicht viele Freimaurer bei der Polizei? »Wer hat etwas zu verbergen?« fragte diese Lucy Holmen, die ich nicht nur bewundere, sondern auch fürchte.

Und damit nicht genug, sie wies auf andere unaufgeklärte — milde ausgedrückt, nachdenklich machende — Umstände hin. (Die ganze Passage war glänzend formuliert, mit einem Schwung, wie man ihn nur in guten Krimis findet.) Mehrere der Opfer sollten in der letzten Zeit hohe Geldsummen in Händen gehabt haben, und drei waren kürzlich derselben internationalen Umweltschutzorganisation mit halb militärischem Charakter beigetreten. In Davidsens Tasche war ein Zettel mit einem Namen, einem Namen, der nicht existierte. Und in Dan Bergmanns Studio, hinter dem Webstuhl — ich konnte es kaum glauben, — hatte die Polizei einen Revolver gefunden. (Ich fühlte mich einen Augenblick von Zakariassen betrogen. Warum war das nicht früher herausgekommen?) Lucy Holmen verriet auch, daß die Hinterbliebenen sich plötzlich an zweideutige Bemerkungen erinnerten, die die Opfer in der Zeit kurz vor ihrem Tod geäußert hatten. Diese Aussagen *konnte* man so interpretieren, daß sie Angst gehabt hatten, beseitigt zu werden.

Lucy Holmen imponiert mir. Ich hatte Lust, ihr eine Karte zu schicken, einen . . . Dank.

Ich fühlte mich aufgemuntert. Das waren gute Nachrichten, wie Briefe von Freunden, die von sensationellen und glücklichen Wendepunkten in ihrem Leben erzählten. Sie haben Dinge getan, die du ihnen nie zugetraut hättest. Ich war nervös. Ich war nervös auf die gleiche Weise, wie wenn ich weiß, etwas ist mir gelungen, aber trotzdem auf das Ergebnis warten muß.

Ich zögere nicht, die Eröffnung von Oslo City einen denkwürdigen Tag zu nennen. Erst auf dem Heimweg merkte ich, daß ich eines meiner besten Jacketts (von Ingeborg in Manhattan gekauft) angezogen und die Krawatte gewählt hatte, zu der ich die beste Beziehung habe (von Ingeborg in Bangkok gekauft) — ich hatte sogar die Wangen mit einem Aftershave (von Ingeborg in Rom gekauft) betupft, das ich selten benutze.

Ich habe viel darüber nachgedacht, wie ich eine zufriedenstellende Beschreibung des Augenblicks geben kann, in dem ich, als einer von vielen Tausenden an diesem Novembersonnabend, mich endlich durch die Drehtür gedrängt hatte. Ich wollte ihn mit meinem ersten (und einzigen) Besuch in Notre-Dame in Paris vergleichen, als die Orgeltöne sich gleich hinter dem Eingang wie schwere Hände auf meine Schultern legten und mich im Halbdunkel auf die nächste Bank drückten und ich nur dasaß und mit offenem Mund zu den Glasmalereien starrte, die wie strahlende Planeten unter der Decke hingen, und zu den tausend schwebenden Flammenzungen in der Galaxis aus Wachskerzen. Und dazu dieses tiefe und vielstimmige Brausen von ... Bei näherer Überlegung sind mir Zweifel gekommen. Ich weiß nicht, warum diese Erinnerung, diese sogar schwärmerische Erinnerung, aufgetaucht ist. (Der Besuch in der Synagoge?) Es war trotzdem nicht das Religöse, das mich frappierte, eher die Empfindung, plötzlich anderswo zu sein. Ein Schritt, und du bist in einer neuen Welt, hast eine schwindelerregende andere ... Aussicht. Der Raum, der mir in Oslo City entgegentrat, war gleißend hell und chaotisch, und die Musik, ein Mosaik von Eintagsfliegen, schallte aus allen Richtungen. Ich hätte mich vielleicht im selben Paris im Centre Pompidou umsehen sollen, in diesem modernen Bau, bei dem man das Innere nach außen gekehrt hat. Ich weiß nicht. Ich muß passen. Ich finde niemals einen adäquaten Ausdruck für die ersten Meter hinter der Drehtür; ich erinnere mich nur an einen rätselhaften Stolz, als hätte ich selber mitgebaut an diesem Einkaufsmonument aus Stahl, Aluminium und Glas — kraft meiner peniblen Überwachung von der Terrasse zu Hause aus.

Ich bin absolut kein Bewunderer des Modernen, des Neuen an sich. Für mich ist das hier nicht neu. Es ist eher etwas, das die ganze Zeit vorhanden war, als Potential. Wie die Sprache schon in uns angelegt ist, wenn wir klein sind. In Oslo City eintreten hieß eintreten in etwas Selbstverständliches. Nichts Neues. (Ich dachte die ganze Zeit daran, wie gewöhnlich und trivial dieses Zentrum in fünf Jahren wirken würde, in zwei Jahren, einem Jahr. Ich glaube sogar, ich dachte an den Tag, an dem man es abreißen würde. Wie auch diese Stahlkonstruktionen zusammenfallen würden wie ein vergängliches Kartenhaus.) Bei der Eröffnung von Oslo City anwesend sein hieß teilnehmen an der Enthüllung einer — nicht einer Leinwand, aber wohl des Zipfels einer gigantischen, schon fertigen Leinwand. Indem ich anwesend war, *brachte* ich sie mit *hervor*.

Ich wanderte aufs Geratewohl im Zentrum umher. Ich ging durch die »Straßen« (die Korridore? die Tunnel?). Ich fuhr auf den Rolltreppen. Ich ging in die Läden hinein und wieder hinaus. Ich betrachtete eine Zeitlang die riesenhafte Videowand. Ich probierte einen der Glasaufzüge aus, die zwischen türkisfarbenen und altrosa Simsen und Geländern aus Stahl hinaufstiegen und hinabglitten. Ich *genoß* die fremden Namen, freute mich daran: Cookie Man, Déjà Vu, Ton Sur Ton, New York Corner, L'émigrant, Tie Rack, Panache, KappAhl — all dies allein in der ersten Etage. Ich beobachtete die Menschen um mich, die begeisterten Gesichter, die eifrigen Kommentare, all die zeigenden Finger, das Lachen, diese Atmosphäre halb von Basar, halb von Karneval. Ich fühlte mich zu Hause, mit meinem Jackett aus Manhattan, meiner Krawatte aus Bangkok, meinem Aftershave aus Rom. Ich fühlte, daß ich in der Umgebung aufging, ein natürlicher Teil von ihr war, *ja, daß dieses brodelnde Einkaufszentrum für mich gemacht war,* einen Menschen in Expansion — daß nur ich, ich allein unter diesen Tausenden, imstande war, es wirklich zu schätzen. Ich stellte mich in Schlangen an (gereizt von der Wahrscheinlichkeit, im Gedrängel auf einen der Verwandten oder Hinterbliebenen oder Freunde der Toten zu treffen), nahm die Rolltreppen, fuhr rauf und runter zwischen den Läden, die das luftige Atrium in der Mitte umrahmten, den Kern des Gebäudes, in den das Licht durch das Glasdach neun Etagen höher fiel; ich fuhr rauf und runter, sah das Aquarium, den Käfig mit tropischen Vögeln, stand da und ließ mich von der Automatik hinauf- und hinabtragen, während ich den Bau gewissermaßen in Besitz nahm, dafür sorgte, daß jeder Quadratmeter den Stempel meiner physischen Anwesenheit trug. Ich versuchte, die Musik zu hören . . . fast zu *assimilieren,* ein neuer Song für jeden Laden, ein neuer Sound, eine neue Welt, eine nach der anderen; ich ging umher in dem strahlenden Licht, sonnte mich in den Neonfarben, spiegelte mich im Chrom, dachte, es sei gar nicht möglich, alles in sich aufzunehmen, diesen kollektiven Duft von Leder, frischgebackenem Kuchen, Kosmetika, Grillgerichten, parfümiertem Haar, Konfekt, Kaffee. Oslo City erforderte eine ganz neue Wahrnehmung. Alles, was mir an Bildern, Gerüchen, Geräuschen entgegenströmte, war eine unmögliche Mischung. Und indem ich hier war, wurde ich zu einem Teil des Unmöglichen.

Ich hatte eine Halluzination. Auf der Rolltreppe. Ich war in einen Computer hineingegangen oder sogar in die Software — ein Programm, dessen Sinn ich nicht kannte. Ich fühlte mich wie ein Operationsteil oder wie ein elektrischer Impuls in einem Riesenchip, ein winzig kleiner, aber wichtiger Teil eines allumfassenden Systems.

Ich genoß. Ich inhalierte. Ich war eine einzige große Öffnung zur Umgebung hin. Am meisten genoß ich die Menschen, dieses Gewimmel, diesen Ozean unbekannter Geschichten, die Gewißheit, daß jeder einzelne der Münder um mich ein Gespräch anfangen konnte, das geradewegs in völlig unbekannte Welten führte, noch viel fesselnder als Oslo City. Jeder von diesen Menschen, von den Tausenden von Individuen in Oslo City, trug ein verborgenes Oslo City in sich! Ich war im Rausch. Ich war wieder da. Alle diese . . . Klischees. Ich hatte geglaubt, sie seien verbraucht. Wie ich so die Rolltreppen rauf- und runterfuhr, die Runde machte, Etage um Etage, bat ich diese Menschen um Verzeihung, Verzeihung dafür, daß ich eine Zeitlang an ihnen gezweifelt hatte, an ihren Möglichkeiten, ihrer . . . Größe. Ich stand auf der Rolltreppe und lauschte diesem . . . wie heißt das . . . *Summen* von Tausenden von Stimmen, spürte, wie diese Verquickung mündlicher Bagatellen zu Weisheit, zu einem metaphysischen Brausen wurde. Ich wußte: Das Netzwerk dieser trivialen Gespräche (über Preise, über Untreue, über Lebensmittel, über das Aussehen, über Zugabfahrtszeiten) *schufen* diese Welt, in der ich mittendrin war. Würden sie aufhören, wäre die strahlende Umgebung um mich augenblicklich in eine kalte, öde Ebene im Zwielicht verwandelt.

Ich hatte mich lange darauf gefreut, die neue Wimpy-Bar zu besuchen, um die Qualität ihrer Hamburger zu prüfen — ob sie das Aroma des Holzkohlengrills aufwiesen, auf das ich solchen Wert lege. Aufgrund der Schlange entschloß ich mich, lieber einen der Stände im Tiefgeschoß zu probieren. Ich landete bei Chopsticks, einem chinesisch-japanischen Fast-Food-Lokal und bestellte ein Rindfleisch-Chop-Suey zum Mitnehmen. Ich wollte in dem Gedränge nicht essen. Ich ging hinaus auf die Straße und zur Rückseite des Zentrums, wo ich einen perfekten Rastplatz auf einer Treppe fand, noch dazu mit Blick auf das Großhotel und die Stadthalle. Ich faltete die Alufolie auseinander und nahm den Pappdeckel ab, begrüßt von dem delikaten Anblick und nicht zuletzt vom Geruch dünner Rindfleischstreifen, von Bambus, Zwiebeln, Mohrrüben, rotem und grünem Paprika, plus Reis. Ich begann zu essen. Das Gericht war erstklassig. Ich möchte auch behaupten, daß der Blick auf die babelschen Unternehmeraktivitäten den Geschmack verstärkte. Ich spachtelte Rindfleischstreifen. Ich dachte an Georg Becker. Ich lauschte dem Rasseln, Scheppern, dem Getöse der Zementlaster und Åkerman-Maschinen. Ich spachtelte Bambussprossen. Ich dachte an Tor Gross. Ich sah den Arbeitern in den orangefarbenen und blauen Overalls zu, wie sie zwischen Isolierplatten und Gasflaschen hin und her schossen, in Walkie-talkies sprachen und mit den Armen Signale gaben. Ich spachtelte Rindfleischstreifen und Reis. Ich dachte an Eva Weiner. Ich betrachtete die Plakate an der Schmalseite, die Namen der Unternehmer, der Architekten, wie Signaturen unter einem gewaltigen Kunstwerk. Ich spachtelte Zwiebeln und Mohrrüben, ließ das ganze Geschmacksregister der Sauce zur Geltung kommen. Ich dachte an Dan Bergmann. Ich betrachtete die Bauaufzüge und die gewaltigen Kräne, die in unterschiedlichem Tempo herumschwenkten, dachte an Uhren, dachte an komplizierte astronomische Uhren mit Zeigern, die die erstaunlichsten Phänomene angaben. Oder ich dachte, daß sie webten. Etwas webten. Etwas Unsichtbares. Ich spachtelte Rindfleisch mit rotem und grünem Paprika. Ich bewunderte die pigmentierten Betonfassaden der Oslo-Galerie, bald fertig, bald auch da Eröffnung. Ich dachte an Schöpferdrang, alles von der Alufolie und Plastikgabel bis hin zu diesem titanischen Bau vor mir. Ich dachte an Magnus Davidsen. Ich sah hinauf zu dem, was Skandinaviens höchstes Gebäude werden sollte. Ich dachte, auch all das andere müsse sich aufbauen, all diese Geschichten, Informationen müßten ... sich akkumulieren, etwas Großes werden, etwas Hohes, etwas ...

Ich wischte mir den Mund mit der Papierserviette ab, die man umsichtigerweise beigelegt hatte, blickte über die Baustelle. Was für ein perfektes Schauspiel zu einem Rindfleisch-Chop-Suey!

Bei alledem war ich ... wehmütig. Ein bißchen traurig. Oslo City hatte seine Türen geöffnet. Ja und? Wenn ich ... *ganz* ehrlich war, entsprach der Inhalt, das vollendete Bauwerk, nicht den Erwartungen, die die Errichtung des Gebäudes geschaffen hatte. Ich dachte vor allem an die Wochen, als die Stahlkonstruktion fertig dastand, nur das Skelett sozusagen (der Bau war dem Vernehmen nach ein Pionierprojekt, mit seinen Tragkonstruktionen ausschließlich aus Stahl). Den Rest mußte man raten: Materialien, Farben, Design, Dekoration. Alles in allem, Hand aufs Herz, konnte ich nicht sagen, daß dieser Ansatz — oder sollte ich sagen, diese *Idee* —, der in der Konstruktion lag, eingelöst worden war. Als all diese Kräne langsam und mysteriös wie segnende Hände über den asketischen Rohbau aus Stahl schwebten, hatte ich trotz allem etwas ... mehr erwartet. Oder etwas anderes. Ich weiß, es ist ungerecht — besonders vor dem Hintergrund des strahlenden Universums (ich hätte beinah gesagt, »Programms«), das ich gerade besucht hatte —, aber nein, ich hatte etwas mehr erwartet.

Ich mußte an einen Bildhauer denken. Was hatte er gesagt? Etwas Unmögliches ... Etwas in der Richtung, daß er alles auf der Welt gegeben hätte, um den Marmorblock zu besitzen, aus dem Michelangelo seinen David gehauen hat — aber wohlgemerkt, *ohne* daß dieser ihn angerührt hätte. Es war genug, oder größer, zu wissen, daß dieser rohe Block den Keim zu etwas so Vollkommenem enthielt.

Bereits heute vormittag, nach dem Ende von »Punkt neun«, begab ich mich wieder in den Botanischen Garten, zur Wand am Palmenhaus. Ich guckte wie gewöhnlich zu Professor Smith' Palme hinein, nickte ihr unmerklich zu. Der Weg von Oslo City ist eigentlich nicht so weit. Mit seinen Glaskonstruktionen, dem hohen Atrium, geprägt von Grünpflanzen und Zimmertemperaturen, erinnert das Einkaufszentrum stark an ein Gewächshaus in stark übertriebener Größe.

Obwohl die Sonne recht warm schien, in Anbetracht der Jahreszeit, wurde mir kalt, als ich die Zeitung öffnete. Ich hatte recht mit meinen bangen Ahnungen, Lucy Holmen ist definitiv nicht mehr in der Stimmung, Zakariassen in schicke Restaurants einzuladen. Im heutigen Artikel geht sie schlicht zum Angriff auf seine *Hauptspur*-Hypothese über; sie *geißelt* sie förmlich (und damit den Ermittlungsbeamten selbst). Hier stehen Dinge, die mich ... Wenn sie recht hat, verdächtigt Zakariassen eine Handvoll ausländischer Bürger, zur Zeit wohnhaft in Norwegen. (Ich bekam Angst, dachte eine Sekunde an Malik, was für ein Verlust für die Stadt es wäre, wenn seine kleinen ... Moscheen verschwänden.) Zakariassen zufolge gehören sie zu einer Gruppe mit starken Antipathien gegen Israel. Holmen zufolge sind sie alle unschuldig.

Das tat mir aufrichtig leid. Zwei Menschen, die ich so hoch geachtet, in die ich mein ganzes Vertrauen gesetzt hatte — und jetzt gerieten sie aneinander, ja, der eine klagte den anderen regelrecht an. Denn Holmen war noch nicht fertig. Sie behauptete (soll ich sagen, »insinuierte«?), daß jemand baldigst eine bestimmte Gruppierung innerhalb der Polizei unter die Lupe nehmen müßte; einen Kreis innerhalb der Schutzpolizei, berüchtigt für seinen Waffenfetischismus und die Vorliebe für bestimmte Kampftechniken, alle fanatische Bodybuilder und mehrere von ihnen angeklagt wegen Gewaltanwendung im Dienst.

Sie liefen unter dem Namen »die Eishockey-Mannschaft«, wegen ihrer Neigung, die Knüppel einzusetzen. Es war bekannt, behauptete Holmen, daß sie neonazistische Sympathien hegten. Sie verwies auf einen Fall, bei dem man Nazi-Requisiten (unter anderem einen schwarzen SS-Helm) bei einem von ihnen in der Wohnung gefunden hatte.

Ich sah in eine nackte Baumkrone vor mir. Ich dachte an eine Lunge, einen umgeschlagenen Regenschirm, ich dachte an . . . Eifersucht, Migräne, Geisteskrankheit, multinationale Gesellschaften, Horrorfilme, Krebs, Atombomben . . .

Meine Gedanken schweiften zu Zakariassen. Was für eine Hinterhältigkeit! Wie verletzend mußte das wirken, wie . . . ungerecht.

Holmens Hauptargument basierte auf Beobachtungen von Zeugen. Mehrere Polizisten waren in unmittelbarer Nähe der Tatorte gesehen worden. Dasselbe galt für diese Mercedesse älterer Bauart, und Holmen wies jetzt nach, daß zwei der erwähnten Polizisten solche besaßen (zwischen den Zeilen: als ein Resultat ihrer Vorliebe für alles Deutsche). Leute hatten angeblich Äußerungen auf eher »feuchtfröhlichen« Feten mit angehört, und darüber hinaus gab es noch Hinweise auf Männer mit typischen Polizeihunden in der Nähe der Tatorte. Holmen schloß nicht aus, daß diese Gruppe das Werkzeug unbekannter Hintermänner sein konnte. Wie auch immer, der Fall hatte jetzt einen, vom Standpunkt der Polizei aus, verdächtig günstigen Effekt erzielt: Immer mehr Leute riefen nach mehr Mitteln und größerer Freiheit für die Polizei; dieser Fall hatte enthüllt, wie schlecht es um die Abteilung bestellt war.

Zakariassen, konfrontiert mit dem Artikel, hatte nur einen Kommentar, soweit ich beurteilen kann, ein Zitat aus der Bibel: »Wollte Gott, ihr schwieget, so wäret ihr weise.«

Nachdem ich dies gelesen hatte, mußte ich aufstehen und gehen. Ich ging zu einem meiner beiden Lieblingsbäume (dem, den ich Montesquieu nenne), trat in das gewaltige Netz von Schatten, das auf den Boden fiel, amüsierte mich bei dem Gedanken, daß ich im Baum »herumkletterte«, während ich über den Erdboden schritt, folgte einem der Äste bis ans Ende, ging zurück, wie in einem Labyrinth, sah zu, wie sich mein Schatten mit dem Schattenflechtwerk der Äste und Zweige verwob. Ich war unsichtbar. Ich war ein Ast.

Als ich mich in die Straßenbahn Richtung Büro setzte, schossen mir immer wieder Sätze aus Lucy Holmens Artikel durch den Kopf. All das bestärkte mich in meinem Entschluß. Es bestätigt, daß ich klug gehandelt habe. Jemand muß da aufräumen.

# 16

»Kannst du mich nach Hause bringen?«

Ich weiß nicht, ob die Dame Angst hatte oder nur so tat. Es ist gut möglich, daß sie Angst *hatte.*

»Jedenfalls bis nach Gamlebyen. Ab da kann ich allein gehen.«

»Können Sie nicht ein Taxi nehmen?«

»Ich habe Angst vor Taxifahrern. Es kann genausogut einer von denen sein. Warum denkt die Polizei daran nicht? Wer hat mehr Gelegenheit, solche Dinge zu tun, als Taxifahrer?«

Ich mußte zugeben, daß sie recht hatte. Ich sah aus dem Fenster. Der alte Speicher unten am Kai, umgebaut in einen modernen Büropalast, sah im Flutlicht wie ein rosa Märchenschloß aus. Oder vielleicht wie Kronborg, wo man *Hamlet* gespielt hat. Die Lichter der Stadt wurden stärker und wieder schwächer, wie die Glut in einem Riesenkamin.

Hatte sie an die Straßenbahn gedacht?

Die letzte ging — sie sah auf die Uhr — in dieser Sekunde. Eine Art masochistischen Triumph in der Stimme. Ich gab auf. Starrte hinaus. Oslos Licht pulsierte — nicht wie die Glut in einem Kamin, eher so, als sei die Stadt ein lebendiger, warmer Organismus.

Ich hatte Glück gehabt. (»Glück« ist das falsche Wort, jedenfalls wie es die Leute meistens auffassen.) Ich war unsicher gewesen, ob ich die Gelegenheit benutzen sollte, um zu essen. Ich wollte um nichts in der Welt die Erinnerung an das Annen Etage zerstören, ich hätte beinah gesagt: etwas zwischen mich und Dan Bergman treten lassen. Ich wünschte mir, daß dieses Erlebnis, diese . . . Kommunion einmalig blieb. Doch als ich die Treppe hinaufgegangen war, eigentlich nur um das Lokal in Augenschein zu nehmen, wurde einer der Fenstertische frei. Es war Dienstag und »Krabbenabend«, also machte ich kehrt und lud mir einige Krabben auf den Teller. Letzte Chance, bevor sie zumachten. Das Buffet sah aus, als hätten Geier darauf gewütet. (Oder welche Tiere ernähren sich von Krabben? Sind es nicht Wale?) Ich ließ die schwammigen Krabben auf dem Teller liegen, als Alibi, bekam ein Bier, sah hinaus.

»Warum erwischt die Polizei diesen furchtbaren Kerl nicht?« beharrte die Dame.

Ihr Gesprächsthema konnte niemanden überraschen. In diesem Augenblick saßen sicher Tausende von Menschen überall in Norwegen, steckten die Köpfe zusammen und diskutierten den Fall, nicht zuletzt aufgrund der Polizeiskandale und des heftigen Pressegezänks in den letzten Tagen. Ich räume ehrlich ein, daß ich selber ziemlich erschüttert war. »Diese Morde sind im Begriff, der ganzen norwegischen Gesellschaft das Rückgrat zu brechen, unserem Glauben an Ordnung und Sicherheit«, schrieb eine konservative Zeitung im Leitartikel. Ohne Umstände nahm die Dame eine Krabbe von meinem Teller und schälte sie auf eine . . . ich würde es als eine brutale Weise beschreiben, als gelte die Aggressivität der Krabbe.

Was für ein grausamer Mensch war dieser Typ ... Was ging eigentlich im Kopf eines so gewalttätigen Burschen vor? sagte sie.

Sie hatte sicher die Zeitungen gelesen. Sie beschrieb den Mörder mit Ausdrücken wie »eine verkrüppelte Persönlichkeit«, »ein vollkommen amoralisches Individuum«. Ich habe keine Ahnung, aber ich kann nichts anderes sagen, als daß sie simplifizieren. Das Wort »verkrüppelt« löste trotzdem eine Reihe von Gedanken aus. Ich dachte oft an dieses Wort und an die Beschreibung, die der Zeuge bei der Festung Akerhus gegeben hatte: Schön und durchsichtig — wie ein Engel.

War sie so sicher, daß es ein Mann war?

Sie antwortete nicht, sah mich nachsichtig an, saugte dann die Krabbe in den Mund. Ich hatte den Eindruck, sie verschluckte sie direkt, ohne zu kauen.

Wenn der Mörder nun ein Held war? sagte ich. Vielleicht waren diese Personen — die Toten — lebensgefährliche Menschen. Teilnehmer an einer satanischen Konspiration. Die jetzt abgewehrt war.

Ich weiß nicht, was mich dazu bewegte, das zu sagen. Ich habe seither darüber nachgedacht. Ich bin damit noch nicht fertig.

»Warum bist du allein?« fragte sie, überhörte mich.

»Ist der Mensch nicht immer allein?« Die Floskel entschlüpfte mir einfach, vielleicht inspiriert von den Krabben.

»Ach, bist du Philosoph?« Sie lachte. Das Lachen war das Charmanteste an ihr. Ansonsten sah sie aus wie . . . jede beliebige Frau. Sie nahm eine weitere Krabbe. Wieder dieses hitzige Schälen, aber rasch, geübt, ich hätte beinah gesagt, professionell. Gleich darauf sagte sie: »Ich bin jedenfalls nicht gern allein.« Sie sah mir typisch tief in die Augen, während sie gleichzeitig (wieder charmant) nicht verbarg, daß es eine Masche war, eine Pose. Ich empfand nichts.

Ich bewunderte die Aussicht. Als das Tanzorchester aus Holmestrand für diesen Abend endlich die Instrumente hinlegte, erweiterte sich das Panorama, wie im Kino, wenn die lautstarken Werbefilme vorbei sind und in der Stille der Vorhang ganz beiseite gezogen wird. Warum war ich hier noch nie gewesen? Was für eine . . . Unaufmerksamkeit. Ich erinnerte mich, wie ich in der Lanternen gesessen und auf die letzte Bygdøy-Fähre des Jahres gewartet hatte, konnte mir auch die Melodie der Jukebox in dem Augenblick vergegenwärtigen, als ich diese Stelle, den weißen Fleck oben an dem grünen Höhenrücken entdeckt hatte. Ich dachte zunächst, es sei eine neue »Fabrikant-Mustad-Villa«. Ich hatte mich entschlossen, das Gebäude aufzusuchen — irgendwann. Und heute abend . . . Ich empfand es als richtig, hier zu sitzen. Ich konnte sagen, die Zeit war reif.

Gleichzeitig spürte ich einen Anflug von Zweifel. Es mußte der Gedanke an Bygdøy sein, an Gamle Enerhaugen. Ich hatte es geschafft, ihn zu verdrängen. Den Anblick hinter dem Fenster. Den Gegenstand im Halbdunkel.

»Jemanden auf dem einsamen Weg in die Stadt umzubringen wäre ganz einfach«, sagte ich.

»Darum bitte ich ja um Hilfe«, sagte sie mit künstlich flehendem Blick. Ich entdeckte ein paar blaue

Adern an ihren Schläfen. Sie bildeten die Form eines Baums. Ich sah zur Stadt, zu all diesen Lichtern unterschiedlicher Stärke. Wie ein Sternenhimmel. Und Oslo City, strahlend wie eine Supernova.

»Und wenn ich es wäre?« sagte ich.

Sie lachte so laut, daß sich das Paar am Nebentisch umdrehte. Sie hoben die Gläser, um uns zuzutrinken. Die Blicke verrieten einen weit fortgeschrittenen Rausch. Ich hob pflichtschuldigst das Glas. Mir gefiel das Lokal, die Atmosphäre. Dieses plump Vulgäre in einer Kulisse erlesener Architektur.

Als ich am Restaurant angekommen war, war ich eine Zeitlang davor stehengeblieben und hatte betrachtet, was man, wie ich (dank Becker) wußte, einen klassischen funktionalen Bau nennen konnte. Es frappierte mich, wie rein er war, *weiß*. Das Haus wirkte fast durchsichtig, dank der dichten Fensterreihe in der ersten wie in der zweiten Etage. Alles Dekorative war entfernt, aller Krimskrams, alles Unnötige. So . . . einfach, dachte ich. Und dennoch . . . grenzenlos. Wie ein Ei. Das Zusammenspiel zwischen den vertikalen und den gebogenen Linien im Eingangsbereich und den ansonsten horizontalen und geraden Linien verliehen dem Gebäude den Charakter von etwas (mental?) ungeheuer Kompliziertem. Kreis und rechter Winkel waren in einer höheren Einheit aufgegangen.

»Du bist lieb, und du bist Gott sei Dank nicht aus Nordnorwegen«, sagte sie. »Warst du schon in Montevideo?«

Ich mußte lächeln. Ich wollte sagen: Nein, aber ich habe den *Grafen von Monte-Christo* gelesen. »Nimm noch eine Krabbe«, sagte ich. Sie nahm eine Krabbe.

Auf mich wirkte es, als ob die Schale abfiele, wenn sie sie mit den Fingern nur berührte.

Einen Rest von Eleganz hatte der Raum immer noch. Das Restaurant war von der Klientel geprägt, die man »reiferes Publikum« nennt. Sie amüsierten sich enorm. Ihrer Lustigkeit waren offenbar keine Grenzen gesetzt. Das Lokal war (selbst ohne das Tanzorchester aus Holmestrand) ungewöhnlich laut. Der Oberkellner leistete einen heroischen Einsatz, um den letzten Rest alter Tradition zu retten. Eigentlich fand ich es gar nicht wenig bemerkenswert: das ganze »reifere Publikum«, das hemmungslos flirtete, sich gegenseitig beinah die Hosen runterzog und sich an einem ganz gewöhnlichen Dienstag abend um den Verstand soff. Manche Leute behaupten, man sei auf dem Weg in eine neue puritanische Zeit. Ich konnte schwer nachvollziehen, daß die Prophezeiung zutreffen sollte. Nichtsdestotrotz: Hier gefiel es mir. Der Anblick all dieser springlebendigen, geilen und betrunkenen Menschen in diesem abstrakten weißen Haus. Wie ein . . . wie ist der Ausdruck . . . übertünchtes Grab.

»Diesen Zakariassen da, den kriegst du von mir geschenkt«, sagte sie. »So ein unfähiger Drecksack. Ne großmäulige Null. Rotzfrech und selbstsicher im Fernsehen. Aber kriegt er diesen verdammten Mörder? Keine Spur.«

»Ich finde, er wirkt ziemlich tüchtig«, sagte ich.

Das erste Samenkorn von Zweifel war dennoch gesät. Nicht weil die Medien ihm vorwarfen, einen unverzeihlichen Schnitzer begangen zu haben, sondern weil er nichts dazu sagte, nicht mit größerer . . . Arroganz auftrat, sie nicht zurechtwies. Ich dachte an die mißglückte Polizeiaktion, sicher wochenlang vorbereitet. An einem frühen Morgen hatte die Polizei Razzien in drei Wohnungen in Oslo durchgeführt und sechs männliche und zwei weibliche Palästinenser festgenommen. Die Polizei behauptete, es seien Mitglieder eines Elitekorps mit Verbindungen zur PLO. Die Personen wurden verdächtigt, hinter den Morden an fünf norwegischen Juden zu stecken, doch die Zeitungen wußten rasch zu berichten, daß die Beweise nicht reichten. Und sie reichten auch nicht. Die Presse rieb sich die Hände, war gnadenlos in ihrer Kritik an einer »rassistischen Polizei«.

Wie reagierte ich selbst? Ich war . . . enttäuscht. Ich muß es gestehen. Im Grunde nicht von Zakariassen. Sondern davon, daß ich sehen mußte, wie diese ganze minuziöse Arbeit, dieser gewaltige Fahndungsapparat, »der umfassendste in der Geschichte Norwegens«, nur in eine Theorie über palästinensische Terroristen mündete. Es war irgendwie so . . . einfach. Zu einfach.

Daß die Palästinenser nicht freigelassen wurden, ging unter in dem Getöse um das Debakel mit der *Hauptspur*. Die Polizei war in einer der Wohnungen über andere Dinge gestolpert, ganz unvorhergesehen. Unter anderem über falsche Pässe und Ausweispapiere. Außerdem, recht sensationell: über hundert Kilo Haschisch. (Alle Palästinenser waren über Amsterdam nach Norwegen gekommen.) Ich dachte: Phantastisch, daß nur ein Fehler das aufdecken konnte. Zakariassens *Hauptspur* führte in eine Wildnis, die aber hatte nichts mit den Morden in Oslo zu tun.

»Scheißnordländer«, sagte sie. »Mein Mann, der geile Bock, war aus Nordnorwegen. Der konnte nur zwei Sachen: fischen und bumsen. Ich wette, Zakariassen ist aus demselben Holz.«

Es schmerzt mich zu hören, wie Zakariassen auf diese Weise besudelt wird. Ein Mann, der seit mehreren Monaten keinen freien Tag mehr hatte. Die letzten Bilder zeigten ein trauriges Gesicht; einen Ausdruck, der eine Zeit ohne Sinn für Aristokraten beklagte. Ich war insgesamt indigniert darüber, daß diese Todesfälle einem Unschuldigen schaden sollten. Ich empfand ... ja, Mitleid. Ich möchte so weit gehen zu sagen, daß ich einen kategorischen Imperativ empfand, etwas zu tun, ihm zu helfen.

»Weißt du was? Einmal wollte mich das Schwein *beim* Fischen bumsen. Das ist der Nordländer, wie er leibt und lebt!«

Ich suchte nach einer Entgegnung, fand aber keine. Ich ließ den Blick langsam von Sandvika zum Holmenkollenhügel und zu den Masten auf der Tryvannshøgda streifen, hielt inne bei der erleuchteten Oscarshalle draußen auf Bygdøy (wieder ein Stich, der Gedanke an ein Möbelstück im Dunkeln), ließ den Blick ein paar Sekunden am Rathaus, am SAS-Hotel, am Postsparkassengebäude haften. Ich wünschte, ich hätte das Fernglas mitgenommen. Nahe vor mir lagen Akershus und die Fähre der Stena Line ganz unten auf Vippetangen. Ich hatte nie einen besseren Blick über Oslo. Und, noch wesentlicher: Ich spürte, daß genau dieser Winkel etwas von der Stadt sichtbar machen könnte, das sonst im Verborgenen lag. So wie bestimmte Fotografien des menschlichen Körpers, aus nächster Nähe aufgenommen oder aus ungewöhnlichen Positionen, einem ein ganz neues Gefühl davon vermitteln können, was ein Mensch ist.

»Bist du mal auf jeder Erhebung in der Finnmarksvidda gebumst worden?«

Ich schüttelte den Kopf (als sei das nötig), ließ den Blick auf Oslos Zentrum ruhen.

»Dann erst begreifst du, wie unendlich groß und wild und unerforscht Norwegen ist, wie verdammt wenig du über dieses Land weißt«, sagte sie. Ich hatte beinah den Eindruck, daß sie bei der Erinnerung wehmütig wurde. »Die Finnmarksvidda ist Norwegens Zentrum«, sagte sie trotzig, schleuderte die Behauptung einem Nachtbild der Hauptstadt entgegen, das verschwenderisch glitzernd war. Ein Gewimmel von allem, absolut allem. Vom Absurdesten und Perversesten, gemischt mit geschliffener Logik und natürlicher Unschuld — alles camoufliert als, oder nein, *vereinfacht* zu Dunkel und Licht.

Während sie weiter über Erotik und Schneescooter sprach, durchsetzt mit notdürftig unterdrückten Flüchen — auf der Grenze zum Schöpferischen —, mußte ich (weil sie »das Norwegische« berührte?) an die phantasievollen, teilweise originellen Theorien denken, die in gleichmäßigen Abständen in den Zeitungen auftauchten. Zakariassen hatte darauf wahrlich kein Monopol. Wir leben in einer Demokratie. Vorgestern versuchte ein breitangelegter Artikel ein bestimmtes geographisches System hinter den Morden nachzuweisen. Der Text war von einer Karte begleitet (ich war sicher, nicht nur ich freute mich über die fein gezeichneten Details und den dreidimensionalen Effekt), auf der Kreise und Quadrate und Dreiecke und ... wie heißt das ... Tangenten ein solches Gewimmel bildeten, daß ich gern jemanden gesehen hätte, der die Behauptung verstand. Dennoch imponierte es mir. Und ich will nicht von mir weisen, selbst heute nicht, daß hinter der Wahl der Tatorte ein geometrisches Muster stecken *kann*. Ich hoffe schon, daß die Zeitung die Sache wieder aufgreift. Vermutlich haben noch mehr Leute, nicht nur ich, erst nach dieser Veröffentlichung angefangen, in diesen Denkbahnen zu spekulieren. Ich glaube, ich übertreibe nicht, wenn ich sage, daß der Fall die Bürger der Nation beschäftigt, daß er schlicht und einfach einen Appell an die ... wie soll ich sagen ... aufgestaute Kreativität des Volkes darstellt. (Oder, wie Lucy Holmen schrieb: Es ist, als habe jemand eine Fackel in ein Lager mit Feuerwerksraketen geworfen.)

Sie war fertig mit den Tiraden über Nordnorwegen, schloß mit dem Satz, die Finnmarksvidda sei größer als der Pazifik. (Sie mag recht haben.) Die Leute grölten nicht mehr so laut. Das Stimmengewirr, oder soll ich sagen, das Geflirte, war jetzt eher ein natürlicher Teil der Umgebung, wie Grillenzirpen. Dann sagte sie: »Stell dir vor, dieser Amateurschauspieler, Davidsen, hatte eine japanische Wohnung.«

Ich hatte Davidsen fast vergessen. Ich hatte ihm verziehen, doch er war immer noch eine Art schwarzes Schaf. Er erinnerte mich auch an den Ausflug nach Bygdøy, ins Folkemuseum. Ich versuchte, das Ganze wegzuschieben. Es tauchte dennoch wieder auf. Immer öfter. Durch das Fenster in Gamle Enerhaugen hatte ich einen alten Sekretär gesehen.

Genau das Gegenstück zu dem, den ich zu Hause in der Wohnung habe. In (dem neuen?) Enerhaugen. Als sei das alte, museale Enerhaugen noch da. In meiner Wohnung. Und schlimmer: als gehörte das, was ich getan habe (und jetzt tue), geschrieben habe (schreibe), der Vergangenheit an. Einer anderen Welt.

Es war ein ... Schlag gewesen. Mir kamen Zweifel, eine *Anfechtung*, möchte ich sagen. Ich hatte geglaubt, ich sei auf dem Weg, entdeckte aber, da war ein Gitter, ich saß fest. Wie ein Tiger im Käfig. Stillstand. Unbeweglichkeit. Oder Beweglichkeit innerhalb enger Grenzen. Ein Erbstück von einem Bergsims zwischen Himmel und Meer.

Ich sitze hier am Sekretär, in einem sicheren Winkel. Es hat mir gefallen. Erst als ich zu schreiben begann, hatte ich den Eindruck, ich *sah*, was jetzt geschah. Es manifestierte sich. Und selbst als mir Zweifel kamen, war es, als ob diese Ereignisse wichtig *würden*, indem ich sie niederschrieb. Sie bekamen Bedeutung, indem ich sie erzählte. Ich hatte auch den Eindruck, etwas ... von äußerstem Gewicht tauchte auf, an den Schnittpunkten dieser ... Geschichten. Oder daß es zu einer ... kann ich sagen, Selbstüberschreitung führte? Aber jetzt? Ich sehe auf die Bögen hinunter. Wie sie so auf dem Kalbsleder liegen, erinnern sie an ein gebundenes Buch. Ein altes Buch. Etwas Antiquarisches. Ich bin unsicher geworden, zweifle. Nicht mehr an dem, was ich ausdrücken will, sondern am Medium. (Ein Buch kann nie so spannend und verzweigt werden wie eine Buche. Und trotzdem ist das Wort »Buch« vom Wort »Buche« abgeleitet.) Es besteht ein Mißverhältnis zwischen dem, was ich erlebe, und dieser

Handlung, dem Schreiben. Es fragt sich ... ich habe zu zweifeln begonnen, ob eine schriftliche Darstellung dies einfangen kann, was sich vor mir öffnet, diesen Abgrund ... nein, nicht Abgrund ... mehr ein ...

Ich sehe auch, wieviel auf dem Weg vom Gedanken zur Schrift verschwindet, und zuvor: auf dem Weg von der Intuition zum Gedanken. (Ich denke unwillkürlich an den Rohbau aus Stahl kontra Oslo City.) Und dies ist es ... genau dies ... genau *hier* liegt es.

Soll ich weitermachen? Kann es trotzdem noch zum Rohmaterial für irgend etwas werden?

»Phantastisch. Hat gelebt wie ein Japaner«, sagte sie. »Und dann diese entstellten Bäume, wie heißen die wieder ... banzai?« Es wirkte so, als ob der Gedanke an Japan sie die nächste Krabbe mit einer anderen Einstellung pulen ließe, mit manierierten Bewegungen.

»Bonsai«, sagte ich.

Vor ein paar Tagen wußte auch ich noch nichts über Bonsai. Ich hatte mit einem gewissen Unglauben über Davidsen gelesen. Besonders die Zeitungsillustrationen ließen mich Mund und Augen aufsperren. Die Fotografien waren einem skandinavischen Wohnmagazin entnommen, so einem, das gelungene Interieurs in allen Variationen zeigt, so daß der Rest der Bevölkerung ein schlechtes Gewissen bekommen kann oder etwas zum Träumen hat. Ich fand die Nummer in der Bibliothek. Hier sah man Davidsens erstaunliche Penthouse-Wohnung in einem sanierten Quartier von Grünerløkka auf vier farbenprächtigen Doppelseiten. Zimmer mit Tatami-Matten, durchsichtigen Papier-Schiebetüren, Bambusvorhängen und niedrigen Möbeln, japanische Steinlaternen auf der großen Dachterrasse und ein Bad, »getäfelt mit aromatischer Zypresse«. Alles ansprechend einfach und elegant, ich mußte es zugeben. Mein Respekt vor Davidsen stieg ein bißchen. Nicht nur, daß er Peruaner war, er war auch Japaner.

Das Bemerkenswerteste an der Wohnung waren dennoch die Bonsai-Bäume, diese Zwerggewächse, die mich an windzerzauste Fichten und Birken am Meer und im Gebirge denken ließen. Davidsen, dieser kompakte Kerl, sollte Spezialist — landesbekannt in einem exklusiven Milieu — für Bonsai sein. Das größte Bild zeigte einen Wald aus solchen kleinen Bäumen in Keramiktöpfen, innen und draußen auf der Terrasse. Der Bursche hatte einen ganzen botanischen Garten in der Wohnung. Das überstieg selbst meine wildesten . . . Die Zeitschrift referierte Davidsens Erklärung zu siebenhundert Jahre alten Bonsai-Bäumen, lebendigen Antiquitäten, immer in der Entwicklung und als Kunstwerke nie vollendet. Meinem Freund mit dem auffälligen Bart zufolge sollten diese Miniaturen künstlerische Kopien natürlicher Bäume sein. Sie sollten einem die Illusion eines wirklichen Baumes vermitteln. Ein Blick auf ihn sollte in die Seele Ruhe einkehren lassen. »Die Taoisten glauben, daß man, indem man einen Gegenstand verkleinert, alle seine magischen Eigenschaften konzentrieren und manipulieren kann. « Ich kann nichts anderes sagen, als daß ich — nach dem Schock — mich von diesen Gedanken angezogen fühlte. Ich las über die anspruchsvolle, fast chirurgische Arbeit des Beschneidens. (Ich versuchte, Davidsen vor mir zu sehen, die großen Hände.) Ich las von den vielen Stilen, von allen möglichen Formen der Stämme, wie sie nach Kriterien beurteilt wurden, von denen ich geglaubt hatte, sie seien Gemälden und Skulpturen vorbehalten. Am faszinierendsten war die Beschreibung, wie man die Stämme in die gewünschte Form bog, indem man sie mit Kupfer- und Aluminiumdrähten befestigte. Mir schauderte bei dem Gedanken, aber es gefiel mir trotzdem: die Möglichkeit, etwas in eine andere Spur zu zwingen. Könnte man etwas Entsprechendes mit der menschlichen Wirbelsäule machen? Mit dem Gehirn?

Wieder hatte ich die Gewißheit, Dinge zu lernen, die ich unter anderen Umständen nicht hätte lernen können.

»Die müssen pervers sein, die Leute«, sagte sie. »Kein Wunder, daß die abgemurkst werden. Vielleicht hat er's nicht besser verdient. Jeden Abend dahocken und Bäume quälen.«

»Verkrüppeln?« Das Wort fiel mir ein.

»Was hat er gegen normale Bäume?« Sie hatte einen Petersilienstengel in die Hand genommen, studierte ihn. Ein Baum en miniature. Ich dachte an die Möglichkeit, daß wegen Davidsen noch mehr Norweger mit Bonsai anfangen könnten. Sicher. So wie ich es beurteilte, würde Norwegen, als Nation, keinen Schaden daran nehmen.

»Was hast du gegen Kunst?« sagte ich.

»Du *bist* Philosoph.«

Ich will nicht verhehlen, daß ich gern hier saß und dieser Frau zuhörte. Ich sah sie als eine Repräsentantin für ... Ich wußte, daß sie trotz ihrer »Einfachheit« ein mindestens ebenso ungewöhnliches

Leben lebte wie Davidsen, daß man ein halsbrecherisches Epos über sie schreiben könnte, ja, allein über die Schneescooterfahrten. Ich spürte auch, daß ich einen gewissen ... einen wertvollen Einblick darin bekam, wie der einfache Norweger die Todesfälle in Oslo betrachtete. Und die Opfer. Diese Stimme war in den Nachrichten nie zu hören. Die Perspektive mit der Finnmarksvidda erschien mir plötzlich als ein Faktor, der den Fall auf den Kopf stellen konnte. Ich glaube sogar, der Gedanke, dorthinzufahren (lieber als nach Tonga), tauchte kurz auf.

Ich erinnere mich, sie sagte etwas davon, daß wir zu ihr nach Hause fahren sollten, statt hier zu sitzen, ich hätte anscheinend Verstand ... Ich war nicht anwesend. Sagte sie etwas in der Richtung, daß ich sicher mehr könnte als fischen? Ich sah hinaus zu Oslos Sternennebel, konnte nicht genug kriegen von dem Bild. War es möglich, *dahinter* zu kommen? Hatte nicht irgendein Philosoph um einen festen Punkt gebeten, um die Welt aus den Angeln heben zu können? Ich würde eher sagen: Gib mir einen schwachen Punkt, und ich steige ein in eine neue Welt. Nein, nicht eine andere Welt. Dieselbe, aber eine *größere* Welt. Gib mir einen schwachen Punkt, und ich *öffne* die Welt.

Als ich mich im Lokal umguckte, war die Dame verschwunden. Mein Blick fiel auf sie, wie sie die Treppe hinunterging, Arm in Arm mit einem Mann, der sichtlich betrunken war. Vom Fenster aus sah ich, daß sie ein Taxi nahmen.

Ich verließ als einer der letzten das Ekeberg. Ich blieb draußen stehen und sah zur Stadt hinüber. Ich konnte mich nicht entschließen zu gehen. Ich hatte einen Drang zu starren — so lange zu starren (oder den Blick zu einer anderen Qualität zu zwingen, einer Art Infrarot), daß die Stadt oder die Welt langsam durchsichtig wurde und ihre innere Mechanik preisgab, etwas in der Art wie die Empfindung, die man haben kann, wenn man einen Flügel betrachtet, dessen Gehäuse aus Glas ist. Oder so lange zu starren, daß nur noch das Muster übrigblieb, wie ein Teppich, bei dem vom Tiger nur noch die Streifen da waren, der Tiger sublimiert war zu seiner Essenz, der tiefsten Idee eines Tigers.

Ich begann, auf die Stadt zuzugehen. (Hatte ich selber Angst vor Taxifahrern, eine Möglichkeit?) Ich empfand eine schöne Erregung. Ich kann es nur mit dem Kribbeln unmittelbar vor der Ejakulation vergleichen. Nur daß diese Erregung anhielt. Sie hielt schon wochenlang an. Ich bog an der Seemannsschule rechts ab und folgte den Straßenbahnschienen den Hang hinunter. Während ich die Stadt im Auge behielt, fiel mir die aparte Ausstellung ein, die ich ein paar Tage zuvor besucht hatte. Ein mir unbekannter Fotograf hatte die Publizität seines Lebens erlangt, indem er Fotografien der fünf Tatorte ausstellte. Alle Bilder waren nachts aufgenommen. Auf einzigartige Weise kam auf ihnen eine . . . Mystik zum Vorschein, die ich in diesem Fall zuvor nicht wahrgenommen hatte. Besonders daß ich alle Orte in Schwarzweiß sah, gab mir neue Impulse. Sämtliche Plätze waren verlassen und brachten den Gedanken auf fremde Städte, Landschaften, die nichts mit Norwegen oder Oslo zu tun hatten. Oder als hätten die Gebäude und Straßenabschnitte nichts zu tun mit Menschen. Alles war so verlassen, so *öde*, so fern, so ... ich habe das Wort: irreal. Ich ließ mich durchdringen von dieser Umgebung, empfand eine Mischung aus Schrecken und Fazination. Die Leute drängten sich um die Bilder. Besonders viele Jugendliche, Mädchen mit schwarzgefärbtem Haar und Jungen mit Pferdeschwanz. Ich hörte aufmerksam hin, wenn sie Kommentare abgaben. Ich fand die Sätze herausfordernd. Viele von ihnen handelten von fototechnischen Finessen, vom Korn, von Blenden, von Komposition. Mir gefiel es, diese phantastische Kausalkette vom lebenden Becker zu diesen fotokundigen jungen Menschen mit schwarzgefärbtem Haar und Pferdeschwanz. Ich bestellte mir ein Glas Mineralwasser im dazugehörigen Café und hörte den lebhaften Gesprächen zu. Ich schnappte Worte auf wie »verräterisch«, »Hiroshima«, »Kulissen«, »Dunkelkammerarbeit«. Ich beobachtete die eifrigen Gesichter. Die Jugendlichen schienen eine andere, eine ... frischere Auffassung von diesen Begebenheiten zu haben. Für sie war das Ganze ein Einfallswinkel, ein Zeichen. »Eine Metapher«, wie ein Junge mit Pferdeschwanz es ausdrückte. Ich machte noch einmal die Runde und sah mir die Fotografien an. Ich hatte das starke Empfinden, daß die Lösung sich finden ließ, daß ein Gesicht hervortreten würde, sähe man nur gut genug oder lange genug die Bilder an.

Irgendwo auf der Straße fand ich eine rote Rose im nassen und fast aufgelösten Laub auf dem Trottoir. Von derselben Stelle aus konnte ich mein eigenes Hochhaus sehen, und vor ihm Grønland mit dem Polizeipräsidium. Freute ich mich? Ja, ich freute mich. Die Dinge fanden ihren Platz. Auch schneller, als ich gedacht hatte. Die Leute waren unerwartet entgegenkommend. Am Montag sollte ich anfangen. Ich hob die Rose auf und beglückwünschte mich selbst. Im Augenblick hieß es nur, alle Sinne offenzuhalten.

Als ich unten am Mosseveien war, an der Kreuzung Oslogate, hielt ein Auto an . . . ich würde es eine Vollbremsung nennen. Ich dachte, der Fahrer kann nicht nüchtern sein. Eine Tür ging auf, und ich hörte Grölen und Lachen, laute Musik aus dem Radio. Eine Dame schob sich heraus. Das heißt: erst kam ein Koffer, dann die Beine, dann der Körper und dann — kein Gesicht, sondern ein großer, breitkrempiger Hut. Das Auto raste davon. Die Frau stand noch da, mit schwankendem Körper. Der Koffer machte mich maßlos neugierig. Was hatte sie darin? Sie winkte mir zu, lächelte, signalisierte, ich solle zu ihr kommen.

# III

# 17

Es ist Januar, und die Temperatur ist über Null. Osloer Regen fällt auf den Asphalt. (Ich habe es versucht mit »ein dichter und weicher Regen«, »ein milder und stiller Regen«, »ein monotoner und anhaltender Regen«, aber »Osloer Regen« muß reichen. Osloer Regen ist Osloer Regen. Das bißchen Schnee, das vor Weihnachten fiel, ist geschmolzen, jedenfalls im Stadtkern. Dennoch kann das Wetter nicht die festliche Atmosphäre zerstören, als wir einbiegen auf den Platz, wo uns die Glaswände der Vorhalle entgegenstrahlen, wirklich strahlen — ein funkelndes, aktives Licht, wie weiße Papierschlangen im Dunkeln. Wir glitten in den Strom von Menschen mit Regenschirmen, die meisten herausgeputzt, die meisten mit einer Art Glühen im Gesicht, das seine Entsprechung in den polierten Granitflächen des Gebäudes findet (oder umgekehrt). Ich habe das Gefühl, an Bord eines Vergnügungsdampfers zu gehen.

Im Gedränge an den Türen streiften wir einen Prominenten, der sich den Anschein gab, ungeduldig auf jemanden zu warten (oder wollte er nur gesehen werden?). Ingeborg gab mir ein Zeichen — sie wußte vielleicht sogar, wie er hieß — während unsere Eintrittskarten abgerissen wurden und wir in das marmorverkleidete Foyer und zu den Garderoben kamen. Ich dachte unwillkürlich an Eis. Ich befand mich auf einem Vergnügungsdampfer auf Kreuzfahrt in der Polargegend, zusammen mit Zelebritäten. Wie auch immer: eine neue Reise, eine neue ... Entdeckungsfahrt. Ich war guter Laune, auch wegen des Jobs.

Wir legten ab und stellten uns kichernd vor den den Spiegel (als ließen wir uns fotografieren). Ingeborg trug ein Kleid aus Singapur, blau, ein Blau, das ... Ich bemerkte die Blicke der Männer. Sie ließen sich an der Nase herumführen. Sie wußten nichts von Ingeborg. Wer von ihnen hätte geglaubt, daß sie die größte Elefantensammlung Norwegens besitzt? Daß sie einen Messingelefanten hat, der den Rüssel bewegen und drei verschiedene Fanfaren blasen kann?

Ich ging in die Toilette. Die Idee, die Pissoirs in einem Halbkreis anzuordnen, wirkte überraschend originell. Ich hätte es gern gesehen, wenn wir hier zu mehreren gewesen wären, ich war neugierig auf die Wirkung des Arrangements. (Ich erinnerte mich an den kollektiven Druck, den ich empfunden hatte, als ich vor den Redaktionsräumen in der Akersgata die Zeitungen las.) Ein seltsamer Klang strömte aus Lautsprechern in der Decke. Ich stutzte. Es wirkte wie sphärisches Rauschen (ohne daß ich sagen könnte, wie sich das anhört). Ich faßte es ohne weiteres als einen ... vorbereitenden Klang auf, eine Art auditives Äquivalent zum Testbild im Fernsehen.

Ingeborg hatte gute Plätze besorgt. Ich empfand beinah ... ich glaube, ich muß sagen *Demut* angesichts der Tatsache, daß sie die Eintrittskarten vor mehreren Monaten bestellt hatte. (Warum greife ich ständig zu diesen archaischen Wörtern wie »Demut«, Wörtern wie Ururgroßväter in ovalen Rahmen an der Wand zu Hause?) Die Sitze hatten luxuriöse Rückenlehnen und waren mit goldgestreiftem Samt bezogen. Ich spekulierte, was für eine Wandtäfelung das war, ein warmes Braun. Mahagoni? Ich studierte das Programm, schwarz mit schönen weißen Buchstaben . . . ich glaube, die Schrift heißt Antiqua. Meine Aufmerksamkeit für solche Dinge ist in letzter Zeit größer geworden. Ingeborg legte die Hand auf meinen Schenkel. Mir gefiel das. Nicht diese kultivierte (oder soll ich sagen »kleinbürgerliche«) Position auf dem Arm, sondern auf dem Schenkel, und zwar ziemlich weit oben, mit einem kleinen Druck vom kleinen Finger.

Das Rauschen aus den Lautsprechern auf der Toilette fand seine Erklärung. Es war der Klang des Orchesters, das die Instrumente stimmte. (Die Mikrofone hingen von der Decke herunter.) Immer mehr Musiker strömten herein, die Herren im Frack und weißen Hemd, die Damen in schwarzen Kleidern. Einen Augenblick lang erwartete ich beinah, *sie* werde auftauchen. Das Podium hatte etwas von einem Ameisenhaufen. Ich fand Gefallen an dem Anblick, dieser wahnsinnigen Verwirrung; den Orchestermitgliedern, die, nachdem sie Platz genommen hatten, sofort frenetisch zu spielen begannen, als glitten sie innerhalb von einer Zehntelsekunde in eine total andere Welt, in der nichts anderes existierte als sie und die Töne, die sie aus dem Instrument herausholten. Und dieser unbeschreibliche Klang, diese *Summe* von Klang, die entstand, weil alle unterschiedliche Sequenzen spielten. (Ich dachte an Oslo City, das Summen, gebildet von Tausenden von Gesprächsfragmenten.) Und wenn dies nun das *Stück* wäre, dachte ich. Eine Programmänderung. Etwas Experimentelles — und das Publikum hätte es nicht gemerkt, daß vielleicht auch sein Stimmengewirr als ein Teil des Ganzen mit eingerechnet war. Ich konzentrierte die Ohren aufs äußerste. Eigentlich war mir dies *genug*. Das Konzert selbst war überflüssig. Der Abend hatte sich schon völlig ausgezahlt. Ingeborgs kleiner Finger preßte unmerklich gegen die Innenseite meines Schenkels, aus dem Augenwinkel sah ich, daß sie lächelte, daß ihre Augen einen Glanz hatten, den ich als —

Während ich die Turbulenzen auf der Bühne beobachtete, verlor sich der Klang vom Orchester. Das Chaos wirkte so natürlich, daß es lautlos, daß es zu einer Art Stille wurde, in der die Gedanken gedeihen konnten bis zur Vollkommenheit, sich in alle Richtungen ausbreiten, gleichzeitig, überall hinreisen, in alle Zeiten, alle Schichten des Bewußtseins — ich wünschte, es würde andauern, der Erste Geiger wäre nie aufgestanden, um den Stimmton anzugeben. Ich höre noch jetzt — mit Aversion —, wie es klang, als die Kakophonie sich verengte und im selben Ton konvergierte. Mir mißfiel das, diese plötzliche und unnatürliche Ordnung, die entstand, dieser . . . wie ist die Bezeichnung . . . servile Gehorsam. Als setzte eine Schar von Originalen plötzlich die gleiche Maske auf.

Ich war überrascht, wie . . . brutal deutlich ich das Horn zu Beginn des Ersten Satzes hörte. Ging es allen so oder nur mir? Ich hatte einen guten Blick auf die Hörnergruppe. Erst jetzt bemerkte ich sie richtig, das heißt, diejenige, die eingesprungen war für *sie,* die Hornistin. Früher wußte ich nicht, daß es »Hornist« heißt. Ich lerne ... erfahre immer mehr. Die neue Hornistin war dunkel, mit hohen Backenknochen und exotischen Zügen — das lag vermutlich daran, daß sie die Augen mit Kajal umrandete. Waren ihre Züge nicht ein bißchen asiatisch ... oder polynesisch? Wenn sie nun aus Tonga war? Ich spekulierte, was sie wohl dachte. War sie dankbar? Wie hatte sie reagiert, als ihr ganz unerwartet ein Platz in der Osloer Philharmonie angeboten wurde, einem Orchester, das zur Zeit internationale Anerkennung erntete?

Das Licht im Saal war gedämpft. Das Podium lag wie ein erleuchtetes Floß vor uns. Der ausländische Dirigent hatte struppiges Haar und einen kurzgeschnittenen Vollbart. Ich hatte sofort ein vertrauensvolles Verhältnis zu ihm. Er benutzte keinen Taktstock. Ich interpretierte dies so, daß er ... direkt kommunizieren wollte. Ich wußte, daß er —

Ich habe nicht die leiseste Ahnung von Musik, aber rein intuitiv sprach diese Musik mich an. Sie war anders. Ganz eigen. Eine Musik mit ständigen heftigen Umschwüngen und Veränderungen. Schöne Passagen wurden abgelöst von etwas Marschartigem, das mich an Beerdigungen denken ließ. Es paßte im Grunde. Und gleich darauf: die gleiche Sequenz verzerrt, verdreht zu Jahrmarktsmusik (Hamlet, während er mit dem Totenkopf jongliert: »Wo sind nun deine Schwänke?«), und die vorige melodiöse Partie ebenso unvermittelt als etwas Groteskes wiederholt. Ich war empört. Oder erregt. Wieder diese sich durchhaltende Erregung. Auch aufgrund der Kombination Klang/Bild. Das Podium brodelte von einer gewaltigen und unerwarteten physischen Zurschaustellung. Das tänzerische Auftreten des Dirigenten und die Gesten der Musiker, ihre Hände und Köpfe bei der Arbeit ließen die Bühne wirken, als sei sie in Bewegung. Hinzu kamen der Glanz und die Lichtreflexe von den Instrumenten. All dies verwandelte das Orchester in eine ... märchenhafte webende Maschine. Und die Musik — man *sah* fast den Klangteppich, der vom Podium aus entrollt wurde, wie ein ... Aus irgendeinem Grund tauchten Bilder von Vaterland in mir auf. Der Gedanke an ein grandioses Bauen. Besonders die Hörner, diese raffinierten Konstruktionen aus gebogenem Messingrohr und Ventilen, glichen kleinen Maschinen. Ich verfolgte ständig die Hörnergruppe, ließ mich beeindrucken von den Klangvariationen — von dunklen, warmen Tönen bis hin zu gellenden Fanfaren —, soweit ich begriff, auch mit Hilfe der Hand hervorgebracht, die verborgen in der Öffnung liegt (so daß der Arm amputiert wirken kann)

Sobald die ersten Takte des Zweiten Satzes erklangen, bekam ich eine Erklärung für die Spannung, in der mein Körper sich befand. Die Symphonie war ganz einfach identisch mit der auf der Platte, die ich mehrere Monate zuvor zu Hause ein paar Sekunden lang gehört hatte. Es verblüffte mich — oder vielleicht nicht —, daß ich mich an die Passage so gut erinnern konnte: dieses Jagdsignal von einem Waldhorn, wiederholt von einem schwächeren Echo. Irgenwie hätte ich wissen müssen, daß hinter einer solchen zufälligen Handlung damals eine Absicht steckte, daß sie auf etwas vorgriff. (Das Wort »zufällig« ist also deplaziert.) Ich mußte an Walgesang denken, zwei Wale, jeder an seinem Ende des Pazifiks. Etwas an der Musik, dies Verzerrte, gab mir außerdem die Illusion, in einem Wrack zu sitzen. In etwas Versunkenem. (Habe ich nicht sogar mehrere Filme über untergegangene Luxusdampfer à la *Titanic* gesehen, in denen das Leben an Bord auf dem Meeresgrund weitergeht?) Als der Rest des Orchesters einfiel, glitt ich fort, hinab. Ohne etwas davon zu verstehen, bin ich versucht zu sagen, daß die Musik eine Welt erlöste, die bisher stumm gewesen war, von der ich aber gleichwohl wußte. Eine Welt darunter, eine Welt daneben. Ich saß auf dem Grund des Meeres, in einem Wrack *(Titanic?)*. Umgeben von Dekadenz — Marmor, Flügel, Mahagoni. Herausgeputzte Bürger. (Ich war selbst im schwarzen Anzug.) Einen Augenblick wünschte ich mir, ich hätte auf der Toilette sitzen und mir dies anhören können. Die Musik verschwand, oder sie war weiter zu hören in einem Teil des Gehirns, den ich abgeschaltet hatte, als ginge ich in ein anderes Zimmer und schlösse die Tür hinter mir. Ich lehnte mich zurück, während ich die Hornistin im Blick behielt. Was ging in ihrem Kopf vor? Ich wußte nicht einmal, wie sie hieß. Ich dachte an Ruth Isaksen, die viele Jahre lang mit ihrem Horn auf diesem Platz gesessen hatte.

Als sie mich ansprach, an der Kreuzung unter dem Ekeberg-Rücken, kannte ich ihren Namen selbstverständlich nicht. Sie fragte mich lächelnd, wo ich hin wollte, sah die Rose an, die ich in der Hand hielt. Ich zeigte (zeigte ich in die Luft?). »Würdest du so nett sein, mir den Koffer ein Stück zu tragen?« fragte sie mit heiserer Stimme. (Weil sie gegrölt hatte, oder weil die Stimme so war?) Ich nahm also den Koffer, und wir begannen, zusammen die Oslo gate hinunterzugehen, an der Kirche von Gamleby vorbei. Siekich erte die ganze Zeit, fragte mich komische Sachen, machte sich gewissermaßen lustig über mich. Ich mochte sie sofort. Sie hatte etwas Würdiges. Sie war offensichtlich auch eine originelle Dame, mit dem großen Hut, sicherheitshalber mit Hilfe einer langen Hutnadel durch das Kopfteil im Haar verankert. Ich nannte sie »Musketier« und war guter Laune. Ich plauderte, machte Bemerkungen, die wie von selbst fielen. Sandte sie zu ihr hinüber. Bekam Antworten, witzig, scharf. Ich fühlte mich im Besitz eines starken Verstandes. Die Nacht schenkte Einsicht. Zwang mich, ein anderes Orientierungssystem in Gebrauch zu nehmen, eines in der Art, wie es Delphine verwenden (ich dachte an Becker). Unhörbare Schreie aussenden, um die Wirklichkeit zu kartieren. Meine Ohren kamen mir auch ungewöhnlich hellhörig vor, eingestellt auf einen besonderen Kanal, oder wie soll ich sagen. Wir gingen an einem geschlossenen Gasthof auf der linken Seite vorbei. »Bogdan spielt jeden Abend!« stand auf einem Plakat im Fenster. Ich hätte Bogdan gern spielen hören. Ich glaube, ich hätte gerade jetzt von Bogdans Spiel viel gehabt. Wir warteten eine Ewigkeit, um über die Bispegata zu kommen, die selbst um diese Zeit stark befahren war. Sie sagte etwas. Ich konnte die Worte bei dem Krach der Autos nicht hören, hörte trotzdem ... etwas anderes. Ein Rauschen? Ich wollte wissen, was im Koffer war. Er war nicht besonders schwer. Ich hatte das quälende Gefühl, daß es kein gewöhnlicher Koffer war. Gleich nachdem wir die Straße überquert hatten, zog sie mich mit sich zu einer schmalen Pforte in einer Mauer an der Ecke. Ich begriff nicht, was sie wollte, bekam einen Augenblick Angst.

Die Musik war seltsam, brachte mich in Verwirrung. Eine Mischung aus etwas Altem und etwas radikal Neuem. Zuallererst dachte ich an einen Oldtimer mit einem neuen Motor. Mitten in einer Passage, die man scheinbar schon mal gehört hatte, verschob sich alles in eine ganz andere Spur, mit eigenartigen Harmonien und Klängen, als mache sich der Komponist lustig über das, was man von ihm eben noch mit Wohlbehagen gehört hatte. Die Musik hatte Züge von Nacht. Eine Art beunruhigender Traum. Ein Anflug von Angst. Am Rande von etwas, das ich nicht verstand. Ich dachte an diese Bonsai-Bäume, mit Hilfe von Kupferdraht zu künstlichen Formen verdreht. Ingeborg war völlig absorbiert (»entzückt« ist vielleicht der Wahrheit näher, falls ich nicht einfach sagen sollte »verzückt« oder »verführt«). Erst jetzt fielen mir ihre Ohrclips auf, emaillierte Dreiecke mit Jugendstilmuster, blau und weiß. Ich begriff, sie waren sorgsam ausgewählt, um im Stil zu der Musik zu passen, die der Dirigent mit seinen eifrigen Händen skulptierte, nein, webte. Jedesmal, wenn die Hornisten Pause hatten, drehten sie ihr Instrument im Kreis, wie das Lenkrad eines Autos, ein jäher Schwung, und zogen einen Bügel heraus, den sie zum Boden hin schüttelten, bevor sie ihn wieder einsetzten und erneut drehten, sich das Horn auf den Schoß legten und an den Ventilen fummelten. Die Prozedur faszinierte mich und lenkte mich zugleich ab. Höchstwahrscheinlich hatte es etwas mit Speichel oder Kondensation zu tun. Der Gedanke an all den Speichel (auch von dieser Frau) gab, so seltsam sich das anhören mag, der Musik eine neue Dimension, etwas Körperliches, vielleicht sogar Sexuelles. Mitten in alldem wiederholte ich plötzlich die französischen Namen der Gerichte, die ich Monate zuvor gegessen hatte, *vol-au-vent aux quenelles de gibier et homard, filet mignon aux epinards et marrons glacés.*

Hinter der Pforte in der Mauer war es furchterregend dunkel. Ich dachte zunächst, sie wolle mir etwas zeigen — etwas Unheimliches, Geheimes. Der Gedanke an eine Leiche stieg in mir auf. Dann aber erzählte sie, sie wohne gleich nebenan und pflege, ja, genieße es, diese eigenartige Abkürzung zu nehmen. Sie sagte nichts davon, daß die Gegend unheimlich sei, daß sie Angst habe, allein zu gehen, oder etwas in der Art. Die heisere Stimme verriet, daß sie sich über meine Unsicherheit und mein Zögern amüsierte. »Komm schon, es ist nicht gefährlich.« Und warum flüsterte sie? Ihr Gesicht lag die ganze Zeit im Schatten unter der breiten Hutkrempe. Wie sah sie aus? Warum war sie so aufgedreht? Wo waren wir? Ich wohne in dieser Stadt schon mein ganzes Leben, aber es gibt tausend Stellen, wohin ich noch nie den Fuß gesetzt habe. Die Unsicherheit wich der Spannung. Was würde passieren? Vor uns sah ich einen offenen Platz — oder eine ebene Fläche. Wir gingen auf einem fliesenbelegten Weg, Stufen hinauf. Rundherum ahnte ich Rasen. Ich dachte — obwohl ich bei dem Gedanken lachen mußte —, wir befänden uns in einer Art Labyrinth. Ich sagte etwas. Die Stimme klang eigentümlich, unbekannt. Als hörte ich sie zum erstenmal auf Tonband. Sie setzte sich auf eine Bank, die aus dem Dunkel auftauchte, bedeutete mir, ich solle daneben Platz nehmen. Es war kalt. Warum wollte sie sich mitten in der Nacht hinsetzen, einer kalten Nacht, und *hier*? Und mit mir, einem Fremden? Warum war sie so sicher, so guter Laune? »Horch«, sagte sie (die heisere Stimme). Horchen? Auf was? »Horch«, sagte sie wieder. Sie wirkte geheimnisvoll. Ich hörte nur den alles übertönenden Krach von den Autos, der jedesmal die Schmerzgrenze erreichte, wenn ein Lastzug jenseits der Mauer vorbeidonnerte, die der Bispegata folgte, so daß der Boden schwankte. Unglaublich. Als sitze man im . . . Mittelalter, mit dem zwanzigsten Jahrhundert jenseits der Umzäunung. Ich horchte trotzdem. »Hörst du das *dahinter*?« sagte sie. Was dahinter? Ich strengte mich wirklich an. Hinter oder unter (vor?) dem Verkehrslärm hörte ich vielleicht ein Rauschen. »Hörst du den Ton?« sagte sie. Ich hörte keinen Ton, nur dieses Rauschen, als hätte ich eine falsche Wellenlänge eingestellt oder einen Sender, der das Programm beendet hatte. »Hörst du nicht den Laut der Blätter, die von den Bäumen fallen?« sagte sie. Neben uns *sah* ich tatsächlich ein Blatt, das von einem Baum fiel, ganz deutlich vor den gelben Schildern am Galgen über der Kreuzung. Es mußten die absolut letzten Blätter des Herbstes sein. (Wurde ich etwas wehmütig?) »Das Leben eines Menschen ist nicht sichtbarer oder hörbarer als der Laut eines Blattes, das in einer dunklen Nacht durch die Luft sinkt«, sagte sie, spielte das Banale (Pathetische?) herunter, indem sie ... Sie lachte leise. Warum lachte sie? Warum sagte sie so etwas? Was hatte sie erlebt an diesem Abend, in den Stunden, bevor wir einander begegneten, in diesem Auto? Was hatte sie in dem Koffer? Ich entdeckte ein halbzerrissenes Reklameplakat an der Brandmauer auf der anderen Straßenseite; ein Tiger im Sprung. Auffallend unnatürlich — hoch oben in der Luft und in dieser Kälte. Und fluoreszierend, fast leuchtend. Wie sah sie aus? Was hatte sie in dem Koffer? Ich wußte nichts von ihr, und alles, was ich nicht von ihr wußte, erfüllte mich mit tiefer Zufriedenheit.

Der Dirigent arbeitete energisch. Ab und zu hatte ich den Eindruck, aufgrund seiner Handbewegungen, daß er den Klang selbst liebte, ihn mit seinen Fingerspitzen liebkoste. Das struppige Haar hatte jetzt einen feuchten Glanz. Die neue Hornistin trug ein schwarzes Kleid mit bis zur Schulter geschlitzten Ärmeln, zusammengehalten von Paillettenknöpfen in glitzerndem Blau, Grün und Rot. Aus irgendeinem Grund fand ich diese Ahnung von Haut überaus erregend. Ich verfolgte sie genau, sah, wie sie die Hand oder den Dämpfer in das Schallstück steckte und wieder herauszog, sah, wie sie das Horn in den Pausen umdrehte, den Speichel aus dem Bügel schüttelte. War ich ein bißchen stolz? Mehrere im Saal wußten ohne Zweifel von Ruth Isaksens tragischem (makabren?) Hinscheiden. Auch diese behielten vielleicht die Hörnergruppe im Auge. Über lange Partien hörte ich nichts anderes als die Waldhörner. Ich fühlte mich den Waldhörnern gegenüber wie ... ich hatte dieses Instrument aus der Anonymität des Orchesters herausgehoben. Ich lauschte. Ich hörte die Waldhörner, sie waren ein unentbehrlicher Teil der Klangfarbe. Es frappierte mich, es frappiert mich, wie wenig die Sprache mit dieser Musik zu tun hat. Dieser Mischung aus Ernst und ... wie ist der Ausdruck ... Mutwilligkeit. Unbekümmertheit ist vielleicht das Wort. Ich hörte einen Wiener Walzer — mein einziger Bezugspunkt sind diese Konzerte aus Wien am Neujahrstag im Fernsehen —, dargeboten als eine Parodie seiner selbst, ein gespenstischer Tanz, die Musik überschlug sich die ganze Zeit in ihrer eigenen Unmöglichkeit. Oder balancierte am Rande eines Zusammenbruchs oder einer neuen Musik, einer Musik, die ich nicht verstehen konnte. Einer anderen Welt direkt darunter, daneben, erschreckend, faszinierend. Ich saß da, ohne den Übergang bemerkt zu haben, und sah die Bauten Beckers vor mir. Auf dem Grund eines Meeres. Begleitet von ... Walgesang. Plötzlich durchbrach eine Mandoline das Klangbild. Und eine Gitarre. Ich reckte den Hals, entdeckte diese Instrumente. War das wirklich wahr? Daß Eva Weiner unter der Ankerbrua gefunden worden war mit einer Laute — einer Laute! — festgehakt an der Jacke? Die Frau auf dem Platz der Toten lebte sich stark ein in das Stuck, falls es keine Manier war. Ich entdeckte, daß sie roten Nagellack hatte. Ich fand ... ich will nicht moralisch klingen, aber ich fand es unpassend, die roten Nägel an dem goldenen Messing. In meinen Augen demonstrierte sie einen anstößigen Mangel an Respekt vor den Umständen, die so zu ihrem Vorteil gewesen waren.

Als ich ihr den Hut abnahm, dachte ich, ich wolle ihr Gesicht sehen. Sie hielt mir auch das Gesicht entgegen, schloß die Augen, bot mir die Lippen (oder kam mir das nur so vor?). Alles erinnerte an ein typisch »romantisches« Tableau. War nicht sogar Vollmond? Ich wollte sie küssen, als ich merkte, daß ich die lange Hutnadel zwischen den Fingern hielt; ich hatte sie wohl herausgezogen, um den Hut abzubekommen. (Das wußte ich einfach instinktiv.) Jetzt lehnte sie den Kopf an meine Schulter, die Augen immer noch geschlossen. Zufällig wandte sich ihr linkes Ohr genau der Spitze der Hutnadel zwischen meinen Fingern zu. »Hörst du?« sagte sie wieder — heisere Stimme, warmer Atem an meinem Hals. Was? Ich hörte nur die Autos, den Lärm von der Straße direkt neben uns, dieses Moderne, das dennoch so unendlich entfernt schien von dieser ruinenartigen Umgebung. Und dieses Rauschen, darüber oder darunter. Ein Rauschen wie vom Ventilationssystem eines Computers. Das Rauschen von der Festplatte des Daseins selbst. »Hörst du den schönen Ton?« sagte sie wieder. Plötzlich hatte ich Schwierigkeiten, die Irritation darüber zu unterdrükken, daß sie etwas zu hören schien, was ich nicht hörte. »Hörst du?« sagte sie. War nicht auch Vollmond? Und sah er nicht aus wie ein Fötus, durch eine Haut gesehen, ein Küken in einem Ei? Ich spürte einen Drang, ein Loch in diese Haut zu stechen, in diesen Krach, ein Stöckchen zwischen die Räder dieser Maschinerie zu stecken, die dieses Rauschen produzierte, es abzustellen, so daß das, was sie offenbar hörte, als ein klarer Ton zurückblieb. Ich sah den feinen Schein auf dem Stahl nur ein paar Zentimeter entfernt von ihrem Gehörgang, den Reflex von den orangefarbenen Straßenlaternen jenseits der Mauer. Sie hatte auch Ohrclips aus einem stahlähnlichen Material. Sie zogen einander an, die Hutnadel und die Ohrclips. »Hörst du«, sagte sie.

Ich kam zu mir, als Ingeborg, indem sie vorgab, mir etwas zuflüstern zu wollen, mich zärtlich und wunderschön hinters Ohr küßte. Ich spürte die Strahlung im Körper, und die Ohren öffneten sich wieder der Musik. Ich lauschte aufmerksam. An einem Punkt ging die Symphonie von etwas gewaltsam Chaotischem, etwas Dämonischem und Grausamem in eine abgeklärte Partie über, mit Zügen von etwas Fundamentalem; dieser üppige Klang, hervorgebracht von den Streichern, besonders Cello und Baß. Plötzlich war die Musik geprägt von so vielen Klangschichten, so dicht übereinander, so verschlungen miteinander, daß die Töne zu einer anhaltenden Umarmung wurden, direkt in den Körper drangen. Ich möchte es ohne Zögern mit dem Gefühl vergleichen, wenn man sich nach acht Stunden muskelverkrampfender Überstunden in eine warme Badewanne gleiten läßt. Reine Schönheit. Und mittendrin war mir, als *hörte* ich etwas. Was war das? Ich lauschte intensiv auf etwas ... hinter der Musik, ich hörte etwas unendlich Bezauberndes, in Ermangelung von etwas Besserem muß ich sagen: eine kleine Flöte, die aus einem dünnen Spalt im Überfluß der Töne erklang, eine Botschaft, ein Beweis von etwas ganz anderem. Oder, paradoxerweise: Größerem. Hatte Ruth Isaksen vielleicht *das* gehört? Ich war überwältigt, der ganze Körper reagierte. Ein starker Reflex auf dem Messinginstrument der Hornistin blitzte mir entgegen. Nach ein paar Minuten merkte ich, daß Ingeborg sich erneut zu mir drehte. »Was ist denn?« flüsterte sie. War etwas? Ich begriff nicht. »Du weinst ja.« Ich fühlte mit den Fingern. Ich war naß von den Augen bis zu den Mundwinkeln. »Ich weine«, konstatierte ich. Ich war überrascht. Sie lächelte, drückte leicht mit dem kleinen Finger an meinen Schenkel. Ich dachte, es liege bestimmt an diesem plötzlichen Reflex vom Horn, der das Auge geblendet, die Tränendrüsen irritiert hatte.

Als ich die Bank im Dunkeln verließ, hatte ich nicht das Herz, den Koffer zu öffnen. Es kam mir vor, als bräche ich in ihr Privatleben ein. (Oder wollte ich mir dieses Erlebnis aufsparen?) Ich erinnere mich, wie ich am St. Halvards plass vor dem Fenster eines Ladens stehenblieb, der alte Bauernmöbel verkaufte. Ich fand das verblüffend. Ich stand lange da und guckte hinein, musterte die verschiedenen rosenbemalten Gegenstände. In dieser Nacht schneite es auch zum erstenmal. Ich stand in der Wohnung und betrachtete die Schneeflocken, die fielen und fielen, so dicht, daß ich Vaterland unter mir wie hinter einem Schleier sah, wie die Konturen von etwas ... was auch immer.

Die Leute klatschten lange und begeistert (wir auch), riefen den Dirigenten mehrfach heraus. Die Geiger klopften mit dem Bogen an die Notenständer. Blumen. Das ganze Orchester stand auf. Wir standen auf. In gewisser Weise tat es mir leid, daß Ruth Isaksen dies nicht mehr erleben konnte, dieses in meinen Augen (Ohren) einzigartige Konzert. Ich glaube, sie hätte es ... sehr hoch eingeschätzt.

Hinauszukommen war so, als gehe man an einem anderen Ort an Land. Hatte ich nicht sogar Seegang im Körper? Roch es nach Salzwasser? Victoria

Terrasse hatte plötzlich Züge von Bombay. Die Schaufenster sahen aus wie Aquarien. Oder die Straßen und die Lichter — die ganze Stadt wirkte wie eine Parodie; als habe Mahlers siebte Symphonie es schwergemacht, die Wirklichkeit ernst zu nehmen.

Zu Hause wirkte die Wohnung unaufgeräumter als gewöhnlich. Ich weiß nicht, ob es an dem Konzert lag oder was es war. Mir gefällt es trotzdem, diese Atmosphäre ständiger Ummöblierung, als würden wir nie fertig, könnten uns nie entscheiden. Nach einem leichten Abendessen, Parmaschinken mit Melone, liebten wir uns ohne Vorspiel. Ich glaube, wir waren uns stillschweigend einig, daß die Musik Vorspiel genug war. Ich war völlig überrascht von Ingeborgs Orgasmus, wenige Sekunden nachdem ich in ihr war. Als stürze sie sich direkt in den Orgasmus. Und sie blieb dort, im Orgasmus. (Ich schreibe das mit einer gewissen Zurückhaltung. Doch meine ganze Kenntnis ihrer Sexualität, der körperlichen und mentalen Signale, spricht dafür, daß ich recht habe.) Sie hielt mich mit beiden Beinen fest, hing an mir, als falle und falle sie. Oder als steige und steige sie. Eine kolossale Umarmung. Wie eine Kraftprobe. Ich liebte sie weiter, während ihr Orgasmus anhielt. Eine Kulmination, die immer weiter kulminierte. Ihr Körper war ein einziger großer Muskel, beschäftigt mit dem Orgasmus, mit einer (das Wort liegt nahe) symphonisch verlaufenden Klimax. Oder mit einem neuen Orgasmus jenseits des Orgasmus. Ich sah einen Baum vor mir, einen Baum mit Ästen, die in den Himmel wuchsen, ihn ganz bedeckten. Wenn Ingeborg einen Orgasmus hat, liegt ein Konsonant weit unten in ihrem Hals, wie ein Stammeln oder ein Gurgellaut. Es können die verschiedenen Konsonanten abwechselnd sein. Ich habe sie immer um diesen Reichtum beneidet. Wenn ich komme, habe ich nur die Vokale. Heute abend sang sie die ganze Zeit auf einem langen M–m-m-m-m-m, und ich antwortete mit einem kurzen A. Ich bildete mir dennoch ein, daß es neu war, wie ein Buchstabe in Eva Weiners Alphabet, ein A, das ich nie zuvor von mir gegeben habe, ein Laut, der eigentlich vor dem ersten Buchstaben im Alphabet kommt.

Bevor ich einschlief, auf weißem Laken, unter einem weißen Federbett, fiel mir ein, daß das Waldhorn, die runde Form voller Bögen und Ventile, mich an etwas erinnert hatte: ein Gesicht aus Gold. Und nicht unbedingt ein menschliches Gesicht.

# 18

»Wenn du denkst an ... Wenn du es schaffst, dir diese Person vorzustellen ... Wie siehst du ihn vor dir? Wie einen Menschen, der Insekten fängt, um ihnen mit der Pinzette die Beine auszureißen?«

Er streckt die Beine aus. An den Füßen hat er solche Sandalen, wie sie Sportstars in der Freizeit tragen oder auf dem Weg zur Pressekonferenz oder Dusche.

»Ich weiß nicht«, sage ich. »Es könnte jedenfalls keinen überraschen, wenn er so ein Typ wäre.«

Er sieht mich nicht an, das Gesicht ist die ganze Zeit dem großen Fenster zugewandt, den vielen Lichtpunkten unter uns. Ich habe ein Glas in der Hand, einen eindrucksvollen Longdrink mit Früchten und Apfelsinenscheiben und mit einem farbenprächtigen Papiersonnenschirm am Rand. Als er mich fragte, ob ich Durst hätte, dachte ich, er wolle mir Orangensaft oder Wasser anbieten (oder XL-1!). Er kam mit diesem wahnsinnigen Longdrink. Ich habe keine Ahnung, wo er ihn herhat.

»Es ist zum Kotzen.« Das hat er an diesem Abend mehrmals gesagt. »Es ist einfach zum Kotzen.«

»Meinst du die Palästinenser?«

»Alles.«

Er läßt die Lichtpunkte weit unten nicht aus den Augen. Er hat ein Halbliter-Wasserglas zwischen den Händen, klirrt mit den Eiswürfeln. »›The Kid from Red Bank‹«, sagt er, nickt den Lautsprechern zu. »Die Leute hören das jeden Morgen, wissen aber nicht, was es ist. Achte auf das Arrangement. Neal Hefti. So dicht, daß man fast Klaustrophobie kriegt.«

Er trägt einen dieser Trainigsanzüge, einen offensichtlich funkelnagelneuen Anzug in kräftigen Gelbtönen und mit einem glitzernden amerikanischen Slogan auf der Brust (»Montana — The Treasure State«).

»So ein Mist, daß diese Ratten davongekommen sind.«

»Die sind doch nicht davongekommen«, sage ich.

»Sie sind davongekommen, was das Wichtigste betrifft.«

»Du glaubst immer noch, daß die es waren?«

Das Zimmer, in dem wir sitzen, wirkt nackt, vermittelt den Eindruck einer Wohnung, aus der jemand gerade auszieht oder in die er einzieht. Die Wände sind weiß. Der Boden hat abgelaugte Fichtendielen, keine Teppiche. Die großen Fenster, die die Schmalseite zur Stadt bilden, sind ohne Gardinen. Die Wände sind völlig nackt, abgesehen von einer Reproduktion der »Mona Lisa«. Das Gemälde hat ausnahmsweise nichts von einem Klischee. Es wirkt neu, genial. Es füllt den ganzen Raum.

»Ich weiß nicht«, sagt er. »Ich *war* sicher. Es ist lange her, daß ich mir einer Sache so sicher war. Und . . . Die ganze Arbeit. Sie hätten es verdammt gut sein können. Was, wenn ich recht gehabt hätte? Ich wäre . . .«

»Norweger des Jahres geworden«, sage ich.

Er klimpert mit den Eiswürfeln in seinem Glas, als irritierten sie ihn und als tue er alles, um sie zum Verschwinden zu bringen. Gleichzeitig sieht er mich an, lächelt. Wie lächelt er? Schüchtern? Entschuldigend? Oder *unschuldig*. Unschuldig ist das Wort. Das Lächeln eines Märtyrers. Als leide er, finde sich aber damit ab, weil er weiß, daß —

In der Ecke steht eine teure Stereoanlage auf dem Fußboden mit Kabeln zu zwei Lautsprechern in Rekordgröße, die den Raum mit Count Basies Bigband und einer Stimmung von ewigem »Punkt neun« und sorglosem Morgen erfüllen (obwohl es Abend ist und draußen alles schwarz). Wir starren beide aus dem Fenster, zur Stadt, während Count Basie Klaviertöne zwischen die gebündelten Blechbläser streut. Die Wohnung liegt am Holmenkollrücken, ein niedriger, verhältnismäßig neuer Block mit einer Aussicht, die den halben Preis wert ist. In gewisser Weise habe ich das geahnt. Daß er so wohnen mußte. In genau dieser Wohnung und mit dieser Aussicht.

»Ich *wußte*, daß diese PLO-Spur unrealistisch war, daß es nicht reichte. Gleichzeitig war es . . . eine Versuchung. Ebensogut wie irgendwas anderes.«

Er sitzt, liegt halb, auf einem weißen Sofa, das irgendwann einmal elegant und in Mode gewesen ist. Jetzt ist es abgewetzt. Als hätten sich Hunde hier ausgetobt. Ich sitze in einem verblichenen Liegestuhl. Die Farben des Stoffes erinnern mich an die Markisen in der Siedlung des Spar- und Bauvereins, wo ich aufgewachsen bin. Ich finde die Assoziation angenehm und heiter, sie harmonisiert mit der Stimmung, in der ich bin. Ich nippe an dem phantasievollen Longdrink. Er schmeckt nicht schlecht, absolut nicht. Nur ab und zu grunzt mein Gastgeber: »›Flight of the Foo Birds‹. *Hör* dir das Schlagzeug an.« Ich fühle mich wie an einem Strand, in einem Restaurant im Freien, am Abend; die Lichter der Stadt sind Wellen, Meeresleuchten. Oder vorbeifahrende Vergnügungsdampfer. Ich habe Angst. Es ist zu schön, um wahr zu sein. Doch es ist wahr. Ich sitze hier. Ich und Zakariassen. Wir sitzen hier. Theo Zakariassen und ich.

Ich überlege, was ich sagen soll. »Was jetzt?« sage ich. Das ist neutral, risikolos, eine Aufforderung. Ich habe eine ganz besondere Spannung im Körper. Etwas von dem, was ich in der Pubertät Mädchen gegenüber empfinden konnte. Oder als Junge einem Sportidol gegenüber. Oder dem König, als er in Mutters Heimatstadt eine Brücke eröffnete und ich nur eine Armlänge von ihm entfernt war. Oder —

Ich empfinde Spannung. Ich empfinde Energie. Ich empfinde Engagement. Ich empfinde . . . warum soll ich Angst davor haben, es zu sagen: eine mystische . . . Ich finde trotzdem nicht das Wort. Ich bin gleichwohl mit *ihm* zusammen, der einzigen Person, die mir helfen kann. (»Beistehen« ist vielleicht ein besseres Wort?) »Was jetzt, Theo?« sage ich. Ich habe das Count-Basie-Cover in der Hand, das Bild einer Atomexplosion, rote, gelbe, orange Farben.

»Wir müssen improvisieren«, sagt er. »Die einzige Möglichkeit.«

Er beginnt plötzlich, als sei das eine natürliche Verbindung, eine . . . haarsträubende Geschichte zu erzählen, eine völlig unwahrscheinliche Geschichte von einer Flucht. Ein gefährlicher Verbrecher. Etwas mit Löffeln, etwas mit Spalten. Ein Wächter und irgend etwas mit Glühbirnen. Etwas mit der Pritsche als Floß durch die Kanalisation. Und etwas mit einem Damenslip. Konnte ich das glauben? Ein Damenslip? Ich komme nicht dahinter, ob er selber in die Sache verwickelt ist. Mittendrin hört er auf, vergißt das Ganze, sieht hinaus.

»Wir müssen improvisieren«, wiederholt er.

Ein Couchtisch steht zwischen uns. Die Platte ist aus dickem Glas. Ich kann die ganze Zeit seine Beine sehen, die Frotteesocken und die Sandalen. In einem schweren Kristallaschenbecher liegt ein zerkauter Zigarrenstummel. Es ist keine Spur von Rauch im Raum, aber ich rieche den (nassen) Tabak. Er wird offenbar dem Mythos gerecht, daß er nur nach Beendigung eines Falls rauche. Neben dem Aschenbecher liegen ein Block und der Montblanc-Füllfederhalter. Ich entdecke eine Art weißen Stern auf der Spitze der Kappe. Vielleicht soll er das ewige Eis an der Spitze des Montblanc symbolisieren. (Schreiben als Bergsteigen?) Er gleicht einem Davidstern. Zakariassen schreibt nicht. Er hat den ganzen Abend nichts geschrieben.

Apropos schreiben: Mir sind Zweifel gekommen. (Liegt es am Sekretär — diesem Sarg, dieser Leiche im Keller?) Wieviel Zeit und Energie soll ich aufwenden, um die richtigen Formulierungen zu suchen? Ich habe die ganze Zeit geglaubt, darauf gebaut, das sei entscheidend. Als sei all das, in dem ich jetzt mittendrin bin, was ich erlebe, letzten Endes ein Ausdrucksproblem, eine Jagd nach Wörtern. Doch was bedeutet ein exaktes Wort? Ich denke nicht an die Art des Buchstabierens, daß nämlich Schlampereien bei der Buchstabenkombination höchst unterschiedliche Bedeutungen ergeben können. (Basilika. Basilikum. Basilisk.) Ich denke an das Suchen nach einem besseren Wort — dem Wort, das wiedergibt, am besten beschreibt, was ich erlebe. Wohlgemerkt den Gedanken. Nicht das Bild, nicht den visuellen Eindruck. Ich sehe selbstverständlich einen feinen Unterschied zwischen »abgewetzt« und, sagen wir, »abgenutzt«. Aber bedeutet das etwas Wesentliches? Und soll man schlaflose Nächte haben wegen der Entscheidung zwischen »groß«, »schwer« oder »massiv«? »Ein schwerer Kristallaschenbecher«. Kann die Entscheidung zwischen »schwer« und »massiv« Folgen haben? Komme ich mit einem von beiden der Wahrheit näher? Etwas sagt mir, daß ich mit diesen Bemühungen falsche Prioritäten setze, mich selbst betrüge.

Dennoch kann ich die Hoffnung nicht aufgeben, daß Dinge sich dematerialisieren oder durchleuchtet (wie beim Röntgen) ihr . . . abstraktes Wesen zeigen würden — ja, daß der Sinn des Daseins selbst enthüllt würde —, fände ich nur den genauen Ausdruck. Daß derjenige, der Herr über die Buchstaben des Alphabets ist, auch Herr der Welt werden kann. Oder seines eigenen Lebens. Und umgekehrt: daß ein falsches Wort wie ein Bug in einem Programm wirkt. Alles wird falsch. Das Programm tut etwas anderes, als es soll.

Ich weiß nicht. Ich werde immer unsicherer.

»Von all den Morden verwirrt mich dieser letzte am meisten«, sagt er. »Da stimmt einfach was nicht. Da ist kein System im Modus. Wer in Norwegen geht hin und sticht Leuten eine Hutnadel ins Ohr? Verdammt noch mal, so was macht doch nur die Mafia.«

Mafia? Ich wundere mich, daß keiner an die Mafia gedacht hat.

»Manchmal stelle ich mir vor, die Sache ist eine Nummer zu groß für mich, sagt Zakariassen. »Die Gegenseite seien Agenten.« Er sieht mich an. Ich nicke nur. »Ich denke an diese diffuse Spur, die wir im Zusammenhang mit dem Bordell gefunden haben ... Zu einem Geheimdienst. Irgendwie ist das alles zu gut gemacht. Ich fühle mich ... manipuliert, benutzt.«

»Eine Musikerin, die durchs Ohr ermordet wird ... Du mußt zugeben, das ist Ironie.« Ich sehe keinen Grund, das nicht zu sagen.

»Unglaublich. Jørgensen sagte, er wäre fast in Ohnmacht gefallen, als er den Koffer aufmachte und ein *Horn* fand. Er hatte alles mögliche erwartet, und dann: ein Waldhorn!«

Ich wäre gern dort gewesen. Ein kalter Morgen. Diese Frau auf der Bank liegend, halb bedeckt vom Schnee. Die weiße Landschaft. Der schwarze Koffer (das Behältnis für das Horn) auf dem Weg. Die Angst der Polizisten. Eine Bombe? Und dann: Sie öffnen ihn. Messing blinkt in der Morgensonne. Ein Horn. Ein schönes Kunstwerk aus gebogenen Röhren ... Ich hätte es gern gesehen.

»Und im Ruinenpark!« sagt oder stöhnt Zakariassen. »Einen Steinwurf vom Polizeipräsidium. Wie ein Hohn.« Er nimmt einen großen Schluck aus dem Glas. »Weißt du, was wir in Ruth Isaksens Taschen gefunden haben?«

Ich lasse den Blick von Mona Lisa auf sein Gesicht schweifen. »Nein.« Ich bin gespannt. Ich habe Lust zu raten, tu' es aber nicht.

»Einen Saphir. Einen großen Saphir. Wert vielleicht fünfzigtausend.«

Count Basie. Ein Dufthauch von der Zigarre (wie eine Versuchung). Oslo funkelnd unter uns, wie ein . . . Ich überlege, was ich sagen könnte. Finde nichts. Nippe am Drink. Fummle am Sonnenschirm. (Gehören diese Sonnenschirme nicht auf *Eis*?) Starre hinaus. Das Wetter ist milde. Abnorm warm. Niemand begreift es. So ist es schon seit mehreren Wochen.

Was mich am meisten überrascht hat, als ich die Wohnung betrat, war der Anblick eines Sternfernrohrs, eines schlanken weißen Zylinders auf langen Beinen vor dem Fenster, ein astronomisches Teleskop mit drei Okularen. Das Objektiv war auf die Stadt gerichtet, nicht nach oben. Mir gefiel das. Ich stellte mir Zakariassen als einen Gott vor, der über die Stadt wachte.

»Weißt du«, sagt er plötzlich, während er mit den Eisstückchen im Glas rasselt. »Bei diesem Fall habe ich ständig ein Gefühl, als . . . fände ich alte Schriftrollen. In brüchigen Krügen. In tiefen Höhlen. In öden Wüsten . . . Du findest sie nach unendlichen Strapazen. Schriftrollen, die zerfallen, während du sie entrollst, um sie zu lesen.«

Ich lache. Ich lache, um ihn aufzumuntern. Ich schätze seine Bilder. Er ist gut darin, Vergleiche zu finden. Aber ich sehe ihn nicht gern verzweifelt. »Ich bin sicher, du klärst den Fall auf, Theo. Mit deiner Phantasie. Vergiß nicht all die hoffnungslosen, so gut wie aussichtslosen Fälle, die du gelöst hast. Es ist nur eine Frage der Zeit.«

Mona Lisa und Count Basie. Ersteres ein Filter für letzteres, oder umgekehrt.

»Ich war in Israel«, sagt er. Es dauert einige Sekunden, bis ich die Verbindung sehe. Ich muß mal etwas über die Qumran-Rollen gelesen haben.

»Ich war in Jerusalem«, sagt er als Präzisierung (oder Zugeständnis), klirrt mit den Eisstückchen, sieht mich fragend an, als verrate er eine Schwäche und wolle die Reaktion ausloten. Ich gebe zu, das erstaunt mich, diesen harten Burschen durch Jerusalem wandern zu sehen (vor der Klagemauer?).

Er spricht weiter davon, erzählt, er habe, apropos Banknote aus Tonga, fünf verschiedene israelische Banknoten aufgehoben, weil sie alle verschiedene Tore in der Mauer rund um das alte Jerusalem zeigten. Aus irgendeinem Grund bewegte ihn das, daß Geldscheine Tore in die Heilige Stadt abbildeten. Als sie diesen *pa'anga* aus Tonga gefunden hatten, hatte er seine Scheine herausgesucht und festgestellt, daß auch auf ihnen ein Kreuz war, neben dem Tor. War das nicht geradezu verblüffend? Glaubte ich ihm nicht?

Sein Gesicht ist ... Sein Gesicht gleicht plötzlich —

»Wie viele Tore sind es?« frage ich.

»Weiß nicht. Elf. Oder zwölf?«

»Nicht einmal in die Stadt Gottes gibt es nur ein Tor«, sage ich. Der Satz kommt zu mir zurück, mißtönend. Er war vielleicht zu drastisch ... spöttisch. Nein. Banal, aber in Ordnung. Akzeptiert. Ein organischer Bestandteil des Gesprächs. Der besonderen Situation. Theo Zakariassen und ich.

Ich stehe vom Liegestuhl auf, stelle das Glas hin, nur noch der Sonnenschirm ist übrig, gespießt auf den Apfelsinenreiter. Ich sehe mich um und blättere aufs Geratewohl in den Platten. Unbekannte Namen (Jazz?). Ein paar Bücher sind an den einen Riesenlautsprecher gelehnt. Ein dickes Werk über nordische Flora, *Hamlet* (ich stutze), *Der Graf von Monte-Christo*, eine alte Familienbibel, Folioformat, mit Illustrationen von Gustave Doré. Da ich aufgestanden bin, bittet er mich, den Krug mit Eiswasser aus dem Kühlschrank zu holen.

Die Küche ist völlig leer. Wie eine Küche in einem Küchenladen, nur eine Ausstellung. Hypermodern, aber irgendwie komplett unbenutzt. Nicht ein Brotkrümel, nicht ein Fettfleck. Wie heißt das ... klinisch rein. An der Kühlschranktür kleben mehrere gelbe Haftnotizzettel. Soweit ich sehen kann, sind es Stichpunkte in Verbindung mit dem Fall. »Wer hat Davidsens Leiche gefunden?«, »Das Denkmal der Juden auf dem Østre gravlund überprüfen«, »Das Haschisch — nicht doch eine Spur?« Schwarze Füllfederhalterschrift. Viele Sentenzen, beinah Aphorismen. Wortspiele. »Eva Weiner — Weine Eva.« Mir fällt auf, er hat literarisches Talent. Im Kühlschrank sind der Glaskrug mit Wasser und Eiswürfel, ansonsten ist er *völlig leer,* abgesehen von — und das verblüfft mich erheblich, ja, ich spekuliere darüber mehr als über alles andere an diesem Abend — ein paar Gläsern Nestlés Babynahrung (12 Monate). Auf dem Rückweg bemerke ich auch eine Tür zu einem Zimmer, das mir bis jetzt nicht aufgefallen ist, alle anderen Türen stehen offen. Ich greife vorsichtig nach der Klinke. Die Tür ist verschlossen.

Zakariassen hat den Fernsehapparat angeschaltet. Ich sehe Bilder von einem Footballspiel. Der Ton ist abgedreht. Seine Augen sind auf den Bildschirm gerichtet, auf dieses brutale (möglicherweise intelligente) Schauspiel. Was den Ton betrifft, dominiert weiterhin Count Basie. Mitten in einem Saxophonsolo wird ein Spieler schwer verletzt.

»Erst dachte ich, der Mörder muß ein verkrüppelter Mensch sein«, sagt Zakariassen, als ich ihm den Krug gebe. «Verkrüppelt wie diese Bäume, die wir in Davidsens Wohnung gefunden haben, Bonsai oder wie das heißt.«

»Aber diese Bäume haben auch etwas Schönes.«

»Ja, aber was für ein Hochmut: die Natur reproduzieren, sie verkleinern, als wäre man Gott.«

»Ein Engel«, sage ich.

»Ein gefallener Engel«, sagt er.

Neben dem Kristallaschenbecher mit dem Zigarrenstummel ist eine Zeitung ausgebreitet: »Morgen kannst du es sein!« Die ganze Doppelseite handelt vom »Mörder, der die Stadt terrorisiert«. Die Zeitung bringt auch, auf der Doppelseite in der Mitte, ein Porträt von Lucy Holmen, eine »Zuhause-bei-« Reportage. (Sie hat vier Katzen, der Mann ist Typograph.) Sie ist selbst zur Prominenten geworden, nicht zuletzt aufgrund des Krachs um die »Polizei-Spur«. Ganz Norwegen weiß jetzt, wie gut sie den Polizeiapparat kennt, wie bewandert sie in juristischen Fragen ist und wie gute Kontakte sie zu Rechtsanwälten und Richtern hat und — nicht wenig irritierend — zu Verbrechern.

Ich habe das Bild von Lucy Holmen lange angesehen. Ich kann mir nicht helfen, sie hat etwas ... Diabolisches.

»Ganz am Anfang war ich sicher, der Täter sei verrückt«, sagt Zakariassen. »Diese Verbrechen hatten etwas so ... Nutzloses, daß es gewissermaßen menschlich unmöglich war. Ich habe den Betreffenden als einen verwirrten Menschen betrachtet, der versucht, an Gottes Stelle zu treten. Oder einen, der gegen Gott kämpft.«

»Und jetzt?« Ich stehe beim Plattenspieler, drehe die Platte um. Count Basie erfüllt wieder das Zimmer, die Lautsprecher sind so gut (sie müssen ein Vermögen gekostet haben), daß Count Basie *anwesend* zu sein scheint. Mir fällt auf, daß die Osloer Landschaft sich durch die Musik verändert, sich in Zeit und Raum bewegt. Ich denke an ein Schiffsdeck oder an Amerika, ich denke an große Tanzsäle, ich denke an ... Ich suche lange: Ich denke an Kirchenmusik.

»Jetzt sehe ich ihn — oder sie — eher als ... Es *muß* ein Professioneller sein. Wir stehen einem Genie gegenüber. Einem Menschen, der jahrelang kalkuliert und geplant hat. Einem Meister in der Detailberechnung von Effekten, einer Person mit eiskalter Geduld.«

Ich stehe da und blättere in seiner Ausgabe von *Hamlet*. Warum? Suche ich nach etwaigen Unterstreichungen, Kommentaren am Rand?

»Ich gehe davon aus ...« Zakariassen legt sich ganz aufs Sofa, das Glas auf dem Bauch. Ich habe vergessen, worüber er spricht, bekomme ein schlechtes Gewissen, versuche, ihm zu folgen: »Ich glaube

. . . ich kann nichts anderes sagen, für mich ist es eine meisterhafte Intrige, ein überlegtes, großes und unmenschlich listiges Konzept; ein Konzept, das problemlos in ein Dutzend Richtungen gleichzeitig geht . . . Zwölf Tore zur Lösung.« Er sieht zum Fernsehschirm: zwei Mannschaften in der Hocke, die Gesichter einander zugewandt. »Oder ist jedes Set von Fakten so, wenn man es genauer unter die Lupe nimmt?« Dann der Fernsehschirm, eine Explosion und sekundenlange chaotische Aktivität, bis alles in einem Durcheinander endet. Zakariassen deutet mit dem Finger. Er versucht ständig, mir die unzähligen Regeln zu erklären, die Taktik, die Punkteberechnung. Ich nicke, tue so, als ob ich verstünde. Ich begreife nichts davon.

»Frag mich nicht, ich bin nur Amateur«, sage ich.

»Jetzt nicht mehr.«

Ich sehe zur Zeitung. Ich sehe eine eingerahmte Notiz in einer Ecke: »Bald alle Figuren an ihrem Platz.« Die Worte stammen von Zakariassen.

»Kennst du Lucy Holmen?« frage ich

Er druckst so lange herum, daß ich annehme, irgendeine Verbindung muß es geben. Ich habe den Verdacht, daß vielleicht Zakariassen selbst ihre Quelle ist, sehe trotzdem keine Logik darin.

Ich setze mich wieder in den Liegestuhl. Ich sehe zur Stadt, zu all diesen Lichtern unterschiedlicher Stärke. Ich . . . Ich juble. Ich spüre, im ganzen Körper, wie sehr ich mich danach *gesehnt* habe, hier zu sitzen. Ich kann es gar nicht ausdrücken. Ich weiß nur, ich bin der glücklichste Mensch auf der Welt. Ich bin Gegenstand einer unbegreiflichen . . . Gnade. Ja, Gnade. Mir fällt, obwohl ich die Phantasie aufs äußerste anstrenge, kein Ort ein, wo ich lieber wäre, im ganzen Sonnensystem, als hier, in dieser Wohnung, in diesem weißen Zimmer, zusammen mit Theo Zakariassen.

Sehr viel mehr Worte fallen nicht zwischen uns. Ich sitze dennoch lange in dem Liegestuhl, bevor ich gehe. Ich glaube auch, Zakariassen hat mich gern bei sich. Ab und zu macht er eine Bemerkung. Zum Fall. Zu anderen Dingen. Zum Birkebeiner-Rennen. Churchill. Zu Troms. Ein paar Details zu den Schwierigkeiten von Zuchtbetrieben. Kleine Grunzer. Er erzählt, einmal sei er dem Tod nahe gewesen, habe sich mehrere Stunden lang in einem Grenzzustand befunden. Ich sitze in dem verblichenen Liegestuhl, als sei ich an einem Strand, am Meer. Ich genieße die Situation enorm. Ich sehe abwechselnd zum Fernsehschirm, zu diesem Spiel, von dem ich nichts verstehe, das ich aber gleichwohl gern verfolge (weil Zakariassen es gern tut?), und aus dem Fenster, vorzugsweise hinunter zu Vaterland, wo ich die Bauten ahnen kann, als seien sie eine Bohrplattform weit draußen auf dem Meer. Ich höre mir Zakariassens Bemerkungen an. Gebe dann und wann einen Einsilber von mir. Ich höre Count Basies Bigband, die dichten Harmonien, den spielerischen Rhythmus. Mona Lisa lächelt an der Wand, als hätte ich das Gesicht nie zuvor gesehen. Zakariassen ist draußen und mixt mir noch einen Longdrink, eine neue abenteuerliche Mischung, ein neuer Sonnenschirm obendrauf, Trinkhalm mit roter Spirale. Ich genieße die Situation kolossal, möchte eigentlich überhaupt nicht mehr gehen. Ich kann hier mit Theo Zakariassen in alle Ewigkeit zusammensitzen.

Bevor ich einschlafe, taucht ein bestimmtes Bild mehrmals vor mir auf, das deutlicher ist als alles andere. Die beiden einsamen Gläser mit Nestlés Babynahrung in dem scharfen weißen Licht im Kühlschrank.

# 19

Ich bin hier. Ich bin im Zentrum der Dinge. Ich bin im —

Ich sehe, wie alles hierhergelenkt wurde, die ganze Zeit, auf unergründliche Weise. Ich bin versucht, es als einen Ausdruck der . . . Weisheit des Daseins zu interpretieren. Wie eine Umarmung. Triumph? Denn dies ist mein Platz. Ich fühle es. Ich weiß es. Kopf und Körper stimmen überein. Hier zu sein, in unmittelbarer Nähe der Lösungs- . . . (ich wage das Wort nicht auszuschreiben), erfüllt mich mit Enthusiasmus und Ungeduld, doch auch mit Nervosität, Unruhe.

Habe ich Angst? Habe ich Angst vor dem, was ich sehen will? Kann ein Mensch *ertragen,* sich dem auszusetzen, was —

Ich bin beeindruckt. Ich darf sagen, daß ich eine gewisse Erfahrung mit Systemen und Netzwerken habe, daß ich imstande bin zu beurteilen, in welchem Grad sie von . . . Intelligenz zeugen. Oder von Phantasie. Menschlicher Kreativität. Ja, Kreativität. Ich bin daher froh, wenn ich schreibe, daß mich diese Systeme beeindrucken. Ich meine nicht das Technische, sondern die Möglichkeiten, die sie eröffnen.

Früher habe ich mich mit unpersönlichen Daten beschäftigt: Zahlen, Geld. Jetzt dreht sich alles um Menschen. Ich sitze in einer Bibliothek. Ich sitze vor unzähligen Geschichten. Jedes Wort, das ich sehe, bildet Öffnungen in . . . eine Art *Tausendundeine Nacht*. Genau, Nacht. Erschütternde Erzählungen von der Schattenseite der Gesellschaft. Quälend. Fesselnd, im doppelten Sinne. Das Strafregister heißt SRP (ich denke an Fernsehkanäle, internationale Organisationen, Eishockey). Eines Morgens kam Zakariassen vorbei und guckte herein, fragte, ob ich im Buch des Lebens läse.

Ich gehe in das SRP hinein. Ich bin auf der Jagd nach etwas anderem, als mein Blick auf einen Namen fällt. Ich bin einfach fasziniert, beinah erschrocken von der unheilvollen Wahl eines Doppelvornamens (zwei Namen, die sich gegenseitig gewissermaßen totschlagen). Ich fange an, oder die Finger fangen an, die Geschichten hinter diesem Namen zu verfolgen, und was ich sehe, erstaunt mich derart, daß ich eine Stunde lang dasitze und tippe und lese (und phantasiere, muß ich wohl hinzufügen). Stichworte, nackte Fakten werden zu Geschichten, einem blutigen Epos. Der Mann ist in eine Reihe von Fällen verwickelt, die sich, wenn ich so will, in alle Richtungen verzweigen. Ich reise durch ganz Norwegen, in einer Periode von zehn Jahren. Und viele der Zeitpunkte und der geographischen Namen wecken Erinnerungen. Ich denke daran, was ich selbst getan habe, als ich damals in Geiranger war, und mit wem ich Silvester vor fünf Jahren verbracht habe.

Ich sehe den Baum in der Aula der Universität vor mir. (Ich war dort mit Ingeborg, bei Konzerten.)

Munchs Gemälde, den Alten Mann unter der Eiche. Es ist, als ob —

Ich habe noch nicht vom Büro gesprochen. Es ist einigermaßen groß und einigermaßen angenehm, es ist meinem vorigen Büro zum Verwechseln ähnlich. Auch hier ist der Schreibtisch voller Mappen und Ausdrucke. Die Ringhefter haben die gleichen leuchtenden Farben, im Raum sind die gleichen standardisierten Möbel und fast die gleichen Maschinen, plus dieser Geruch von Holz, Staub und Plastik (Chemie?). Der Ausblick aber ist anders: Ich sehe auf die Lindenallee hinunter, die zum Zuchthaus führt.

Ich werfe einen Blick auf die Arbeitsliste, fange an, indem ich den Modus untersuche. Ich habe fünfzehn Möglichkeiten im Menü. Ich wähle »Schlagwaffen«, anschließend »Schlagen / Treten / Schädel einschlagen«. Ich checke die Tötungsart bei dem Mord an Davidsen. Ich arbeite technisch, professionell, bin aber erneut verblüfft, ja, ergriffen von . . . *dem Beben* (irgendwann geht wirklich ein leichtes Zittern durch meinen Körper) angesichts der Fälle, die vor mir auftauchen, säuberlich angeordnet in Stichwortform. Name auf Name läuft vorbei, Namen, die lebendige Menschen sind (einige im Gefängnis, einige frei), Namen, die Schicksale sind, Lebensgeschichten, Gesichter. Und dennoch: seltsam entpersönlicht, verdichtet, abstrahiert. Schrift auf grünem Schirm. Menschenleben, reduziert auf Ornamente. Oder auf Bonsai-Bäume.

Ich lasse den Text durchlaufen. Anhalten. Laufen. Kein Name kommt zweimal. Die Idee führt zu nichts. Aber trotzdem — was für eine hübsche, was für eine sinnreiche Arbeit, die hier über den Schirm läuft, diese penible Übersicht über Menschen, die faktisch Leuten die Schläfen eingetreten, die Schädel von Freunden und Feinden auf dem Straßenpflaster eingeschlagen, sie mit Hammerschlägen ins Totenreich befördert haben. Ich lese ungläubig, nein, lächelnd über Morde mit Krockettschlägern, Morde mit . . . was steht da . . . Bratpfannen. Wieder taucht Gross auf mit seinem Motto: Welch ein Meisterwerk ist der Mensch! Er kann einem unbekannten Passanten mit einem Brecheisen den Schädel einschlagen, und er kann dieses umfangreiche Register über lebensgefährliche Personen erstellen. Welch ein Spektrum von Möglichkeiten, welch eine Spannweite liegt hinter diesen neutralen Gesichtern, denen du jeden Tag begegnest. Will er dir den Kehlkopf zerquetschen mit der Hand, die er dir reicht, oder will er dir dieses neue, geniale EDV-System anbieten, das er in seinem Aktenkoffer hat? Nur mit einer Kraftanstrengung, ebenso schwer, wie das Angebot einer exotischen Reise abzulehnen, oder vielleicht auch aus Furcht, gehe ich nicht mit Hilfe neuer Anweisungen in eines dieser Labyrinthe hinein (einzelne reizen die Neugier besonders aufgrund der grausamen Zusammenstellung von Namen, Zeitpunkt, Opfer, Modus und Ort). Ich weiß, es mag überspannt klingen, aber während der Text durchläuft, muß ich an die Schriftrollen in der Synagoge denken, daran, daß auch dies — was ich auf dem Schirm sehe — eine Art Heilige Schrift ist, die ebenso das Rätsel der menschlichen Existenz berührt wie die Worte der Bibel.

Ich trinke Kaffee, esse ein Brötchen. Ich vermisse nur eines: »Punkt neun«.

Ich habe eine Idee. Ich beginne, nach persönlichen Kennzeichen zu suchen. Ich vergesse die eigentliche Arbeit, ich bin wie ein ... Besonders Narben lassen die Gedanken sprudeln, doch auch Tätowierungen. Ich entdecke die Vorliebe von Verbrechern für bestimmte Figuren. Ich notiere, komme fast auf hundert, versuche, zu klassifizieren: Raubtiere, Vögel, Gegenstände, vergesse alles andere, suche nach einem Zusammenhang zwischen einem bestimmten Typ von Tätowierung und einer bestimmten kriminellen Handlung, sitze lange, vergesse alles, notiere (Adler — Vergewaltigung? Schiff — Safeknacken?), ziehe Bögen, schließe Kreise, muß schließlich aufgeben. Ich bleibe sitzen. Ich sehe hinunter zum alten Haupteingang des Zuchthauses. Wurde er nicht in einem Film verwendet?) Ich denke. Ich bin erfüllt von ... Ich glaube, nein, ich bin sicher, ich war meinem norwegischen Volk, meiner Nation noch nie so hautnah wie an diesem Vormittag. Ich bin ein Weber. Ich sitze am Webstuhl und webe das Bild des norwegischen Tigers, die Streifen, das Muster, sein innerstes Wesen.

Ich gehe hinaus und hole mir noch einen Kaffee. Ich spaziere mit der Tasse durch die Korridore. Ich grüße Leute, nicke in offene Türen hinein, absolviere ein paar liebenswürdige (?) Sätze. Sie haben keine Ahnung, was ich treibe. Ich weiß auch nicht, was sie tun.

Wenn ich müde bin, stelle ich mich ans Geländer in der hohen Lobby und betrachte das Leben unter mir; Leute in Sitzgruppen mit braunem Lederbezug, Leute, die ein- und ausgehen, Leute, die Schwerverbrechen anzeigen, Leute, die einen Paß beantragen wollen. In der Luft über dem Eingangsbereich schwebt eine goldene Skulptur. Wie eine ... Ich sehe zu den Ausländern hinunter, die vor der Sektion der Ausländerbehörde sitzen. Die Stimmung ist nervös. Wie vor einer Abreise. Ich stehe oft hier am Geländer in der dritten Etage. Ich habe das gleiche Gefühl wie an Deck, an Bord eines Schiffes. Oder wie in dem Café auf der Galerie im neuen Hauptbahnhof. Nur diese Ansagen über Lautsprecher fehlen.

Nach dem Vorspiel, oder wie soll ich es nennen, ist die Zeit reif für die tägliche Balgerei mit dem ENGEL. Das Ding hieß zunächst BECKER, wurde aber umgetauft, soweit ich verstehe, von Zakariassen persönlich. (Mir gefällt das. Ich assoziiere unwillkürlich Hamlet, Gross: »Im Handeln wie ähnlich einem Engel! Im Begreifen wie ähnlich einem Gott!«) Ich stelle mir einen Hangar vor — oder vielleicht eine Kathedrale —, proppenvoll mit Kisten. Über dem Eingang ein Schild: ENGEL. Hier, unter diesem Namen, haben wir alles gespeichert, was wir über die Morde wissen. Ich kann in Tausenden von Dokumenten blättern, alle untereinander abfragbar. Ich kann in gerichtsmedizinische Untersuchungen und in Tatortanalysen hineingehen, in persönliche Auskünfte, telefonische Anfragen, Briefe, Observationen, Verhöre, Auszüge aus Publikationen, ein Register der Fahrzeuge, Tagesberichte, Telexe von Interpol. Hier liegen die Früchte einer Umfrage unter Taxifahrern und den Bewohnern der Gegenden um die Tatorte, plus ein Verzeichnis über notorische Gewaltverbrecher. Trotz MISTRAL, des avancierten Systems der Polizei zur Speicherung und Abrufung von Informationen, sind Resultate ausgeblieben. Alles fließt. Auch AFIS, das Fingerabdrucksystem der Kripo, konnte keine Anhaltspunkte geben.

Trotzdem — es ist, als wirke das anspornend auf mich; die Gewißheit, vor einer offensichtlich unmöglichen Aufgabe zu stehen. Ich bin ... Es ist, als ... Ich fühle mich ... Gerade wegen dieser ... Könnte ich nur ... Mehrmals denke ich, daß —

Ich logge mich ein. Ich nehme mir Dokument für Dokument vor. Ich hole sie in einer Zehntelsekunde aus einem riesigen Hangar. Ich lese. Ich denke. Ich tippe. Ich versuche, systematisch zu Werke zu gehen. Klar zu denken. Elementar. Ich kremple die Ärmel hoch. Ich habe, vielleicht zum erstenmal im Leben das Gefühl, daß ich arbeite. Es ist wie schrauben. Ich empfinde etwas von dem gleichen körperlichen Widerstand, wie wenn ich die Expansionsschrauben von Mustad in die Wand schraube. Ich spüre sogar die wundgescheuerte Stelle in der Handfläche. Ich arbeite. Ich empfinde eine kribbelnde Lust, ja, die Notwendigkeit, zu arbeiten. Und ich spüre, daß diese Arbeit — in höherem Maß als früher — unmittelbar gesellschaftlich nützlich ist.

Ich trinke Kaffee. Ich lasse den Blick auf der Lindenallee zum Zuchthaus ruhen. Ich bin ... optimistisch. Mir wird klar, daß Phantasie in dieser Menge abgerissener Fäden etwas ausrichten kann. Imagination. Ich *weiß*, ich kann etwas ausrichten, Zakariassen hat das einzig Richtige getan, als er mir diese Rolle anbot. Tatsächlich hat er einen Instinkt an den Tag gelegt, der öffentliches Lob verdient.

Die Berichte über die gerichtsmedizinischen Untersuchungen sind schon an sich fesselnd. Ich studiere Eva Weiners Krankengeschichte. Jeder Narbe am Körper ist eine Beschreibung gewidmet. Der Inhalt des Magensacks ist detailliert aufgelistet (es freut mich, daß sie einen Hamburger gegessen hat, bevor ich sie traf.) Ich lese von den Wunden auf der Kopfhaut und vom Wasser in den Lungen. Die lateinischen Begriffe geben dem Text einen religiösen Anstrich. Davidsens Taco-Mahlzeit ist registriert, aber niemand hat mögliche Restaurants einbezogen. Ich bin enttäuscht über diesen Mangel an Kombinationsvermögen (Phantasie?). Gleichzeitig wird dadurch mein Selbstvertrauen gestärkt. Mein Blick ist schärfer als ihrer. Wie reagiere ich darauf, daß auf Gross' linke Schulter ein Tigerkopf tätowiert war? Ich nicke nur, memoriere es.

Dagegen mache ich einen Ausdruck von dem, was Becker in den Taschen hatte: eine Streichholzschachtel vom Hotel Continental, eine Visitenkarte (eines Verlegers in Amsterdam), einen Bleistiftstummel, eine Fotografie von einem Killerwal, die Rückenflosse, mit einer Bauskizze auf der Rückseite (die muß ich haben), eine VISA-Karte und dreihundert Kronen. Ich stutze bei diesen dreihundert Kronen und bin empört darüber, daß man Becker mehrere tausend Kronen rauben konnte, ohne daß die Polizei es entdeckt hat (überprüfen die wirklich keine Bankauszüge?).

Ich trinke Kaffee. Das Geräusch des Lüfters an der Festplatte erinnert an einen Transformator. Ich fühle mich wie ein ... Ich betrachte die Beobachtungen verschiedener Zeugen, notiere Stichworte, lese Berichte von Verhören, kleine Geschichten. Vieles regt mich zum Nachdenken an. Es kommt vor, daß ich lache. Gross' Geliebte (eine Prostituierte?) erzählt, er habe gern zu der Musik von Sonny Rollins geliebt; Missionarsstellung am Anfang, dann alle Stellungen, während Rollins & Co. loslegten, um dann den Orgasmus kommen zu lassen, wenn die Musik wieder beim Hauptthema war und sie sich wieder in der Missionarsstellung liebten. »Er war eine Mischung aus einem Tier und einem Gentleman.«

Die Styroporbox mit dem roten Kreuz hat der Polizei viel Mühe gemacht.

Ich lese von Davidsens japanischen Gewalt-Comics, ich lese von Isaksens einzigartiger Hutsammlung und von der nicht unerheblichen Summe, die sie bei der Steuer hinterzogen hat. Ich lese vom Kondomeinwickelpapier im Handschuhfach von Bergmanns Auto und daß er an die Reinkarnation glaubte, ich lese, daß Beckers Lieblingsspeise Omelett war und daß sein Vater blind ist, ich lese, daß Groß ein fanatischer Anhänger der Fußballmannschaft Arsenal war und daß er einen Riesenschnauzer namens Guttorm hinterlassen hat, ich lese, daß Eva Weiner einen Wachtmeister »eine Erektion in Uniform« genannt haben soll und daß sie eine Woche nach unserer Begegnung nach Montpellier hätte fahren sollen. Ich lese, daß Becker einen Martini Dry nach dem Geschmack der Olive unten im Glas beurteilte. Und ... ist das wahr? ... ich lese, daß Ruth Isaksens Großvater von der *Titanic* gerettet wurde, als einer der wenigen Passagiere der dritten Klasse. Wer hat diese Information eingegeben, sie für einen relevanten Baustein gehalten?

Von Zeit zu Zeit muß ich innehalten und aus dem Fenster sehen. Wie etwa, als ich gelesen hatte, daß Bergmann ein Skateboard besaß. (Ich *wußte* es!) Er hatte es selber bemalt; schwarze Streifen auf fluoreszierendem orangefarbenen Grund. Es hätte beim Fahren bestimmt einen »gefährlichen Eindruck« gemacht.

Je mehr ich lese, desto mehr spüre ich, daß ich diese Menschen *kenne*. Die Zeitungen haben einiges berichtet. Doch jetzt, erst jetzt bekam ich Einblick in ihre ... Seele. Ich denke nicht an Zahnarztkarteikarten, Examenszeugnisse, Skateboards, Informationen über Einkommen und Vermögen, die verschiedenen Wohnorte im Laufe des Lebens. Ich denke an all diese ungewöhnlichen Einzelheiten. *Unwesentliche Dinge*. Eine Art Anti-Nekrolog. Alles geordnet, versuchsweise zurechtgelegt, ein Netzwerk aus Spuren und Nebenspuren, so daß eine Person, ausgerüstet mit MISTRAL, die Daten systematisieren könnte, in einem Muster, das verraten würde ... Mir sind Zweifel gekommen. Was wird hier eingekreist? Die Toten oder die Lösung?

Oder — der Gedanke frappiert mich — ist es so, daß *die Summe* der Informationen den Umriß von —

Ich bin zurück im Hauptmenü, sitze lange da und starre auf die vertikalen Kolonnen, ohne sie zur Kenntnis zu nehmen, ohne mehrere Suchmöglichkeiten in Betracht zu ziehen. Was denke ich? Ich denke nicht. Der ganze Kopf, der ganze Körper ist nur von diesem einen erfüllt: einem Zustand von Zufriedenheit, von Ruhe, von Unendlichkeit, von ... Ewigkeit. Eine Gemütsverfassung, die sich selbst genug ist, die alle Gedanken beendet. Ich habe schon etwas davon empfunden, wenn ich an einem Sommerabend auf einer Schäre sitze und über ein Meer starre, das windstill daliegt.

Obwohl ich nicht weitergekommen bin, gehe ich in einem animierten Zustand durch die hellen Korridore, über die publikumsfreundlichen Bodenfarben (blaue Zone, rote Zone, gelbe Zone, grüne Zone), die Treppen mit Klinkerfliesen hinauf, zur Kantine in der siebten Etage. Das Essen ist natürlich spartanischer als an meinem früheren Arbeitsplatz, aber die Aussicht ist schöner, auf die Bjørvika, Hovedøya und Nesodden. Ich sehe über das Hafenbecken, die Anlegebrücken mit den Passagierschiffen, Plattformen für Reisen. Ich bin in einer leichten, kribbelnden Stimmung. Ich bereue es nicht. Ich spüre, ich gehöre hierher. Ich habe nie gezweifelt, seit ich an diesem Herbsttag die Anzeige sah, die Stellung in der EDV-Abteilung der Polizei. Ich hatte das Gefühl von ... etwas Übernatürlichem. Als habe der Job auf mich gewartet. Als sei ich für die Stellung ... wie heißt das ... *vorherbestimmt*. Ich denke auch an die kurze Kündigungsfrist (ich glaube, selbst Heiberg merkte, daß ich etwas ausrichten wollte, daß ich vor einer extraordinären Chance stand) und hier: wie auf die üblichen Einarbeitungsprozeduren und interne Ausbildung verzichtet wurde. Es half selbstverständlich, daß ich Erfahrung mit Netzwerken hatte und aus dem gleichen Maschinenmilieu kam (nicht zuletzt, daß ich Honeywell Bulls Großrechner kannte). In gewisser Hinsicht ging ich nur von einem Pionierprojekt zum anderen über. Aber da war noch etwas anderes, etwas fast ... Unheimliches. Alle wollten mich so schnell wie möglich bei der Arbeit haben. Ich empfand es manchmal wie einen Druck.

Ich blättere die Tageszeitung durch, während ich esse. Ein Journalistenteam hat die Familien der Ermordeten zusammengebracht. Das Resultat ist ein phantasievoller Artikel, der über den Zusammenhalt der Leute berichtet und über ihre Fähigkeit, den Mut nicht sinken zu lassen. Die Bilder lassen mich an eine Siegesfeier denken, diese Mischung aus Tränen und Freude. Ich bin ... Ich glaube, die meisten Leser empfinden Reportagen dieser Art als schön und sinnvoll, da sie demonstrieren, daß neue Freundschaften selbst im größten Unglück entstehen können.

In einer separaten Notiz wird ein Psychologe interviewt. »Der Täter durchlebt jetzt eine solche Hölle«, sagt er. »Für ihn ist diese Wartezeit eine psychische Tortur.« Ich betrachte das Bild des Psychologen. Er wirkt intelligent. Er hat denselben Typ Fliege wie Becker.

Nach dem Mittagessen bin ich auf der Arbeitssitzung im Bereitschaftsraum. Ich empfand eine merkwürdige ... Ehrerbietung, als ich ihn das erstemal betrat. Und Schrecken? Als hätte ich eine andere Sphäre geentert (genau, geentert), Ich reagierte nicht auf die technischen Hilfsmittel. Auch nicht auf die vollgeschriebenen Tafeln und die Flipovers. Es waren die sechs Modelle der Tatorte, die mich in Erstaunen versetzten (oder, noch einmal: Beben). Auf einem riesigen Tisch war, jeweils auf einer Platte, das Gebiet um die Deichmansche Bibliothek, um Blåsen, um die Ankerbrua, um St. Hanshaugen, um die Festung Akershus und um den Ruinenpark bis ins kleinste Detail dreidimensional rekonstruiert. Teile eines kolossalen Puzzlespiels. Ich *sah* diese geographischen Gebiete zum erstenmal, sah ihre Eigenart, ihr ... inneres Leben. Besonders das Modell der Ankerbrua war geeignet, einen ins Grübeln versinken zu lassen; wunderbar deutlich sah man die vier Statuengruppen. Die Brücke verstärkte den Eindruck, daß ich an Bord gegangen, in einer eigenen Welt war. Ich erinnere mich, wie fasziniert ich als kleiner Junge gewesen war, wenn ich diese Modelle des Schiffs entdeckte, auf dem man sich befand, ausgestellt in dem Schiff selbst. Man suchte gewissermaßen sich selbst in dem Modell.

Die heutige Arbeitssitzung ist ein Versuch, Bilanz zu ziehen, nachdem die PLO-Spur zusammengebrochen ist, eine Spur, die insgeheim bis jetzt verfolgt wurde. Zakariassen, der noch eine schwache Hoffnung hegt, daß die Schuldigen zum Einwanderermilieu gehören, bittet mich, ihm die Ausdrucke vom Register der Ausländerbehörde (AUSBE) und des Narkotikaregisters (NARKREG) zu geben. Er wird nicht weiterkommen, ich habe es schon selbst angeguckt. Eine Sackgasse. Ich gebe ihm auch einen Ausdruck von STRASAK über Verbrechen, die in Oslo gemeldet wurden und in die Männer von vierzig verwickelt sind, mit schwarzem Haar und ein Meter achtzig groß. Ich habe die Ausländer rot unterstrichen.

Ich mache mir nicht die Mühe zu spekulieren. Theoretisch ist es so gut wie unmöglich, daß ich hier bin. Trotzdem bin ich hier. So ist es. So ist es gekommen. Ich habe es akzeptiert. Ich bin eine Ausnahme. Ich erkenne es an. (Ich habe keinen Grund, mich zu schämen. Ist nicht auch die Geschichte der Menschheit, des Fortschritts, ein Resultat unvorhergesehener Ereignisse — jenseits unserer Bestrebungen?)

Natürlich hat Zakariassen eine Rolle gespielt — unsere Freundschaft, wenn ich ein solches Wort gebrauchen darf. Nur ein paar Tage, nachdem ich in der Entwicklungsabteilung angefangen hatte, waren wir zufällig (?) in der Kantine am selben Tisch gelandet. Die anderen diskutierten den großen Mordfall. Ich sagte irgend etwas, äußerte einen Gedanken. Da es entscheidend gewesen sein kann, habe ich versucht, die Behauptung zu rekonstruieren. Sie lautete etwa folgendermaßen: »Welche Ansichten über ... sagen wir, die Sterne bringen einen Wissenschaftler dazu, die kleinsten Partikel zu studieren? Alles, was er *ansonsten* weiß, wirkt auf das, was er im Mikroskop sieht, ein. So muß es auch sein, wenn ein Polizist am Terminal sitzt und versucht, Fäden von der Datenbank her aufzuwickeln.« Ich dachte nicht mehr darüber nach.

Nach ein paar Stunden wurde ich zu Zakariassen gerufen. Er fand meine Aussage überaus anregend, sagte er. Meinte ich wirklich, daß jede Kriminalität Kosmologie war? Wir lachten. Er bat mich, Platz zu nehmen. Sein Büro war wie meines, nur unordentlicher, chaotisch, würde ich sagen. Ich entdeckte einen kleinen Tonkrug auf seinem Schreibtisch, eine Miniatur von denen, in denen Schriftrollen aufbewahrt wurden — sicher ein Souvenir aus Jerusalem. Auf einem Stapel Papiere lag ein orangefarbener Rugbyball, oft benutzt. Er hatte eine Reihe Kakteen auf der Fensterbank und — ich mußte lächeln — ein Regal, voll mit kleinen Kamelen. Alle verschieden.

Eine Karawane auf dem Weg durch eine Wüste von Verbrecherregistern und Gesetzesbüchern. War ich ein bißchen gerührt? Ich dachte, er muß unbedingt Ingeborg kennenlernen. Zakariassen fragte mich nach anderen Dingen. (Er bat mich, befahl mir beinah, ihn zu duzen.) Ich sagte, was mir einfiel. Daß es nicht auf die Hardware ankam, sondern auf die Software. Daß es nichts nützte, die beste Ausrüstung zu haben, wenn man nicht die richtigen Fragen stellte. Ich fragte ihn nach ihrem Datenbanksystem. Hatte es möglicherweise Schwächen? Ich meinte, da sie ja den Fall nicht lösten? Er wußte wenig von EDV. Ich erklärte ihm ein paar elementare Dinge. Ich glaube, ich war ... gut. Er saß die ganze Zeit nachdenklich da, kaute auf dem Zigarrenstummel, verriet nicht, was er dachte.

Am nächsten Tag bat er mich wieder, in sein Büro zu kommen. Was war das? Ich haßte es, lästig zu fallen. Er saß da in einem oft getragenen Adidas-Overall und musterte mich lange, bis er fragte, ob ich bei der Ermittlung mitarbeiten wolle. Als eine Art Libero. Als was? sagte ich. Einer, der den ganzen Fall mit neuen Augen sieht, sagte er. Eine Wand, an die die anderen ihre Gedanken werfen können, sagte er. Wollte ich? sagte er. *Konnte* ich? fragte ich. Ein Zivilist? Dies war ein doch sehr ungewöhnlicher Fall, sagte er; die Umstände waren so eigentümlich, daß man Gewohnheiten durchbrechen konnte. Sie mußten alles versuchen. Sie hatten sich festgefahren. Wollte ich? Er hatte sich um die Formalitäten gekümmert, mit meinem Chef gesprochen. Sie konnten mich ausleihen. Ich bekäme eine Carte blanche und Zugang zu allem Material. Zakariassen sagte, und ich leugne nicht, daß in diesen Sekunden Stolz meinen Körper durchströmte, daß ich gerade durch meine Jungfräulichkeit in polizeilichen Zusammenhängen zur Schlüsselfigur der Untersuchung werden könne.

Ich stand da und betrachtete die Karawane der Kamele in seinem Regal. Ich wußte, er hatte recht. Ich sagte ja. Er war vielleicht ein Churchill, aber er konnte einen Montgomery gebrauchen, einen, der die Entwicklung umdrehte, der einmarschierte und die Niederlage in einen Sieg verkehrte.

Wir sitzen um den Tisch im Bereitschaftsraum. Wir versuchen, einen neuen Kurs abzustecken. Rundherum leuchten Lichter an Instrumenten und Apparaten. Ich habe das Gefühl, ich sitze in einem Kontrollraum für . . . ich weiß nicht, was. Zakariassen trägt Khaki-Hemd und -Hose, das Hemd hat Schulterklappen, ich denke an einen Offizier oder an einen Kapitän. Er ist eifrig, schreibt die ganze Zeit mit dem Montblanc-Füllfederhalter, gestikuliert, winkt mit dem Füller. Er liest Hinweise vor. Ein Brief erläutert, daß alle Neonschriften in unmittelbarer Nähe der Tatorte als eine Botschaft interpretiert werden können. Unterschrieben R. D. Die anderen lachen laut. Es gefällt mir nicht, daß sie lachen. Es wirkt . . . hochmütig. Ich sehe vor mir, wie dieser Mensch an den Tatorten umhergeht und sich jede sichtbare Reklame notiert. Ich betrachte ihn (sie?) als einen . . . Geistesverwandten.

Ansonsten keine seriösen Hinweise. Die Unterwelt ist bemerkenswert stumm. Wir gehen den Fall in aller Ruhe durch, vom ersten Mord bis zum letzten, versuchen, originell zu denken, von allen früheren

Hypothesen abzusehen. Ich zweifle nicht: Ich habe nie etwas erlebt, das herausfordernder gewesen wäre. Diese Stunden verlangen das Maximum an Imaginationskraft. Alles ist erlaubt, alle Gedanken — gleichgültig, wie unmöglich — sollen auf den Tisch, werden gedreht und gewendet; im besten Fall können sie Sprungbrett für neue Vorschläge sein. (Warum denn nicht die Neonreklame? denke ich.) Zakariassens Füllfederhalter kratzt ununterbrochen über den Block. Ich komme mit Randbemerkungen, versuche, mich im äußersten Bereich des Fallkomplexes zu bewegen. Ich glaube, ohne zu prahlen, daß ich mehrfach Gedanken einwerfe, die die anderen überraschend bedenkenswert finden, ich weise unter anderem auf ein Mißverhältnis zwischen zwei Erklärungen hin. Zakariassen guckt an einer Stelle beifällig zu mir herüber, wie zu einem Protegé. Ich sehe, wie er Seite um Seite mit dichter schwarzer Schrift füllt. Von meinem Platz aus sieht es aus wie ein langer zusammenhängender Faden, der sich über das Papier hinzieht und entlangschlängelt, als spinne Zakariassen eher, als daß er schreibt.

Wir sitzen lange da. Die Stunden vergehen. Der Duft von Kaffee und ein leichter Schweißgeruch erfüllen den Raum. Ich höre die ganze Zeit einen Lärm, wie von starken Motoren, die warmlaufen. Die meisten sitzen im Hemd da, mit hochgekrempelten Ärmeln. Ich habe das Gefühl, an etwas absolut Bahnbrechendem beteiligt zu sein. Die meisten rauchen. Ich rauche ebenfalls. (Ich habe wieder angefangen zu rauchen.) Mehrere Male zünde ich den anderen ihre Zigaretten mit Bergmanns Feuerzeug an. Zakariassen raucht nicht, kaut nur auf dem

Zigarrenstummel. Wir trinken Kaffee. Zakariassen trinkt Eiswasser. Er klirrt ständig mit den Eiswürfeln, als könne er das Wasser nicht kalt genug bekommen. Ideen, Fragen, eifrige Behauptungen hageln durch die Luft. Der Ton ist unfeierlich, fast scherzhaft. Mir gefällt die Sprache hier. Der Jafgon. Die Codeworte. Lucy Holmen wird Holmes genannt. Der Name erregt Gelächter, jedesmal wenn er fällt.

Rundherum hängen der Stadtplan von Oslo und Ausschnitte in großem Maßstab. An den Wänden sehe ich riesige Luftaufnahmen der Tatorte aus unterschiedlichen Winkeln. Lichter an Instrumenten und Apparaten leuchten auf. Ich sitze in einem Kontrollraum. Ich habe plötzlich das Gefühl, wir befinden uns auf einer Abschußbasis und nirgends sonst . . . auf Cape Canaveral oder wie das heißt. Und wir sind in einer ganz entscheidenden Phase. Ich spüre, ich bin stolz darauf, hier zu sein. Dabei zu sein. Als ob —

Niemand geht mittagessen. Es will auch niemand gehen. Wir bestellen telefonisch eine Ladung Hamburger und Pommes frites. Wir arbeiten noch mehrere Stunden weiter. Wir essen Hamburger und arbeiten. Ein paar mögliche — ich schreibe, mögliche — Spuren treten hervor. Unter anderem als Resultat von Dingen, die ich nachgewiesen habe. Wir rauchen und arbeiten. Ich zünde Jørgensens Zigarette mit Bergmanns Feuerzeug an. Jørgensen ähnelt Yves Montand. Er weiß alles über Würstchenbuden. Ich zünde Bakkes Zigarette mit Bergmanns Feuerzeug an. Bakke läuft dauernd mit völlig anachronistischen Schlipsen herum, breit wie Kinderlätzchen. Wir arbeiten und trinken Kaffee. Wir diskutieren, wir verwerfen, wir greifen neue Vorschläge auf. Spät am Abend, ich weiß nicht, wie spät, schaltet Zakariassen den Fernsehapparat oben in einer Ecke an. Die Bilder eines Footballmatches füllen den Schirm, die Stimme eines eifrigen Reporters schlägt uns entgegen. Alle schweigen und beginnen zuzusehen, sie sind es vielleicht gewöhnt. Wir trinken Kaffee, rauchen, sehen fern. Ich begreife nichts von dem Spiel, sehe aber trotzdem zu, empfinde nur Freude dabei, mit diesem Menschen zusammenzusitzen. Wir sitzen da, ohne weiter vom Fall zu reden, sehen zum Bildschirm. Ich fühle mich leicht, gewichtlos. All diese Apparate, Schirme, das Dunkel vor dem Fenster geben mir das Gefühl, die Erde verlassen zu haben, als sei ich selbst hier heraufgeschossen worden, befände mich in einem Raumschiff, auf dem Weg zu einem —

# 20

Zakariassen reicht mir den Stapel Fotografien. Er sagt kein Wort. Es sind Bilder von Lokomotiven. Kaputte — ich hätte beinah gesagt, tote — Lokomotiven. Ich denke an einen Lokomotivenfriedhof. Ich weiß nicht, wo das Wort herkommt.

Wir sitzen auf der Bank im Victoriahaus im Botanischen Garten. Es ist Mittagspause. Wir haben verabredet, uns hier zu treffen. Es war Zakariassens Vorschlag.

Ich gucke die Bilder genauer an, halte sie ins Licht, das durch das Glasdach hereinfällt. Ich sehe Dampflokomotiven, offensichtlich verrostet, teilweise eingesunken in die Erde. Einige Bilder zeigen Lokomotiven in Gruppen, mehrere umgekippt, die Räder nach oben wie tote Tiere, halb verrottet. Den Lokomotiven sind Messing und »Regalien« genommen, auf die gleiche Art, wie man von Elefantenkadavern das Elfenbein entfernt. Auf unerklärliche Weise tut es weh, diese Fahrzeuge ohne die Gleise zu sehen, die man immer mit ihnen verbindet. Es wirkt absurd, so . . . losgerissen, fragmentarisch. Ich habe ein starkes Gefühl von Niederlage, ja, von Tragödie. Ein paar Fotografien zeigen, wie sich Schlingpflanzen durch die Lokomotiven winden, wie der Dschungel sich um sie schließt. Die Züge wie das Victoriahaus lassen mich an ein untergegangenes Imperium denken.

»Ich komme von Ruth Isaksens Eltern«, sagt Zakariassen.

Ruth Isaksen, die Hornistin. Ich sehe sofort eine unklare, aber logische Verbindung zwischen dem gebogenen Rohr des Horns und diesen Lokomotiven, den Rohren im Dampfkessel. Ich blättere den Stapel erneut durch. Wie Bilder von einer Beerdigung. Oder einem Massaker. Ich taxiere die Möglichkeit, daß diese Fortbewegungsmittel in tausend Jahren von Archäologen ausgegraben werden, falls die Erde sie konservieren kann. Oder, noch phantastischer: daß Expeditionen von anderen Planeten sie finden, über den Zweck dieser rätselhaften Gegenstände theoretisieren. Vielleicht haben sie einmal den gleichen Nimbus, wie ihn Dinosaurier für uns haben? An einigen Lokomotiven sind die Bleche entfernt, so daß die Rohre im Dampfkessel sichtbar sind. Wie Wale, angegriffen von Haien (ich muß Bilder von Walskeletten an einem Strand gesehen haben — in Verbindung mit Becker?). Hinten auf den Fotografien stehen Dinge wie »Woodham's Scrap Yard at Barry, South Wales«, aber auch Ortsnamen aus Indien und Brasilien. Ich denke die ganze Zeit an Wale. An eine andere Form von Intelligenz. Abstrakt.

»Sie konnten uns bei dem Saphir nicht helfen, aber sie haben diese Bilder zusammen mit einem Manuskript in ihrer Wohnung gefunden«, sagt Zakariassen und reicht mir einen Stoß Papier. Er kaut auf einem Zigarrenstummel. Er hat schlechte Laune. Er sieht abwechselnd zum Glasdach hinauf (als bitte er um Hilfe?) und über das Becken mit Seerosen vor uns. Ich muß lächeln. Er wirkt wie eine Lokomotive ohne Gleise. Er hat keine *Hauptspur,* nur den Verdacht gegen diese Einzelperson. Doch das ist immerhin etwas. (Bakke sagt, es sei vielversprechend.) Ich verstehe ihn nicht.

Ich blättere in den Bögen. »Die Reise als Metapher«, »Der Zug als Befreiung und Zwangsjacke«, »Der Gesang der Schienen« (wieder denke ich an Wale). Ich lese geographische Namen wie Venezuela, Zimbabwe, China. Es gibt einige Kapitel über Speisewagen, Schlafwagen, Schaffner, Mitreisende. An einer Stelle ist etwas an den Rand gekritzelt: »Zusatz über die Untergrundbahnen, besonders in Moskau. Vision, daß die Kunst dort sein soll, wo sich die Menschen vorwärtsbewegen.« Mir gefällt diese Randbemerkung. Ich merke sie mir als eine wertvolle Aussage, die ich weiterspinnen kann. Die Fotografien gehören zu einem Appendix, »Aufstieg und Fall der Dampflokomotive«. Ich sehe noch einmal die erste Seite an, den Titel: *Unterwegs* und in kleinerer Schrift darunter: *Kinetische Übungen.*

»Ein Buchprojekt«, sagt Zakariassen. »Ziemlich alt und vermutlich von den Verlagen abgelehnt, falls sie überhaupt versucht hat, es zu publizieren. Die Eltern erzählten, sie sei in ihrer Jugend mit dem Zug auf der ganzen Welt herumgereist.«

Er sammelt die Papiere wieder ein, legt alles in einen gelben Umschlag. Es ist drückend im Victoriahaus, die Luft ist schwer, feucht. Die Goldfische liegen bewegungslos im Teich. Ich bemerke einen Gestank von Verwesung. Der Raum, die Wärme, die

Pflanzen lassen mich an einen Dschungel denken, an versinkende Lokomotiven, an —

Bevor wir hinausgehen, will — oder verlangt — Zakariassen einen Abstecher in den Flügel mit den Orchideen. Seine Laune wird gleich besser, er redet, zeigt, hebt Blumen hoch. »Sieh mal, eine *coelogyne cristata*«, sagt er über eine weiße Orchidee mit etwas Gelbem darin. »Aus Indien.« Er führt sich auf, als seien wir in einer Kunstgalerie. Oder in einem Laboratorium. Ich bin höflich, nicke, gucke in einem Fall übertrieben neugierig Staubgefäße an. Ich bin eigentlich nicht überrascht darüber, daß er, wie ich, ein häufiger Gast im Botanischen Garten ist. Der Unterschied ist, daß er benennen kann, was er sieht. Ich glaube, die Öffentlichkeit wird das zu schätzen wissen, einen Ermittlungsbeamten, der die komplizierte Welt der Botanik beherrscht. Oder ist es eine Schwäche? Ein Zeichen von Pedanterie?

Die Orchideen bringen (auf dem Umweg über die Hüte?) meine Gedanken auf Ruth Isaksen. Diese Bilder, tote Lokomotiven. Mir gefällt es. Ich habe von Ruth Isaksen irgendwann so etwas erwartet. Sie hatte wirklich noch einiges in petto. Der einzige Wermutstropfen in der Freude ist, daß ich dies noch nicht gewußt hatte, als ich im Konzerthaus Mahler hörte. Ich habe den Verdacht, daß ich dann eher die Luxusabteile des Orientexpresses assoziiert hätte als die *Titanic* und die Vergnügungsjachten mit Mahagonitäfelung. Ich bin sicher, das Erlebnis hätte noch gesteigert werden können oder wäre ein ganz anderes gewesen, hätte ich an Züge, an diese Lokomotivskelette am Meer in Wales, im Dschungel Indiens gedacht. Ein versinkender Dampfkessel, begleitet von den warmen Signalen des Waldhorns. Was wollte sie mit diesen Bildern sagen? Daß selbst eine neue Erfindung, selbst das *Moderne,* vergänglich ist?

War es nicht so, als liege das *Wort* Lokomotive selbst im Grab, als sei dieses stolze, kräftige Wort, diese buchstäblich gemachte Bewegung, zum Stehen gebracht worden, demontiert, erniedrigt. Schon veraltet. Im Begriff, aus der Alltagssprache zu verschwinden wie »Postkutsche« und »Galeasse«.

»Ein *Ginko biloba.*« Wir stehen vor dem Victoriahaus. Zakariassen zeigt mit dem Finger, lebt auf. »Vor hundertfünfzig Millionen Jahren aufgetreten, jetzt in der Natur ausgestorben. Du siehst ein lebendes Fossil.«

Wir spazieren über einen der Fußwege. Es ist ungewöhnlich mild.

»Hast du Angst?« sage ich.

Das Wetter ist aus den Fugen. Die Jahreszeiten sind abgeschafft. Es wird von Bären berichtet, die mitten im Winter aus ihrem Winterquartier krabbeln, Elchen, die sich paaren, Bienen, die längst unterwegs sind, um Pollen zu sammeln — Anfang Februar. Hier im Garten blüht alles zu früh. Die Hasel ist voller Kätzchen, ein mongolischer Apfelbaum hat die ersten Blätter bekommen, und auf einem grünen Rasen stehen schon seit Wochen gelbe Krokusse.

»Angst? Wovor?« sagt er. »Vor einer kosmischen Katastrophe?«

»Daß die Polizei den Fall nicht löst«, sage ich.

Er sieht mich an. Ich kann den Ausdruck nicht einschätzen. Vielleicht Unglaube. Oder Nachsicht. Hatten sie nicht schon bald genug gelöst? fragt er. Sie hatten Bordelle geschlossen, Drogenringe gesprengt,

Fälle von Hotelbetrug gelöst und sogar einen berühmten Schmuckdiebstahl aufgeklärt, der zehn Jahre lang ein Mysterium gewesen war — alles dank dieses Falles. Wenn sie jetzt noch viel mehr lösten, würde die ganze Gesellschaft auseinanderfallen. Er nimmt die Zigarre aus dem Mund und spuckt. Mir mißfällt dieses ... vulgäre Auftreten. Mir mißfällt auch, was er sagt.

Wir gehen langsam durch den Gamlehagen. Alles wirkt ... fertig, abgeschlossen. Niemand würde denken, daß Februar ist. Ich sehe mich um, bin wieder frappiert über die künstliche Konzentration botanischen Lebens. Müßte nicht in diesem Garten, und besonders jetzt, bei diesem abnormen Wetter, etwas Unvorhergesehenes entstehen, eine neue Pflanze? Unbegreiflicherweise hervorgegangen aus einer Bestäubung, eine Kreuzung, die niemand für möglich gehalten hätte? (Eine grüne Pflanze, unsichtbar in all dem Grün?)

Zakariassen lächelt, ertappt sich dabei, muß aber wieder lächeln. Er sieht mich an wie ein Kind. Nein, er sieht mich an, als sei er ein Kind und ich ein Erwachsener, als habe er ein Geheimnis, das ich, ein Erwachsener, nie verstehen würde. »Ich bin jedesmal erstaunt, wenn ich einen Fall löse«, sagt er, macht gleichzeitig auf die riesige Kastanie an der Hauswand aufmerksam, als sei diese interessanter als das, was er sagt. »Manche Fälle kann man einfach nicht lösen. Aber man muß trotzdem versuchen, seine Würde zu bewahren. Ein Fall muß nicht um jeden Preis gelöst werden.«

Ein Taubenschwarm fliegt auf und erzeugt mit den Flügeln ein klatschendes Geräusch. Wie Applaus.

Mir gefällt das Geräusch nicht. Mir gefällt nicht, was er sagt. Ich fasse es als unheilverkündenden Auftakt auf.

Ich behalte recht. Zakariassen leistet sich jetzt eine Äußerung, die mich erschüttert, einen Satz, den ich sofort anstößig, ja, in seiner Konsequenz katastrophal finde. Und dennoch ... Ich habe über die Aussage hin und her gegrübelt. Ich war erst wütend, dann unsicher. Ich weiß nicht, aber ich wünschte, er hätte es nie gesagt. Wir stehen auf der Anhöhe hinter dem Hovedgården mit Blick auf den Stadtkern und Vaterland. »Ab und zu frage ich mich«, sagt er, blickt direkt zum Großhotel, »ob es bei diesem Fall nicht Fragen gibt, die zu lösen wichtiger ist, als den Mörder zu finden.«

Ich protestiere heftig. (Ohne genau zu wissen, wogegen ich protestiere?) Ich kann mich nicht erinnern, wann ich mich zum letztenmal so aufgeregt habe. Ich sehe zum Zigarrenstummel in seinem Mundwinkel. Plötzlich hat er etwas Mafioses oder etwas Comicartiges. Auch seine Nase wirkt größer. Ich spüre, ich habe Angst. Er sieht mich an, vielleicht überrascht, ich weiß nicht, lächelt wieder, ja, lacht, versteht nicht die Ursache meines Ausbruchs, hält es vielleicht für Eifer, klopft mir auf die Schulter, lacht, führt sich auf wie ein abgebrühter Veteran gegenüber einem unerfahrenen Rekruten. Er trägt Stiefel, die mich an den Militärdienst erinnern.

Wir spazieren durch den neuen Fjellhagen. Ich versuche zu vergessen, was er gesagt hat. Vielleicht mißverstehe ich ihn. Vielleicht meint er etwas anderes. Zakariassen zeigt mit dem Finger, ist enthusiastisch, gibt an mit der Anlage: »Jetzt fehlt bald nur noch der Lästadius-Mohn.« Zwischendurch erzählt er von diesen abwegigen Vorschlägen, die hereinströmen, vor allem von den Angeboten, die kamen, bevor ich an der Arbeit beteiligt war. In einem Brief berichtete eine mit hellseherischen Fähigkeiten begabte Dame, sie könne den Mörder beschreiben. Kam etwas dabei heraus? frage ich. Doch, sagt Zakariassen, der betreffende Abschnitt war eine exakte Beschreibung, richtig bis ins kleinste Detail, der Ministerpräsidentin. Irrtum ausgeschlossen. Wir lachen. Ein anderer Hellseher behauptete, er habe vom Gesicht des Mörders geträumt und dieses Gesicht später in einem Buch wiedergefunden. Was ist passiert? frage ich. Sie bekamen das Bild mit der Post, sagt Zakariassen; eine Fotografie von Charles Darwin. Wir lachen beide. Zakariassen wird immer aufgekratzter. Er zeigt hin und wieder auf einen Baum, einen Busch, sagt einen Namen, oft auch den lateinischen. Es gefällt mir, und es gefällt mir nicht. Was, wenn sie wirklich aufgrund dieses Hinweises jemanden verhaften würden, sagt er; einen Mann, der Charles Darwin zum Verwechseln ähnlich sähe? Was würde die Öffentlichkeit davon halten? Was würde werden mit dem Vertrauen zur Polizei? Oder mit dem Glauben an die Vernunft überhaupt? War es dann nicht besser, den Fall nicht zu lösen?

Ich werde wieder unruhig. Ich mißbillige sehr, daß er so redet.

Unterhalb des Victoriahauses entdecke ich einen Baum. Ich frage mich, ob er neu ist, ob er immer dort gestanden hat. Zakariassen sieht, daß ich überlege. *Acer Ginnala*, sagt er; ein sibirischer Ahorn. Was war mit dem?

Der Baum ist unglaublich knotig und krumm, sieht aus, als sei er von einer mächtigen Hand verdreht und verbogen. Oder mit Hilfe dicker Kupferdrähte. Ich empfinde ... Demut. Ich habe Lust zu —

»Er sieht aus wie ein Bonsai-Baum«, sage ich.

Zakariassen steht da und blinzelt, gibt zu, daß ich recht habe. »Ein bißchen groß fürs Wohnzimmer«, sagt er, knufft mich erneut in den Rücken. Neckend. Oder aufmunternd. *Freundschaftlich.*

Wir fahren mit Zakariassens Auto, einem alten Mercedes, zum Polizeipräsidium. Ein kleiner Tiger hängt am Rückspiegel, baumelt willenlos in der Luft. Wir hören das Oscar Peterson Trio auf der Stereoanlage. Flüsterndes Schlagzeug, spielerischer Baß und Oscar Petersons Klavier. »Eine linke Hand wie Gott«, sagt Zakariassen. Ich denke die ganze Zeit an diesen Baum, grüble, wie er so krumm geworden sein kann, so verdreht ... Vielleicht weil —

Das Wiedersehen mit dem Ruinenpark oder dem Gedenkpark, wie jemand ihn nennt, bringt mich auf einen Gedanken, der sich bald in alle Richtungen verzweigt. Mein Kopf gleicht Montaigne. Oder Montesquieu. Oder ... wie hieß der ... einem sibirischen Ahorn. Ich wünschte, ich hätte einen Block mitgenommen, um die eine oder andere Idee notieren zu können. Alles ist so anders bei Tageslicht, als sehe man einen Film zum zweitenmal, während im Saal alle Lichter brennen. Ich schäme mich für die sterilen Berichte, die ich gelesen habe. Die feuchte und frühlingshafte, lichte Stimmung macht die Parkanlage schön und einladend. Ich finde den Ort schlichtweg interessant, lehrreich.

Oder —

Ich gehe mit Zakariassen langsam umher. Ich bin ein Tourist. Er erzählt: »Wir stehen jetzt mitten in der St. Halvardkathedrale.« Er weiß viel über diese Steinmauern, die im Mittelalter Oslos geistliches Zentrum waren. Warum bin ich hier nie gewesen? Etwa wegen —

Wir schlendern herum. Jørgensen und Bakke sind dabei. Sie überprüfen ein paar Dinge. Man kann bei der ersten technischen Untersuchung etwas übersehen haben, aufgrund des Schnees. Sie winken uns zu. Wir winken zurück. Zwischen mir und Jørgensen ist eine Diskussion im Gange. Wir zanken darüber, welche Würstchenbude Oslos die beste ist. Er hat als Junge im Bislett Würstchen verkauft, auf Schlittschuhen, aus so einem Kessel, den man auf dem Bauch trägt. Jørgensen ist Puritaner. Er lehnt es ab, Würstchen in einer Bude zu essen, wo die Bedienung keinen weißen Kittel und keine Kopfbedeckung hat, wo das Geschäft nicht den rechten Charakter von Chirurgie hat, von Wissenschaft. Ein richtiges Würstchen braucht ein Brötchen und Senf, niemals Ketchup. Und es muß gekocht sein. Grillwürstchen sind ein Werk des Teufels. Wir zanken oft deswegen. Ich glaube er mag mich.

Bakke mißt mit Schritten eine Entfernung aus. Jørgensen sitzt in der Hocke und spricht in ein Diktaphon. Ich erinnere mich an meine Verblüffung, als ich vor dem Bildschirm saß und las, was sie auf den wenigen Quadratmetern um die Leiche gefunden hatten: zwei Hellesens-Batterien, ein altes Fünf-Øre-Stück, eine Tintenpatrone, eine Mustad-Schraube, ein Stück von einem Flugticket nach Amsterdam, eine tote Maus, eine rote Rose, ein Mitgliedsabzeichen vom Skiforeningen und vier Einwegspritzen. Oder war das kein Grund, die Stirn zu runzeln? Ist der Boden, auf dem wir umherwandern, überall voll von solchen Dingen, nur daß wir nie darauf achten?

Bakke redet drüben mit ein paar mitgenommen aussehenden Typen auf einer der roten Bänke mitten im Park. Er sieht komisch aus mit dem viel zu breiten Schlips, wie ein Clown. »Fixer«, sagt Zakariassen leise. »Die sind überall. Die da, oder Freunde von ihnen, haben die Leiche gefunden.« Ich empfinde sofort leichtes Unbehagen beim Anblick dieser abgerissenen Menschen; keine Jugendlichen, Leute mittleren Alters. Das paßt, denke ich, diese Wracks im Ruinenpark. Ruinen in Ruinen.

Ich denke an Gross, seine ... offene Haltung. Ich habe ein schlechtes Gewissen.

»Ziemlich grotesk, nicht?« sagt Zakariassen.« Die Leiche wurde dort gefunden, wo der Altar stand.«

Die Zeitungsberichte haben viel Wesens davon gemacht. Abbildungen, die den Grundriß der mittelalterlichen Kirche zeigten, mit einem Kreuz am Fundort der Leiche. »Meinst du, es war so geplant?« sage ich. Ich spüre, ich bin gespannt auf die Antwort.

»Man kann nie wissen«, sagt Zakariassen. »Es *kann* ein reiner Zufall sein.«

»Kann die Wahl eines solchen Ortes Zufall sein?« sage ich. Ich weigere mich, das zu glauben. Es muß eine Absicht dahinterstecken.« Wieder registriere ich meine Enttäuschung, meine Irritation über Zakariassens Phantasielosigkeit. So ... pragmatisch. Oder ängstlich? Oder vielleicht eher ... (Mir fällt auf, daß ich nicht nach einem präzisen Wort suche, sondern nach einem *vageren* Wort. Bilde ich mir das nur ein, oder ist mir in den letzten Tagen der Verdacht gekommen, daß ein Wort um so mehr vernebelt, je »genauer« es ist?)

»Ich wünschte beinah, du hättest recht«, sagt er, bleibt stehen und liest eine Gedenktafel im Boden.

Ich weiß nicht, was er mit dem Besuch erreichen will. Das Denken in Gang bringen? Er steht lange still, sieht sich ab und zu um, lauscht gleichsam, wittert, die Stirn in tiefen horizontalen Falten. Er sieht aus wie ein —

Ich schließe die Augen. Ich rieche nur den Gestank von den Auspuffen. Ich höre nur den Lärm von den Autos. Die Lastzüge lassen den Boden erzittern. Ich denke an Lokomotiven. Ich öffne die Augen. Die Reste des Esso-Tiger-Plakats hängen immer noch an der Brandmauer gegenüber. Auch der Kopf ist jetzt weg. Nur ein Eckchen vom Pelz ist sichtbar, etwas Goldenes mit schwarzen Streifen.

Zakariassen will noch einen Ort sehen. Wir schieben uns langsam durch die Stadt. Jørgensen ist sauer, weil wir an einer bestimmten Würstchenbude nicht anhalten. (Niemand kann wie Jørgensen den knakkenden Laut beschreiben, wenn die Zähne den ersten Biß in eine perfekt gekochte Wurst tun.) Bakke verflucht die Verkehrssektion, erzählt Geschichten über legendäre Fehlentscheidungen. Oscar Petersons gottbegnadete linke Hand spielt irgendwo unter dem Armaturenbrett. »Days of Wine and Roses«. Ich befinde mich in einer Art Halbschlaf, komme jäh zu mir, als wir hinter der Deichmanschen Bibliothek parken.

»Hier hat alles angefangen«, sagt eine Stimme.

Ich sehe Becker vor mir, den Schal, diesen ganz gewöhnlichen, gesichtslosen, der —

»Ich bin sicher, ein Schauspieler ist der Mörder«, sagt Jørgensen. »Eine Person, die jedesmal Kleidung, Aussehen und Verhalten verändert.«

Bakke nennt den Namen eines populären alten Schauspielers. Wir lachen. Ich nenne den Namen unseres berühmten Komikers. Wir lachen noch mehr. Wir lachen, während wir zwischen den Säulen entlangschlendern. Die Dreifaltigkeitskirche erhebt sich vor uns. Wir hören Gesang, markerschütternd falsch, aus einer Ecke, die wir nicht sehen (Alkoholiker?). Zakariassen fragt, ob ich ihm die Hände um den Hals legen könne. Ich tue es. »Drück zu«, sagt er. »Gib's ihm«, ruft Jørgensen ermunternd. Ich drücke leicht zu. Zakariassen versucht, sich zu befreien. Ich drücke stärker. Er bemüht sich, sich zu befreien. Ich kann ihn nicht festhalten, er ist zu stark. Er lacht, streicht sich über den Hals. »Du bist verdammt stark«, sagt er, lacht, spuckt aus. Warum sollte ich das tun? frage ich. Zakariassen sagt, er wolle erleben, was das Opfer oder der Mörder gedacht, gesehen, gehört haben kann.

»Hast du was rausgefunden?« sage ich.

Er lacht wieder, etwas verlegen. »Verdammt, du bist stark«, sagt er, reibt sich den Hals.

Wir gehen die Treppen hinunter, auf die Statue eines Missionars zu, an dessen Namen ich mich nicht erinnere. »Es ist seltsam«, sagt Zakariassen, »ab und zu habe ich mir vorgestellt, einen x-beliebigen Menschen auf der Straße niederzuschlagen. Die Regeln zu brechen. Nur um zu sehen, was passiert. Dinge in Bewegung zu setzen. Auf einen Schalter zu drükken, von dem man nicht weiß, wozu er da ist. Und jetzt hatte offensichtlich irgend jemand die gleiche Idee!«

Ingeborg kommt aus New York nach Hause. Wir sitzen lange im Wohnzimmer und reden, trinken Tee und hören Musik (Monteverdi). Sie geht raus und kommt mit einem Tablett zurück, geröstetes Weißbrot, ein paar Zitronenschnitze und eine blaue Dose russischen Beluga-Kaviar. Wir reden. Wir plaudern. Je unwesentlicher die Gesprächsthemen, desto größer die Zusammenhänge, die sich beim Reden erschließen. Sie fragt mich nach der Arbeit. Ich erzähle von dem Fall. Wir essen. Ich sehe die kleinen schwarzen Perlen an, wundere mich darüber, daß etwas so Einfaches so gut schmecken kann. Ich frage, ob sie nicht weitere von Mahlers Symphonien kaufen könne. Sie lächelt, schüttelt den Kopf. Doch, sagt sie. Ich glaube, sie ist erstaunt, daß ich mir überhaupt den Namen eines Komponisten merken kann. Ich frage, ob sie schon in der Finnmarksvidda war. Sie war als Kind in der Finnmarksvidda. Ich bitte sie, davon zu erzählen. Warum hat sie nicht früher davon erzählt? Sie erzählt von der Finnmarksvidda. Warum will ich etwas von der Finnmarksvidda hören? Sie schüttelt den Kopf, lächelt. Ich werde dich nie kennen, sagt sie. Wir trinken Tee. Sie lobt mich. Ich habe die letzten Bilder von unseren Ururgroßvätern aufgehängt. Starre, todernste Masken in ovalen Rahmen. Die gefurchten alten Gesichter erinnern an Bonsai, oder an—

Irgendwann — ich habe den Anlaß vergessen — frage ich, warum sie Elefanten sammelt. Ich habe sie oft gefragt, und sie antwortet immer das gleiche. Jetzt aber antwortet sie: »Weil man früher geglaubt hat, daß die Welt von Elefanten getragen wird.«

»Vielleicht glauben das immer noch welche«, sage ich.

»Du etwa nicht?« sagt sie.

Ich sehe sie an. Sie ist völlig ernst.

Als wir uns lieben, notiere ich das gleiche rätselhafte Phänomen. Ingeborg geht auch diesmal gewissermaßen direkt in den Orgasmus hinein, ohne irgendein Vorstadium. Als sei dieser Orgasmus ein Vorspiel zu einer neuen Form von Orgasmus (in Verlängerung des ersten?) von einer Stärke und Tiefe des Genusses, die man nur raten kann. Ich habe nie etwas so . . . Als liege man auf einer Welle, schwimme an der Oberfläche des Meeres, das sich unter einem kraftvoll bewegt. Als sei man in der Nähe des Tiefsten, des Innersten, des *Magmas*. Sie murmelt, singt die ganze Zeit auf einem J-J-J-J-J. Als ich komme, schleudere ich ein langes Ooooo heraus (vielleicht auch deswegen, weil ich die ovalen Rahmen auf der Netzhaut habe). Es klingt peinlich beschränkt und . . . tierisch (wie Wolfsgeheul), nicht zuletzt abschließend im Vergleich zu ihrem intonierenden und beständig dahinfließenden Buchstaben. Ich spüre, ich bin in — und dies ist ein Privileg, eine Ehre — einer Frau, die dabei ist, das Universum der Erotik zu erweitern, eine Grenze zu überschreiten, die bis jetzt alle für ein letztes Ziel gehalten haben. Ich bin verwirrt und zugleich glücklich darüber, daß sie mich als Mittel gebrauchen kann. Daß auch dieses Uralte, in gewisser Hinsicht instinktiv Einfache, nicht ewigem Stillstand unterliegt, sondern sich entwickelt.

Wenn ich überlege, bin ich in erster Linie *inspiriert.*

Während sie tief schläft und wir noch immer ineinander sind, bleibe ich in dem weißen Bettzeug liegen und grüble. Ich denke, ich liege in einer Terra incognita. Ich denke, das ganze Dasein ist eine Terra incognita.

Ich mache mich vorsichtig los und stehe auf. Ich ziehe den Schlafrock an und setze mich an den Sekretär, nehme mir das Buch, das ich mir von Ingeborg aus New York habe mitbringen lassen: die Gemälde von Hieronymus Bosch. Meine plötzliche Neugier auf Bosch rührt von einem Dokument her, über das ich eines Tages im Büro gestolpert bin. Es stellt sich heraus, daß die Polizei, aufgrund eines Beamten mit starkem Interesse für Kunst, nach den ersten vier Morden mit der Theorie gearbeitet hat, daß die Morde Details aus einem Bosch-Gemälde mit dem Titel »Die Hölle« rekonstruiert hätten. Wenn ich erkläre, ich war »sprachlos«, sagt das gar nichts. (Ich hatte auch niemanden, dem ich es hätte sagen können.) Verblüfft? Froh? Schwindelig? Überglücklich? Ich glaubte zunächst nicht, was ich las, begriff aber nach und nach, daß die Polizei in vollem Ernst mit dieser als einer von etwa zehn Möglichkeiten operierte (»wir folgen mehreren Spuren gleichzeitig«).

Ich sitze mit dem Buch da, einer Prachtausgabe im Folioformat, und blättere, bis ich eine Reproduktion der »Hölle« finde. Ich will die Theorie nachprüfen. Ich bin kurz davor zu sagen, die »wahnwitzige Theorie«, aber ich will niemanden im voraus verurteilen. Ich habe den Ausdruck bei mir. Ich lese, daß Bekker mit zerbrochenen Eiern neben sich gefunden wurde. Bereits hier muß ich innehalten. Die hatte er also in der Papiertüte. Ich sehe es als einen großen ... Sieg, daß ich das endlich herausfinde, ich sehe es auch als Verheißung, daß alles, selbst das kleinste Detail dieses Falles, aufgeklärt werden wird, sind wir nur geduldig genug. Auf dem Gemälde »Die Hölle« finde ich tatsächlich eine merkwürdige Figur mitten im Bild, mit Baumstämmen als Füßen und einem Körper, den ich mit einigem Wohlwollen als eine Eierschale deuten kann. Und links von dieser — doch, das ist wirklich wahr — entdecke ich einen Schädel. Ich muß zugeben, daß er in verblüffendem Grad dem Schädel gleicht, den Gross in der Hand hatte. Sogar die Laute, die sich in Eva Weiners Kleidern festgehakt hatte und bei der sich niemand erklären konnte, woher sie kam, ist weiter unten auf dem Gemälde abgebildet — wenn ich genau hinsehe, zusammen mit einer Frau, die an den Steg des Instrumentes gewissermaßen gekreuzigt ist. Ich bin nicht mehr erstaunt, als ich das Messer und die Ohren im oberen Teil des Bildes finde. Ich vergegenwärtige mir kurz den Anblick des Messers, das auf den Asphalt prallt und sich ganz unerklärlich hinter Bergmanns Ohr legt wie ein Bleistift.

Der nächste Todesfall korrespondierte nicht mehr mit dem Gemälde, und die Polizei hatte die Bosch-Spur ad acta gelegt, vermutlich zur großen Enttäuschung des kunstinteressierten Beamten. Es ... tut mir leid für ihn. Ich versuche lange, wirklich beharrlich, mögliche Verbindungen auch zu Davidsen und Isaksen zu finden. Sie können etwas übersehen haben. Gab es wirklich kein Horn auf dem Gemälde?

Oder was war mit diesem Schwein in Nonnentracht? Ich suche lange, muß aufgeben.

Wenn nun —

Ich sitze am Sekretär und starre aus dem Fenster, auf das neue Vaterland, das langsam wächst im Dunkeln wie eine gewaltige Säule, ein Obelisk mit undeutlichen Schriftzeichen. Die spannende Frage ist eigentlich nicht, wie so etwas geschehen konnte — eine Laute, festgeklemmt an einer Leiche! —, das Unglaubliche, so wie ich es sehe, ist die Tatsache, daß jemand bei der Polizei überhaupt etwas von Hieronymus Bosch weiß, einem Maler aus dem fünfzehnten Jahrhundert, von dem ich selbst noch nie gehört habe, ein Name, der mich nur an Fahrradlampen in meiner Kindheit denken läßt. Welchen falschen Vorstellungen sitzt die Öffentlichkeit auf! Wer kann das als Unfähigkeit und Phantasielosigkeit bezeichnen, so wie die Vorwürfe der Zeitungen lauten — und, ich schäme mich, in Gedanken meine eigenen? Mich erfüllt eine immer größere Gewißheit: Es gibt für die menschliche Einbildungskraft keine Grenzen. Ich fühle mich . . . ich suche lange nach dem Wort, weiß, es ist da irgendwo . . . ich fühle mich *selig*.

Ich kann einen so starken Ausdruck wählen wie —

Meine Blicke ruhen abwechselnd auf Boschs Gemälde und auf dem Skelett des Großhotels draußen vor dem Fenster. Ich bin noch nicht fertig mit den Möglichkeiten, die sich im Anschluß an die Bosch-Spur eröffnen — vielleicht trägt der Anblick der monströsen Kräne mit dazu bei. Ich denke an dieses Chaos, diesen apokalyptischen Zustand, den das Gemälde enthüllt . . . Wenn nun all das, dieser totale Wahnsinn, auch unter dem Bild von Ordnung und Idylle der norwegischen Gesellschaft liegt? Wie eine Gegenwelt, wie eine —

Ich sitze am Sekretär und schreibe. Ich sitze an einem Sekretär, von dem ich nicht weiß, was er enthält (Alabasterköpfe aus Ägypten? Skelette von Fledermäusen?). Ich finde die Worte nicht. Aber ich bin froh, ich bin erschrocken, ich bin dankbar. Ich habe mich nie als einen unzivilisierten Menschen betrachtet, aber ... Ich denke an die Reihe von Dingen, von denen ich nichts gewußt habe — ich bin versucht, hinzuzufügen: *unverantwortlicherweise* nichts gewußt habe. Ich habe das Gefühl, daß ich langsam und mit nicht unerheblicher Anstrengung dabei bin, peinliche Lücken in meinem Wissen über die komplexe Beschaffenheit des Menschen und unserer Gesellschaft auszufüllen.

Ich sehe heiter — ich glaube wirklich, ich möchte das Klischee »in einer Mischung aus Angst und Freude« verwenden — in die Zukunft.

# 21

Bei der Arbeit gestern passierte etwas ... ich könnte sagen, Stimulierendes (jedenfalls wenn die Grundbedeutung »angeregt werden« ist). Zugleich eine erfreuliche Überraschung. So, als dürfe man in einer Vorstellung, die man gern sehen will, in der Königsloge sitzen, wenn man es für unmöglich gehalten hat, dafür Karten zu bekommen. Zakariassen rief mich an. Sie saßen da und verhörten diesen Mann. Gleichzeitig hatten sie eine Zeugin da, die den Mörder gesehen zu haben meinte. Sie wollten ihr den Verdächtigen gegenüberstellen. Es fehlte eine Person, die ihm auch nur entfernt ähnlich sah. Er war auf mich gekommen, ich war ungefähr gleich groß, die gleiche Haarfarbe. Ob ich mitmachen würde? Nur zum Spaß? Er hoffte, ich würde es nicht übelnehmen, beleidigt sein? Selbstverständlich nicht. Ich betrachtete es als einen Gunstbeweis, ja, während ich durch die Korridore lief, *freute* ich mich. Es war dann auch sehr ... anspornend, dort im Besprechungssaal in einer Linie mit den anderen zu stehen (wer waren sie?) und zu wissen, daß ein Mensch jenseits der Glasscheibe dich von oben bis unten musterte. Ich hatte Probleme, das Gesicht in die richtigen Falten zu legen. Ich tat, was ich konnte, bemühte mich, wie ein Mörder auszusehen, versuchte, wie ein Mörder zu *denken*. Wir bekamen das Kommando, schnell zu gehen, wir wurden gebeten, der Scheibe den Rücken zuzukehren. Alle mußten den Satz sagen: »Hau ab, das geht dich nichts an!« Ich hoffte ein bißchen, die Zeugin würde auf mich deuten, um zu sehen, was weiter passieren würde. Doch sie zeigte auf einen anderen, den Mann, der schon verdächtigt wurde. Zakariassen dankte mir, war guter Laune.

Ich sitze im Büro und sehe die Fotografien der Leichen an, aufgenommen am Tatort. Ich sehe die Stellungen, in denen sie liegen, ich sehe den Gesichtsausdruck, ich sehe die Hände, die Finger. Ich sehe die Bilder der Obduktion an. Sie sind erstaunlich ... reinlich. Ich erinnere mich plötzlich an Leonardo, seine anatomischen Studien. (Führte ein Weg von der Sektion von Leichen zum Gesicht Mona Lisas?) In Gedanken vermische ich die Bilder mit den Fotografien auf der Ausstellung, von den Tatorten bei Nacht, dem grellen Licht, den öden Plätzen. Es kommt auch vor, daß Lokomotiven sich dazwischenschieben, Bilder von rostigem Schrott, die Räder in der Luft. Ich mache eine neue Ausstellung, in meinem Kopf. Ich sehe die Tatorte als einen Friedhof, ich sehe die Toten als in die Jahre gekommene Lokomotiven, Erfindungen, über die die Zeit hinausgewachsen ist.

Der Computer ist immer an. Wie ein Licht, wie eine Hoffnung. Ab und zu habe ich eine Idee, tippe wie ein Verrückter. Was hoffe ich auf dem Schirm zu sehen? Den Schatten eines Gesichtes? Glaube ich, daß die Akkumulation dieser Tausende von Informationen ein Gesicht erzeugen wird — *muß*? Wovon? Eine Ikone? Ein stilisiertes heiliges Gesicht vor einem Hintergrund aus Gold?

Ich sitze im Bereitschaftsraum. Die Stimmung ist verdrossen. Gestern mußte der Bürgermeister in den Nachrichten erscheinen. »Ist Oslo eine sichere Stadt?« Im Justizministerium macht man sich Sorgen. Die Unruhe soll weiter nach oben gedrungen sein. Wir müssen den Fall lösen. Wir kommen nicht weiter. Jørgensen ist verzweifelt. Er sieht noch mehr aus wie Yves Montand, wenn er verzweifelt ist. Dieser Bursche allein ist eine ganze Revolution, sagt er. Seht euch an, was er getan hat. Alles ist auf den Kopf gestellt. Da werden noch viele ihren Hut nehmen müssen, bevor wir den erwischen. Zakariassen trinkt Eiswasser. Wir diskutieren über den Verdächtigen. Bakke referiert das letzte Verhör. Neue Hinweise sind eingegangen. Sollen wir ihn verhaften, observieren? Ich habe ihn im Besprechungssaal im Auge behalten. Er *war* schön. Die Haut fast transparent. Die Augen . . . Vielleicht dachte ich an einen Engel. Oder an einen Heiligen. Bakke weiß zu berichten, daß er früher Schauspieler war. Jetzt arbeitet er in einer Gärtnerei. Leute behaupten, er habe im Zusammenhang mit den Morden Dinge gesagt wie »eine Beschneidung muß sein« und »jeder Wuchs muß ausgedünnt werden«. Ich nehme teil an der Debatte, werfe Fragen ein, bin eifrig. War er vorbestraft? War er ein *guter* Schauspieler? Welche Beziehung hatte er zu Hämmern? Zakariassen ist mürrisch. Er liest Computerstatistiken. Ich glaube, er ist gegen das Ganze. Wir rauchen. Wir trinken Kaffee. Jemand stellt den Polizeifunk an. Wir diskutieren lange. Bakke erzählt, der Mann habe immer noch kein Alibi. Hast *du* ein Alibi? sage ich. Alle lachen. Ich bringe sie oft zum Lachen. Ich glaube, es gefällt ihnen. Bakke sagt, der Verdächtige sei in der Nähe von mindestens drei von den Tatorten zum aktuellen Zeitpunkt beobachtet worden. Von mir kommen mehrere Beiträge. Ich bin ein Libero. Ich soll so wenig wie möglich wie ein Polizist denken. Ich soll jede Behauptung mit größtmöglicher Distanz sehen. Ich kann nicht beurteilen, ob meine Worte sich zum Vorteil des Mannes auswirken oder nicht. Zakariassen schreibt die ganze Zeit. Von der Seite gesehen und auf dem Kopf gleicht seine Schrift Noten, dem Blatt einer Partitur, als komponiere er. Ich sehe zu den Luftaufnahmen an der Wand, den Tatorten aus verschiedenen Winkeln. Ich sehe die klaren Hauptlinien in der Landschaft. Ich sehe die Karten, mit Nadeln, Pfeilen und Filzstiftstrichen. Ich sehe die Tischmodelle der sechs Tatorte. Sind sie in derselben Stadt oder auf sechs Kontinenten? Ich sehe zur Ankerbrua. So . . . kunstfertig. Als sei die Wirklichkeit geschrumpft. Oder man selbst zu einem Gott geworden.

Ich sitze im Büro. Ich habe einen Ausdruck von allen Verbrechen gemacht, die am Bergstien begangen worden sind. Ich lese von Vergewaltigungen, Autodiebstählen, Einbrüchen. Ich denke die ganze Zeit an die Synagoge am selben Bergstien. Ich höre »Punkt neun«. Ich habe ein Radio aufgestellt. Ich prüfe den Ausdruck über den »Dunklen Mann«, hundertdreißig Namen. Der Matrixdruck ist brutal, wie Tätowierungen, Punkt Punkt Punkt, zeitweise blaß, unleserlich. Ich denke an Eva Weiner, ihr Alphabet. Ich lese (während ich »Punkt neun« höre). Ich halte bei manchen Namen inne. Ich unterstreiche mit Rot. Ab und zu nehme ich einen Anruf entgegen. Ich mache Notizen an den Rand. Ich mache Ausrufungszeichen. Ich lese den Namen unseres berühmten Komikers. Ich finde den Namen Erik. Ich mache dort ein Ausrufungszeichen. Zwei Ausrufungszeichen. (War es die Menge von Krabbensmørbrød, die die Leute mißtrauisch gemacht hatte?) Ich lese die Stichworte hinter den Namen. Ich würde gern mit einigen dieser Informanten sprechen, Bürgern, die gewissenhaft angerufen, lange Briefe geschrieben, uns besucht haben. Was geht im Kopf dieser Individuen vor? Welche Geschichten möchten sie *eigentlich* erzählen?

Ist es möglich, die Lösung im Sinnlosen aufzuspüren?

Ich stehe in Zakariassens Büro. Er gibt mir eine Mappe. (Technische Untersuchungen und Bilder von Davidsens Wohnung.) Ich sehe zu den Kakteen auf der Fensterbank und den Kamelen, auf der Wanderung in seinem Regal. Ich entdecke einen Totenkopf zwischen *Norwegens Gesetze* und einer Reihe knallgelber Ringhefter. Ich habe das Kranium vorher nicht gesehen. »Yorick?« sage ich. »Ophelia«, antwortet er.

Ich sitze im Büro. Ich lese die Gespräche mit den Hinterbliebenen. Ich stutze bei einem Wort. »Opposition«? Hat Herr Weiner (der Diplomat) wirklich dieses Wort über seine Tochter gesagt? Ich hole die Tonbänder. Ich spule ab, höre zu. »Sie war ständig in Opposition.« (Eine tiefe, kummervolle Stimme.) Ich höre. Ich notiere Worte. »Irrsinn«, »Barmherzigkeit«. Ich höre andere Bänder (Isaksens Mutter: »Sie war wie ein Engel«). Ich bin die ganze Zeit ergriffen ... kann lange dasitzen und mich in ein Wort vertiefen, in Slang, Dialekt (»Was soll'n mi'm Dan nich gestimmt ham«), die unterschiedliche Art, wie Menschen sich ausdrücken. Die Hinterbliebenen erzählen unaufhaltsam. Sie werden gefragt, und sie antworten nicht, sie erzählen. Und ohne es zu merken, erzählen sie immer ihre eigene Geschichte.

Im übrigen: Es sind immer die Klischees, die die Phantasie am meisten anregen. Als seien Plattheiten Träger der Wahrheit.

Ich sitze im Bereitschaftsraum. Die Stimmung ist entspannter. Auf dem Tisch stehen rote Rosen, die uns jemand geschickt hat. Zakariassen hat einen Brief bekommen. Eine Mischung aus Verleumdungen und Drohungen. Er liest ihn vor. Wir lachen laut. Wir trinken Kaffee. Wir rauchen. Bergmanns Feuerzeug liegt vor mir. Bakke bestellt telefonisch Hamburger. Jørgensen protestiert, will raus zu einer Würstchenbude. Zakariassen liest ein langes Telex von der holländischen Polizei vor. Wir bekommen ständig Hinweise aus dem Ausland. Zakariassen schüttelt den Kopf. Was ist das? sagt Bakke. Hinweise, daß vielleicht eine mysteriöse internationale Sekte hinter den Morden steckt, sagt er. Laß hören, sagt Bakke, fächelt sich erwartungsvoll mit dem breiten Schlips. Das Zentrum der Sekte soll in Amsterdam liegen, sagt Zakariassen. Man weiß wenig von ihr. Der Leiter wird Montezuma genannt. Die

Sekte hat religiöse Züge. Möglicherweise mit perversen sexuellen Einschlägen. (Gelächter.) Narkotische Stoffe, besonders Hasch, spielen eine zentrale Rolle. Der Saphir ist ein Symbol. Vermutlich praktiziert die Sekte eine Art Menschenopfer. Die Mitglieder morden im Rausch und absolut zufällig. Die Opfer werden als Märtyrer verstanden. Zakariassen sieht uns an. Keiner sagt etwas. Eine Feuerqualle im Netz, sagt er. Verdammter Blödsinn, sagt Bakke. Ich war mal in England, sagt Jørgensen. Alle sehen ihn an. Ein Märchen? Ein Bursche beim Yard hat mir erzählt, daß ein undurchsichtiger Zusammenhang besteht zwischen den Wörtern »assassinate« und »hashish«. Beide kämen aus dem Arabischen. Wir sehen nach unten, trinken Kaffee. Ich bin inzwischen populär, weil ich Kaffee vom Flughafen in Rio mitbringe. Mehrere denken laut. Wurde bei Isaksen nicht ein Saphir gefunden? sagt einer. Alle Opfer sind an Orten gefunden worden, die oft von Drogensüchtigen frequentiert werden, sagt ein anderer. Zakariassen schreibt die ganze Zeit. Und was war mit dieser rekordreifen Menge Hasch, die wir beschlagnahmt haben? sagt Jørgensen. Wir trinken Kaffee, rauchen. Alles hängt in der Luft. Ich weiß nicht, was ich sagen soll. Bald gibt es ebenso viele Theorien, wie Ingeborg Elefanten hat. Irgendein Hinweis (Montezuma?) blockiert die Gedanken. Ich fühle mich erschöpft. Wie als Kind, wenn ich mit Vater ins Gebirge ging. Man kam an die Stelle, die man für den Gipfel gehalten hatte, und sah, daß es noch weit war. Eines ist jedenfalls sicher, sage ich. Ich hätte beinah ein »Männer« hinzugefügt, wie Zakariassen es oft tut. Alle sehen mich an. Es gibt keine Grenzen, sage ich. Wofür? sagen sie im Chor. Wo das noch hinführen kann, sage ich. (Denke ich einen Augenblick an Kolumbus?) Wir sitzen im Hemd da, mit hochgekrempelten Ärmeln. Ich assoziiere Arbeiter, norwegische Industrie, die Produktion von Turbinen. Ich sehe die Modelle der Tatorte. Ich sehe die panels um uns, die Instrumente, die Lichter. Ich sehe zu den Fotografien, den Karten an der Wand. Es ist, als sitze man im Herzen einer ... Fabrik, eines Kraftwerkes, eines Ortes, eines geheimen Raums, wo die Wirklichkeit selbst produziert wird.

Ich stehe am Geländer. Ich starre zur Decke hinauf, ich starre hinunter zum Boden in der Halle. Ich sehe die Grünpflanzen, ich sehe das Leben. Plötzlich fällt mir auf ... es ist beinah mystisch. Ich sehe, daß das Polizeipräsidium, besonders diese helle Zentralhalle, dem Data-Gebäude, wo ich früher gearbeitet habe, ähnlich, ja, beinah identisch mit ihm ist. Und mit den Hallen auf Aker Brygge. Oslo City. Dem Palmenhaus im Botanischen Garten.

Bei anderen Gelegenheiten finde ich, der Raum hat, vielleicht durch die Geländer in sieben Etagen übereinander, eine schlagende Ähnlichkeit mit einem Gefängnis.

Oder es kommt vor —

Ich sitze im Büro. Ich sitze vor dem Computer. Ich höre den Lüfter. Einen Staubsauger. Ein sphärisches Rauschen, ein Orchester, das die Instrumente stimmt. Ich weiß, ich bin an einem entscheidenden Punkt. Ich sehe zum Logo in der Ecke, dem Baum des Bull-Konzerns. Der Baum der Erkenntnis? Ich gehe ins Programm, weiße Schrift auf grünem Grund, setze mich mit der gewaltigen Datenbank in Verbindung. Oder ich denke, ich gehe in einen Botanischen Garten von ungeahnten Dimensionen, unendlich viele verschiedene Gewächse in einem kleinen Gebiet versammelt, konzentriert. Mich läßt der Gedanke nicht los, daß dort die Lösung liegt, eine blaue Blume, eine seltene Orchidee, verborgen in einer undurchdringlichen Wildnis — wie der fruchtbare Planet Tellus im Chaos der Milchstraße, wenn man es aus ausreichender Distanz betrachtet.

Es kommt vor, daß ich über dem Dschungel von Informationen verzweifle. Zu dicht, zu verfilzt, zu ... Ich komme nicht weiter, ich glaube an keine Lösung. Auf dem grünen Schirm sehe ich eine Szene aus einem Footballmatch, zwei Mannschaften, die aufeinanderprallen. Oder ich habe Angst, daß der ganze Schirm explodiert, mir ins Gesicht. Daß die Datenbank überfüllt ist. Daß es irgendwo einen Kurzschluß gibt. Daß von selbst ein schrecklicher Computervirus entsteht, als Resultat einer Absurdität in der n'ten Potenz.

An anderen Tagen ist es umgekehrt. Ich freue mich über die Herausforderung. Es juckt mich in den Fingern, den richtigen Befehl zu finden — eine scharfe, phantasievolle Machete, die alles durchschneidet. Ich sehne mich danach, die entscheidende Instruktion einzugeben — einen kreativen Paß, der die Knäuel auflöst, alles löst. Ich weiß, in meinem tiefsten Inneren, ich bin der richtige Mann am richtigen Ort.

Eine dritte Möglichkeit ist, daß —

Kaffee. Ein Brötchen. Mehr Kaffee.

Die Herausforderung liegt darin, die richtigen Fragen zu stellen. *Die* richtige Frage. Du kannst querchecken und querchecken — das Problem ist, zu wissen, was du querchecken sollst. Der kleinste Gegenstand, wie eine Styroporbox mit einem roten Kreuz, läßt sich als Zentrum eines Netzwerks von Verbindungen betrachten. An dem Tag, wo du das richtige Detail quercheckst, öffnet sich alles, wie ein Berg Sesam. Jede Kleinigkeit, die winzigste Bagatelle, ja, jedes Wort kann dieses Detail sein, das Element, das sich spalten läßt wie ein Atom und die Bestandteile des Daseins offenlegt, zeigt, wie alles aufgebaut ist.

Und ununterbrochen die eigentliche Kardinalfrage: Was ist mit ihnen, diesen Toten? Irgend etwas *muß* mit ihnen sein.

Ich habe eine aufregende Idee. Zunächst habe ich die Idee, ohne zu wissen, welche. Die Gedanken arbeiten im Vorfeld der Sprache. Ich muß stillsitzen, Geduld haben, ihnen Zeit lassen, sich in Worte zu kleiden: Und wenn ich nun einen Bug eingebe, einen Fehler. Das könnte . . . unerwartete Resultate haben. Was wäre, wenn ich einfach ein paar Random-Funktionen einbaue? Das System dazu bringe, aufs Geratewohl Fakten auszuwählen und dann die ganze Datenmenge durchzugehen. Unwesentliche Dinge querzuchecken, Informationen, die wir sonst für bedeutungslos halten. Ich richte mich auf. Ich bin ein Count Basie, wie meine Finger so über die Tasten laufen, wie ich hineingehe ins System und eine hübsche kleine Random-Funktion hinter mir zurücklasse, wie ein spröder Klavierakkord mitten in dichten Arrangements, dominiert von Bläsern. Ich improvisiere. Ich fühle mich ... gottbegnadet. Ich habe ein riesiges totes Ei befruchtet. Oder ich habe eine Erinnerung im Erinnerungsvermögen des Computers zum Leben erweckt, ihn in den Stand versetzt, seine eigenen Erinnerungen zu schaffen, ganz andere Verknüpfungen.

Kaffee, ein Hamburger, mehr Kaffee.

Bereits nach ein paar Stunden habe ich einige ... ich darf sagen, vielversprechende Übereinstimmungen gefunden, Dinge, die mögliche neue Wege durch das Unterholz von verwirrenden Daten hauen. Ich habe Herzklopfen. Es ist lange her, wirklich lange her, daß ich bei mir selber Herzklopfen registriert habe. Jetzt spüre ich Herzklopfen. Ich mache ein paar Ausdrucke, unterstreiche mit Rotstift, weiß, dies ist erst der Anfang. Ich habe Herzklopfen. Ich glaube, ich war noch nie so eifrig. Eifrig? Ich bin erregt, ängstlich, jubelnd, ungläubig, gelähmt, erhitzt, herausgehoben aus Raum und Zeit.

Und ich *sehe* tatsächlich ... wenn nicht ein Gesicht, so doch ein ... etwas Visuelles. Doch es ist kein gewöhnliches Bild, sind keine wiedererkennbaren Figuren. Es erinnert an diese abstrakten Maler. Ich denke besonders an einen. Ingeborg hat ein dickes Buch über ihn. Ich erinnere mich nicht an den Namen. Karamasow ... Kinski ... Koritzinsky ... Kandinsky?

Zu Hause liegt ein Brief im Briefkasten. Ich habe darauf gewartet. Broschüren über Walsafaris, die im Sommer von Andenes aus arrangiert werden.

Am selben Abend sitzen wir in der Wohnung oben am Holmenkollen. Der Ausblick — der Eindruck von Übersicht oder von etwas Funkelndem — korrespondiert mit der Stimmung, in der ich bin, erzeugt von dem unklaren, aber heftigen Starren in etwas ... Ich möchte trotzdem Zakariassen nichts sagen. Ich muß mir sicherer werden.

Wir reden lange über Bagatellen. Er hat Kinder, erzählt von ihnen. Ich erzähle von meinen. Er sagt etwas von der Scheidung (pathetisch). Ich nicke. Ich sage ein paar Sätze über Ingeborg. »Mona Lisa« hängt an der Wand, golden und schwarz, zieht die Aufmerksamkeit auf sich, als sei es ein Gemälde, das ich nie zuvor gesehen habe. Auf dem Glastisch zwischen uns steht eine Schale mit getrockneten Früchten. Sie erinnern mich an Flüge mit British Airways, marineblaue runde Schachteln. Ich fühle mich auch wie in einem Flugzeug, Oslo tief unter uns.

Wir reden über Bagatellen, schweigen, reden weiter. Count Basie liegt unter dem Gespräch und dem Schweigen, so nahe, so perfekt über die Stereoanlage wiedergegeben, als sitze er mit dem Orchester draußen auf dem Balkon. Ich lehne mich in dem verblichenen Liegestuhl zurück und denke an nichts, denke nur, daß ich hier bin, daß es angenehm ist, daß ich mich nähere, daß alles —

Dann sagt Zakariassen: »Und wenn die Morde nun einfach sinnlos sind. Wenn die Zeitungen ausnahmsweise recht haben mit ihren Schlagzeilen. Wenn der Sinn der Morde in ihrer Sinnlosigkeit besteht?«

Ich denke lange über die Worte nach, sauge an ihnen, kaue an ihnen, als seien sie getrocknete Früchte. Ich betrachte diese Möglichkeit als ... unmoralisch. Ich empfinde nahezu Wut. »Das ist doch vollkommen ...« Ich finde den Ausdruck nicht.

»Wenn dies nun die ersten sinnlosen Morde der Geschichte sind?« sagt Zakariassen.

Ich fuchtle mit den Händen, merke, daß eine gänzlich unbekannte Raserei in mir hochkommt.

Er läßt nicht locker: »Ich spreche von einer Sinnlosigkeit jenseits von Bosheit oder Geisteskrankheit.« Beinah als wolle er ablenken, grunzt er: »›What's Your Number‹, 1940, Lester Young am Saxophon.«

Ich bin äußerst irritiert. Mir ist heiß, als hätte ich etwas Schweres gehoben. Ich habe einen vagen Gedanken, kann ihn aber nicht formulieren. Zakariassen trägt ein uniformartiges weißes Hemd mit kurzen Ärmeln. Er sieht aus wie ein Pilot. Er starrt aus dem Fenster, der Fuß wippt in der Luft, folgt dem Rhythmus der Musik. Oslo liegt tief unter uns. Ich sehe plötzlich, daß es gut eine Hölle verdecken könnte, wie auf dem Gemälde von Bosch. Die dominierenden Farben sind in beiden Fällen Schwarz und Weiß, durchsetzt mit Gelb und Rot.

Ich muß aufstehen und mich bewegen. Ich versuche, mich zu beruhigen. Ich greife im Gehen nach seiner *Hamlet*-Ausgabe. Er sieht anderswo hin. Er *hat* etwas unterstrichen. »Die Zeit ist aus den Fugen. Schmach und Gram, daß ich zur Welt, sie einzurichten, kam!« Ich denke an den Satz. Ich denke, wie unterschiedlich er klingen muß, wie unterschiedlich sogar der *Sinn* sein muß, wenn ihn fünfzig Schauspieler sprechen. Ich wünsche mir plötzlich, ich könnte es sehen, hören, John Gielgud, oder einen Russen, gern einen Russen ... oder Tor Gross selbst.

»Ich hätte nichts dagegen, diesen Menschen kennenzulernen ... oder diese Menschen. Oder sie nur zu *sehen*.« Zakariassen wirkt zerstreut. Er hat vergessen, mir etwas zu trinken anzubieten. Die Früchte trocknen den Mund aus. »Ich bin, ich weiß nicht, ich bin schlicht und einfach neugierig. Vielleicht will ich mich nur überzeugen, daß es wirklich Menschen sind.« Er lacht. Die Bemerkung läßt mich an eine Möglichkeit denken, die ich vorher nicht gesehen habe. Ich stelle *Hamlet* zurück, an den Lautsprecher.

»Ich bin allmählich sicher«, sagt er. »Diesen Fall lösen wir nie. Ich glaube, Gott hält seine Hand über diesen Menschen«

Obwohl der letzte Satz in mir auf Resonanz stößt, fühle ich mich unangenehm berührt durch diese Eingeständnisse. Es ist, als zeige Zakariassen Schwächen, die ich an ihm nicht bemerkt habe, als . . . beichte er.

»Schluß mit dem Unsinn, Theo.« Meine Stimme klingt fremd. »Wir lösen diesen Fall. Ich weiß es, du weißt es.«

Mir geht auf, daß ich auf Zakariassen *zähle.* Daß er meine Hoffnung ist. Meine einzige Hoffnung. Falls er . . . Ich habe plötzlich Todesangst, als ob das Flugzeug, in dem man sitzt, in einen luftleeren Raum fiele.

»Bitte, Theo.« Die Stimme ist eher bekümmert als erregt. »Du kannst nicht mit Winston Churchill höchstpersönlich um dich schmeißen und dann plötzlich kommen und sagen, du glaubst, du kannst den Fall doch nicht lösen. Das geht nicht. Das heißt den Leuten Sand in die Augen streuen.«

Er lächelt. Er sieht mich an und *lacht.* Ich fasse es nicht, daß er so dasitzen kann, daß er die Situation in diesem Maße mißverstanden hat, ihren Ernst, das ganze —

Ich will etwas über Lästadius sagen, verkneife es mir.

Das Teleskop steht noch immer am Fenster, auf die Stadt gerichtet, als sei die Stadt ein anderer Planet, ein Stern. Diesmal gehe ich hin und gucke hinein, presse das Auge ans Okular. Ich weiß nicht, was ich erwarte — einen Stern, trotz des Winkels? Ich habe jedenfalls nicht erwartet, was ich sehe: ein kleines dunkles, aber scharfes Bild vom unfertigen Hotel Vaterland, die oberste Etage. Ich . . . ja, ich zucke zusammen.

»Ich dachte, man könnte es nur für astronomische Zwecke gebrauchen«, sage ich gleichsam entschuldigend, als hätte ich unversehens in ein Geheimnis geguckt, das Zakariassen für sich behalten wollte.

»Du kannst Landschaften studieren, wenn du ein Aufrichterprisma aufsetzt«, sagt er.

*Aufrichterprisma,* ich merke mir das Wort. Aufrichten. *Richten auf.* Ich gucke zu dem Mann auf dem abgewetzten weißen Sofa. Ich kann nicht anders, ich mag ihn. Ich *weiß,* ich kann mich auf ihn verlassen. Ich sehe in das Okular. Es frappiert mich, wieviel besser als meines dieses Fernrohr ist und daß der Winkel einen zuvor nie gesehenen Aspekt der Bauarbeiten zeigt. Es gefällt mir. Mir gefällt der Gedanke an Zakariassen und dieses weiße Teleskop. Wie eine radikale Wende in der Fragestellung. Vom Sternenhimmel zum Menschen als dem Unbegreiflichen. Ich sehe in das Okular, sehe (glaube ich) undeutlich einen Arbeiter im Flutlicht. Ich weiß plötzlich, ich sehe — und ich schreibe dies in vollem Ernst — eine Milliarde Milchstraßen in einer Hülle namens Mensch.

Zakariassen fängt übergangslos an, über die Butterbrotdosen aus der Kindheit zu reden, fragt, ob ich imstande bin, die verschiedenen Butterbrotdosen aufzuzählen, die ich besessen habe, eventuelle Bilder auf dem Deckel wiederzugeben? Ich denke nach. Erinnere mich an ein paar. Nenne sie ihm. Besonders verbreite ich mich über eine mit einem Landschaftsbild, englisch, glaube ich. Hübsche Ornamente an den Seiten. Er erzählt, mit verblüffender Intensität, von seinen eigenen Butterbrotdosen, doziert über den besonderen Geschmack von Ziegenkäsescheiben, wenn sie in Butterbrotdosen aus Plastik gelegen haben, einen Geschmack, den er zu rekonstruieren versucht hat, doch ohne Erfolg. Er glaubt, das hat etwas damit zu tun, daß solche Butterbrotdosen nicht mehr produziert werden oder daß sich vielleicht das Wetter verändert hat.

Ich lache, nehme eine Handvoll getrockneter Früchte.

Ich *weiß,* er wird es schaffen.

Lange Pause. Ich stehe am Fenster. Ich spüre, wie Count Basies Rhythmen durch die Fichtendielen hinauf in die Fußsohlen kriechen.

»Wir beschäftigen uns zu sehr mit dem Ganzen«, sagt Zakariassen. »Ein Fragment ist mir genug. Mehr als genug.« Er nickt dem Sternfernrohr zu.

»Kann nicht der Schlüssel zum Ganzen, die Lösung, in den Fragmenten liegen?« Ich höre, es klingt etwas schwülstig. Oder platt.

»Was für ein Quatsch!« Er ist irritiert. Er liegt halb auf dem abgewetzten Sofa. Er fängt an mit einer langen Erklärung, bemerkenswert engagiert und temperamentvoll für seine Verhältnisse, will mich zu der Einsicht bringen, wie unmöglich es ist, wieder zu einem Ganzen zu kommen. Ein Ganzes mit großem G. Er greift nach der Zigarre in dem großen (schweren? massiven? imposanten? geräumigen? sperrigen? gediegenen?) Kristallaschenbecher. Eine Sekunde lang glaube ich, er guckt sich nach Streichhölzern um. Ich sehe nicht den Grund für seinen Ausbruch. Er hat vielleicht schon lange darüber gebrütet. »Du bist ein Überbleibsel aus der Vorzeit«, sagt er. »Du bist weiß Gott der einzige, den ich kenne, der immer noch von Wahrheit redet. Ich mache mir Sorgen um dich. So wie du mit diesem Fall arbeitest. Wonach suchst du so frenetisch? Nach dem Sinn des Lebens? Du mußt vorsichtig sein.«

Ich werde selber wütend, finde trotzdem nicht die Worte. Die getrockneten Früchte in meinem Mund dehnen sich aus, bekommen wieder ihr natürliches Volumen, machen es unmöglich zu sprechen. Mein Kopf ist ein Filter mit zu kleinen Poren, läßt das Dahinterliegende nicht durch, dieses Drückende, dieses —

Zakariassen durchbohrt mich mit dem Blick. Er ist sauer. Nein, nicht sauer. Er ist *zornig.* »Wahrlich, ich sage dir: Um heute den Sinn des Lebens zu finden, mußt du Verbrecher sein.« Seine Handfläche knallt auf die Glasplatte. »Nur wer bereit ist, die grausamsten Verbrechen zu begehen, kann möglicherweise den Zipfel eines Zusammenhangs sehen.«

Vor allem stolpere ich über diesen Ausdruck »Wahrlich, ich sage dir«. Er klingt —

Er steht auf, schaltet den Fernseher an. Bilder eines Footballmatchs färben den Schirm. Ich kann gerade noch an Lokomotiven denken, die kollidieren. (Oder an Yoricks Schädel?) Er schaltet ab. Er ist schlechter Laune. Sogar die Musik wirkt plötzlich melancholisch, schwerfällig.

»Wir werden niemals mehr als Teillösungen finden, das gilt auch für diese Morde«, sagt er.

»Was ist mit dem Mann, den wir verhört haben, den ihr vielleicht verhaften wollt?«

»Ja, was ist mit ihm?«

»Hältst du ihn nicht für schuldig?« Während ich das sage, bemerke ich gleichzeitig, mit einer Art doppelter Aufmerksamkeit, daß an der Tür zu dem Raum, den ich nie betreten habe, ein kleines Sicherheitsschloß ist. (War es letztesmal da?)

»Schuldig oder nicht schuldig — das ist nicht das Problem, auch nicht sein Problem.«

»Du bist ein Pessimist«, sage ich. Die schleppende Bigband-Musik erinnert mich an viele französische Filme aus den fünfziger Jahren, Filme in Schwarzweiß, alle über Liebe, alle mit tragischem Ende.

»Ich bin Optimist«, sagt er.

»Du *bist* Pessimist«, sage ich. »Und du bist etwas, was schlimmer ist«, füge ich hinzu: »Du bist ein Zyniker.«

Er lacht. Er legt sich zurück aufs Sofa und lacht. Genau in diesem Augenblick tut er mir nur leid. Mein Blick fällt durch die Glasplatte des Couchtisches auf seine Socken. Sie haben Löcher an den Zehen. Es ist eine Offenbarung, ein Aha-Erlebnis. Ich muß ... Die Zeit ist noch nicht reif, aber ich muß versuchen, ihm Mut einzuflößen. Ich empfinde es als dringend. Beinah als ein Gebot der Nächstenliebe. Ich muß etwas andeuten von der

Spur, auf der ich bin, dank der Random-Funktionen.

Ich erwähne, daß ich auf eine Fährte gestoßen bin. Ich kann nichts Konkretes sagen. Ich weiß zu wenig. Ich kann nur generell sprechen, von einer ... *Tendenz*. Ich versuche, etwas über die Prinzipien hinter dem neuen Einfallswinkel zu sagen, bringe es aber nicht zustande. Die Formulierungen schließen sich gegenseitig kurz. Die Sätze werden zu Gefasel. Ich merke, daß ich mit den Armen fuchtle. Schneide ich auch Grimassen? Die Worte folgen nicht den Gedanken. Oder: Ich spüre — und habe es in der letzten Zeit immer öfter gespürt —, daß ich ohne Worte denke, ohne Sprache, ja, daß ich, selbst wenn ich spreche, wie jetzt, ohne Worte spreche, daß die Worte, die ich gebrauche, für etwas ganz anderes stehen als das, was ich meine. »Die Dinge fallen zusammen«, sage ich. »Nicht auseinander«, sage ich. »Die Dinge fallen zusammen und nicht auseinander, wie alle behaupten.« Ich merke nicht, daß ich mich wiederhole, daß ich etwas anderes sage, nur am Rande dessen, was ich eigentlich sagen will. »Aber es gibt kein Zentrum«, sage ich. »Kein Zentrum?« sagt Zakariassen. »Nein«, sage ich. »Kein Zentrum, nur Verbindungen.«

Zakariassen schüttelt den Kopf, versteht nicht. Er lacht. Er findet, ich sei ... unterhaltend. Ich empfinde eine Verzweiflung, die an einen Würgegriff erinnert. Ich will mehr sagen. Die Hände beginnen zu gestikulieren, bevor ich den Mund aufmachen kann. Ich gebe auf.

Ich sinke zurück in den Stuhl. Ich muß mich beruhigen. Oslo liegt unter uns, seltsam klar, wie aus einem Flugzeug gesehen. Oder von der Kante eines hohen Steilhangs aus. Ich beruhige mich. Wir sitzen lange schweigend da. Ich höre Count Basie, die überraschenden Umschwünge, die verblüffenden Klangfarben. An der Wand hängt Mona Lisa, golden und unerschöpflich wie eine . . . Ikone. Ich bin ruhig. Zakariassen fängt an, wieder über Bagatellen zu reden. Er erzählt von einem Brief seiner Frau (pathetisch). Ich erzähle von Ingeborgs Lieblingsort, dem Lebensmittelgeschäft Ecke 8th Avenue und 54th Street in New York. Er erzählt vom Birkebeiner-Rennen. Ich rede von einem möglichen Trip nach London. Er kennt sich aus in London, erwähnt mehrere Dinge, die ich sehen muß. Ich lehne mich zurück. Die Sprache funktioniert wieder. Wir reden lange. Schließlich gebe ich nur noch Einsilber von mir, wie Münzen, die man in die Jukebox steckt, um eine angenehme Musik nicht abreißen zu lassen.

Im Badezimmer, das ich benutze, bevor ich gehe, entdecke ich mehrere von Zakariassens kleinen gelben Zetteln. Auf einem, am Spiegel, lese ich: »Die Frau im Irrenhaus«, auf einem zweiten: »Kann man gegen Gott kämpfen — und gewinnen?«

Mir fällt noch etwas ein. Gegen Ende des Abends, nachdem ich den Durst vergessen oder mich mit ihm versöhnt hatte, schickte mich Zakariassen hinaus, um den Krug mit Eiswasser aus dem Kühlschrank zu holen. Ich sah mit einem Blick, daß die Gläser mit der Babynahrung weg waren. Erst als ich nach Hause kam, fiel mir ein, daß Zakariassen sie vielleicht selbst gegessen hatte, daß es ihm schlicht und einfach gut schmeckt. Der Gedanke kommt mir nicht unwahrscheinlich vor.

Ich gucke hinaus, bevor ich ins Bett gehe. Über dem Großhotel in Vaterland hängt ein seltsamer, fast liegender Halbmond. Wie ein schiefes, ironisches Lächeln des Daseins selber.

# 22

Ich sitze im Büro, als die Meldung von einem neuen Mord im Engel-Fall das Polizeipräsidium erreicht. Am Vormittag kommt Zakariassen vom Tatort zurück. Er steckt den Kopf in die Tür und fragt, ob ich mit ins Fitness-Studio will, ich kann Klamotten und Handtuch von ihm ausleihen. Ich bin mitten in einer vielversprechenden Suche, habe aber das Gefühl, ich muß ja sagen. Er sieht mitgenommen aus, bittet mich beinah. Ich war auch noch nie in einem Fitness-Studio.

City Gym liegt in der alten Schous-Brauerei. Während wir durch die Haupteinfahrt fahren, entdecke ich, daß die stillgelegte Brauerei in eine ganze kleine Stadt mit Geschäften und kommunalen Institutionen verwandelt ist. Ich bin ... positiv überrascht. Das Fitness-Studio liegt im Tiefgeschoß. Wir kommen in einen Raum mit schwarzen Ledersofas und einem leuchtenden grünen Aquarium. Ich frage mich, welche Arbeit in der Brauerei in diesen Kellerräumen ausgeführt worden ist. Von der Kombination aus Rezeption und Cafeteria aus sehe ich in die Säle hinein. Fünfzig Apparate sind dort aufgestellt wie eine Ausstellung zeitgenössischer Skulpturen oder hypermoderner Möbel. Es riecht nach Metall (wie riecht Metall?), falls das nicht ein leichtes Aroma von Hefeteig ist. Vor allem erinnert mich der Geruch an Davidsen.

Wir gehen durch getünchte Korridore mit klösterlicher Atmosphäre und kommen in eine helle Garderobe mit Spiegeln und knallblauen Spinden. Türen führen weiter zu Duschen, Whirlpool und Schwimmbecken. Die ganze Zeit muß ich mir sagen, daß dies die Schous-Brauerei ist, die Schous-Brauerei meiner Kindheit, die blanken Kupferkessel in den Fenstern zum Trondheimsveien, ein Meilenstein auf der Busfahrt. Ich erinnere mich an die Etiketten auf den Malzbierflaschen, den muskulösen Arm und die olympischen Ringe, und sehe eine prophetische Übereinstimmung.

Zakariassen sagt nichts, während wir uns umziehen, grübelt sicher über den neuen Mord nach, stellt sich den Druck der Öffentlichkeit vor. Er hat getan, was er einstweilen tun kann, die Ermittlungsmaschinerie ist im Gange, er wartet auf die technischen Untersuchungen. Draußen in der eigentlichen Trainingsabteilung bedeutet er mir, ihm zuzusehen. Überall stehen zwei oder mehrere identische Apparate nebeneinander, so daß es leicht ist, seine Bewegungen nachzuahmen. Mir gefällt es, nicht nur dem Körper Widerstand entgegenzusetzen, sondern Zakariassens Schatten zu sein, seinen Anweisungen zu folgen. Das Ganze erinnert an den Gänsemarsch aus der Kinderzeit. Ich habe auch einen seiner Trainingsanzüge an; ein hellblaues Modell mit »Montana — The Treasure State« als Inschrift auf der Brust.

Es ist früh am Tag, aber bereits recht voll. Alle Besucher sind ernst, beinah streng. Sie arbeiten verbissen mit ihrem Körper. Sie sprechen nicht. Sie beobachten sich in großen Spiegeln, die die Seitenwände bedecken. Laute Diskomusik strömt aus Lautsprechern in der Decke. Der Takt soll vermutlich fungieren als ... Ich sehe mich um, während ich die Muskeln arbeiten lasse. Auch die Räume sind weißgetüncht mit gewölbten Decken. Das Ganze erinnert wirklich an ein Kloster. Ich sehe einen Augenblick diese Menschen als Mönche und Nonnen vor mir, in tiefer Andacht oder bei einer Arbeit mit göttlichem Zweck.

Wir wechseln die Trainingsapparate, folgen nach und nach einer Route über den grauen Teppichboden, zwischen diesen gediegenen Erfindungen, bei denen die Eisenkonstruktionen weiß, die Ledersitze und Griffe hingegen schwarz und alle Gewichte und Hebestangen stahlblank sind. Ich habe eine solche Landschaft noch nie gesehen: Spiegel, weiche Teppiche, eingebaute Lautsprecher, komplizierte Apparate, Muskeln, die aufgepumpt werden; es ist ein neues Erlebnis, ich möchte fast sagen: Naturerlebnis. Ich befinde mich in einer ortlosen internationalen Natur. Ich fühle mich wohl. Das hier ist gut für die Muskeln, aber auch für die Erfahrung: all diese Menschen zu sehen, die drei-, viermal die Woche hier sind, die merkwürdige, auffällige Anzüge anziehen und ihren Trainingsprogrammen intensiv und perfektionistisch, schnaufend und schwitzend folgen, unter der Erde, in Oslo, in etwas, das früher Arbeiter und eine Brauereieinrichtung beherbergt hat. Arbeit, durch Freizeit ersetzt. Oder ist es so einfach? Diese

Maschinenhalle scheint mir auch etwas zu produzieren, irgendeine verwickelte Ware, für die man keinen Namen finden kann.

Ich nenne sie vielleicht —

Wir stehen vor einer Tafel des menschlichen Körpers in natürlicher Größe, wie vor einem Bruder, dem man die Haut abgezogen hat. Zakariassen zeigt mit dem Finger. »Jetzt nehmen wir den pectoralis major«, sagt er in einem Tonfall, als wollten wir einen hohen Berg besteigen. Er führt mich zu einem schweren Apparat, der an das Führerhaus eines Lasters oder vielleicht eines Krans erinnert. Während Zakariassen die Gewichte verändert (macht er sie schwerer oder leichter?), bleibe ich stehen und bewundere diese komplizierte Erfindung, dieses weitläufige Zusammenspiel von Gewichten, Ketten und Rädern; alles so konstruiert, daß es genau diesen einen Muskel namens pectoralis major stärkt. Ich habe Lust, das ganze Instrument auseinanderzunehmen, jedes Teil anzufassen. Mir erscheint das Gerät so . . . potentiell, daß ich es ohne Scheu ebensohoch einschätzen würde wie einen Marmorblock, in dem Michelangelo eine Skulptur gesehen hat.

Wir nehmen Seite an Seite Platz, unsere Blicke begegnen sich in dem großen Spiegel gegenüber. Mein Gesicht wirkt . . . verändert, nicht älter, aber *anders,* seit ich zuletzt vor einem Spiegel gestanden habe. Ich sehe, daß Zakariassen zwei Handgriffe umfaßt und die Arme zum Brustbein führt. Ich mache es nach. Es ist schwer. Ich muß mich anstrengen, um keine Grimassen zu schneiden. Das Spiegelbild von Zakariassens Gesicht ist ausdruckslos. Er sieht mich nicht an, starrt geradeaus in seinen eigenen Blick, der dadurch doppelt in sich gekehrt wirkt. Seine Arme sind muskulös. Warum kommt er her? Um sich bestätigen zu lassen, zumindest an einem Punkt im Leben, daß es zwischen Handlung und Resultat eine Übereinstimmung gibt? (Eine allzu banale Erklärung, denke ich.) Ich bemühe mich wirklich, führe die Handgriffe zur Brust, warte, daß gleich etwas beginnt, daß die Armbewegungen Instruktionen für einen Motor, für Räder, für Flügel sind.

Zakariassen hört auf. Ich höre auch auf. Ich bin wie ein Boot, wenn es von seinen eigenen Kielwasserwellen eingeholt wird. Der Geruch im Raum ist eine Mischung aus dem alten Torggata-Bad (ein schwacher Duft von Chlor) und der Turnhalle einer Volksschule.

»Wußtest du, daß Davidsen hier vor einem Jahr gearbeitet hat?« sagt Zakariassen.

»Ich dachte, er hat im Theatermuseum gearbeitet«, sage ich.

»Wir haben es gerade rausgekriegt«, sagt Zakariassen. »Ulkig. Ich komme schon lange her. Ich habe vielleicht neben ihm trainiert.«

Die Welt ist klein, hätte ich beinah gesagt. Aber die Welt ist *groß*. Der eifrige Amateurschauspieler Davidsen hat nicht nur seine kunstfertigen Bonsai-Bäume kultiviert, er hat etwas Entsprechendes mit seinem Körper gemacht, ihn mit Hilfe von Stahl geformt.

»Ebenso wie das Theater war das nur ein Nebenjob«, sagt Zakariassen. »Er war dreimal die Woche Trainer, jedesmal nur ein paar Stunden.«

Wir reden via Spiegel miteinander, beide die Hände in der Luft, auf den Handgriffen ruhend.

»Wir haben noch etwas anderes herausgefunden«, sagt er. »Davidsen war Experte in mehreren fernöstlichen Kampfsportarten.«

Das verblüfft mich noch mehr. Oder verblüfft mich nicht. Erfüllt mich mit Achtung. Warum ist das nicht früher herausgekommen? Hatte er heimlich trainiert? War er so bescheiden? Er interessierte sich für alles Japanische, ergo war es natürlich, daß er an Kampftechniken Interesse hatte. Und trotzdem: Wie leicht hatte Davidsen sich umbringen lassen. Ich wurde beinah böse um seinetwillen. Ein ganzes Leben Training, und dann wird er vom ersten besten niedergeschlagen. Oder ... plötzlich kommt mir ein anderer Gedanke: War er als Schauspieler so tüchtig, daß in bestimmten Rollen seine Kampffertigkeiten nicht existierten? Davidsen erweist sich als eine immer faszinierendere Persönlichkeit. Ich habe ihn, etwas unverdient, in den Hintergrund geschoben.

»Kein Zweifel, der Mörder ist ein brutaler Typ«, sagt Zakariassen. »Eine Kampfmaschine. Lebensgefährlich. Kann dich mit dem kleinen Finger erledigen. Paßt schlecht zu diesem zarten zaghaften Gärtner.«

Ich sehe im Spiegel, daß ich nicke. Zakariassen hat wieder angefangen, mit dem pectoralis major zu arbeiten, einen willensstarken Ausdruck im Gesicht. Hinter der Diskomusik hört man das Geräusch von Ketten und Stangen, die aneinanderstoßen, vermischt mit schwerem Atmen und vereinzeltem lautem Stöhnen. Rundherum sitzen, liegen und stehen Leute in den eigentümlichsten Positionen, manche mit Nierengürtel, mehrere mit Handschuhen (ich denke wieder an Brauereiarbeiter — oder an eine Art Rausch); einige trinken mit Trinkhalmen aus Plastikflaschen, die meisten starren in die Spiegel, mustern sich die ganze Zeit, eigentlich nicht mit zufriedenem Blick, eher fragend, als glaubten sie nicht, was sie sehen.

Ich beginne zu drücken. Im Grunde ist es ... schön, sich so im Spiegel zu betrachten. Ich habe Lust, den Oberkörper zu entblößen, zu sehen, wie die Muskeln sich bewegen, wachsen. Ich bin ein Unternehmer, ich baue. Ich sitze in einem Kran, sehe mich selbst in Höhe der obersten Etage des Großhotels in Vaterland. Die Phantasie arbeitet entlang sonderbarer Spuren, vielleicht verursacht durch die ungewöhnlichen Körperbewegungen, als würden auch die Gedanken gestärkt, gedrückt, gehoben, hinauf in neue und unbekannte Räume und Bahnen.

Ich strenge mich an, sosehr ich kann, bis mir schwarz vor Augen wird. Sobald ich aufhöre, verwandeln sich die Eisenkonstruktionen um mich — ganz deutlich vor meinen Augen — in einen Lokomotivenfriedhof. Umgekippte, rostige Skelette. Ich bin eingesperrt in ein Wrack. Dieser Raum repräsentiert nichts Neues, er ist alt; Stillstand, das Primat des Körpers, der Intellekt Sklave des Körpers. Ich schüttle den Kopf. Das Bild verschwindet. Es muß ein Resultat der physischen Anstrengung gewesen sein, eine Halluzination, die aufgrund chemischer Prozesse im Körper entsteht oder durch sauerstoffreiches Blut, das das Gehirn durchspült. Ich begreife ... Ich bin in einen Webstuhl gestiegen.

Wenn ich lange genug hier sitze, kann ich Teppiche weben, einen seltsamer als den anderen. Nicht die Muskeln pumpt man auf, sondern eine alternative Wirklichkeit, Phantasien, Träume. Ich sehe mich um, zu den anderen Menschen, empfinde wieder diese ... Bruderschaft, spüre, daß wir ... verwandt sind.

»Wie geht's mit der Arbeit?« sagt Zakariassen, ohne die Armbewegung zu unterbrechen. »Kommst du weiter mit deinen ... Zufallsuntersuchungen?« Er lächelt, er hat noch kein sonderliches Zutrauen dazu.

Ich führe die Arme, indem ich meine ganze Willenskraft mobilisiere, noch einmal zum Brustbein, während ich meine Entscheidung treffe. Ich kann ebensogut verraten oder andeuten ... Ich beginne, leicht stotternd, auch weil ich außer Atem bin, Zakariassen von den Früchten der blinden Tätigkeit der Random-Funktionen zu erzählen. Ich habe einige eigentümliche Gemeinsamkeiten zwischen den Opfern entdecken können. Wie etwa? fragt Zakariassen, weiterhin mit dem großen Brustmuskel beschäftigt, weiterhin in seine eigenen Augen starrend (ein Versuch von Selbsthypnose?). Wie etwa, daß alle Ermordeten eine Lebensversicherung in genau derselben Höhe hatten, sage ich. Letztes Jahr hatten alle eine Steuernachzahlung von identischer Höhe — auf die Krone genau. Und als sie gefunden wurden, hatten alle schwarze neutrale Lederschuhe der Marke Ecco an. Des weiteren hatten alle in demselben italienischen Restaurant gegessen, jeder etwa eine Woche, bevor er umgebracht worden war. Alle hatten denselben Film gesehen, und zwar, noch aufsehenerregender: Sie waren in derselben Vorstellung gewesen. Sie hatten also, alle sechs, im selben Saal gesessen. Außerdem ergab ein Vergleich der Adreßbücher der Toten, daß sie mehrere gemeinsame Bekannte hatten. Neben anderen verwirrenden Fakten konnte ich erwähnen, daß Beckers Telefonnummer identisch mit Davidsens Paßnummer war. Und Isaksens Kontonummer war dieselbe wie Bergmanns Personennummer. Alle waren im Zeichen der Jungfrau geboren, und alle waren stark allergisch gegen Milben. Warum hatte das niemand früher entdeckt? Weil es in der Masse der Daten begraben war. Und weil niemand so gefragt hatte. Die Informationen waren durch einen Zufall herausgekommen.

Es ist unmöglich, die Wirkung dieser Andeutungen in Zakariassens Gesicht auszuloten. Er setzt die Übung fort. Ich mache es ihm nach, drücke die Arme gegeneinander, hebe die Lote irgendwo hinter mir in die Luft. Wir trainieren, oder ich möchte lieber sagen: arbeiten, Seite an Seite. Die Arme beginnen zu protestieren (Milchsäure, oder was das ist), ich bin nicht stark genug dazu, ich merke, ich bin schwach, untrainiert, und gleichwohl: Ich genieße es, sogar den Schweiß, die unbekannte Steifheit. Es kann das Gespräch sein, es kann das Zusammensein mit Zakariassen sein, es kann das Erlebnis dieses unbekannten Universums sein, im Keller eines stillgelegten ehrenwerten Betriebes, der das norwegische Volk jahrzehntelang betrunken gemacht hat.

»Ist das dein Ernst?« Zakariassen steigt aus dem Apparat. »Ist das wirklich dein Ernst?« Er sieht mich an, als wolle er, daß ich es zurücknehme, oder als flehe er mich an, es zu tun. Ich nicke nur. »Das ist das schlimmste, was ich je gehört habe«, sagt er. »Es ist verdammt noch mal das schlimmste, was ich seit verdammt langer Zeit gehört habe. Ich glaube, ich kündige und suche mir einen Job als Gärtner.« Er sagt nicht mehr. Ich verstehe nicht, was er meint, aber ich sehe, daß meine Informationen Unruhe in ihm auslösen, daß er grübelt, daß er ... Es kommt mir vor, als kompensiere er das, oder stimuliere es, indem er noch energischer an den übrigen Apparaten trainiert, ein paarmal glaube ich, er macht sie kaputt.

Und noch, denke ich, während ich daliege und hebe, ziehe, drücke, während ich daliege und schwitze und den Schmerz in den Muskeln spüre, noch habe ich ihm nicht vom Wichtigsten erzählt, vom ... Umriß, den ich selber hinter diesen vorläufigen Verbindungen sehe, in der enormen, in der gedankensprengenden Möglichkeit, die in der unbegrenzten Kombination von Daten liegt. Denn ich habe ... Am Rande eines ... Für ein Zehntel einer Sekunde habe ich den Schatten eines —

Hinter den schlichten Resultaten oder jenseits davon ahne ich ein ... spüre ich ein qwyt zráwaz, ein ganzes erquêxx bàdz ^mïqqqqq, um nicht zu sagen, ein gigantisches <<&&§§**££$$>>. (Ich kann es genausogut so sagen.)

Zakariassen schlägt ein Mittagessen bei Malik direkt gegenüber vor. Es freut mich, daß auch ein Polizist diesen rührigen neuen Landsmann entdeckt hat und daß er offenbar, persönlich, nichts gegen dunkelhäutige Menschen hat. Ich kenne ihn nicht. Ich muß ihn besser kennenlernen.

Das Lokal ist nahezu voll. Die Einrichtung ist in Hellgrün und dunklem Rosa gehalten, mit Spiegeln an der Decke, wie ein Echo aus dem Fitness-Studio. Wir essen schweigend, ein halbes Hähnchen mit Pommes frites und Salat. Zakariassen lobt das Essen. Ich freue mich darüber (um Maliks willen). Er trinkt zwei große Gläser Wasser. Ich fühle mich schlapp, doch erstaunlich ... Der Körper wirkt geschmiert, geölt. Der Kopf funktioniert besser denn je. Der Besuch war ... eine Erquickung. (Ich weiß nicht, warum, aber das ist das Wort.) Ich habe das Gefühl, daß der Körper sich verändert hat, daß ich als *Mensch* mich in dieser letzten Stunde verändert habe.

Warum dann —

All das, und trotzdem bin ich verzweifelt. Ich sitze am Sekretär. Ein Anker. Mehr und mehr ein bleischwerer Anker. Ich sitze fest. Ich sitze fest, was die schriftliche Darstellung betrifft. Diese Erlebnisse ... Es ist ganz offensichtlich, daß ... sie jenseits der Sprache liegen, die mir zur Verfügung steht. Es liegt ein unüberwindbarer Graben zwischen dem, was die Sinne mir erzählen, und was ich in der Lage bin, auf dem Papier zu erzählen. Ich kann schwere Gewichte heben, aber Worte herausdrücken ... Ich empfinde Frustration, Ohnmacht. Als solle man einen ... mit einem Wörterbuch zähmen. Irgendwelche Unterstreichungen sind alles, wozu ich meine Zuflucht nehmen kann, manchmal ein Synonym, in anderen Fällen ein schlechter Vergleich, im besten Fall ein Symbol, das zehn Sätze lang trägt und dann zwischen den Worten einbricht, durch die Zeilen, sich dort festkeilt und stirbt (in den Gedanken), wie in einer eiskalten Gletscherspalte — um noch einen . . . Vergleich zu gebrauchen. Nicht nur, daß ich die Worte nicht *finde* (die genauen? die vagen? die platten?), es gelingt mir auch nicht, sie zu beherrschen, ihren — selbst beim kleinsten Wort — gewaltigen Bedeutungsüberschuß zu zähmen. Es ist paradox und tragisch — je neuer und unbekannter sie sind, desto eher greife ich zu *alten Worten* (Demut, Beben, Seele, selig, Erquicken usw.), Worten, die ich nicht mehr verstehe, Worten mit einer Art *Raumklang,* und dennoch tauchen sie auf als einzige Alternative. Oder es brechen Worte, Sätze in mir hervor, aber ich finde keinen Zusammenhang, in den ich sie einordnen kann. Ihre Wirklichkeit ist sozusagen noch nicht da. Es sind Worte ohne eine Welt. Ich stehe einer Wirklichkeit gegenüber, die noch keine Sprache hat, und ich bin nicht imstande, zu —

Ich habe das selbstverständlich die ganze Zeit gewußt. Daß Worte ein unzureichendes Werkzeug sind. Das ist keine Entdeckung. Es war der Ausgangspunkt. Ich bin äußerst ungern mißtrauisch, ich bin äußerst ungern Pessimist. Ich wollte es versuchen. Ich fühlte mich auch gezwungen.

Ich überlege, ob ich das Schreiben aufgeben, nach etwas anderem suchen soll. Aber gibt es etwas anderes? Und wenn ich das Schreiben aufgebe — muß ich dann nicht aufgeben, diese Erfahrungen zu verstehen, das eigentliche —

Ich sollte es vielleicht verbrennen. Oder es irgendwo hinlegen, wo es nie gefunden werden wird. Zumindest nicht von Menschen.

# 23

Alle sind sich einig, daß dieser Winter keinem anderen seit Menschengedenken gleicht. Die Meteorologen sprechen vom mildesten Winter unseres Jahrhunderts. Sie sind glücklich, sie sind ständig in den Medien. Die Leute nennen ihn einen Ausnahmewinter. Ich weiß nicht ... Die Zeitungen bringen täglich düstere Prophezeiungen, berichten von ausgetrockneten Kanälen in Venedig und Schneestürmen in Südspanien, berichten von Löchern in der Ozonschicht, von Hamburger-Boxen und alten Kühlschränken. Ich bin skeptisch, wenn sich alle einig sind. Warum kann die Wärmewelle nicht der Auftakt zu etwas anderem sein, zu etwas, dessen erste Zeichen zu deuten wir nicht fähig sind, etwas, das nicht notwendigerweise von Übel sein muß?

Wir stehen im Palmenhaus. Wir bewundern die kanarische Dattelpalme. Die Krone stößt ans Glasdach. Ich mag diese Palme. Ich mag diese Palme lieber als alles andere im Garten. Sie versucht, ihre eigene Wirklichkeit zu überschreiten. »Professor Smith ...« sagt Zakariassen. Ich nicke. »Auf dem Kongo gestorben«, sagt er. Ich nicke wieder. Er ist überrascht. »*Etwas* weißt du also«, sagt er. Wir sehen beide zum Glasdach hinauf. Palmenkronen vor knallblauem Himmel. Der Anblick ist ... Man ist in einer anderen Hemisphäre. Die Blätter — fein, leicht, gefiedert — lassen mich an die Streifen des Tigers denken.

Wir sprechen nicht viel von dem Fall. Im Zusammenhang mit der Untersuchung des italienischen Restaurants, wo alle Opfer gegessen hatten, ist die Polizei »durch einen Zufall« in einem Hinterzimmer über ein Waffenlager gestolpert. Maschinengewehre, Granaten, Panzerfäuste. Ausreichend, um einen kleineren Krieg anzufangen. (Oder um ein Loch ins Dasein zu sprengen, dachte ich.) Es gab ein Höllenspektakel, etwa zehn Leute wurden verhaftet, doch im Laufe der Untersuchung konnte die Polizei keine Verbindung zu den Mordfällen nachweisen. Gewisse Spuren führten allerdings *vielleicht* zu einer bestimmten Umweltschutzorganisation. Höchst inoffiziell. (Ich habe auf dem Korridor ein Gerücht aufgeschnappt.)

»Weißt du«, sagt Zakariassen, »es gibt Gegenden auf der Erde, wo die Dattelpalme ein Symbol für den Gott des Lichtes ist, wo die Blätter bei der Götteranbetung verwendet werden?«

»Ja und?« sage ich, will aber eigentlich nicht abweisend klingen. »Sollen wir alles, was wir haben, liegen- und stehenlassen und da hinfahren?«

»Vielleicht.« Er lacht.

Es riecht stark nach Erde. Wir hören die ganze Zeit Tropfen fallen und das Summen von einem Ventilator. Die Möglichkeiten der Palme, noch mehr in die Höhe zu wachsen, sind ziemlich beschränkt; es erregt beinah Mitleid. Es nützt nichts, daß sie ein Loch in den Boden gemacht und das Dach einmal angehoben haben. Es ist warm, die Luft ist feucht, klamm. Wenn ich hier drinnen stehe, denke ich oft an die prähistorische Landschaft, in der die Dinosaurier gelebt haben.

Wir spazieren in der botanischen Anlage umher. Der wahnwitzige schneelose Winter macht die Distanz zwischen Innen und Außen kurz. Die Kastanien sind bald grün. Die Magnolie ist voller Knospen. Die Kirschbaumallee kann jederzeit blühen. Ich bin erfüllt von einem zitternden Überfluß, als pflanze sich der frühe Frühling in den Körper fort. Ich bin ungeduldig, rastlos. Gedanken, Pläne schwirren mir durch den Kopf. Da ist dieser London-Trip. Und Madrid — der Prado; ich weiß, bald werde ich dort stehen, in dem Saal mit Hieronymus Boschs gewaltigem dreiteiligen Gemälde, zu dem »Die Hölle« gehört. Ich sehe mich als einen ... Organisten. Ich habe Zugang zu einer Orgel mit zusätzlichen Manualen, einem Instrument mit ganz neuen und ungeahnten Klangmöglichkeiten.

Ich registriere wieder, welchen belebenden Effekt der Garten auf Zakariassen hat. Er dreht sich in Halbkreisen, geht geschmeidig, wittert gewissermaßen. In der grünen Hose, mit großen Taschen auf dem Schenkel, sieht er aus wie ein Jäger.

Lucy Holmen steht erneut im Brennpunkt. Die Theorie, oder sollte ich sagen, die Behauptung bezüglich der Neonazis innerhalb der Polizei macht mehr Furore als je zuvor. In einem sensationell aufgemachten Artikel Anfang der Woche — auch vom Layout her eine Leistung — hat sie nachgewiesen, mit einigen messerscharfen Bildern, daß die Nachnamen aller

Ermordeten auf dem Denkmal für die Juden auf dem Østre gravlund zu lesen sind, diesem Monument, das die Form eines Davidsterns hat. Die Namen waren dazu noch rot übersprayt, wie auf einem Merkzettel. Ich dachte zunächst, daß —

Ich habe dennoch einige Spekulationen darüber angestellt. Ich fühle, muß ich sagen, mich von ihrer Arbeit genuin angesprochen. Es *kann* —

»Was hältst du von dem Verhafteten?« frage ich.

Sie hatten beschlossen, den Verdächtigen festzunehmen. Die Verhaftung erfolgte ohne Dramatik, die Medien wußten nichts — noch nicht.

»Sieht schlecht aus«, sagt Zakariassen.

Bei der Hausdurchsuchung hatte die Polizei mehrere »interessante« Dinge gefunden, unter anderem ein Buch von Gross *(Das mobile Tabernakel)* mit bizarren Unterstreichungen, eine gerahmte Speisekarte vom Annen Etage, einen ganzen Jahrgang der Rockzeitschrift BREAK, sogar eine Eintrittskarte fürs Konzerthaus im Januar, als Ruth Isaksens Orchester dort spielte.

»Es *kann* Zufall sein«, sage ich.

»Wann hast *du* angefangen, an Zufälle zu glauben?«

»Du meinst also, er war's«, sage ich.

»Der Mann hat einen Gehirnschaden«, sagt Zakariassen. »Autounfall. Er hat ernste Nervenprobleme . . .«

»Und?«

Zakariassen schweigt. Ich glaube, ihm gefällt die Entscheidung nicht.

»Weißt du, was er gesagt hat, als er sich auf der Wache meldete?« sagt Zakariassen.

Ich schüttle den Kopf.

»›Wer bist du?‹ fragt ihn der Diensthabende. ›Ja, wer bin ich!‹ sagt der Mann. ›Was machst du hier?‹ fragt der Kollege. ›Ja, was mache ich hier!‹ sagt der Mann.«

Wir wandern aufs Geratewohl im Park umher.

»Da hast du unseren ›Mörder‹ in nuce«, sagt Zakariassen.

Wir spazieren lange umher, ohne etwas zu sagen. Um uns ist der Frühling im Gange, eine unaufhaltsame botanische ... Bewegung. Ich bin in einer merkwürdigen Verfassung, als hätten die Lungen plötzlich Zugang zu einem Sauerstoff von unübertrefflicher Qualität. Ich weiß, ich werde in nächster Zukunft erstaunliche Dinge tun, Dinge, die ich früher nicht getan habe, Dinge, die zu tun ich nicht *gewagt* habe. Warum nicht nach Afrika fahren, wie Professor Smith, zu einem dieser fernen Orte im Inneren Afrikas, wo norwegische Turbinen daran beteiligt sind, einem ganzen Kontinent neues Leben zu geben. Müßte das nicht, allein der Anblick, Grenzen sprengen? Oder nach Jerusalem. Allein der *Gedanke* an Jerusalem läßt mich —

Ich sehe einen Schmetterling. Den ersten des Jahres. Ich bin kein Romantiker, aber ein Schmetterling ... hat etwas, das unvorhersagbare Umherhuschen, die jähen Umschwünge.

Wir sind im Kreis gegangen, sind zurück am Palmenhaus. Wir stehen mit dem Gesicht zu den riesigen Bäumen, Montaigne und Montesquieu, der eine mit den nach oben gespreizten Ästen, der andere mit den Ästen nach unten. »Pyramidenpappel«, sagt Zakariassen vom Baum rechts. Ich kann es nicht verhindern.

Auf dem Weg zum Ausgang gehen wir, wie auf ein Zeichen, über den Rasen. Ich weiß nicht, warum. Wir gehen einfach beide hierher. Wir stellen uns unter den anderen gewaltigen Baum. Ich lese das Schild nicht. »Kanadische Pappel«, sagt Zakariassen. Ich glaube einen Augenblick, er tut es aus reiner Bosheit.

Die Äste recken sich zu uns herunter. Wir sehen beide hinauf. Als stehe man unter einem unermeßlich großen ... Gedanken. Ich berühre die Rinde. Ich assoziiere Elefanten, ihre Haut.

»Weißt du, daß die Welt, hinter und unter allem, auf dem Rücken eines Elefanten ruht?« sagt Zakariassen.

»Ja«, sage ich.

Er legt beide Hände an den Stamm und stößt zu. Ja, stößt zu. Hart.

»Kann man die Wirklichkeit umstoßen?« sagt er.

Ich begreife nichts. Der Anblick ist komisch. Der Ermittlungsbeamte, der dasteht und mit aller Kraft gegen einen Baumstamm stößt, gegen den größten Baum im Garten.

»Es gibt Kulturen«, sagt er, »die sehen die Wirklichkeit als Vorhänge hintereinander, Schleier hinter Schleier, Tableau hinter Tableau. Wenn man nun diese Wirklichkeiten umstoßen könnte, wie eine unendliche Reihe von Dominosteinen. Was würde man dann sehen? Die Falten im Rücken eines alten Elefanten?«

Ich begreife nichts. Ich kenne ihn nicht.

Er steht weiterhin da, die Hände am Stamm, an dieser Rinde, die ... Ich kann mich nicht freimachen von der Irritation darüber, daß er meinen beiden Lieblingsbäumen andere Namen gegeben hat.

»Es geht das Gerücht, daß man eine Untersuchung eingeleitet hat«, sage ich. Es klingt brutaler, als ich geplant habe.

Er nickt, es stimmt.

»Worum geht es?«

»Irgend etwas mit zu hohen Ausgaben. Sie meinen, wir hätten das Geld der Steuerzahler verschwendet. Immer der gleiche Ärger. Das heißt, wenn wir in dem Fall keine Lösung erreichen.«

»Aber *habt* ihr Geld verschwendet?« frage ich.

»Sicher. Alle verschwenden.« Er wirkt nicht besonders besorgt.

»War da nicht sogar irgendwas mit Bakke? Eine Pauschalreise in den Süden?« Ich habe mehr gelesen, als ich mir anmerken lasse, eine interne Notiz.

»Der Mann war schwer überarbeitet. Völlig am Ende. Er hat das gebraucht. Er hat es verdient.«

»Die ganze Familie auch?«

»Es wird keinen guten Eindruck machen. Falls es herauskommt.« Er ist immer noch nicht besorgt.

»War Bakke nicht in dieser ›Eishockey-Mannschaft‹?«

»Doch.«

»War er nicht eine Zeitlang etwas zu eifrig mit dem Knüppel?«

»Vielleicht.«

»Versuchst du, ihn zu schützen?

»Verdammt, was ist los mit dir? Hab' ich dir was getan?«

»Immer mit der Ruhe«, sage ich. »Ich frage nur. Du willst doch, daß ich frage, stimmt's?«

Wir gehen auf Zakariassens alten Mercedes auf dem Parkplatz zu.

»Die spinnen«, sage ich, um ihn zu trösten oder um meiner eigenen Kritik die Spitze zu nehmen. »Was ist wichtiger: das Verbrechen oder die ergebnislose Arbeit der Polizei?«

»Das sind vielleicht zwei Seiten derselben Sache«, sagt er.

Wir spazieren langsam über den Fußweg, als wollten wir beide den Aufenthalt im Park verlängern. Ich sehe, daß sein Rücken etwas gebeugt ist, daß seine Haltung mit der frechen Freizeitkleidung nicht übereinstimmt. Genau hier und jetzt empfinde ich eine große Wärme für ihn. Mitgefühl ist vielleicht das Wort. Ich glaube, die ... vorsichtige Uneinigkeit der letzten Zeit hat unsere Beziehung womöglich noch stärker gemacht.

»Du mußt wohl wieder eine Pressekonferenz halten,« sage ich, um nett zu sein. Ich bin zu dem Schluß gekommen, daß er es nicht böse gemeint hat, als er die Namen der beiden Bäume nannte.

»Ja, ich habe daran gedacht. Es gefällt mir im Grunde. Ich mag die Fernsehkameras. Ich mag die Mikrofone. Außerdem muß bald jemand Holmen das Maul stopfen. *Holmes.*« Er lacht. Kichert.

Er zeigt hinunter zum Nutzpflanzengarten. »Im Sommer gebe ich dir Unterricht über Giftpflanzen«, sagt er. »Das kann nicht schaden.« Ich sehe, daß er es meint. Er mag mich.

Am Ausgang drehen wir uns um. Zwischen Montaigne und Montesquieu (die korrekten Namen habe ich schon verdrängt) sehen wir tief unten das Großhotel emporragen. Wie einen neuen mächtigen

Baum. Die Kranarme sind Äste. Ich habe Zeichnungen des fertigen Hotels gesehen. Die schräge Dachform ist genauso wie das Dach im Palmenhaus.

Dieser eigentümliche strotzende Überfluß vom Garten hält für den Rest des Tages an. Ich phantasiere, ich hätte plötzlich Zugang zu den Teilen des Gehirns, die wir nach Ansicht der Forscher nicht benutzen. Ich bin voll Energie, voll von einer Kapazität und einem Aufnahmevermögen, die ich nicht erklären kann. Als würden unbekannte Aggregate, Dynamos —

Ich glaube, es ist dieses Gefühl von Überschuß, das am selben Nachmittag einen Durchbruch bringt. Ich sollte vielleicht hinzufügen, daß der Durchbruch mein *eigenes* Verständnis des Problemkomplexes betrifft. Ich bin noch nicht imstande, ihn mit anderen zu teilen.

Ich sitze vor dem Bildschirm. Ich denke an das Fitness-Studio, die sinnreichen Maschinen, die gemacht sind, um jeden kleinen Muskel des Körpers zu stärken. Ich lasse die Finger auf den Tasten ruhen. Ich denke an das Netzwerk von Maschinen und Datenbanken, zu dem ich Zugang habe, diese unfaßbare Menge von Informationen. Ich stelle mir vor, daß ich vor einem mächtigen Trainingsapparat sitze, daß das ganze Engel-Problem, so wie es in Daten vorliegt, nur eine Funktion hat: den Muskel, den wir Gehirn nennen, zu stärken und zu entwickeln.

Ich sitze mehrere Stunden da und mache Querchecks im Datenchaos, überprüfe Ausdrucke und Mappen, verfolge Möglichkeiten, die aufgrund der

Random-Funktionen aufgetaucht sind. Der Kaffee bleibt unberührt, wird kalt. Ich baue, ich forsche, ich schraube. Die Geschwindigkeit der Finger imponiert mir beinah. Manchmal lassen sie den Gedanken hinter sich. Ich webe, ich hebe, ich spiele. Dann, während die Maschine mit einem Suchwort sucht — die Gedanken sind vielleicht auch anderswo —, drängt sich plötzlich die Frage vor: Wenn nun die *ganze* Datenbank die Lösung ist, nicht mehr und nicht weniger, so daß es unmöglich ist, es zu reduzieren? Oder: Wenn nun ein so mächtiges Design dahinterliegt, so grandios, daß das menschliche Denken es nicht erfassen kann? Ich erinnere mich an diese Empfindung, die ich oft im Flugzeug habe: die Verwunderung darüber, wie geordnet und symmetrisch die ungleichmäßigste, hügeligste Landschaft aus großer Höhe wirkt. Man sieht plötzlich Muster in einer Landschaft, die immer Wildnis war. Kurvige Straßen erscheinen fast als gerade. Unübersichtliches kultiviertes Land ist plötzlich ein hübscher Flickenteppich. Wenn nun in all diesen Hunderttausenden von Informationen ein deutliches Muster ist, es aber über meinen Verstand, die Reichweite meines Körpers, die Leistungsfähigkeit meines Gehirns geht?

[redacted] imstande zu sein zu denken, was sich nicht denken läßt?

[redacted] ein Ablenkungsmanöver, nicht unbedingt unangenehm.

Von dieser Sekunde an beginne ich, undeutlich etwas zu sehen, von dem Augenblick an, in dem ich weiß, ich kann es nur *ahnen,* es nie ganz kartieren. Es läßt sich nur als etwas Abstraktes rekonstruieren, jenseits der Grenze der Wörter. Denn eines ist mir schon klar, seit ich im Annen Etage gesessen habe, die Zeitung vor den Resten einer Pastete mit Wildklößchen und Hummer in Sherrysauce ausgebreitet: Die Todesfälle müssen etwas *bedeuten.* Die unterschiedlichen Spekulationen in der Zeitung sind ... berühren alle einen Kern. Vielleicht ist es nur Geschwätz, das mit den verschiedenen Sprachen. Ein Gewäsch, das man zur selben Quelle zurückverfolgen kann. Daß ein Architekt auf dem Asphalt zusammensinkt, bedeutet etwas. Daß ein Mädchen von einer Brücke fällt, hat irgendeinen Sinn. Es *kann* auch kein Zufall sein, daß die Toten — ein Anthropologe, ein Kellner, ein Bodybuilder — alle Juden sind. Und was ist mit den beschlagnahmten Drogen, was mit den Waffenfunden, dem Bordell? Und dem Saphir? Tonga? Ich bin davon überzeugt, daß es Beziehungen gibt, daß diese Dinge wunderbare Kreise bilden. Ich bin sogar davon überzeugt, daß Hieronymus Bosch irgendwo seinen Platz hat. Ich muß nur hoch genug hinauf, eine andere Perspektive finden. Ich ahne, auf einer unbekannten Ebene, vage —

Ich sehe oder ich —

Ich bin ein Wirbelwind zwischen Ringheftern, Ausdrucken, Mappen und der Tastatur. Ich kippe die Kaffeetasse um, kümmere mich nicht darum, arbeite weiter. In all dem Eifer empfinde ich auch eine kolossale Angst, eine Art drohenden Griff um die Herzmuskeln. Ich kann nicht aufhören. Ich versuche zu analysieren, wie Nachrichtendienste, Umweltschutzbewegungen und Terroristengruppen [redacted] und im Zentrum: nichts [redacted] wie Schatten, wenn sie ineinanderfallen, einander kreuzen, oder wie —

[redacted] Blitze vorbei und werden [redacted] Abdrücke [redacted] oder nur die Spur ihres kleinen Fingers.

Ich sitze lange da. Ich höre den Lüfter an der Festplatte. Das Rauschen. Oder den Gesang. Walgesang. Eine Intelligenz, so abstrakt, daß sie für Menschen nicht verständlich ist. Dinge mißlingen. Ich versuche, einen klaren Kopf zu behalten. Ich hole mir eine neue Tasse Kaffee. Ich sitze und sitze, taste, schlage aufs Geratewohl Dokumente auf, taste, gehe in Register hinein, taste, lasse Texte an den Augen vorbeilaufen, taste, alles bestätigt, daß ich . . .

in der Nähe von etwas bin, etwas vom äußersten ... Und dieses Etwas tritt nicht als Bilder hervor oder klare Lösungen, sondern als *Kräfte,* Kräfte in Bewegung, Kräfte ohne Worte.

Und, paradoxerweise: als etwas Einfaches. Doch gerade die Einfachheit scheint die Komplexität absolut zu machen.

(Kann man in diesem Zusammenhang von Schönheit sprechen?)

Wie lange hält ... die Erkenntnis an? Nicht lange. Dann ist alles schwarz. Oder verschwunden.

Kann man es erklären, mit Worten? Ich muß an das früheste Gotteshaus der Juden denken, dieses Zelt in der Wüste. Ich habe in letzter Zeit einiges über die Juden gelesen. Ich gestehe, daß die Geschichte der Juden angefangen hat, mich zu interessieren. Ich bilde mir ein, daß das, was ich im Büro gesehen habe, vielleicht einem Blick ins ... wie heißt das ... ins Allerheiligste entspricht. Als sähe ich, ein Außenstehender, aufgrund eines Versehens in diesen innersten Raum. Aufgrund eines Windstoßes. Oder weil jemand einen Vorhang weggezogen hat, ohne zu wissen, daß ich dort war. Ein Anblick, so kurz, so überraschend, daß das Bewußtsein es nicht schaffte, ihn zu registrieren. Vielleicht nur, daß dieses Innerste nicht ein Ziel war, ein Endpunkt, eine endgültige Antwort; eher eine Öffnung, eine Spalte, ein Durchgang zu etwas ganz anderem. Eine ganze Zone im Dasein, die keine Sprache hat. Ich begriff, hatte keine Chance, mehr zu begreifen, als *daß* dort etwas war. Nicht *was* es war. Ich könnte, ohne Zweifel, das Wort [redacted] benutzen. Ich komme dem nicht näher, als es mit dem möglichen Bewußtsein, der Ahnung zu vergleichen, die ein Fötus hat, kurz bevor er aus der Gebärmutter gepreßt wird; dieses Empfinden von einer anderen, einer unendlich viel größeren Welt draußen, als sei —

Ich fühle mich außergewöhnlich erschöpft — *mitgenommen* ist das Wort —, als ich vom Terminal aufstehe. Ich habe nichts geschrieben. Ich habe auch nichts zu schreiben. Alles beruht auf der Intuition eines Augenblicks, wortlos, schriftlos, hält sich nur noch im Körper wie eine Umarmung (wie nach einem Stromstoß). Die Lösung liegt in der Verlängerung des Gedankens, wie eine Hängebrücke im Dschungel, die sich nur bis zur Mitte begehen läßt, wo aber ein morsches Seil ganz bis zur anderen Seite führt. Du kannst nicht hinüberkommen, aber du siehst die *Möglichkeit.* Ich bin vollkommen erledigt. Das Geplänkel mit dem Maschinenpark in der alten Schous-Brauerei ist nichts dagegen. Auch nicht die Befriedigung. Ich bin, ein weiteres Mal, verwandelt.

Ich empfinde eine —

Das Wort »Gnade« ist nicht groß genug.

Ich versuche, aufzuräumen, gebe aber auf. Der Ausdruck, auf dem ich den Kaffee vergossen habe, ist getrocknet. Er gleicht plötzlich einem alten Dokument, bräunlich und fleckig — wie Pergament. Ich habe es die ganze Zeit gewußt: Auch diese moderne Ausrüstung, die Computer und alles, werden bald ebenso veraltet und ineffektiv wirken wie die Handschriften des Mittelalters.

Die Beine führen mich wie von selbst auf den Umweg unterhalb des Grønland Torgs, bevor ich nach Hause gehe. Das ist zu einem festen Ritual geworden, einer Art Abendgebet. Ich bin jetzt wenig zu Hause. Ich fasse die Wohnung mehr als ein Hotelzimmer auf, wo ich ab und zu zwischen bunten Elefanten Stelldicheins mit einer Stewardess habe. Oder als ein Zimmer in einer alten Pension, wegen der Ahnengalerie — Gesichter, die ich nicht kenne, ein Sekretär mit verschlossenen Schubladen.

Ich gehe und lockere die Muskeln oder die Nerven oder wie soll ich sagen. Ich kaufe ein Würstchen, gekocht, mit Brötchen und Senf. Ich bleibe auf der Vaterlands Bru stehen und betrachte das neue Oslo. Das Großhotel nähert sich der Vollendung, es überläßt immer weniger der Einbildung. Ich weiß es jetzt: Was mich fasziniert, ist der Charakter von Unfertigkeit. Diese Fähigkeit, Vergleiche, Metaphern zu provozieren, die Phantasie anzuregen. In grobe Konturen starren zu können, die den Gedanken zu etwas Kompliziertem, Erschreckendem hinlenken, einem Projekt, das in Wirklichkeit unrealistisch ist. In seiner Eigenschaft als Skelett läßt mich der Wolkenkratzer an eine übergreifende Idee denken, eine Idee, so groß, daß sie unmöglich ist. Ein Wörterbuch einer Sprache, die es noch nicht gibt.

Alle scheinen damit beschäftigt zu sein, das Abstrakte konkret zu machen. Bin ich der einzige, der das Konkrete benutzen möchte, um etwas Abstraktes aufzuspüren?

Ich habe nur noch einen Bissen von der Wurst übrig. Der letzte Happen ist immer der beste. Ich lecke Senf vom Zeigefinger ab. Ich stehe auf der Vaterlands Bru, und mir graut vor dem Tag — in naher Zukunft —, an dem der Zementturm vor mir mit Spiegelglas verkleidet sein wird. Ich weiß nicht, ob ich es ertrage zu sehen, wie dieses Grenzensprengende und Offene zu etwas Möglichem, allzu Einfachem reduziert wird. Wie sehr wünschte ich mir, daß sie die Arbeit jetzt einstellten. Daß irgendein unvorhergesehenes Problem (etwas ganz Fundamentales, in der Art, daß der Boden nicht trägt) bewirkte, daß sie das Projekt nie vollenden. So daß es halbfertig stehenbliebe, phantasieanregend, für immer. Eine ewige Hypothese. Ein ewiges Rätsel.

Oder wie ein Anakoluth, ein abgebrochener, unvollendeter Satz.

Ich stehe da und gucke, schiebe den letzten Bissen Würstchen, Brötchen und Senf in den Mund, blicke von Punkt zu Punkt, von oben nach unten, von unten nach oben. Ich sehe, ich *sehe* das Wort »vorläufig« vor mir. Ein Wort, in Zement geschrieben. Oder einen Rohbau, verwandelt in ein Wort. Ich sehe hin. Ich sehe lange hin. Es ist unendlich schön. Mächtig, potentiell, durchsichtig. Und vor allem: abstrakt. Es gleicht — wenn auch schwach — dem, was ich nur Stunden zuvor selber gesehen habe, auf dem Grund oder jenseits des Engel-Falls.

# 24

Die Stadt leuchtet wie ein riesenhaftes elektronisches Panel unter uns. Ich sitze im Liegestuhl, meinen zweiten Longdrink in der Hand. Ich sehe hinaus. Oslo wirkt seltsam doppelbödig, als könne das Drehen an einem Knopf (oder ein Wechsel des Stuhls) das Bild zwischen . . . ich hätte beinah gesagt, Paradies und Hölle hin- und herspringen lassen. Zakariassen sitzt mir in dem abgewetzten weißen Sofa gegenüber, den Krug mit Eiswasser auf dem Couchtisch. Count Basie aus der Stereoanlage. Ich kenne jetzt mehrere der Songs, »Teddy the Toad«, »Hollywood Jump«, »Wiggle Woggie«. Ich habe gelernt, sie zu schätzen. Zur Zeit mag ich diese Musik lieber als jede andere Musik.

Der Longdrink ist kalt, beschlagen. Er ist stark, ich habe keine Ahnung, was es ist. Hat er einen Namen gesagt? Falls ja, einen unmöglichen Namen, einen Namen, den sich niemand merken kann. Er hat eine Spirale aus Zitronenschale gemacht, sie an einem Spießchen befestigt, den er ins Glas gesteckt hat. Ich sehe ein Firmenlogo vor mir, einen Unternehmer (Selvaag?). Diese Longdrinks von ihm sind Zauberei. Ich habe nie irgendwelches Barzubehör gesehen, erst recht nicht Flaschen. Die Küche ist weiterhin chemisch rein, wie ein Laboratorium. Nicht eine Spur, nicht mal ein Zitronentropfen.

Ich weiß nicht, ob sein Gesicht Mutlosigkeit oder Zufriedenheit ausdrückt. Oder Sorglosigkeit. Er trägt Khaki-Hemd und -Hose. Der Zigarrenstummel beult eine Brusttasche aus. Auf dem Tisch zwischen uns steht eine Schale mit Datteln. Zakariassen ißt mehrere. Er soll am Wochende am Birkebeiner-Rennen teilnehmen, am Palmsonntag. Er hat ein schlechtes Gewissen, weil er sich freinimmt. Ich bitte ihn zu fahren, nicht an die Arbeit zu denken. Er macht sich Sorgen wegen der Loipe, der schneelose Winter. Wachse die Skier mit Geduld, sage ich. Wir haben lange darüber gelacht.

»Wenn dieser verdammte Fall ausgestanden ist, mache ich Ferien in Montevideo«, erzählt er.

»Warum ausgerechnet Montevideo?« sage ich.

»Ich hatte einfach immer Lust dazu«, sagt er. »Ich weiß nicht mehr von dieser Stadt, als daß sie weit weg ist. Das reicht mir.«

Draußen ist Vollmond. Eine leuchtende Scheibe aus Elfenbein steht niedrig am Himmel. Count Basie spielt »Let Me See«. Die Aussicht kann keine andere Hintergrundmusik haben. Ein großes Schiff gleitet über das Wasser unten am Hafen. Von hier aus sieht der Oslofjord wie ein kleiner Binnensee aus. Man begreift nicht, was das Schiff da macht.

Zakariassen auf dem Sofa, ich im Liegestuhl. Ein großes Zimmer mit weißen Wänden. Ein paar Sätze. Lange Pausen. Wir arbeiten unter starkem Druck.

Medien, Politiker, Öffentlichkeit, Vorgesetzte. Wir brauchen diese Abende. Die Aussicht, die Musik, das Plaudern. Und »Mona Lisa«, ebenso neu, ebenso originell, als hätte ich das Gesicht nie *richtig* gesehen.

»Was für Skier hattest du, als du klein warst?« fragt Zakariassen.

Ich muß überlegen. »Splitkein«, sage ich.

»Erinnerst du dich an das Zeichen an der Spitze?«

Ich denke nach. Was war da? Etwas Goldenes auf rotem Grund. Ich erinnere mich an lange Skitouren mit Vater, Gipfel, hinter denen immer neue Gipfel lagen. »Ein Birkebeiner?« sage ich. »Oder vielleicht ein Engel.«

Einen Augenblick sehe ich den Vollmond in Mona Lisas Gesicht und Mona Lisas Gesicht im Mond.

»Ein Wikinger«, sagt er, zufrieden mit sich, nimmt eine weitere Dattel und gießt sich noch mehr Wasser ein.

Ich glaube, er irrt sich. Es muß ein Engel gewesen sein. Ein Engel, auf den ich den Blick richten konnte, der mich vorwärtsführte.

Ich sage etwas, er antwortet. Lange Pause. Er wirkt etwas nervös. Ich bin auch etwas nervös.

Das weiße Teleskop steht am Fenster, nach unten gerichtet. Die Stadt ist eine Milchstraße, ebenso fern, ebenso unerforscht. Ich bilde mir ein, Zakariassen hält Ausschau nach unbekanntem Leben, unbekannter Intelligenz. Oder einer unbekannten Logik.

Zakariassen erzählt davon, wie er in der Weihnachtszeit in Kopenhagen war, um dort einen möglichen Verdächtigen im Engel-Fall zu verhören. In der Freizeit besuchte er den Zoologischen Garten. Er hatte sich lange im Tigerhaus aufgehalten. Ich nippe am Drink, während Zakariassen den Geruch schildert. »Er ist beinah materiell«, sagt er. »Er drückt dir auf die Brust.« Er hatte zugesehen, wie die Tiere gefüttert wurden, gespürt, wie seine Nakkenhaare zu Berge standen. Der Gestank von rohem Fleisch, Pisse und Fell. Und das Gebrüll — diese furchtbaren Klagerufe über eine ewige Begrenzung. Er behauptete, er habe, wenn er blinzelte, schließlich keinen Unterschied mehr zwischen dem Gitter und den Streifen des Tigers gesehen, als trage dieser das Gitter an sich. »Ich habe mich nie so . . . überlegen gefühlt«, sagt er.

Die Äußerung macht mir Mut. Das ist der Zakariassen, den ich mag. Zakariassen, meine Hoffnung . . . falls das nicht so billig klänge, würde ich sagen, »mein rettender Engel«. Er hat gerade eine Pressekonferenz gehalten. Eine *glänzende* Pressekonferenz. Sie haben den Verdächtigen freigelassen. Zakariassen ist sichtlich erleichtert.

Wir sitzen lange schweigend da. Nur die Musik. Das Schlagzeug.

Der Fichtenboden ist frisch gescheuert. Er riecht gut, frisch. Wie nach Bäumen. Zusammen mit dem Minzezweig im Glas bringt er mich auf den Gedanken an einen kühlen Garten. Oder an einen Dschungel. Ich starre zu den Lichtern unter mir. Etwas passiert. Oslo ist kein elektronisches Panel mehr. Oder jemand hat an einem Knopf am Panel gedreht. Oslo verwandelt sich. Die Zeit steht still. Wir sitzen in der Ewigkeit. Der Fall geht für immer weiter. Um uns liegt ein Dschungel. Die Lichter sind Feuerkäfer. Scheiterhaufen am Ufer. Sterne. Ich sitze an Deck eines Schiffes. Wir sind auf dem Weg flußaufwärts. Der Mond hängt über uns, knochenweiß, wie ein Totenkopf, von hinten gesehen.

Ich lehne mich zurück. Ich gleite in eine heitere, erwartungsvolle Stimmung. Gleichzeitig — und das ist das Unerklärliche — empfinde ich eine bohrende Unruhe, einen . . . Schwindel, vielleicht sogar Angst. Nur daß diese Angst dazugehört, Bestandteil einer Art Harmonie ist. Wie die schwarzen Streifen auf einem goldenen Tigerfell.

Ich lehne mich im Stuhl zurück. Ich atme tief. Ich war zu ungeduldig. Ich darf ihn nicht unter Druck setzen, übereilt handeln. Der Weg ist noch weit. Wir brauchen Zeit. Alles wird gut werden. Ich schließe die Augen. Ich atme tief.

Zakariassen sagt einen Satz. Ich sage einen Satz Dann sind wir still.

Ich umschließe den Trinkhalm mit den Lippen. Der Longdrink prickelt angenehm auf der Zunge. Was *ist* das? Ich sehe exotische Früchte in Würfeln. Eigentlich ist mir ziemlich gleichgültig, was es ist. Es schmeckt gut. Es ist stark. Die Zitronenspirale läßt mich an eine Skulptur denken. Oder an ein DNS-Molekül. An Leben, Geburt.

Wir sitzen an Deck eines Schiffes, auf dem Weg flußaufwärts. Wir schweigen. Ich habe kein Bedürfnis zu reden. Ich glaube, auch Zakariassen hat keine Lust, etwas zu sagen. Wir schweigen. Ich empfinde die Pause als in sich bedeutungsvoll. Das Schweigen ist eine Sprache.

Wir sitzen lange so. Schweigen.

Der Mond. Count Basie. Mona Lisa.

Als Zakariassen aufsteht, um die Platte umzudrehen, habe ich plötzlich Lust, zu ... zumindest etwas anzudeuten über die Spur ... Spur ist das falsche Wort, das Muster, auf das ich einen Blick hatte werfen können. Ich weiß, ich sollte es nicht. Doch ich bin ungeduldig. Und *stolz*. Kann nicht warten. Ich will diese ... Hoffnung mit ihm teilen. Er ist mein Freund, er verdient es.

Ich sage so wenig wie möglich. Ich nehme als Ausgangspunkt verschiedene vage Daten, Dinge, die wir bislang als peripher oder irrelevant betrachtet haben. Ich merke, wie unmöglich es ist, die Gedanken zu beschreiben, die ich darlegen will. Wie schwierig es ist, den Gedanken nur zu denken. Ich erzähle, oder versuche zu erzählen, von der hypothetischen [redacted] (er zieht die Brauen hoch, als ich dies erwähne). Ich deute an, oder versuche anzudeuten, welche Konsequenzen das haben kann. Die Worte werden platter und platter. Ich ende damit, daß ich mit den Händen fuchtle, als sei das, diese Hilflosigkeit, die triumphierenden Sätze, die die letzten Teile zu einer unbestreitbaren Konklusion zusammenfügen sollen, wie das Klicken, wenn ein Schloß aufgeht.

Ich bin fertig. Ich warte. »Tuesday At Ten« und Count Basie. Ich sehe zum Wasser hinunter. Die Wohnung ist in Bewegung. Die Lichter kommen näher.

»Ich dachte, deine Aufgabe war, mir zu einem Heilmittel zu verhelfen, nicht zu Kopfschmerzen«, sagt er schließlich. Aber er lächelt. Er lächelt lange, lacht sogar, leise, aber er lacht. Er schüttelt den Kopf, nimmt große Schlucke aus dem Wasserglas, klirrt ausdauernd mit den Eiswürfeln. Denkt, lächelt, schüttelt den Kopf. Zwischendurch aber nickt er, als fielen die Teile an den richtigen Platz.

Er sieht mich an. Ich werde diesen Blick nie vergessen.

»Nun?« sage ich. Ich habe Herzklopfen. Ich habe Atembeschwerden.

»Vielleicht«, sagt er fast unhörbar. »Es ist ... eigenartig, aber ...«

»Wenn ja, würde dieser Fall alle Grenzen sprengen«, sage ich.

»Grenzen? Grenzen ist wohl nicht das Wort.«

»Ganz ehrlich, findest du es zu ... radikal? Bin ich verrückt?«

Ich habe Herzklopfen. Ich habe Atembeschwerden. Einen Augenblick lang habe ich das Gefühl zu fallen, unrettbar über die Kante eines Steilhangs zu fallen. Dann ist es weg.

Er zögert, sagt schließlich: »Man bezeichnete Kopernikus als verrückt, weil er behauptete, daß die Erde sich bewegt.«

Ich muß nach unten sehen, um die Gefühle zu verbergen, die in mir toben. Ich werde ihm diesen Satz nie vergessen.

»Hast du Angst?« frage ich.

»Ich hatte die ganze Zeit Angst«, sagt er.

»Ich habe auch Angst«, sage ich.

Ich stehe auf. Das weiße Zimmer wirkt größer als vorher. Mona Lisa lächelt nicht. Sie heißt auch nicht Mona Lisa. Es ist ein unbekanntes Gesicht. Eines von Milliarden unbekannter Gesichter. Ich gehe hinüber und stelle die Musik lauter. Es ist »I Do Mean You«.

Ich stehe am Fenster. Ich stehe auf einem Deck. Wir gleiten über einen Fluß im Dschungel, ich weiß nicht, wohin. Der Duft von Bäumen. Feuerkäfer überall. Scheiterhaufen am Ufer. Sterne. Der Mond weiß, mit phantasieanregenden Schatten, wie Marmor. Eine rohe Kugel, die man zu allem möglichen formen kann. Wir sagen nichts. Zakariassen nimmt eine Dattel. Die Platte ist zu Ende. Es ist vollkommen still im Raum. Lange. Ein wortloses Zusammensein. Prägnant.

Hatte ich gehört, daß eine neue Untersuchung eingeleitet worden war? sagt er plötzlich. Man hatte eine Kommission eingesetzt.

Was war denn jetzt wieder? frage ich.

Jemand wollte ihnen an den Kragen, weil sie im Zusammenhang mit der PLO-Spur ein paar Wohnungen abgehört hatten.

Hatten sie keine Genehmigung eingeholt?

Doch, aber sie hatten trotzdem zu etwas ... unorthodoxen Methoden gegriffen.

Ist es so schlimm? sage ich.

Da war noch etwas anderes. Sie hatten die Gelegenheit benutzt, als der Fall am turbulentesten war, bessere Kommunikationsausrüstung anzuschaffen. Kostspielige, sollte er vielleicht hinzufügen.

Sie *brauchten* doch eine bessere Kommunikationsausrüstung — stimmt's?

Ja, aber ...

Was bedeutete das in dem großen Zusammenhang? sage ich.

Vermutlich nichts.

Immer mit der Ruhe, er hatte das geregelt.

Das hatte er wohl.

Er sinkt wieder aufs Sofa. Ich sehe, daß er erleichtert ist, es tut gut, mit jemandem zu reden. Er hat einen Block auf dem Schoß, fängt an, mit dem Montblanc-Füller zu kritzeln. Von dort aus, wo ich stehe, sieht es aus wie eine Reihe von Fragezeichen, so aneinandergehängt, daß sie eine Kette bilden.

»Ich brauche dich jetzt mehr denn je«, sagt er plötzlich, starrt aus dem Fenster.

Ich weiß nicht, warum, aber ich empfinde einen unbändigen Drang, ihm meine Hand auf den Kopf zu legen, als sei er, Theo Zakariassen, ein Kind, unwiderstehlich in seiner Weichheit und seinem Charme. Jemand, den man lieben *muß*. Ich tue es, nur einen Augenblick. Er scheint nichts dagegen zu haben. »Ja«, sage ich. »Du kannst dich auf mich verlassen. Das weißt du.«

Es ist still im Zimmer. Ich setze mich. Es ist völlig still. Ich kann mich nicht erinnern, eine ... stärkere Stille erlebt zu haben. Eine Stille, die einen umschließt. Einen umgibt wie eine Nährflüssigkeit, eine schützende Hülle. Wir schweigen. Das ist genug. Wir kommunizieren dennoch. Wir verstehen einander vollkommen. Die Mondscheibe ist ein Loch im Himmel. Ich fühle mich offen. Als hätten sich die Fontanellen in meinem Schädel auf wundersame Weise wieder geöffnet. Ich bin ein Fötus. Ich habe einen neuen, weichen Kopf. Ich habe einen Körper, der imstande ist, sich durch die engsten Kanäle zu drängen. Ich bin ängstlich, aber ungeduldig. Ich habe den dringenden Wunsch, hinaus ins Unbekannte gepreßt zu werden.

»Es lebe Professor Smith«, sage ich.

»Es lebe Professor Smith«, sagt Zakariassen.

»Professor Smith, ein Hamlet«, sage ich.

»Möge seine Palme ewig leben«, sagt Zakariassen.

»Mögen wir alle auf dem Kongo sterben. Flußaufwärts«, sage ich.

Wir lachen. Zakariassen lacht so, daß er sich verschluckt.

Er steht auf, um eine neue Platte aufzulegen. Ich höre etwas aus dem Raum, der immer abgeschlossen ist. Es klingt, als schreibe jemand mit Kreide auf einer Tafel oder kratze auf einer Platte herum. Oder ... und jetzt kann ich beschwören, das ist es, was ich höre ... das Kratzen von Klauen an der Tür.

»The Kid from Red Bank« füllt das Wohnzimmer. Wieder diese Atmosphäre von ewigem »Punkt neun«, von Optimismus, von Ferien, von einem Tag, der gerade angefangen hat und mit allen Möglichkeiten vor dir liegt. Soweit ich das beurteilen kann, empfindet Zakariassen es ebenso. Am Palmsonntag nimmt er teil am Birkebeiner-Rennen. Danach arbeiten wir über Ostern durch. Ich lehne mich zurück. Trotz der widerstreitenden (ich sollte vielleicht sagen, »komplexen«) Gefühle bin ich voll von ... was ist das Wort ... Glauben. Oder ... Nein, *Glauben.*

Zakariassen schaltet den Fernseher an, nur das Bild, setzt sich. Er streckt die Beine aus und fischt den Zigarrenstummel aus der Brusttasche.

Ich bin gleich bei ihm und zünde die Zigarre mit Bergmanns Feuerzeug an. Er nickt, gewissermaßen dankbar.

Ich zeige auf das Schauspiel auf dem Fernsehschirm, das Footballmatch.

Erklär mir die Regeln«, sage ich.

Er beginnt geduldig, zum weiß Gott wievielten Mal, mir die Regeln zu erklären. Seine Stimme ist weich und angenehm. Er könnte Sprecher bei »Punkt neun« sein.

Ich lehne mich im Stuhl zurück, höre nicht zu.

## [illegible]

| | | |
|---|---|---|
| Wal | - | [illegible] |
| Hotel | - | [illegible] |
| anders | - | [illegible] |
| Alphabet | - | [illegible] |
| Vulva | - | [illegible] |
| abstrakt | - | [illegible] |
| Gewissen | - | [illegible] |
| drei | - | [illegible] |
| Lösung | - | [illegible] |
| Norwegen | - | [illegible] |
| Orgasmus | - | [illegible] |
| als ob | - | [illegible] |

JAN KJÆRSTAD, geboren 1953, studierte Theologie, war Pastor, Jazz- und Rockmusiker und einige Jahre lang Redakteur der norwegischen Literaturzeitschrift *Vinduet.* Er lebt in Oslo und hat bisher die folgenden Bücher veröffentlicht:

*Kloden dreier stille rundt.* Novellen. Oslo 1980. *Speil. Leseserie fra det 20. århundre.* Roman. Oslo 1982. *Homo falsus eller det perfekte mord.* Roman. Oslo 1984. *Det store eventyret.* Roman. Oslo 1987. *Menneskets matrise. Literatur i 80. årene.* Essays. Oslo 1989. *Rand.* Roman. Oslo 1990. *Forføreren.* Roman. Oslo 1993.

Jan Kjærstads RAND ist im Februar 1994 als hundertundzehnter Band der ANDEREN BIBLIOTHEK im Eichborn Verlag, Frankfurt am Main, erschienen. Das norwegische Original wurde erstmals 1990 unter dem Titel *Rand* bei Aschehoug in Oslo veröffentlicht.

Die Übersetzung aus dem Norwegischen hat Angelika Gundlach besorgt.

Dieses Buch wurde in der Buchdruckerei Greno in Nördlingen aus der Korpus Baskerville Monotype gesetzt und auf einer Condor-Schnellpresse gedruckt. Das holz- und säurefreie mattgeglättete 100g/qm Bücherpapier stammt aus der Papierfabrik Niefern. Den Einband besorgte die Buchbinderei G. Lachenmaier in Reutlingen.

1. bis 7. Tausend, Februar 1994. Einmalige, limitierte Ausgabe im Buchdruck vom Bleisatz.

ISBN 3-8218-4110-9. Printed in Germany.

Von jedem Band der ANDEREN BIBLIOTHEK gibt es eine Vorzugsausgabe mit den Nummern 1 bis 999.

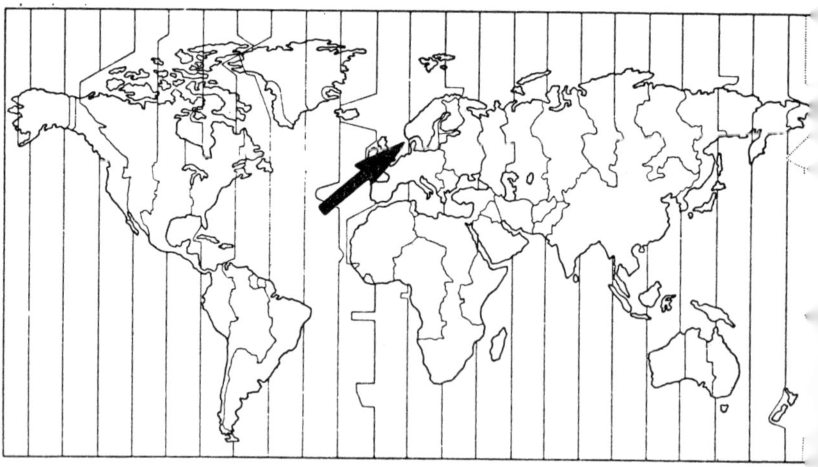